W0404842

Quand le péril nous réunit

Un locataire si troublant

MARIE FERRARELLA

Quand le péril nous réunit

Traduction française de
CHARLOTTE DEMANIE

BLACK ROSE

HARLEQUIN

Collection : BLACK ROSE

Titre original :
CAVANAUGH STANDOFF

Ce roman a déjà été publié en 2018

HARPERCOLLINS FRANCE
83-85, boulevard Vincent-Auriol, 75646 PARIS CEDEX 13
Service Lectrices — Tél. : 01 45 82 47 47 - www.harlequin.fr
ISBN 978-2-2804-9604-9 — ISSN 1950-2753

Composé et édité par HarperCollins France.
Imprimé en août 2023 par CPI Black Print (Barcelone)
en utilisant 100% d'électricité renouvelable.
Dépôt légal : septembre 2023.

FSC
www.fsc.org
MIXTE
Papier issu de sources responsables
FSC® C159065

Pour limiter l'empreinte environnementale de ses livres, HarperCollins France s'engage à n'utiliser que du papier fabriqué à partir de bois provenant de forêts gérées durablement et de manière responsable.

Prologue

Le premier meurtre avait été simple.

Il n'avait exigé qu'un peu de détachement — ce qui n'était pas difficile vu que ce sentiment l'accompagnait partout depuis ces deux dernières années, comme un malheureux fantôme.

C'était d'ailleurs ce même détachement qui lui avait permis de s'en sortir, de survivre à ce qui s'était passé.

Ce qui s'était passé… Cet événement qui avait mis son monde sens dessus dessous et qui avait à jamais banni de son existence le bonheur et la joie. Cet événement qui n'avait laissé dans son sillage qu'un funeste tas de cendres.

Placer le canon de son arme contre le crâne de cette vermine, appuyer sur la gâchette et laisser sortir sa colère refoulée lui avait procuré un sentiment inattendu, quelque chose de l'ordre de l'extraordinaire.

Et de manière tout aussi surprenante, ce geste avait donné un sens à sa vie, une raison de poursuivre son existence a priori vide et inutile.

Si le premier meurtre avait été le fruit d'une rencontre fortuite, un plan précis avait dû ensuite être mis en place. Un plan qui exigeait des recherches approfondies, de la coordination et, surtout, un planning minutieux. Mais chaque risque et chaque danger en valaient la peine.

Et maintenant ? Maintenant, la fin de l'aventure se profilait…

Cinq cibles étaient atteintes, quatre encore restaient en vie. La tâche allait demander un peu plus d'organisation maintenant qu'ils étaient tous sur leurs gardes. Mais tout cela n'avait pas grande importance.

Peu importait le temps que cela prendrait, ils finiraient par y passer tous !

La prochaine cible était d'ores et déjà choisie, ses déplacements quotidiens avaient été soigneusement étudiés.

Quatre encore restaient en vie.

Ces quelques mots résonnaient comme le chant envoûtant d'une sirène. Quatre nouvelles personnes à tuer et le compte serait bon. Enfin. Et la vie pourrait peut-être reprendre son cours.

Et si ce n'était pas le cas, eh bien, ces salauds n'auraient de toute façon eu que ce qu'ils méritaient. Leurs vies ne seraient pas une grande perte.

Peut-être les fervents défenseurs de la sécurité publique y verraient-ils même un acte citoyen, qui sait ? Parce que ce n'était finalement que cela : un acte citoyen. Un service d'utilité publique.

Tout le monde serait plus en sécurité quand ces raclures reposeraient six pieds sous terre.

Et le sommeil reviendrait, apportant un peu de réconfort, un peu de paix.

La sérénité… Après deux ans d'enfer.

Au moins, maintenant l'espoir était permis…

1

— O'Bannon, votre tueur en série a fait une nouvelle victime ! s'écria le lieutenant de la brigade criminelle, Jacob Carver, en se dirigeant droit vers l'inspecteur qui était chargé de l'enquête.

Vétéran du service de police d'Aurora depuis vingt-trois ans, le lieutenant avait épinglé un calendrier avec le compte à rebours du nombre de jours qui le séparaient de la retraite, bien en évidence sur le mur derrière son bureau. C'était d'ailleurs la première chose qu'on voyait en y entrant. La deuxième était la pile de catalogues de voyages amassée à côté de son ordinateur qui, chaque semaine, semblait grandir un peu plus.

Mais tout espoir qu'avait eu le lieutenant de pouvoir préparer son départ à la retraite tranquillement s'était évanoui quelques semaines auparavant, avec la découverte d'une série de meurtres qui laissaient présumer qu'un tueur en série avait décidé de semer le trouble dans leur petite ville d'ordinaire si paisible.

Ronan Cavanaugh O'Bannon fronça les sourcils.

— Est-on certain que c'est bien l'œuvre de notre meurtrier ?

Celui-ci avait déjà éliminé quatre personnes, issues de deux gangs des environs, et si ce nouvel homicide était de son fait, le bilan s'élevait donc maintenant à cinq victimes.

Mais peut-être que cette fois le tueur avait été négligent et avait laissé derrière lui quelque chose qui pourrait constituer un indice ?

— D'après l'agent qui a découvert le corps, la victime a reçu une balle tirée à l'arrière de la tête, à la manière d'une exécution, et elle a été amputée de la main droite, lui répondit Carver.

— Ouais, on dirait bien que c'est notre gars, renchérit Sebastian Choi, avant d'ajouter en frissonnant : ce taré est vraiment très en colère.

— Vous maintenez donc votre théorie ? demanda Carver d'un ton sceptique en regardant tour à tour les inspecteurs O'Bannon, Choi et Nick Martinez, tous trois chargés de l'affaire. Vous pensez qu'il s'agit seulement d'un règlement de comptes entre gangs ?

— C'est toujours possible, en effet, approuva Ronan en fronçant les sourcils. Mais d'après les rapports du légiste concernant les quatre autres victimes tous les meurtres ont été commis de la même façon. Ce qui nous amène maintenant à penser qu'il s'agit d'une seule et même personne et non de plusieurs tueurs, comme nous le pensions au départ.

— C'est votre instinct qui parle, inspecteur ? lui demanda Carver en haussant les sourcils.

Même s'il était difficile de ne pas remarquer la pointe de sarcasme dans le ton de Carver, Ronan n'était pas du genre à se laisser intimider.

— Oui, c'est un truc de famille, lui répondit-il en souriant.

Le lieutenant laissa échapper un soupir d'impatience. Tout le monde savait à quoi pourrait ressembler son départ en retraite si cette affaire n'était pas résolue… Ce serait comme une immonde tache noire sur une carrière jusqu'alors irréprochable. Cette histoire devait donc être réglée au plus vite.

— Vous n'avez pas avancé dans l'enquête ?

— Rome ne s'est pas construite en un jour, Loo, lui répondit nonchalamment Ronan.

— Peut-être, reconnut Carver, mais elle a été réduite en cendres en un rien de temps.

— Quel est le problème au juste ? intervint John Deeks, un inspecteur d'une autre équipe qui venait d'entrer dans le bureau. Tant que ces membres de gangs ne s'en prennent qu'à eux-mêmes, ce n'est pas une si grande perte, si ? Ils seront toujours moins nombreux à tourmenter les résidents d'Aurora. Tout le monde se souvient de la fusillade meurtrière qui s'est déroulée à la lisière de la ville il y a deux ans ? Eh bien, je crois que personne n'a envie qu'une telle chose se reproduise… Alors, qui sait ? Peut-être que tout cela va servir de leçon à ces gangs de malheur et que leurs membres vont se tenir à carreau.

— Notre boulot est d'arrêter les assassins, John, qu'importe l'identité de leurs victimes, lui répondit froidement Ronan en se retournant vers lui.

— Ouais, je ne vois pas ce qui nous autoriserait à porter des jugements sur le style de vie et sur les personnalités des victimes, ajouta Choi.

— Ce que je voulais seulement dire…, rétorqua Deeks en prenant un air penaud.

— Tout le monde a très bien compris ce que tu voulais dire, le coupa Ronan en le fusillant du regard.

— Hé, on se calme ! Gardez votre énergie pour faire votre boulot, leur ordonna sèchement Carver avant de reporter son attention sur Ronan. O'Bannon, maintenant que le bilan s'élève à cinq victimes, je pense que vous allez avoir besoin d'aide supplémentaire.

À ces mots, le visage de Ronan s'assombrit. Il avait déjà Choi et Martinez avec lui, il n'avait certainement pas besoin « d'aide supplémentaire ». Et il n'aimait pas ce que cette proposition sous-entendait… À savoir qu'à l'heure actuelle il n'était pas en mesure de remplir sa mission.

— Nous allons l'arrêter, lieutenant, ne vous en faites pas, répondit-il à Carver pour tenter de clore la conversation.

— Je n'en doute pas, lui dit celui-ci en regardant au fond de la salle. Carlyle, vous voulez bien venir par ici ?

Consciente que tous les regards étaient posés sur elle, l'inspecteur Sierra Carlyle se fraya un chemin parmi les bureaux et s'arrêta à côté de Carver.

Elle n'avait pas encore croisé le regard de Ronan, mais elle sentait que celui-ci n'était pas content de la situation. Toutefois, même si elle n'avait pas demandé à être affectée ici, elle avait bien l'intention de faire son possible pour que cela se passe au mieux.

Après avoir fait un signe de tête à Sierra, Carver se retourna vers l'inspecteur principal.

— OK, O'Bannon, annonça-t-il d'un ton ferme. À partir de maintenant, vous pouvez considérer que l'inspecteur Carlyle fait partie de votre équipe.

— J'imagine que je n'ai pas mon mot à dire ? répondit Ronan qui sentait la colère monter en lui.

— Oh si, lui répondit Carver d'une voix autoritaire. Vous pouvez dire que vous êtes d'accord.

Le lieutenant prit un moment pour regarder tous les membres de l'équipe, puis il se tourna vers Sierra et lui montra le bureau qui était placé contre celui de O'Bannon.

— Vous pouvez vous installer à ce poste, Carlyle. D'autres questions ?

Personne ne répondit et Carver hocha la tête d'un air satisfait.

— C'est bien ce que je pensais. Bon, voilà l'adresse où vous trouverez notre nouveau cadavre, lança-t-il à Ronan en déposant une feuille sur son bureau. Un client ivre du Shamrock Inn a trébuché dessus en essayant de prendre la sortie de secours pour éviter de payer sa note. La découverte de ce corps l'a manifestement suffisamment effrayé pour le faire décuver en moins de deux. Allez, au boulot, résolvez-moi cette putain d'affaire avant qu'elle ne dégénère !

— Si vous voulez mon avis, elle a déjà dégénéré, murmura Choi dans un souffle tandis que Carver quittait la pièce.

Puis il posa son regard sur la nouvelle recrue et lui dit avec un sourire enjôleur :

— Je peux vous accompagner sur la scène de crime si vous voulez…

Mais Nick Martinez vint se planter devant lui et ajouta :

— Si vous voulez arriver là-bas en un seul morceau, vous feriez mieux de monter avec moi, Carlyle.

— Hé, qu'est-ce qu'elle a ma conduite ? rétorqua Choi, manifestement agacé par l'intervention de son coéquipier.

— Vraiment ? demanda Martinez en lui lançant un regard ironique. Je préfère ne pas t'en parler maintenant, cela prendrait trop de temps et nous devons nous rendre là-bas le plus vite possible.

Ronan se leva et fit le tour de son bureau en fusillant du regard les deux hommes avec qui il travaillait depuis plusieurs mois. Puis il observa l'inspecteur Carlyle que Carver venait de lui imposer, comme si la situation n'était pas déjà suffisamment compliquée.

— Venez avec moi, sinon ces deux idiots vont s'entre-tuer pour vous, lui dit-il sèchement.

La dernière chose que souhaitait Sierra était bien de prendre parti dans ce qui lui semblait n'être qu'une sorte de rapport de force silencieux.

— Si vous me donnez l'adresse, répondit-elle à Ronan qui avait déjà glissé la feuille dans sa poche, je peux très bien m'y rendre toute seule, vous savez.

— Bonne nouvelle, dit Ronan froidement sans faire le moindre geste pour lui montrer l'adresse.

Au lieu de ça, il sortit du bureau et Sierra se dépêcha de le suivre, Martinez et Choi sur ses talons.

— Vous voulez que je m'y rende par mes propres moyens ou pas ? lui demanda-t-elle.

— Non, grogna Ronan en appuyant sur le bouton de l'ascenseur.

Puis il entra dans la cabine vide, suivi de près par les trois membres de son équipe.

— Vous n'êtes pas très bavard, dites donc ? lança Sierra à Ronan en se rapprochant de lui.

— Je crois que même les cailloux sont plus loquaces que l'inspecteur O'Bannon, lui répondit Choi.

— Vous vous habituerez, ajouta Martinez d'un ton qui se voulait rassurant.

Sierra leva les yeux vers O'Bannon. Même si cela semblait impossible, il avait vraiment l'air de ne pas entendre leur conversation.

— Je ne pense pas, non, répondit-elle à Martinez.

Les portes de l'ascenseur s'ouvrirent sur le rez-de-chaussée.

— Il faudra pourtant essayer, grommela Ronan en lui jetant un coup d'œil furtif.

Puis il sortit et elle accéléra le pas pour le suivre.

— Vous pourriez essayer de parler autrement que par monosyllabes, suggéra-t-elle, bien déterminée à suivre son rythme.

Ronan ne prit pas la peine de lui répondre. Il continua de marcher vers la sortie puis se fraya un chemin sur le parking avant de s'arrêter devant ce qui devait être son véhicule. Ce n'est qu'après avoir déverrouillé les portes qu'il se retourna vers les membres de son équipe pour leur communiquer l'adresse que Carver lui avait donnée.

— C'est noté, dit Martinez en hochant la tête. Nous serons juste derrière vous.

Sierra eut l'impression que l'inspecteur disait cela pour lui signifier qu'elle n'aurait pas à rester longtemps seule avec leur chef.

Elle ouvrit la portière du côté passager, s'installa à l'intérieur de la voiture de O'Bannon, et à peine eut-elle le temps de boucler sa ceinture que celui-ci avait déjà démarré.

Tout en essayant de se détendre, Sierra attendit patiemment qu'il prenne la parole.

Mais après avoir traversé deux pâtés de maisons dans un mutisme pesant, elle comprit que l'inspecteur O'Bannon ne changerait pas d'attitude. Même si elle ne s'était pas attendue à ce qu'il se lance dans une interminable logorrhée, ce silence imposé lui semblait tout à fait impoli.

— Vous savez que nous avons le droit de nous parler, lui dit-elle enfin, en essayant de prendre un ton enjoué.

— Et pourquoi ferions-nous une telle chose ?

— Parce que, commença-t-elle patiemment, c'est ce que les gens font, surtout s'ils se retrouvent dans une situation qu'on leur a imposée, comme nous… Ils se parlent.

— Moi pas, lui répondit Ronan en accélérant pour éviter un feu rouge.

— Eh bien, peut-être que vous devriez, lui rétorqua-t-elle.

Il tourna légèrement la tête vers elle, comme pour la regarder, mais il sembla soudain changer d'avis et se remit à fixer la route devant lui. Elle se demanda si elle n'avait pas affaire à un robot.

— Je suis certaine que vous avez des choses intéressantes à dire, continua-t-elle sachant pertinemment qu'elle ne faisait qu'aggraver la situation.

— Je réfléchis, lui indiqua-t-il.

— Réfléchissez à voix haute alors, lui suggéra-t-elle.

— Pardon ? lui demanda-t-il, l'air surpris.

— Réfléchissez à voix haute, répéta-t-elle. Je sais que vous n'êtes pas ravi de cette situation, mais que cela nous plaise ou non, Carver nous oblige à être partenaires sur cette affaire, nous ferions donc mieux de partager nos impressions. Et cela ne fonctionne que si on réfléchit à voix haute car, malgré ce que mes frères ont tendance à croire, je ne sais pas lire dans les pensées des gens.

Elle prit une profonde inspiration et attendit un instant. Puis, quand elle comprit que Ronan ne comptait pas lui répondre, elle ajouta d'une voix plus ferme :

— Donc parlez-moi.

— Carlyle, nous ne sommes pas partenaires.

— Quoi ?

— Vous venez de dire que Carver nous oblige à être partenaires, mais ce n'est pas le cas. Il vous a mise dans mon équipe, ce qui n'est pas du tout la même chose.

— Eh bien, vous voyez ? Était-ce si difficile ? lui lança-t-elle en souriant.

— Mais de quoi parlez-vous ? lui demanda-t-il l'air confus.

— Vous avez réussi à faire une phrase entière, vous en avez même formulé plusieurs d'affilée, alors je vous demande si c'était si difficile que ça ?

— Nous voilà arrivés, lui répondit Ronan d'un ton agacé.

Il se gara sur le trottoir, non loin du Shamrock Inn. Le bar avait d'abord été considéré comme appartenant à Telsa, la ville voisine d'Aurora, mais aujourd'hui les frontières entre les deux cités semblaient avoir évolué et l'endroit relevait des deux juridictions.

Un petit lutin de dessin animé faisait un étrange clin d'œil sur le panneau de l'établissement qui était accroché au-dessus de la porte. Ce qui était probablement amusant la nuit paraissait un peu triste à la lumière du jour, pensa Sierra en se dirigeant vers le bâtiment.

O'Bannon n'entra pas à l'intérieur, comme elle s'y était attendue, mais il fit le tour de l'édifice et s'engagea dans l'allée du fond.

En se retenant de soupirer, Sierra accéléra le pas pour le rejoindre. Une fois dans la ruelle, elle reconnut la brigade d'intervention criminelle qui avait investi les lieux. Trois enquêteurs et le chef de l'unité, Sean Cavanaugh — l'oncle de Ronan —, étaient en train d'étudier la scène de crime. Le médecin légiste était également présent, penché avec attention sur le corps de la victime qui était allongée, face contre terre, dans l'allée.

Sean leva les yeux en entendant les inspecteurs. C'était un homme grand et distingué et il attendit avec un sourire affable que son neveu le rejoigne pour prendre la parole.

— On dirait que notre tueur a remis ça, lui dit-il d'une voix désolée.

Ronan acquiesça puis s'agenouilla à côté du corps inanimé. Comme les autres victimes, l'homme avait été abattu d'une balle derrière la tête. Du sang recouvrait partiellement le tatouage qu'il avait dans la nuque et une de ses deux mains avait été sectionnée.

— Depuis combien de temps est-il mort ? demanda Ronan à son oncle.

Sean montra du doigt la façade arrière du bar où un homme maigre d'une quarantaine d'années était appuyé, l'air mal en point. L'agent qui était arrivé le premier sur les lieux était à ses côtés et tentait manifestement de l'empêcher de s'évanouir.

— Ce client, là-bas, celui qui est blanc comme un linge, a trébuché sur le corps vers 2 heures du matin — à peu près à l'heure de la fermeture du bar —, la victime était donc déjà morte à ce moment-là.

— La main de la victime a été coupée, fit remarquer

Sierra en essayant de garder son calme face à l'horreur de la scène.

Elle avait vu que la main avait été jetée non loin, près de la benne à ordures et fixait maintenant du regard le chef de l'unité.

— Mais le tueur ne l'a pas emportée avec lui, poursuivit-elle en se demandant à quelle sorte de logique un tel geste pouvait correspondre.

Pourquoi l'assassin avait-il pris la peine de couper la main de sa victime pour la laisser ensuite sur place ? Elle aurait trouvé plus cohérent qu'il l'emporte avec lui, comme souvenir de son crime.

— Il ne le fait jamais, lui répondit Sean.

Il se tourna vers Ronan et ajouta :

— Tu as un nouveau membre dans ton équipe ?

— Ouais, dit Ronan en soupirant.

— Bienvenue au club, lança Sean à Sierra. Votre regard neuf va peut-être remarquer quelque chose que nous avons manqué.

Silencieux, Ronan se mit à étudier le corps de la victime.

L'homme portait un jean de marque et un T-shirt ordinaire, taché de sang. D'autres tatouages ornaient ses bras, mais aucun ne semblait particulièrement remarquable.

— Un autre membre de gang ? demanda-t-il à son oncle.

— Ça m'en a tout l'air, en effet, répondit Sean. On pense toujours qu'il s'agit d'un règlement de comptes…

Martinez et Choi, qui les avaient rejoints, s'étaient postés de chaque côté du corps.

— Apparemment le patron n'est pas d'accord avec cette théorie, n'est-ce pas, Grand Chef ? demanda Martinez à Ronan qui lui adressa un regard aussi aiguisé qu'un laser.

Le sourire disparut du visage de Martinez qui ajouta, penaud :

— Désolé, je retire le « Grand Chef ».

— Quand est-ce qu'on pourra pratiquer l'autopsie ? demanda Ronan.

— Dès que le corps sera parti à la morgue. Il n'y a pas foule de cadavres en ce moment, lui répondit le médecin légiste qui préparait le transport.

— Techniquement, ajouta Sean, si le tueur avait attendu que ce M. Walker, ici présent, aille boire des bières dans sa propre ville, l'affaire ne serait pas de notre ressort. Mais comme le Shamrock Inn est situé à la frontière de nos deux municipalités, cet homicide nous retombe sur les bras.

— Comment connais-tu son nom ? lui demanda Ronan.

— Oh ! la victime a été suffisamment sympa pour garder son portefeuille sur elle. Apparemment son meurtrier voulait qu'on découvre son identité et qu'on sache d'où il venait.

— Comme pour les autres, commenta Choi.

— Que voulez-vous dire ? intervint Sierra.

— Qu'aucune des victimes n'habitait Aurora, lui répondit Sean.

— Voir Aurora et mourir, murmura Ronan d'un ton sinistre en regardant le corps de l'homme qui gisait sur le sol.

2

— Je ne crois pas que ça fonctionnera comme slogan, commenta Sierra.

Ronan la regarda comme si elle venait de dire la pire des absurdités.

— Qu'est-ce qui ne fonctionnera pas ?

— Vous venez de dire « voir Aurora et mourir » et… Oh ! laissez tomber, conclut-elle en faisant un signe de la main.

Un seul regard vers le visage impassible de Ronan lui avait suffi pour comprendre qu'elle pouvait toujours essayer de lui expliquer ce qu'elle avait voulu dire, il ne comprendrait pas. Et surtout qu'il ne se fendrait même pas d'un sourire. Manifestement cet homme n'avait aucun sens de l'humour… Ce qui était bien dommage car elle faisait partie de ces gens qui pensaient que dans la vie la dérision pouvait aider à traverser les épreuves les plus difficiles.

Travailler avec l'inspecteur O'Bannon allait être un sacré challenge, se dit-elle en décidant de voir le bon côté des choses. Après tout, elle n'était pas payée pour s'amuser… Son travail consistait à protéger les résidents de la ville d'Aurora, en collaborant avec cette équipe, du mieux qu'elle le pouvait.

— Très bien, dit-elle donc à l'enquêteur principal en redressant les épaules, que voulez-vous que je fasse ?

Ronan s'était agenouillé à côté du corps de la victime et, lorsqu'il leva les yeux vers elle, Sierra sut ce qu'il allait lui répondre avant même que les mots ne sortent de sa bouche.

— À part retourner au commissariat, lui dit-elle avant qu'il ne parle.

Ronan ne prit pas la peine de lui répondre et se releva pour se tourner vers Choi et Martinez.

— Vous deux, allez interroger ce type là-bas, celui qui a le teint verdâtre, et voyez ce que vous pouvez en tirer, leur dit-il en indiquant du menton l'homme qui était toujours appuyé contre le mur. Et essayez aussi de découvrir qui tenait le bar hier soir. Peut-être que le barman sait si notre victime était accompagnée. Ce serait vraiment bien de trouver un vrai témoin, quelqu'un qui aurait vu quelque chose.

Déterminée à ne pas être ignorée, Sierra prit la parole.

— Vous pensez que la victime était au bar avant d'être tuée ?

— C'est fort probable, oui, lui répondit Ronan.

Choi se pencha au-dessus du corps et prit une profonde inspiration.

— Oh…, dit-il en affichant un air légèrement dégoûté, il pue encore l'alcool à plein nez.

— C'est peut-être à cause du type qui l'a découvert et qui a vomi en comprenant sur quoi il avait trébuché, fit remarquer Sierra. Apparemment, il buvait des verres au Shamrock Inn depuis un bon moment. Je viens de discuter avec l'agent, ajouta-t-elle avant que ses collègues ne lui demandent d'où elle tenait cette information.

Sans faire le moindre commentaire, Ronan regarda Choi et Martinez.

— Quand ce sera fait, retournez au commissariat.

— OK, acquiesça Choi. Vous y serez ?

En guise de réponse, Ronan se retourna vers son oncle.

— Je peux jeter un coup d'œil aux papiers que vous avez trouvés sur lui ? lui demanda-t-il.

Sean lui tendit le portefeuille qui avait été placé ouvert sous un plastique, pour que le permis de conduire soit bien visible. Ronan lut l'adresse inscrite puis rendit la pièce à conviction à son oncle.

— Je vais me rendre à l'appartement de Walker pour voir s'il vivait avec quelqu'un, et si cette personne peut nous éclairer sur sa situation… Peut-être que Walker fréquentait de nouvelles personnes ces derniers temps ou que quelque chose avait changé dans sa vie ou dans son comportement.

— Vous voulez dire comme si le tueur en série avait laissé une note accrochée sur sa porte disant « tu es le prochain sur ma liste » ? lui demanda Sierra avec une pointe de sarcasme.

— Vous trouvez vraiment que la situation est amusante, inspecteur Carlyle ? lui répondit Ronan en lui jetant un regard exaspéré.

— Pas du tout, mais au moins cette fois vous m'avez répondu.

Ronan s'éloignait déjà mais Sierra poursuivit :

— J'imagine que, puisque vous ne m'avez rien donné de précis à faire, vous souhaitez que je vous accompagne ?

— Qu'est-ce qui vous fait croire une chose pareille ? lui demanda Ronan.

— Je procède par élimination, lui répondit-elle sans hésiter.

Exaspéré, Ronan se dit qu'elle ressemblait beaucoup à ses sœurs. Pourtant il savait qu'il allait devoir collaborer avec elle, d'une manière ou d'une autre… Qui sait, peut-être même pourrait-elle se rendre utile.

— Très bien, lui dit-il en se dirigeant vers sa voiture. Venez donc avec moi, je suis certain que vous êtes douée pour prévenir les proches, ce genre de chose n'est pas mon fort.

— Vraiment ? dit-elle sans pouvoir se retenir de sourire.

Ronan s'arrêta soudain et se retourna vers elle.

— Par contre, si vous continuez vos plaisanteries…

— Cette fois j'étais sérieuse, lui dit-elle en se justifiant. Vous semblez si détaché, j'ai pensé que cela ne devait pas vous déranger d'annoncer à quelqu'un que la personne dont il partageait la vie était morte.

Ronan monta dans son véhicule, attacha sa ceinture et mit le moteur en marche en réfléchissant à ce que venait de dire Sierra. Même s'il savait qu'il valait mieux ne pas relever sa remarque, c'était peine perdue.

— Je ne suis pas sans-cœur, lui dit-il. Je sais seulement gérer mes émotions pour qu'elles ne viennent pas entraver mon travail, et je déteste parler pour ne rien dire.

— Eh bien, vous avez de la chance que je pense le contraire, lui répondit-elle en esquissant un sourire. Je suis sûre que nous allons faire une bonne équipe, vous et moi.

Ronan la regarda d'un air stupéfait. Une bonne équipe ? Il pensait plutôt qu'ils étaient comme chien et chat…

— C'est vraiment comme ça que vous voyez les choses ? lui demanda-t-il.

— Oui, lui répondit-elle gaiement.

— Incroyable…

— Oh, ne vous en faites pas, vous penserez bientôt comme moi, lui dit-elle.

Puis, avant qu'il ne puisse ajouter quoi que ce soit, Sierra décida de diriger la conversation vers l'enquête.

— Je vais avoir besoin de regarder les dossiers des autres victimes une fois que nous serons de retour au commissariat.

— D'accord, lui dit-il sans même la regarder.

— Êtes-vous toujours aussi joyeux, lui demanda-t-elle, ou est-ce que quelque chose de particulier vous préoccupe ?

Cette fois il tourna la tête pour la regarder. Sierra semblait sincère.

Ronan avait grandi avec des sœurs bavardes mais, depuis l'épreuve terrible qu'il avait traversée, il préférait le calme et le silence. Deux choses qui, pour le moment, ne semblaient pas possibles. Cependant, il avait l'impression que s'il disait à Sierra Carlyle qu'il trouvait qu'elle parlait trop cela ne ferait qu'empirer les choses. Il décida donc de botter en touche.

— Je n'aime pas les tueurs en série, murmura-t-il entre ses dents.

Cela ne suffisait pas à expliquer son comportement, et Sierra le savait. Ce qu'elle suspectait, c'était plutôt que O'Bannon était contrarié de l'avoir dans les pattes. Mais elle avait bien l'intention de lui prouver qu'elle était un réel atout pour lui et pour son équipe.

— Personne ne les aime, lui répondit-elle en lui adressant un sourire éblouissant. Mais vous êtes chanceux, puisque votre travail consiste à vous débarrasser d'eux. Il faut toujours essayer de voir les choses du bon côté, même si cela semble impossible sur le moment, continua-t-elle. C'est mon père qui m'a appris ça.

Sierra marqua une pause puis décida de mettre les pieds dans le plat. De toute façon, il valait mieux que O'Bannon soit au courant.

— Je pense que c'est une des règles de vie de votre mère, ajouta-t-elle.

Pendant un court instant, Ronan se demanda s'il avait bien entendu.

— Vous connaissez ma mère ?

— Oui, la société d'ambulances qu'elle dirige est rattachée à la caserne de pompiers que mon père supervise.

Décidément, se dit Ronan, le monde était petit. Il lança un bref regard vers Sierra puis regarda la route à nouveau.

— Votre père est pompier ?

Il existait une vieille rumeur qui présentait les pompiers comme les rivaux des policiers. Comment cette femme avait-elle pu atterrir dans les forces de l'ordre en étant la fille d'un pompier ?

— En effet, lui répondit-elle fièrement. Tout comme mes trois frères. Vous savez, tout le monde à la caserne pense que votre mère est une grande dame ! Et une sacrée conductrice d'ambulance !

Sierra n'était pas sûre que cette dernière information fasse réellement plaisir à O'Bannon. Elle savait qu'elle ne le connaissait pas assez bien pour tenir ce genre de propos, mais elle-même aimait entendre des compliments sur les membres de sa famille.

— Oui, je sais, répondit Ronan comme s'il se parlait à lui-même.

Au moins, il lui avait répondu…, pensa Sierra avec optimisme. Peut-être, avec le temps, O'Bannon finirait-il par baisser sa garde. Ils pourraient alors avoir une réelle conversation, sans qu'elle ait l'impression de lui arracher chaque mot de la bouche.

Concentrée sur leur conversation, elle n'avait pas prêté attention à la route, aussi quand O'Bannon se gara, quelques minutes plus tard, elle regarda les alentours avec étonnement.

Autour d'eux, tout tendait à prouver qu'ils n'étaient plus à Aurora.

Une terrible impression de vétusté se dégageait des immeubles qui bordaient les rues. La pauvreté, le désespoir et la peur semblaient flotter dans l'air. C'était le genre d'endroit que les gens tentaient à tout prix de fuir, pas celui où il faisait bon revenir chaque soir.

Mais tout le monde n'avait pas toujours le choix.

Parfois c'était la rue qui finissait par gagner, dépouillant les gens de leurs espoirs, de leurs rêves, et de leur dignité.

— C'est vous qui avez voulu m'accompagner, lui dit soudain Ronan d'un ton sec.

C'était comme s'il pouvait lire dans son esprit, pensa Sierra, en faisant son possible pour chasser ses dernières pensées.

— Je n'ai rien dit, lui répondit-elle en ouvrant sa portière.

L'adresse sur le permis de conduire de Walker correspondait à un bâtiment de cinq étages qui semblait dater du début des années 1970. L'entrée était située entre une boulangerie et une cordonnerie. Un pressing se trouvait de l'autre côté de la rue. Une bande de jeunes, qui devaient tous avoir entre dix-sept et vingt-cinq ans, squattait sous le porche de l'immeuble. Certains d'entre eux bloquaient l'entrée.

— Pourriez-vous dégager le passage ? leur demanda Ronan d'une voix calme mais qui sous-entendait qu'ils n'avaient pas vraiment le choix.

Ils se déplacèrent légèrement, suffisamment pour créer un mince passage jusqu'à la porte d'entrée et Ronan s'y engagea en premier. Mais quand Sierra tenta de le suivre, un des hommes lui barra le passage.

— Il vaudrait mieux la laisser passer, les avertit Ronan sans même se donner la peine de se retourner.

Immédiatement, l'autre se mit sur le côté et lui dégagea la voie.

— Impressionnant, dit Sierra à Ronan en le suivant à l'intérieur. Vous avez des yeux derrière la tête ?

— Mieux vaut ne pas trop me chercher, lui dit-il en espérant que cela marquerait la fin de la conversation.

— Que se passe-t-il sinon ?

Comme il n'y avait manifestement pas d'ascenseur, Ronan commença à monter les marches de l'escalier.

— Faut-il toujours que vous ayez le dernier mot ? lui demanda-t-il.

— Pas toujours, non, lui répondit-elle d'un ton enjoué destiné à lui faire comprendre qu'elle n'était pas vexée par sa remarque. Allez, montrez-nous la voie, Grand Chef.

— Ne m'appelez pas comme ça, lui dit-il en se retournant pour lui jeter un regard noir.

— C'est Choi qui a commencé, lui rappela-t-elle.

— Cela ne change rien.

— Vous voulez que je lui dise de ne plus le faire ?

— Ce que je voudrais surtout, c'est que vous restiez calme et concentrée, lui dit-il en jetant un œil aux alentours mal éclairés.

Avec le faible éclairage de la cage d'escalier, il était difficile de voir à plus de quelques mètres, et c'était pour eux, pensa Ronan, un désavantage évident.

— Je peux tout à fait faire ça, ajouta-t-elle et, pour faire plaisir à O'Bannon, elle garda le silence pendant qu'ils gravissaient les cinq étages.

En arrivant en haut, Sierra laissa échapper un soupir. Elle faisait de l'exercice quotidiennement et se sentait plutôt en forme, mais elle avait tenté de suivre le rythme de O'Bannon et était donc très essoufflée.

— Ouah, je n'aimerais pas devoir monter ça tous les jours en rentrant du boulot, dit-elle en tentant de retrouver un rythme de respiration normal.

— Peut-être est-ce pour cette raison que Walker et ses prétendus amis ne travaillent pas, lui répondit Ronan avant d'ajouter : enfin pas au sens traditionnel du terme.

Après avoir enfin trouvé le numéro de l'appartement qu'il cherchait, il frappa quelques coups à la porte. Il allait recommencer quand lui et Sierra entendirent soudain le son de plusieurs verrous qu'on ouvrait. Quelqu'un entrouvrit alors, en laissant la chaîne de sécurité.

La femme qui les regardait avait l'air fatigué et méfiant, mais elle devait un jour avoir été très séduisante. Pourtant il semblait évident qu'elle avait enduré plus de drames qu'une seule personne pouvait en supporter.

— Si vous êtes là pour me parler de religion, vous perdez votre temps, j'ai tout essayé, rien n'a fonctionné, leur dit-elle en les regardant d'un air suspicieux.

Sur ces mots, elle tenta de leur fermer la porte au nez, mais Ronan la bloqua avec son pied.

— Hé ! protesta-t-elle.

— Nous sommes de la police, lui dit-il en lui montrant son badge.

— J'ai aussi essayé avec vous et ça n'a rien donné non plus, ajouta-t-elle, la voix chargée d'amertume.

— Avez-vous un lien quelconque avec John Walker ? lui demanda Sierra pour tenter de contrer toute nouvelle protestation.

Une lueur de désespoir passa dans le regard de la femme.

— Je suis sa mère, pourquoi ? Qu'est-ce qu'il a encore fait ? s'enquit-elle d'une voix où la colère se mêlait à la lassitude.

— Est-ce qu'on peut entrer ? interrogea poliment Sierra.

— Non, lui répondit la femme en s'agrippant à la porte. Si vous avez quelque chose à me dire, dites-le de là où vous vous trouvez. Qu'est-ce qu'il a fait cette fois ? répéta-t-elle en les regardant tous les deux, tour à tour.

Même si Ronan pensait le contraire, Sierra n'avait encore jamais annoncé la mort de quelqu'un aux membres de sa famille. Elle sentit une boule se former dans sa gorge tandis qu'elle cherchait les mots justes.

— Madame, je suis au regret de vous annoncer que…

Sa propre voix lui semblait être celle d'une étrangère.

— Oh mon Dieu, il est mort, c'est ça ? s'écria Mme Walker en commençant à trembler de la tête aux pieds.

Elle s'efforça de garder le contrôle d'elle-même tandis qu'elle ôtait la chaîne de sécurité de la porte.

— Je le lui avais prédit, poursuivit-elle d'une voix pleine de désespoir, je lui avais dit que le genre de vie qu'il menait finirait par le tuer.

Elle éclata en sanglots et Sierra tenta de la prendre dans ses bras pour lui éviter de tomber. La femme se débattit un instant, puis elle se laissa aller contre elle, et cacha son visage contre son épaule. Puis, après quelques minutes, elle se ressaisit, apparemment résignée.

Elle se redressa et releva le menton pour regarder Sierra dans les yeux.

— Que s'est-il passé ?

— Quelqu'un lui a tiré dessus. On a retrouvé son corps dans une ruelle derrière le Shamrock Inn, lui répondit Ronan d'une voix dénuée d'émotion.

Mme Walker acquiesça en silence, puis elle les guida jusqu'à un petit salon encombré où elle s'écroula sur un canapé affaissé et élimé.

— Racontez-moi tout, leur demanda-t-elle dans un murmure.

3

Bien que cela le mette plutôt mal à l'aise, Ronan n'eut pas d'autre choix que de s'asseoir à côté de la mère de la victime, sur le canapé. Sierra s'installa de l'autre côté et, quand Ronan la regarda, il vit qu'elle éprouvait une sincère compassion pour cette femme.

Peut-être aurait-il mieux fait de la laisser se charger de cette visite toute seule ? pensa-t-il. Cependant ils ne pouvaient savoir où ils allaient mettre les pieds et jamais il n'aurait couru le risque de mettre Carlyle en danger uniquement pour s'éviter d'annoncer lui-même cette terrible nouvelle.

— Je suis désolé, mais nous n'avons malheureusement pas beaucoup d'informations, madame Walker, lui dit-il finalement après avoir pris une profonde inspiration. Votre fils a été retrouvé mort dans une ruelle derrière un bar nommé le Shamrock Inn. Il a été tué d'une balle dans la tête.

Mme Walker sursauta comme si elle venait de s'électrocuter puis elle se ressaisit rapidement.

— Il n'a pas souffert, n'est-ce pas ? demanda-t-elle en essayant de contenir son émotion.

— Eh bien, il semblerait…, commença Ronan.

Oh mon Dieu, pensa alors Sierra, *il va lui dire la vérité…*

— Non, pas du tout, intervint Sierra. Il est mort très rapidement.

La seule chose qui importait pour le moment était de

tout faire pour éviter que Mme Walker ne s'effondre. Tant qu'elle tenait le coup, elle pouvait se souvenir de quelque chose concernant son fils.

— Est-ce que vous savez si votre fils avait des problèmes ? lui demanda Ronan. Est-ce qu'il avait des ennemis, est-ce qu'on l'avait menacé ?

— Eh bien, je ne pense pas que la personne qui l'a tué ne lui souhaitait que du bien, lui répondit Mme Walker d'un ton sec avant de regretter visiblement sa saute d'humeur. Je suis désolée, c'est un tel choc. On passe sa vie à s'inquiéter pour ses enfants, pourtant le jour où il leur arrive quelque chose, on ne peut l'accepter.

Sierra posa une main réconfortante sur son épaule et la femme laissa échapper un profond soupir en frissonnant. Elle semblait sur le point d'éclater en sanglots à nouveau, mais elle réussit à garder son calme.

— Nous sommes vraiment désolés pour votre perte, madame Walker, lui dit Sierra d'un ton sincère. Voulez-vous que nous prévenions quelqu'un ?

La femme laissa échapper un petit rire amer et secoua la tête.

— Personne ne va venir me voir si la police est dans les parages, vous savez, leur dit-elle en sortant un mouchoir de sa poche pour s'essuyer les yeux. Quand pourrais-je voir mon f… le corps ?

— Nous devons d'abord faire pratiquer une autopsie, mais nous vous appellerons dès que ça sera fait, lui répondit Sierra d'une voix douce en lui serrant la main affectueusement. En attendant, voici ma carte avec mes coordonnées, si quelque chose vous revient ou si vous avez des questions, n'hésitez pas à me contacter.

Mme Walker hocha la tête silencieusement, glissa la carte dans sa poche et tenta de la remercier, mais manifestement les mots restèrent coincés dans sa gorge.

— Merci de nous avoir accueillis, lui dit alors Ronan avant de se lever pour prendre congé. Je vous en prie, ne vous dérangez pas, nous savons où se trouve la sortie.

— Cette femme ne sera plus jamais la même, fit tristement observer Sierra tandis qu'ils quittaient l'immeuble.

— Comme tous ceux qui ont un jour perdu un être cher, lui répondit Ronan sèchement.

Quelque chose dans le ton de sa voix intrigua Sierra et elle jeta un rapide coup d'œil à O'Bannon. Mais il affichait comme toujours cette même expression impassible.

Il resta silencieux un long moment puis finit par prendre la parole alors qu'ils roulaient vers le commissariat.

— Vous êtes plutôt douée pour faire ce genre de chose.

— Je ne suis pas certaine de vous suivre, lui répondit-elle, surprise par sa remarque. Est-ce ironique ?

Ronan regretta immédiatement ses paroles mais il savait qu'il ferait mieux de répondre, sinon Sierra commencerait à émettre des hypothèses et à l'accabler de questions.

— Ce que je voulais dire, c'est que vous avez réussi à gérer cette situation qui était pourtant très embarrassante.

— C'est un des compliments les plus maladroits que je n'ai jamais entendus, vous savez, lui répondit-elle en se retenant de rire.

— Désolé, c'est tout ce que j'ai en boutique, rétorqua Ronan en haussant les épaules.

Cette fois Sierra éclata de rire. Il y avait donc bien un véritable être humain sous cette armure de robot, pensa-t-elle.

— Je ne vous crois pas une seconde, lui répondit-elle.

— Que voulez-vous dire ?

— Eh bien… Il semblerait que votre mère soit une femme gentille et intelligente…, commença Sierra.

— Et ?

— Oh rien, laissez tomber, lui dit-elle en se laissant aller en arrière dans son siège.

— Non, je vous écoute, insista Ronan en la fusillant du regard. Vous vous apprêtiez à dire quelque chose, alors allez-y.

— Oui et comme ça, si ça ne vous plaît pas, vous aurez une bonne raison de vous débarrasser de moi…

Le croyait-elle donc si mesquin ? se demanda Ronan.

— Nous parlerons des conséquences plus tard, lui lança-t-il, maintenant dites-moi ce que vous vouliez dire.

— Votre mère, reprit alors Sierra en prenant soin de choisir chacun de ses mots, semble être une femme géniale, sociable…

— Vous avez déjà dit tout ça, la coupa Ronan d'un ton impatient.

— Et pourtant vous vous comportez comme si vous aviez été élevé par une louve dans une grotte ! lâcha-t-elle enfin.

Eh bien, pensa Ronan, voilà quelqu'un qui n'avait vraiment aucun mal à dire la vérité. Une telle qualité serait probablement un atout précieux pour lui et son équipe, mais en même temps, si lui et Carlyle continuaient à se chamailler ainsi en permanence, ils ne risquaient pas d'avancer dans leur enquête.

— Si vous avez un problème avec ma manière de fonctionner, Carlyle, vous pouvez toujours demander à changer de service, lui déclara-t-il d'une voix dénuée de toute émotion.

— Je n'ai pas l'habitude d'abandonner, lui répondit-elle, furieuse.

— Alors on dirait que vous avez un choix à faire.

— On dirait bien, en effet.

Alors qu'ils arrivaient à une intersection, Ronan profita du feu rouge pour se tourner vers Sierra.

— Que va-t-il se passer dans ce cas ? Vous restez dans mon équipe ou vous la quittez ?

— Je reste, mais n'espérez pas que je change d'attitude, lui répondit-elle en relevant le menton fièrement.

— La seule chose que je vous demande, Carlyle, c'est de faire tout votre possible pour résoudre cette enquête afin que nous puissions coincer ce fichu justicier.

— Vous pensez que le tueur se prend pour un justicier ?

Ronan se souvint brusquement que Carlyle venait seulement d'arriver dans l'équipe et qu'elle n'avait probablement pas encore pris connaissance de tous les détails de l'affaire.

— C'est le cinquième membre de gang qui est tué de cette manière, trois faisaient partie des War Lords et deux des Terminator. Si ce fou ne se prend pas pour un justicier, je ne vois pas d'autre motif à ses exécutions.

— Eh bien, peut-être que c'est l'œuvre d'un troisième gang qui essaye de se débarrasser de la concurrence ?

— Il n'existe aucun gang à Aurora. Il y a bien quelques jeunes types qui ont essayé de jouer aux durs et ont prétendu faire partie d'une bande en allant taguer des immeubles, mais on les a vite démasqués et ramenés chez leurs parents… Vous avez une autre idée ?

— Non, répondit Sierra avec une grimace. Pas pour le moment.

— Alors pourquoi faites-vous cette tête ? lui demanda-t-il en lui jetant un rapide coup d'œil.

— Parce que c'est la première fois que vous me dites plus de trois mots et que je savais que vous en étiez capable.

Ronan hocha la tête d'un air exaspéré. Mais il ne releva pas, décidé à conserver un peu de calme pendant le reste du trajet.

En entrant dans le commissariat, Ronan se dirigea directement vers les postes de Choi et Martinez.

— Vous avez du nouveau, les gars ?

— Entre deux haut-le-cœur, Billie, le gars qui a découvert le corps, nous a appris qu'il ne connaissait pas la victime et je pense qu'il était sincère, lui répondit Choi. Quand on est dans cet état, je crois qu'on a plutôt tendance à dire la vérité.

— Et le barman ?

— Celui qui travaillait cette nuit, répondit Martinez, s'appelle Dave et n'avait rien de précis à nous apprendre. Selon lui, le bar était bondé hier soir et la victime ne lui a pas laissé de souvenirs particuliers. Il dit l'avoir vu en train de boire quelques tequilas avec une femme plutôt sexy qui lui faisait du gringue, puis il les a perdus de vue.

— Mais nous n'avons retrouvé aucune trace de cette femme dans la ruelle…, rappela Choi.

— Peut-être qu'elle est partie avant qu'il se fasse tuer ? dit Martinez.

— Ou peut-être qu'elle a vu ce qui se passait et qu'elle a réussi à s'enfuir avant que le tueur ne puisse s'en prendre à elle ? Ce qui ferait d'elle un témoin clé, dit Sierra en regardant Ronan.

— Hum… Vous avez peut-être mis le doigt sur quelque chose, Carlyle. Ça vaut le coup d'être exploré, dit Ronan avant de se retourner vers Choi et Martinez. Vous deux, retournez donc voir ce barman et voyez si vous pouvez faire avec lui un portrait-robot de cette femme. De cette façon nous pourrons faire un tour dans le voisinage de Walker pour voir si quelqu'un la reconnaît.

— C'est comme si c'était fait ! lança Choi en quittant le commissariat, Martinez sur ses talons.

Enfin ! O'Bannon l'avait prise au sérieux, pensa Sierra, encore surprise par ce soudain changement d'attitude.

— Toujours agacé de m'avoir dans vos pattes ? lui demanda-t-elle avec un large sourire.

— Vous attendez quoi, Carlyle ? Un morceau de sucre et une caresse ?

— Non, mais un « bien vu ! » ne serait pas de trop, répliqua-t-elle.

— OK, bien vu ! Voilà, vous êtes contente ?

— Vous êtes vraiment un dur à cuire, n'est-ce pas ?

— Il n'existe rien qui puisse m'adoucir, lui répondit-il en sortant de la pièce.

— Ça, je n'en suis pas si sûre ! lui cria-t-elle de son bureau.

Elle le vit s'immobiliser un instant mais, alors qu'elle pensait qu'il allait répliquer, il reprit finalement sa route sans même se retourner.

Sierra 1 / Ronan 0, pensa-t-elle en affichant un sourire satisfait…

Quand O' Bannon revint au bureau une demi-heure plus tard, il se figea en découvrant qu'un grand panneau d'affichage sur roulettes trônait au beau milieu de la pièce.

— D'où sort ce truc ? demanda-t-il à Sierra d'un ton sec.

— De la réserve, lui répondit Sierra sans quitter son écran des yeux.

— Et qu'est-ce que ça fait ici ?

— J'ai pensé que nous pourrions y accrocher des photos et d'autres documents, cela stimulera peut-être notre réflexion…

Tandis qu'elle se retournait vers lui, Ronan se dit qu'il n'aimait pas du tout la tournure que prenaient les choses : ce n'était pas à Carlyle d'avoir des initiatives.

— Ma réflexion est bien assez stimulée, je vous remercie, lui dit-il d'un ton agacé, en se rapprochant pour observer les cinq photos qui y avaient été épinglées. Et ces photos vous les avez trouvées où ?

— Oh ! j'ai cherché les permis de conduire des cinq victimes sur le site de la préfecture, et j'ai imprimé les photos, lui expliqua-t-elle.

Bien qu'elle se rende compte que ses réponses énervaient de plus en plus O'Bannon, Sierra continua de parler. Elle espérait qu'en le bombardant d'informations elle finirait par le persuader que ce tableau était une bonne idée.

— J'ai pensé qu'en les ayant ainsi sous les yeux cela nous permettrait de prendre un peu de recul et que nous pourrions voir quelque chose qui nous a échappé…

— Mais qui vous a donné une idée pareille ? lui demanda-t-il en la fusillant du regard.

— Personne, j'ai juste pensé que ce serait une bonne idée, c'est aussi pour ça que je suis ici, non ?

— Honnêtement, lui répondit-il en soupirant, je m'interroge encore sur la raison de votre présence ici.

— Attendez, vous voulez un indice ? Ce n'est pas si compliqué, je suis là pour vous aider dans l'enquête.

— Vous pouvez tout à fait nous aider en suivant tranquillement les directives, lui répondit-il en sentant que la moutarde lui montait au nez.

— Cela ne me pose aucun problème mais, pour ça, encore faudrait-il qu'il y ait des directives, répliqua-t-elle. Écoutez, O'Bannon, d'autres inspecteurs ont déjà utilisé ce genre de tableau et ils l'ont même parfois trouvé très utile.

Ronan resta silencieux et Sierra laissa échapper un profond soupir de frustration.

— Vous voulez que je retire les photos et que j'aille ranger le tableau ?

— Non, laissez-le ici, lui dit-il d'une voix résignée. Mais la prochaine fois, avant de faire quoi que ce soit, venez m'en parler.

Si Sierra ne put s'empêcher de se sentir frustrée en entendant ces propos, elle n'ajouta rien car elle savait que si elle voulait continuer de travailler sur cette affaire — ce qu'elle souhaitait vraiment — elle allait devoir se plier aux règles de O'Bannon.

— Je vais me rendre en salle de pause pour déjeuner, cela ne vous pose pas de problème ? lui demanda-t-elle en penchant la tête sur le côté.

Mon Dieu qu'elle peut être agaçante ! pensa O'Bannon.

— Si vous essayez de me faire sortir de mes gonds, Carlyle, sachez que c'est déjà fait.

— Très bien, donc je peux aller manger ? continua-t-elle sur un ton innocent.

— Allez-y, lui répondit-il en lui faisant un geste impatient de la main. Mais si vous résolvez cette affaire en mangeant votre jambon-beurre, soyez gentille de me prévenir avant d'aller mettre le tueur sous les verrous.

— Mon sandwich est au rosbif, le corrigea Sierra. Et ne vous inquiétez pas, vous serez le premier au courant si je résous cette affaire.

Sur ces mots, elle se retourna pour sortir du bureau, mais elle se cogna alors contre un jeune homme qu'elle n'avait encore jamais vu. C'était une version plus grande, plus jeune et bien plus souriante que Ronan.

— Désolée, murmura-t-elle avant de quitter la pièce.

— Hé, quoi de neuf par ici ? demanda Christian O'Bannon en se dirigeant vers le bureau de son frère aîné. Est-ce que cette femme était en train de te déclarer sa flamme ?

Il se retourna pour regarder Sierra qui s'éloignait vers la salle de pause.

— Je n'ai pas le temps pour tes bêtises, lui dit son frère en soupirant. Écoute, franchement Christian, je ne sais pas pourquoi tu es là, mais sache que ce n'est pas le bon jour et que je n'ai absolument pas envie de plaisanter… Que veux-tu ?

— Oh, pas grand-chose, juste te demander si tu veux être mon témoin ? Suzie et moi allons nous marier.

— Vraiment ?

— Absolument, avec l'église, les fleurs et tout le tralala.

— Bon sang, et moi qui trouvais que Suzie avait l'air d'avoir la tête sur les épaules.

— Hé ! Sois plus respectueux ou tu risques d'être rétrogradé, lui répondit son frère. Je crois qu'il manque encore une demoiselle d'honneur.

— J'ai beaucoup de respect pour Suzie, tu le sais bien. C'est pour toi que je n'en ai pas beaucoup, et je n'en ai jamais eu d'ailleurs.

— Ça veut dire que tu acceptes ? Je sais que tu n'aimes pas beaucoup être sous le feu des projecteurs.

— Tout le monde n'aura d'yeux que pour la mariée et l'heureux bougre qui a la chance de l'épouser.

— Ça veut donc dire oui ? insista Christian.

Ronan sourit, sincèrement heureux pour son jeune frère.

— Evidemment… Tu n'as qu'à me dire le lieu et la date.

— Je te tiendrai au courant de tout ça…, lui répondit Christian qui paraissait soulagé.

Ronan acquiesça et garda le sourire en regardant son frère quitter les bureaux. Il aurait aimé être à la place de Christian, vraiment. Il se souvenait avoir été aussi heureux que lui. Un jour…

4

— Vous devriez faire ça plus souvent.

Ronan se retourna, surpris de découvrir que Sierra était si proche de lui. Il ne l'avait pas entendue le rejoindre et pensait qu'elle était toujours dans la salle de repos.

— Faire quoi ? lui demanda-t-il.

— Sourire.

Ronan reprit son expression impassible habituelle. Déterminée à le faire réagir, Sierra continua.

— Vous êtes nettement moins détestable quand vous souriez, vous savez.

Ronan se surprit à sourire une nouvelle fois et se demanda ce qu'il y avait chez cette femme qui le faisait réagir de la sorte. Cela faisait bien longtemps que ça ne lui était pas arrivé.

— Vous ne comprenez pas, lui répondit-il d'un ton bourru. Pour quelles raisons voudrais-je justement ne pas avoir l'air détestable ?

— Ah, vous m'avez eue là, lui répondit-elle en se mordant la langue. Si vous ne le savez pas vous-même, c'est certain que je ne peux pas vous l'expliquer.

— Voilà.

Ronan se retourna pour observer les photos que l'inspecteur Carlyle avait accrochées sur le grand tableau d'affichage. Il espérait avoir un déclic, mais malheureusement rien ne lui vint à l'esprit. Il jeta un regard à Sierra qui venait de retourner s'asseoir à son bureau.

— Rien ne vous saute aux yeux ? lui demanda-t-il.

— Pas encore, non, reconnut-elle avec un air navré. C'est probablement encore un peu tôt.

— Ouais, soupira-t-il en regardant les images. Ce n'était pas une si mauvaise idée de se servir de ce panneau d'affichage, finalement.

Sierra ne fit aucun effort pour masquer sa surprise.

— Ouah, deux moitiés de compliments en une seule journée, vous n'avez pas peur que je prenne la grosse tête ?

— Mon Dieu, vous voulez dire qu'elle pourrait devenir plus grosse qu'elle ne l'est déjà ? lui demanda-t-il.

Sierra ne fut pas vexée. Elle sentait que Ronan avait besoin de lui dire quelque chose de vache pour contrebalancer le compliment maladroit qu'il venait juste de lui faire.

— Je n'ai pas la grosse tête, lui dit-elle. Je suis seulement consciente de mes compétences.

Ronan était sur le point de lui répondre quelque chose sur ses « prétendues » compétences quand il la vit soudain changer d'expression. Et ce qu'il vit passer dans ses yeux le fascina. C'était pur, enchanteur, presque sublime… Il se rendit soudain compte que Sierra lui rappelait Wendy.

Surpris, il reprit rapidement ses esprits. Ce n'était certainement pas le moment de penser à Wendy. Il n'était pas prêt à revenir là-dessus pour le moment. Peut-être ne le serait-il d'ailleurs jamais.

Il se retourna pour regarder Martinez et Choi qui entraient dans le bureau puis se dirigea vers eux.

— Alors, vous avez trouvé quelque chose ? leur demanda-t-il.

Martinez secoua la tête d'un air déçu.

— Si quelqu'un l'a reconnue, répondit-il à Ronan en se souvenant de la réaction du barman lors de son interrogatoire, personne ne veut le dire. En même temps, la description est plutôt banale, jolie fille, cheveux ondulés, rien de vraiment exceptionnel.

— Et la caméra de surveillance ? demanda Sierra.

— Celle qui se trouve dans la ruelle du fond ne fonctionne plus, lui répondit Ronan.

C'était la première chose qu'avaient vérifiée son oncle et son équipe en arrivant sur les lieux.

— OK, reconnut-elle, mais celle qui est à l'intérieur du bar ?

— Il n'y en a pas. Le propriétaire en a installé une mais elle est factice, c'est pour faire semblant, lui répondit Ronan.

— Et celle qui est dehors, à l'entrée ? insista Sierra en se souvenant de l'avoir remarquée en passant devant la porte principale du bar.

Ronan sortit soudain du bureau sans lui répondre. Sierra se précipita à sa suite et le rejoignit rapidement devant l'ascenseur.

— Vous allez au laboratoire du CSI pour étudier la bande-vidéo de cette caméra de surveillance, n'est-ce pas ? lui demanda-t-elle.

— Vous n'avez pas de dossiers en cours ? lui répondit-il avec un air crispé.

— Vous savez bien que si, c'est vous qui me les avez confiés. Mais ils peuvent attendre, lui répondit-elle. Je veux voir si nous pouvons trouver notre mystérieuse femme sur la vidéo. Peut-être que ces images pourront nous aider à résoudre cette affaire.

Ronan en doutait fortement. Rien ne se résolvait aussi facilement.

— Vous avez compris qu'elle ne cherchait peut-être qu'à se faire offrir un verre ? lui demanda Ronan alors que l'ascenseur arrivait enfin.

Sierra s'engouffra à l'intérieur dès que les portes furent

ouvertes, ne laissant aucune chance à Ronan de la laisser sur le carreau.

— Je sais, oui. Mais elle pourrait quand même avoir assisté à quelque chose.

— Elle pourrait en effet être un témoin intéressant, admit-il à contrecœur. Oh ! ce n'est pas la peine de sourire autant, Carlyle, si vous continuez votre visage va se fendre en deux.

— Il est encore sous garantie pour quelques années, donc merci mais je n'ai rien à craindre, lui répondit-elle gaiement.

— Mouais, murmura-t-il comme s'il se parlait à lui-même.

Voilà bien la dernière chose dont il avait besoin, se retrouver avec un énergumène dans son équipe. Un énergumène qui, en prime, lui rappelait le drame de sa vie.

— Allez, venez, lui ordonna-t-il tandis que les portes de l'ascenseur s'ouvraient sur le sous-sol.

Sierra ne se le fit pas dire deux fois.

— Elle, c'est elle ! s'écria Sierra avec excitation, en pointant du doigt l'image sur le moniteur. Revenez en arrière !

Ronan et elle s'étaient remis à étudier la bande de surveillance du Shamrock Inn. La définition de l'image n'était pas très bonne car la caméra devait avoir une bonne dizaine d'années, et la cassette avait dû être réutilisée de nombreuses fois. De plus, comme il n'y avait plus d'horodatage, Ronan et elle avaient été forcés de regarder la bande en entier, soit dix heures d'enregistrement au total.

Ronan rembobina la bande puis enclencha la lecture en mode « ralenti » afin de ne rien manquer de la scène.

— Elle était donc seule en entrant dans le bar, déclara Sierra.

— J'ai des yeux, Carlyle, je peux le voir, lui répondit Ronan en lui jetant un regard exaspéré.

— Désolée, c'est seulement l'excitation.

— Economisez votre énergie, cette affaire risque fort d'être un marathon, lui dit-il.

Il appuya une nouvelle fois sur pause puis se leva du poste de visionnage pour aller chercher son oncle.

Une fois de retour, il lui montra du doigt l'image figée sur le moniteur.

— Je vais avoir besoin d'une copie de cette image sur papier, est-ce possible ? demanda-t-il à Sean.

— Tu veux dire, en plus de celle que tu as déjà ? interrogea Sean en ne prenant pas la peine de masquer son amusement.

— De quoi parles-tu ?

Plutôt que de répondre à son neveu, Sean lui montra l'impression en couleur que Sierra tenait à la main.

— Où avez-vous…

— À l'imprimante, lui répondit Sierra d'un ton innocent avant de poursuivre avec un sourire : je ne suis pas née de la dernière pluie, vous savez.

— Un coup de main est toujours le bienvenu, acquiesça Sean en regardant son neveu. Bon, eh bien, si vous n'avez plus besoin de moi…

— Non, plus pour le moment, merci, lui répondit Ronan. Merci de nous avoir laissés étudier la bande.

— Nous voulons tous la même chose, lui dit Sean avant de les quitter. Coincer le responsable de ces horreurs et le mettre derrière les barreaux. J'ai demandé au médecin légiste de t'envoyer son rapport après l'autopsie, mais je pense qu'il n'y aura aucune surprise.

— Est-ce qu'il fait aussi un bilan toxicologique ? demanda Sierra derrière Ronan.

Le chef de la brigade criminelle s'arrêta et se retourna vers elle.

— Bien sûr, répondit Sean. Mais les dépistages de drogue peuvent inclure une large gamme de tests, vous cherchez quelque chose de spécifique ?

— Les tests incluent-ils une recherche de psychotropes, comme la drogue du viol par exemple ? poursuivit Sierra.

Les deux hommes se figèrent.

— Pas dans ce cas, non, pourquoi ? demanda Sean en se rapprochant de Sierra. À quoi pensez-vous ?

— Eh bien, ce n'est qu'une idée…, commença Sierra. Mais celui qui a exécuté Walker voulait probablement que celui-ci le suive gentiment sans faire d'histoire, n'est-ce pas ?

Ronan échangea un regard avec son oncle.

— Cela paraît sensé, en effet, approuva Sean. Je vais demander un bilan d'analyses plus poussé sur Walker et je vous tiens au courant de ce qu'il en résultera.

Ils quittèrent la salle de visionnage et, en attendant l'ascenseur, Sierra se retourna vers Ronan.

— Vous regrettez toujours que je sois venue avec vous ?

— Le jury délibère encore sur ce sujet, lui répondit-il avec une pointe d'ironie.

— Est-ce que vous allez vous retrancher à nouveau dans votre rôle du type silencieux et fermé ? lui demanda-t-elle. Je vous rappelle que je vous ai vu sourire, O'Bannon, vous ne pouvez plus me tromper.

L'ascenseur arriva, ils y montèrent et Ronan appuya sur le bouton de leur étage avec une violence disproportionnée.

— J'ai une question pour vous, Carlyle. Est-ce qu'il vous arrive de vous taire ?

— À l'occasion, oui.

— Et vous pensez que maintenant pourrait en être une ? lui demanda-t-il. Je réfléchis mieux dans le silence.

Sierra étouffa un éclat de rire.

— Eh bien, au vu du bureau dans lequel nous travaillons, on ne peut pas dire que vous soyez très chanceux !

— Comme vous dites, oui, lui répondit-il en la regardant avec insistance.

— Enfin, si ça peut aider, je vais arrêter de parler… pour l'instant, lui dit-elle d'un ton malicieux. J'ai de la lecture en retard de toute façon.

Ronan ne fit aucun commentaire, de peur probablement qu'un seul mot de sa part ne suffise à relancer une nouvelle conversation. Et il avait vraiment envie de savourer quelques moments de calme avant que quelque chose de nouveau ne se produise.

Sierra passa le reste de la journée, ainsi que la suivante, à lire et à relire les dossiers qui avaient été constitués sur les cinq autres victimes. Toutes faisaient partie de gangs du quartier et le mode opératoire des meurtres était le même à chaque fois : tués d'une balle derrière la tête, les hommes étaient ensuite amputés d'une de leurs mains. Dans les quatre premiers cas, c'est la main droite qui avait été sectionnée.

Mais dans ce dernier homicide il s'agissait de la main gauche.

— Pourquoi une seule main ? demanda Sierra à haute voix en regardant les photos dans le dossier.

Les trois hommes de l'équipe étaient assis à leurs postes et semblaient absorbés par leurs tâches respectives. Martinez et Choi étaient tous deux au téléphone et collectaient les témoignages de ceux qui juraient avoir croisé le chemin du meurtrier. Et si chaque appel méritait d'être pris au sérieux, même s'il paraissait fantasque au premier abord, ce travail était long et fastidieux et commençait à taper sur les nerfs des deux inspecteurs.

En entendant la question de Sierra, Ronan leva les yeux vers elle.

— Que dites-vous ?

Il savait qu'il allait regretter d'avoir posé la question car la dernière chose qu'il souhaitait était bien que Sierra saute sur l'occasion pour lancer une nouvelle discussion… Il avait fortement apprécié l'environnement studieux et paisible des dernières heures. Mais puisque c'était Sierra qui avait trouvé la piste de la vidéosurveillance, il ne pouvait pas se permettre de l'ignorer juste pour préserver sa zone de confort.

— Pourquoi le tueur ne coupe-t-il qu'une seule main à ses victimes ? répéta-t-elle.

— Probablement car c'est celle dont ils se servent le plus, lui répondit Ronan en haussant les épaules.

— OK, et ?

Cette seule explication n'était pas suffisante pour Sierra. Elle avait l'intime conviction que, s'ils trouvaient le véritable motif de ces amputations, cela leur permettrait de mieux cerner la personnalité de celui qui était l'auteur de ces meurtres.

— Et quoi ? répéta Ronan en fronçant les sourcils.

Inspirant profondément, Sierra reposa sa question de manière plus explicite.

— Pourquoi le tueur coupe-t-il la main dominante des victimes ?

— Mais comment diable pourrais-je le savoir ? s'écria-t-il en se frottant le visage, l'air frustré. Ce type est un détraqué, qu'est-ce que vous voulez que je vous dise de plus ?

— Un détraqué qui sait comment sectionner une main de manière presque chirurgicale, fit-elle remarquer.

— Avec un peu d'entraînement et un bon couteau de boucher, n'importe qui peut faire la même chose.

— Peut-être, en effet, reconnut-elle.

— Pourquoi vous concentrez-vous sur ces amputations ? demanda soudain Choi à Sierra après avoir enfin raccroché son téléphone. Vous pensez que le meurtrier est une sorte de Jack l'éventreur ? Certaines personnes pensaient qu'il était peut-être médecin, vu la manière dont il opérait ces prostituées.

— Je pensais que si notre meurtrier avait un passé médical nous serions alors en mesure de resserrer nos recherches et de faire le tri dans les suspects potentiels.

— Parce que nous avons des *suspects potentiels* ? demanda Martinez, en regardant Sierra, puis Ronan, et enfin Choi. Vous êtes en train de dire que vous pensez qu'il pourrait s'agir de quelqu'un d'autre que de l'un des membres des deux gangs impliqués ?

— Pour le moment, lui répondit Sierra en écartant d'un geste de la main la question de Martinez, je ne fais que réfléchir à voix haute. Je lance des pistes en l'air en espérant qu'en échangeant nos idées tous ensemble on puisse éventuellement aboutir à quelque chose.

Une expression pensive passa sur le visage de Ronan.

— Et quelles sont donc vos idées sur le fait que le tueur ne coupe qu'une seule main à ses victimes ?

Sierra fut surprise que Ronan demande des précisions. Elle avait plutôt imaginé qu'il allait lui répondre de garder ses pensées pour elle jusqu'à ce qu'elle soit certaine qu'elles valaient le coup d'être partagées.

— Il s'agit de leur main dominante, reprit Sierra. Celle par exemple dont ils se servaient pour tenir une arme.

Ronan croisa son regard.

— Vous pensez qu'il pourrait s'agir d'une vengeance…

Ce n'était pas une question mais plutôt une hypothèse, et celle-ci semblait plus judicieuse que toutes les suppositions qu'ils avaient pu faire jusqu'à présent.

— Peut-être, lui répondit-elle en prenant un petit

moment pour réfléchir. Mais je n'arrive pas à trouver de lien entre les deux gangs. Ils sont toujours restés plutôt à l'écart l'un de l'autre.

Et c'était ce qui l'agaçait le plus. Il devait exister une connexion, mais laquelle ?

— Ces deux dernières années, oui, rappela Choi.

— Jusqu'à ce que ces meurtres débutent, indiqua Martinez. Maintenant, si l'on en croit ce que disent mes amis de la police de Tesla, il y a eu de nombreux meurtres qui avaient comme motif des revanches.

Il tapota un instant sur son clavier d'ordinateur puis tourna son écran vers ses collègues.

— Regardez, leur dit-il.

Choi parcourut rapidement le texte des yeux.

— Peut-être qu'en fait tout cela n'est qu'une affaire de gangs rivaux, suggéra-t-il en regardant O'Bannon.

L'un des nouveaux techniciens de la police scientifique entra dans la salle et marcha droit vers Ronan, une large enveloppe à la main.

— Le lieutenant Cavanaugh m'a demandé de vous remettre ceci, inspecteur O'Bannon, dit-il en la tendant à Ronan. Apparemment vous attendiez ces résultats.

— Nous les attendions tous, en effet, lui répondit Ronan en ouvrant l'enveloppe en kraft. Remerciez-le pour moi, je ne pensais pas que nous les obtiendrions si rapidement.

— Il a demandé au laboratoire de faire au plus vite, ajouta le technicien avant de disparaître.

Impatiente de savoir si elle avait vu juste, Sierra se précipita auprès de Ronan.

— Vous prévoyez de lire les résultats par-dessus mon épaule, Carlyle ? lui demanda-t-il en s'immobilisant.

Sierra lui adressa un bref sourire et marmonna, sans réellement répondre à sa question :

— Je lis très vite.

— Evidemment, dit-il en hochant la tête — cette femme avait vraiment réponse à tout.

En sortant les résultats de l'enveloppe, Ronan trouva en plus du rapport d'autopsie les résultats de l'analyse toxicologique que Sierra avait demandée.

Il lut ce dernier rapport en premier car il savait que c'était ce qui intéressait le plus Sierra et, maintenant qu'elle avait soulevé cette question, lui aussi était intrigué de voir ce qu'il en était.

Mais avant d'avoir pu lire les résultats dans leur intégralité, il entendit Sierra s'exclamer derrière lui :

— J'avais raison ! Walker a été drogué ! Les résultats montrent qu'il avait de la drogue du viol, du GHB, dans son sang au moment de sa mort !

— Eh bien, voilà qui explique pourquoi il n'y avait aucun signe de lutte dans la ruelle, dit Martinez en lançant à Sierra un regard plein de respect.

Sierra sentit son esprit s'emballer.

— Est-ce que nous pouvons demander des analyses similaires pour les autres victimes ? demanda-t-elle à Ronan avec empressement.

— Cela me paraît compliqué, lui répondit-il en se souvenant qu'il n'avait pris les rênes de l'enquête qu'après la découverte du troisième cadavre. Trois des corps des victimes ont déjà été enterrées, il nous faudrait demander des ordonnances judiciaires pour les faire exhumer…

Ronan vit passer un éclair de frustration dans le regard de Sierra et, pendant une seconde, il fut fasciné par la manière dont ses yeux bleus semblaient changer de couleur, passant de la lumière à l'obscurité, en fonction des sentiments qui l'assaillaient.

— Ce n'est pas impossible, ajouta-t-il en se reconcentrant sur leur conversation. Mais ce ne sera pas aussi facile que vous avez l'air de le croire. Nous allons avoir besoin d'une raison vraiment convaincante. Pour le moment, je peux déjà essayer de savoir si la quatrième victime est toujours à la morgue car, d'après ce que j'ai entendu dire, personne n'est venu réclamer le corps.

Il regarda à nouveau Sierra et vit qu'au lieu d'être emballée par cette nouvelle elle semblait soudain abattue.

— Que vous arrive-t-il ? lui demanda-t-il. Je pensais que vous seriez satisfaite d'entendre ces nouvelles.

— Je suis heureuse que nous puissions faire réaliser les analyses sur un autre corps, lui répondit-elle, mais je ne peux m'empêcher d'être triste à l'idée que personne ne soit venu réclamer le corps de cette personne.

— Ne gâchez pas votre pitié, c'est inévitable vu les vies que ces gangsters choisissent de mener, lui répondit Martinez en essayant de la réconforter à sa façon.

— Moi, je suis juste reconnaissant que nous puissions demander de nouvelles recherches toxicologiques sur un autre corps sans avoir à négocier avec la justice, ajouta Ronan.

Il s'attendait à ce que Sierra lui fasse une réflexion sur le fait que c'était grâce à elle qu'ils avaient découvert cette nouvelle information mais elle garda le silence.

Il réprima un soupir d'agacement. Apparemment, Carlyle était moins facile à comprendre qu'il ne l'avait cru. C'était bien ce dont il avait besoin, une femme compliquée dans son équipe, bouleversant tout sur son passage.

Le bouleversant, lui.

Une pensée lui vint à l'esprit, qui disparut en une seconde. Il fit son possible pour l'empêcher de revenir. Il n'avait pas de temps disponible pour autre chose que la résolution de cette affaire, se dit-il fermement.

5

— Bon sang, on dirait que la petite nouvelle de ton équipe avait vu juste, s'exclama Sean à l'autre bout du fil, après avoir reçu les résultats de l'analyse toxicologique qui avait été exécutée sur le corps de la quatrième victime.

— Je me souviens que le corps de ce Juan Marley avait été découvert par des joggers dans un parc, lui répondit Ronan. De toute évidence, le tueur avait versé de la drogue dans le verre de la victime, mais cette fois nous n'avons rien retrouvé à côté du corps… Ni seringue ni fiole… À part une bonne dose de sang, ce qui signifie qu'il avait dû être tué sur place.

— Figure-toi que le médecin légiste a découvert un tout petit trou juste derrière son oreille, il est d'ailleurs mortifié à l'idée de l'avoir manqué à la première autopsie.

— Tu veux dire qu'on lui aurait injecté de la drogue ? demanda Ronan.

— On dirait bien, oui. Ton tueur en série ne semble manquer ni de sang-froid, ni de méthode. Et il doit avoir des compétences chirurgicales, car les amputations de ces mains sont nettes et précises. Il n'y a pas la moindre trace d'hésitation. Ce gars sait très bien ce qu'il fait et il n'a pas l'air d'être une âme sensible.

— C'est aussi ce que nous pensons, approuva Ronan

en se remémorant ce que Sierra lui avait dit un peu plus tôt dans la journée.

— OK, bon eh bien, merci pour toutes ces infos, mon oncle !

— J'ai envie de te répondre « avec plaisir », mon neveu, lui répondit Sean d'un ton ironique, mais on ne peut pas dire que c'est le cas. Allez, attrape-moi ce salopard le plus vite possible, Ronan. Je sais que certaines personnes ici pensent qu'il nous rend service en nous débarrassant de tous ces voyous, mais ce n'est certainement pas à nous de décider de ce genre de chose. Les victimes sont des personnes comme les autres, et c'est notre travail de nous assurer que tout le monde dans cette ville est en sécurité.

— Tu peux compter sur nous, nous faisons de notre mieux, conclut Ronan avant de raccrocher.

Alors qu'il allait se replonger dans ses dossiers, il surprit le regard de Sierra posé sur lui. Il savait pertinemment qu'elle attendait avec impatience les résultats du laboratoire et était même surpris qu'elle ne lui ait pas déjà sauté dessus pour lui demander ce que son oncle venait de lui dire.

— Eh bien, vous aviez raison pour les deux, lui dit-il finalement, décidant de mettre un terme à son calvaire.

— Vous voulez dire que les analyses toxicologiques de la quatrième victime ont révélé que celle-ci avait également ingéré de la drogue ? demanda-t-elle en cachant mal son excitation.

— Le médecin légiste a en effet trouvé des traces de Special K dans son sang, lui répondit Ronan en hochant la tête.

— De la kétamine ? interrogea Choi en levant les yeux de son écran.

— D'ordinaire, ce sont les vétérinaires qui se servent de la kétamine, intervint Martinez. Un jour mon chien, Ralph, a été attaqué par un pitbull qui s'était perdu dans mon quartier, et il était en tellement piteux état que j'ai pensé qu'il ne s'en sortirait pas. Mais le vétérinaire chez qui je l'ai emmené, le Dr Lai, l'a littéralement assommé en lui donnant ce produit et il a pu l'examiner et le recoudre en toute tranquillité.

— Tu as appelé ton chien Ralph ? demanda Sierra.

— Non, c'est son ancien propriétaire qui lui a donné ce nom. J'ai récupéré Ralph dans un refuge où il avait été placé après avoir été maltraité, lui répondit Martinez. Le pauvre chien a tremblé pendant au moins deux semaines avant de s'habituer à ma femme, mes filles et moi. Quoi qu'il en soit, je me souviens que le Dr Lai m'avait dit que la kétamine endormirait Ralph pendant au minimum quatre heures.

— Et quelle taille fait ton chien ?

— C'est un labrador de trente-cinq kilos, déclara Martinez d'un air fier.

— Pour quelqu'un qui voudrait endormir sa cible pendant au moins une heure, dit Ronan en réfléchissant à haute voix, le Special K semble être la drogue idéale.

— Vous pensez que notre tueur pourrait être un vétérinaire ? demanda Choi.

— Un vétérinaire ou quelqu'un qui a accès à ce genre de produits ? suggéra Sierra.

Ronan se leva pour se rendre devant le panneau d'affichage.

— La question est : pourquoi un vétérinaire — ou quelqu'un qui aurait accès à ces drogues — voudrait-il exécuter des membres de gangs ?

Comme personne ne semblait vouloir répondre à cette question, Sierra décida de tenter sa chance.

— Peut-être qu'un ou plusieurs de ces types avaient une dette envers ce vétérinaire et que les choses se sont envenimées entre eux à partir de là, proposa-t-elle. Ou peut-être qu'ils ont tiré sur son cabinet et que, comme celui-ci a dû fermer, il cherche maintenant à se venger ?

— Cela semble plausible oui, sauf en ce qui concerne notre problème initial, fit remarquer Ronan. Je vous rappelle qu'il y a deux gangs différents impliqués dans cette affaire. Qui n'ont jamais collaboré pour quoi que ce soit.

— Oh, ce que vous pouvez être rabat-joie, soupira Choi.

— Est-ce que quelqu'un a pris le temps de fouiller les réseaux sociaux ? demanda soudain Sierra.

Les trois hommes se retournèrent vers elle avec un air étonné.

— Je sais que je vais regretter de vous avoir dit ça, mais pourriez-vous m'expliquer ce que vous entendez par là ? l'interrogea Ronan. Que voudriez-vous que l'on fasse avec les réseaux sociaux ?

Sierra avait la conviction que Ronan n'était pas du genre à passer beaucoup de temps sur les ordinateurs et qu'il n'avait probablement pas de compte sur ce genre de réseaux. Pourtant même son propre père les fréquentait, se servant de ces sites pour garder le contact avec des membres de leur famille qui vivaient à l'autre bout du pays.

Elle décida donc de faire son possible pour que Ronan n'ait pas l'impression qu'elle lui parlait avec condescendance et essaya de rester claire et simple dans ses explications.

— Toutes les victimes avaient moins de trente ans et, à cet âge-là, la plupart des gens postent à peu près tous leurs faits et gestes sur le Net. S'ils pensent qu'ils ont fait quelque chose qui mérite d'être remarqué et dont ils veulent se vanter, c'est même la première chose qu'ils vont faire. Alors, pourquoi ne commencerions-nous pas par là ? Si ça se trouve, nous allons découvrir un indice qui nous permettra de relier tous ces crimes, car je suis prête à parier très cher que les victimes n'ont pas été choisies au hasard.

— Vous vous portez volontaire pour vous en occuper ? lui demanda Ronan.

— Il n'y a pas un technicien du bureau informatique qui peut se charger de faire ce genre de chose ?

— Non, lui répondit-il d'un air désolé, je crois qu'ils ont du boulot par-dessus la tête.

— Alors oui, je me porte volontaire pour chercher ce que ces types ont pu poster sur Internet, rétorqua-t-elle d'un ton résigné.

Ronan se sentait coupable…

Il faisait pourtant tout son possible pour ne pas en tenir compte. Après tout, il avait validé la suggestion de Carlyle et tout le monde ici au département avait déjà suffisamment de boulot comme ça. Il n'y avait donc aucune raison pour qu'elle ne se charge pas des recherches sur Internet.

Mais il avait présumé qu'elle se chargerait de remplir sa tâche comme n'importe quelle personne normale, en prenant des pauses régulières et en s'octroyant du temps pour déjeuner. Pourtant Sierra n'avait pas décollé de son bureau depuis qu'elle avait commencé… Il y avait des heures de cela.

Choi et Martinez étaient rentrés chez eux pour la soirée, tout comme la plupart des membres du personnel du commissariat. Même le lieutenant Carver avait quitté les lieux une demi-heure auparavant.

Quant à Ronan, il allait partir, lui aussi, mais arrivé devant la salle de pause il avait soudain changé d'avis et fait demi-tour, après être passé au distributeur automatique.

— Vous savez, dit-il à Sierra en posant sur le bureau une canette de soda light, quand je vous ai dit de faire des recherches sur ce que ces types ont pu poster en ligne, je ne voulais pas dire qu'il fallait que ce soit bouclé aujourd'hui.

— Je sais, oui, lui répondit Sierra en levant les yeux un court instant de son écran. Mais pour être honnête, je me suis un peu laissé prendre au jeu.

Ronan s'assit sur le bord de son bureau mais Sierra ne s'interrompit pas pour autant. Elle semblait absorbée par ce qu'elle lisait.

— Il y a une différence entre se laisser prendre au jeu et devenir obsédée, lui fit-il remarquer.

Elle leva les yeux et le regarda d'un air sérieux pendant quelques secondes.

— Ne vous inquiétez pas, je ne vais pas devenir ce genre de personne qui oublie de prendre sa douche ou qui ne change plus de vêtements, lui promit-elle. C'est seulement que chaque chose que je découvre me mène vers autre chose, et ainsi de suite.

Sierra avait été étonnée de constater à quel point les gens pouvaient être insouciants et comme parfois même ils semblaient fiers de se faire du mal les uns aux autres en toute impunité.

— Ces gars étaient de vrais maniaques, poursuivit-elle en secouant la tête d'un air navré. Des fous furieux.

— Eh bien, nous sommes au moins d'accord sur une chose.

— Vous savez, O'Bannon, j'ai la profonde conviction que nous finirons par être d'accord sur beaucoup de choses, vous et moi, quand vous aurez fini de me considérer comme votre ennemie.

— Je ne vous considère pas du tout comme mon ennemie, lui répondit-il en essayant de garder son calme.

— Ah bon ? Eh bien alors, essayez d'être de mon côté pour une fois, rétorqua-t-elle. Depuis que le lieutenant m'a fait intégrer votre équipe, vous agissez comme si vous subissiez une invasion de poux.

— Vous n'exagérez pas un peu, là ?

— Vous croyez ? lui dit-elle en levant à nouveau les yeux vers lui.

— Allez, il est l'heure de rentrer chez vous, Carlyle, allez dormir un peu. Internet sera toujours là demain matin.

— Je sais bien, je voulais seulement découvrir un élément qui pourrait nous rapprocher de notre tueur. Pour que vous compreniez que je peux servir à quelque chose ici.

Ronan fronça les sourcils, en se demandant s'il devait lui parler fermement. Le fait qu'il soit tard et qu'il soit fatigué le décida à être honnête avec Sierra.

— C'est vous qui avez émis l'hypothèse que les victimes avaient peut-être été droguées afin de ne pas opposer de résistance au tueur, personne dans l'équipe n'y avait pensé. Vous avez gagné un point, alors maintenant rentrez chez vous et allez manger quelque chose, lui ordonna-t-il d'un ton sec.

Même si Sierra était de nature à argumenter, cette fois elle décida de se retenir.

— C'est vrai que j'ai faim, admit-elle en reportant son regard vers son écran. Mais accordez-moi encore cinq petites minutes et promis, j'arrête tout.

Ronan l'observa pendant un long moment, tout à fait conscient que s'il quittait le commissariat personne ne pourrait constater combien de temps Sierra resterait encore à son bureau. Elle semblait être la femme la plus têtue qu'il ait jamais rencontrée — et cela incluait sa mère et ses sœurs, qui avaient déjà de sacrés tempéraments.

— Carlyle, grogna-t-il. Rentrez chez vous.

— C'est ce que je vais faire, répéta-t-elle en continuant de taper sur son clavier. Dans une minute.

Ronan se leva, fit le tour du bureau de Sierra et se baissa pour débrancher la prise électrique générale de son poste.

— Maintenant ! lui ordonna-t-il en se redressant.

— Est-ce que vous venez d'éteindre mon ordinateur ? lui demanda-t-elle en écarquillant les yeux.

Ronan resta imperturbable.

— Je vous ai donné un ordre que vous avez ignoré.

Sierra se leva brusquement de son fauteuil, comme si elle était prête à affronter O'Bannon sur le ring.

— Vous êtes peut-être l'inspecteur principal sur cette enquête, mais vous n'êtes pas mon chef, lui dit-elle d'un ton véhément.

— Je vais faire comme si vous n'aviez pas dit ça, lui répondit-il en esquissant un sourire.

Sur ce, il fit demi-tour et se dirigea vers la sortie du commissariat.

— Je connais votre mère et je vais lui dire de quelle manière vous vous comportez avec moi ! lui lança alors Sierra à travers la pièce.

Ronan se retourna brusquement et revint lentement vers elle.

— Est-ce que vous venez de me menacer de prévenir ma mère ? lui demanda-t-il avec un air incrédule. Quel âge avez-vous, douze ans ?

— Moi non, mais vous, je m'interroge encore…

— Vous êtes fatiguée, Carlyle, je vais faire comme si je n'avais rien entendu, mais vraiment, maintenant, rentrez chez vous !

— Pourquoi vous comportez-vous avec moi comme si je vous envahissais ? continua-t-elle en décidant de ne pas se laisser intimider, même si O'Bannon était bien son supérieur direct.

— Parce que c'est ce que vous êtes, une envahisseuse, lui répondit-il avec sincérité.

Il fallait quand même reconnaître qu'il n'avait pas eu le choix. Carver lui avait imposé Carlyle et, même si cela ne lui avait pas plu, il devait maintenant travailler avec elle.

— Parce que vous êtes un Cavanaugh, lui rappela-t-elle, tout le monde doit faire vos quatre volontés, c'est ça ? Parce que le département de police tout entier appartient presque à votre famille ? Oh ! mais rassurez-vous, O'Bannon, j'essaie seulement de faire mon travail, je ne cherche pas de récompense, c'est vous qui aurez tout le mérite pour avoir résolu cette affaire.

— Ce n'est pas une question de mérite, lui dit-il, ennuyé qu'elle puisse penser une chose pareille.

— Ah bon, et alors de quoi s'agit-il au juste ? lui demanda-t-elle, confuse. Pourquoi ai-je l'impression que vous ne voulez même pas vous trouver dans la même pièce que moi ?

— Parce que vous me rappelez quelqu'un ! lui répondit-il finalement, en se retenant de crier.

— Qui ?

— Quelqu'un…, répéta-t-il seulement.

Incapable d'en dire plus, Ronan sortit du bureau avant que Sierra ne lui pose d'autres questions.

— Ce n'est pas une réponse ! s'écria-t-elle.

Puis elle attrapa son sac à main et se précipita à ses trousses.

Mais une fois dans le couloir elle vit que Ronan avait disparu. Elle pensa qu'il devait avoir pris l'ascenseur et elle imagina un instant descendre les escaliers afin de l'attendre au rez-de-chaussée, mais elle savait que cela ne changerait pas grand-chose à la situation. O'Bannon ne lui confierait rien de plus. Il regrettait déjà probablement de lui en avoir autant dit.

Cependant Sierra voulait des réponses et, si lui n'avait pas l'air de vouloir les lui donner, elle connaissait quelqu'un qui pourrait s'en charger.

Après avoir pris l'ascenseur jusqu'au rez-de-chaussée,

elle se dépêcha de rejoindre sa voiture au parking et, une fois à l'intérieur, mit la clé sur le contact.

Mais, au lieu de démarrer, elle sortit son téléphone de son sac et composa un numéro.

— Carlyle, lui répondit une voix grave après quelques sonneries.

— Salut, papa, dit-elle en se forçant à prendre un ton enjoué. C'est moi, Sierra.

— Sierra ? Attendez une minute… Oui, je connais ce prénom, Sierra…, répéta-t-il encore comme s'il se creusait la mémoire pour retrouver qui elle était.

— Très drôle, papa. OK, je sais que je ne t'ai pas appelé depuis un moment, mais j'ai été plutôt occupée ces derniers temps, se justifia-t-elle.

— J'imagine en effet que le département de police te mène la vie dure, tu es peut-être même enchaînée à ton bureau… Bon mais dis-moi, que me vaut cet appel du mouton noir de la famille ?

Il avait donné ce surnom à Sierra le jour où elle lui avait dit qu'elle prévoyait de passer le concours d'entrée dans la police au lieu de rejoindre la caserne de pompiers comme toute sa famille. S'il avait fini par accepter sa décision, on ne pouvait pas dire qu'il soit pour autant très enthousiaste sur ce choix de carrière.

— Papa, je travaille pour le département de police, pas pour un service d'escorte. Tu n'es peut-être pas obligé de m'appeler comme ça…

— Bien sûr que si, gronda la voix paternelle. Tu n'as absolument pas suivi la voie familiale.

— Voilà exactement la raison pour laquelle je ne t'appelle pas plus souvent, soupira Sierra.

— OK, OK, je vais essayer d'être gentil, lui promit son père en changeant de ton. Que me vaut donc ton inattendu mais délicieux coup de téléphone, ma fille chérie ?

— Là, tu en fais un peu trop, papa, mais passons à autre chose, lui dit-elle en laissant échapper un petit rire avant de reprendre son sérieux. En fait, j'ai besoin de ton aide, il faudrait que tu trouves quelque chose pour moi.

— Tu veux dire, comme si je menais une enquête ? demanda-t-il l'air surpris. Mais ce n'est pas plutôt ton domaine, ce genre de chose ?

— Si, mais veux-tu bien arrêter un instant de faire comme si je ne faisais que te décevoir et pourrais-tu m'écouter ?

— Je crois que je ferais mieux, en effet, reconnut son père, sinon tu vas me raccrocher au nez, n'est-ce pas ?

Sierra décida d'ignorer la dernière remarque de son père pour aller droit au but.

— Est-ce que tu vois toujours Maeve O'Bannon ?

— Ce sacré brin de femme, lui répondit son père d'une voix remplie d'émotion. Pourquoi ne devrais-je plus la voir ? Elle a eu le bon goût, elle, de venir travailler au sein de la caserne, pas comme le reste de sa famille.

— Pourrais-tu lui demander quelque chose pour moi ? poursuivit Sierra sans relever la nouvelle pique de son père.

— Bien sûr, que veux-tu savoir ?

Sierra prit une profonde inspiration en anticipant la réaction qu'allait probablement avoir son père quand elle allait lui révéler l'objet de sa requête.

— Je voudrais savoir ce qu'il s'est passé dans la vie de son fils Ronan…

— Je te demande pardon ?

Sierra décida de donner quelques détails à son père afin qu'il comprenne mieux les raisons de sa demande.

— Je travaille avec lui et il m'a dit que je lui rappelais quelqu'un. Peux-tu demander à Maeve s'il a eu, dans le passé, des problèmes avec une personne qui me ressemble ?

— J'ai une suggestion à te faire, lui répondit son père. Pourquoi ne poses-tu pas cette question toi-même à Ronan ?

— C'est un peu compliqué, papa.

— Est-ce qu'il te traite correctement ?

Sierra savait qu'il suffirait qu'elle dise que ce n'était pas le cas pour que son père débarque pour affronter Ronan. Mais elle n'avait pas besoin qu'on la défende. La seule chose dont elle avait besoin, c'était ce service qu'elle venait de lui demander.

— S'il te plaît, papa, parles-en à Maeve, répéta-t-elle.

— Écoute, Sierra, lui répondit son père après avoir laissé échapper un profond soupir, je t'avais dit comment sont les flics. Si le fils de Maeve ne te traite pas avec le respect que tu mérites, démissionne. Tu sais que je te trouverai toujours une place dans mon équipe. Tes frères t'apprendront les ficelles du métier et nous pourrons faire de la caserne une véritable affaire de famille.

Sierra ferma les yeux un instant et tenta de trouver les mots justes pour ne pas blesser son père.

— Papa…, commença-t-elle.

— Quoi ?

— Peux-tu seulement lui demander ça pour moi ? Merci, promis, je te rappellerai très bientôt.

Elle raccrocha sur ces mots. Elle aimait son père plus que tout au monde mais il avait parfois le don de l'épuiser.

Sierra mit le moteur en marche et se sourit à elle-même dans le rétroviseur. Finalement, tout n'était qu'une affaire de point de vue… Et elle était à peu près certaine que son père devait, à cet instant précis, ressentir la même chose à son égard.

6

— Eh bien, en voilà une surprise ! lança Andrew Cavanaugh en découvrant son plus jeune frère sur son perron. Entre, Brian !

Il referma la porte derrière lui avant d'ajouter :

— Ce n'est pas dans tes habitudes de passer en plein milieu de la semaine, ça tourne au ralenti au commissariat en ce moment ?

L'ancien chef de la police fit signe à son frère qui était devenu l'actuel patron du département de le suivre dans la cuisine, puisque c'était là que se déroulait l'essentiel de ses activités à présent.

— Non, pour tout te dire, lui répondit Brian en franchissant le seuil de la cuisine suréquipée, c'est un tout petit peu plus agité que d'habitude.

En tant qu'aîné, Andrew avait toujours su lire en son frère comme dans un livre ouvert. Mais cette fois-ci il y avait dans la voix de Brian quelque chose qu'il n'arrivait pas à identifier.

— Ça ne va pas ? lui demanda-t-il en l'observant plus attentivement. Et tu ne peux pas m'en parler par téléphone ?

Brian sourit pendant un long moment.

— Ce n'est pas ce que tu crois.

— Eh bien, tu attises ma curiosité, lui répondit son

frère en ouvrant son réfrigérateur. Tu veux une bière ? Ou quelque chose de plus costaud ?

— Est-ce qu'il te reste un peu de ce gâteau que tu avais apporté à la dernière réunion ?

Les compliments, même sous-entendus, n'étaient jamais de trop, pensa Andrew. S'il avait été un chef de police impliqué à son époque, cuisiner avait toujours été sa réelle passion. C'était même ce qui lui avait permis de payer ses études et cet amour ne l'avait jamais quitté.

— Non, mais j'en ai fait un nouveau si ça t'intéresse…

— Les gâteaux m'intéressent toujours, tu le sais bien, lui répondit Brian en prenant place autour de la grande table qui avait été faite sur mesure pour la cuisine. Lila dit d'ailleurs que si je continue comme ça je vais devoir me mettre au régime. Pour ma part, je pensais qu'un nouveau trou dans ma ceinture suffirait.

— Mais qui vois-je ici ? demanda Rose, la femme d'Andrew en entrant dans la cuisine, un sourire chaleureux aux lèvres.

Son beau-frère se leva et l'embrassa affectueusement avant de reprendre place à table.

— Bon, mais je sais que tu n'es pas venu nous voir que pour manger ton dessert, alors qu'est-ce qui t'amène ici, un soir de semaine ? lui demanda Andrew en déposant devant son frère une part de gâteau à l'amaretto.

La fourchette suspendue au-dessus de son assiette, Brian regarda un instant Andrew et Rose.

— Vous n'en prenez pas ? leur demanda-t-il en leur montrant le gâteau. Je vais me sentir seul…

— Comme si cela allait te poser un problème, lui répondit Andrew en riant. Mais allez oui, je vais me servir une petite part pour t'accompagner. Rose, tu en veux ? demanda-t-il à sa femme en se coupant une tranche plus petite que celle de son frère.

— Nous sortons de table, Andrew, désolée mais je n'ai plus faim. Je vais me préparer une tasse de thé et je vous laisse discuter tous les deux.

— Non, tu peux rester, protesta Brian. Ce que j'ai à dire te concerne aussi, Rose.

— Ah oui ? demanda-t-elle en versant de l'eau chaude sur son sachet de thé. Que se passe-t-il ?

— Eh bien, il y a une bonne et une mauvaise nouvelle, commença Brian, laquelle voulez-vous entendre en premier ?

— Commence donc par la mauvaise, lui répondit Andrew qui, après des années passées à travailler dans les forces de l'ordre, avait appris à espérer le meilleur mais aussi à affronter le pire. Cela n'a rien à voir avec tes enfants, rassure-moi ?

— Non, non, lui répondit Brian en hochant la tête.

— Avec les nôtres ? demanda Rose, immédiatement troublée.

Rose avait cinq enfants — quatre enfants d'un précèdent mariage et un avec Andrew — et tous les cinq étaient inspecteurs. Même si elle faisait son possible pour ne pas trop s'inquiéter à leur sujet, elle avait appris à cohabiter avec l'inquiétude.

— D'une certaine manière, mais pas pour la mauvaise nouvelle, lui répondit Brian pour les rassurer avant de continuer.

— Viens-en au fait, je t'en supplie, lui dit Andrew en se levant pour attraper deux bières dans le frigo.

— Désolé, mais ce genre de chose n'est pas facile à dire… Le chef Walter Hudson vient juste de mourir, dans son sommeil. Il a fait une crise cardiaque.

Cet homme avait été un ami personnel des deux frères et la nouvelle était difficile à annoncer.

— L'homme qui a pris la place d'Andrew quand il a

pris sa retraite ? demanda Rose avant de jeter un regard attristé à son mari. Il ne semblait pourtant pas si âgé…

— Non, mais il n'avait pas une très bonne hygiène de vie et il ne vivait que pour son boulot… Son médecin lui disait depuis des années qu'il devait perdre du poids, mais nous savons tous ce que c'est…, conclut Brian en finissant sa part de gâteau avec un air coupable.

— Il va nous manquer, fit remarquer Andrew en hochant la tête d'un air grave. Je te remercie d'être venu me l'annoncer en personne… Mais dis-moi, quand cela s'est-il produit ? La date des funérailles a-t-elle déjà été fixée ?

— C'est arrivé hier soir et l'enterrement est prévu pour lundi prochain. Mais en fait, ce n'est pas la raison principale de ma visite.

— C'est vrai… Tu as dit que tu avais aussi une bonne nouvelle… Mais je ne sais pas si elle va réussir à contre-balancer celle-ci…, lui répondit Andrew tristement, avant de prendre une gorgée de bière.

— Le commissaire de police ne veut pas laisser le poste vacant, donc il a rapidement passé en revue tous les profils susceptibles de pouvoir remplacer Walter.

— Il a déjà fait une liste de candidats ? demanda Andrew. En même temps, cet homme a toujours été perfectionniste, se remémora-t-il avec un air légèrement admiratif. Et donc ? Qui a-t-il choisi ? J'imagine que c'est pour nous l'annoncer que tu es venu, n'est-ce pas ?

— Oui, maintenant il faut seulement que la personne qu'il a choisie accepte.

— Je ne vois pas où est le problème ? lui demanda Andrew d'un air intrigué.

— Il n'y a pas de problème, lui répondit Brian. Je voulais juste vous dire de qui il s'agissait avant que le candidat n'en soit officiellement informé.

— Tout ce mystère devient vraiment insupportable,

Brian, lui fit remarquer Rose. Attendez, le commissaire ne pense quand même pas à demander à Andrew de reprendre du service, si ? Si c'est le cas, sachez qu'Andrew n'acceptera pas, n'est-ce pas, chéri ? Tu as fait ton temps, tout cela est fini pour toi désormais.

Elle s'était tournée vers son mari et le regardait à présent avec un air affolé.

— Ne t'inquiète pas, chérie, lui répondit Andrew en l'enlaçant. Tout cela est derrière moi maintenant. Je crois que je ne serais d'ailleurs plus d'aucune aide en remettant l'uniforme.

— Je ne suis pas d'accord avec toi sur ce point, intervint Brian. Mais non, il ne s'agit pas de toi… En fait, le commissaire veut proposer le poste à Shaw.

— Mon Shaw ? s'écria Andrew.

La surprise qui s'afficha sur son visage laissa rapidement place à une expression de fierté paternelle.

— Notre Shaw ? lança Rose en même temps que son mari.

— Oui, *votre* Shaw, dit Brian. Pensez-y un instant, continua-t-il en s'adressant davantage à Rose qu'à son frère, car il savait que cette perspective enchantait Andrew. Il travaille pour les forces de l'ordre depuis de nombreuses années maintenant, il s'entend bien avec tout le monde et il a grandi avec son père comme modèle.

— Shaw n'a pas besoin de modèle, objecta Andrew.

— Oui, et c'est justement ce qui fait sa force, approuva Brian qui était aussi fier de ce qui allait arriver à son neveu que si cela était arrivé à l'un de ses propres enfants.

— Et quand est-ce que le commissaire compte lui en faire part ? demanda Andrew.

— D'après ce que je sais, il devrait demander à voir Shaw dans son bureau demain matin.

— Je ne peux donc pas l'appeler avant…, remarqua Andrew.

— Non, certifia Brian.

— Et s'il nous appelle pour je ne sais quelle raison dans la soirée ? demanda Rose d'une voix hésitante.

— Rose, lui répondit Andrew en la regardant avec tendresse. Shaw n'est pas du genre à nous appeler pour prendre des nouvelles, il ne le fait plus depuis des années. Il n'y a aucune raison de croire qu'il le fasse ce soir et si pour une raison quelconque cela arrive, c'est moi qui lui répondrai. Je suis bien meilleur que toi pour tenir ma langue.

— C'est vrai, reconnut Rose en soupirant.

— Eh bien, alors il ne nous reste plus qu'à fêter cette excellente nouvelle, conclut Andrew avant de se tourner vers son frère. Qu'est-ce que tu préfères ?

— Ne pas courir le risque de me faire arrêter pour conduite en état d'ivresse… Je dois y aller de toute manière, nous célébrerons ça quand la nouvelle sera rendue publique ! lui promit Brian en se levant de table. Tu as maintenant la meilleure des raisons pour sortir le grand jeu et nous préparer une nouvelle réunion familiale inoubliable !

— Le seul fait de réunir la famille est une excuse suffisante, tu sais, lui répondit Andrew en lui tapant amicalement dans le dos devant la porte d'entrée. Merci d'être venu me dire tout ça.

— Tout le plaisir était pour moi, lui répondit Brian. Ah, j'y pense, n'en parle pas à papa avant demain. La dernière chose dont nous aurions envie serait qu'il le dise à tout le monde…

— Oh ! je ne sais pas, dit Andrew d'un ton songeur. Je crois bien me souvenir que notre vieux paternel a su garder de nombreux secrets à son époque. Mais ne t'en fais pas, je ne lui en parlerai pas, et Rose non plus.

Brian acquiesça puis, alors qu'il allait quitter la maison, il se retourna une dernière fois vers son frère et lui sourit.

— On dirait que la tradition familiale se perpétue…

— On dirait en effet, lui répondit Andrew qui ne pouvait être plus heureux. Conduis prudemment !

— Je suis le chef des inspecteurs, Andrew, je sais comment je dois conduire, lui répondit Brian en le saluant d'une main tandis qu'il marchait vers sa voiture.

— Arrêtez tout ce que vous êtes en train de faire ! lança Carver en entrant dans le commissariat le lendemain matin. Et rapprochez-vous parce que je n'ai pas l'intention de hurler pour me faire entendre !

— Ce serait une première, marmonna Martinez dans sa barbe.

Choi, qui était juste à ses côtés, étouffa un rire et baissa les yeux pour que le lieutenant ne le remarque pas.

— Tout le monde est là ? demanda Carver en parcourant la grande salle des yeux. S'il y a des absents, vous leur passerez le message quand ils arriveront.

— Quel message, lieutenant ? lui demanda l'un des inspecteurs près de lui. Que se passe-t-il ?

— Le chef Hudson est mort hier soir d'une crise cardiaque.

Le lieutenant marqua une pause tandis qu'un murmure de surprise emplissait la pièce. Si Hudson n'avait pas été autant aimé que le précédent chef de la police, Andrew Cavanaugh, tout le monde ici le respectait et l'appréciait.

Après quelques minutes, Carver reprit la parole.

— Les obsèques officielles auront lieu lundi prochain à 10 heures et tous ceux qui ne seront pas en patrouille ce jour-là y seront attendus. En uniforme, évidemment.

Le lieutenant marqua une nouvelle pause, comme pour contenir son émotion.

— Le chef était un homme bon et il va nous manquer à tous, reprit-il en parlant presque mécaniquement avant de conclure en claquant dans ses mains : voilà, allez, tout le monde peut se remettre au boulot, maintenant.

Chacun retourna vers son bureau, certains en état de choc, d'autres tentant de digérer ce que cette terrible nouvelle pouvait signifier.

— Est-ce qu'ils ont trouvé un remplaçant ? lança l'inspecteur David Reynolds qui venait d'arriver.

— Pourquoi, tu te portes volontaire, Reynolds ? s'enquit le lieutenant l'air impassible.

— Non, non, lui répondit l'homme en secouant la tête, simple curiosité.

— Eh bien sers-toi plutôt de ta curiosité pour faire ton travail, lui recommanda Carver. Quand ils auront trouvé le remplaçant du chef Hudson, je vous préviendrai. Maintenant, comme je viens de vous le dire, remettez-vous au boulot, c'est la meilleure manière d'honorer feu notre chef. Et d'ailleurs, poursuivit Carver en se retournant vers Ronan, est-ce que votre équipe avance sur l'affaire du tueur en série, O'Bannon ?

— Nous avons quelques pistes, lui répondit Ronan en jetant un regard à Sierra.

— Eh bien, suivez-les au plus vite, lui ordonna Carver. J'aimerais que cette enquête soit close quand le nouveau chef prendra son poste.

— Nous faisons de notre mieux, lieutenant, ajouta Martinez pour soutenir Ronan, même si chacun d'entre eux savait que cette affaire ne pourrait jamais être résolue aussi rapidement.

Le mobile de ces meurtres — s'ils étaient liés entre eux — n'était toujours pas éclairci.

— Je le sais bien, lui répondit sèchement Carver en quittant la salle principale pour retourner à son bureau.

Ronan attendit de voir sa porte se refermer pour revenir s'asseoir à son bureau.

— Alors, lança-t-il aux trois autres inspecteurs qui s'étaient réunis devant le panneau d'affichage, est-ce que nous avons avancé dans la recherche de notre tueur ?

Puisque ni Choi ni Martinez n'avaient l'air de vouloir prendre la parole, Sierra se lança :

— J'ai pensé que je devrais peut-être retourner parler aux proches des trois autres victimes. Je pourrais leur montrer la photo de la femme que nous avons vue sur la vidéosurveillance et qui accompagnait Walker. Qui sait, peut-être qu'elle faisait équipe avec lui… Peut-être l'aidait-elle en isolant les victimes pour que son partenaire puisse ensuite les tuer ?

— Ce n'est pas un peu tiré par les cheveux ? demanda Choi en fronçant les sourcils.

— Oh ! je suis ouverte à toutes les suggestions, lui répondit-elle, nullement vexée. Pour l'instant c'est la seule chose qui m'est venue à l'esprit, mais je me disais que nous avions peut-être manqué quelque chose lors des interrogatoires des proches, et qu'en leur parlant une deuxième fois nous pourrions découvrir de nouveaux éléments…

— Vous ne risquez pas d'avoir manqué quelque chose, lui rappela Martinez, puisque vous n'étiez pas là pour les interroger.

— Et elle ne le sera pas davantage aujourd'hui, intervint Ronan d'une voix ferme en s'adressant davantage à Choi et Martinez qu'à Sierra.

— Est-ce que vous êtes en train de m'interdire d'y aller ? lui demanda Sierra avec stupeur.

— Vous comprenez vite, c'est bien, lui répondit Ronan avant de se tourner vers les deux autres inspecteurs.

Martinez, toi et Choi, vous vous en occupez et vous montrez la photo de cette femme aux proches des quatre premières victimes. Ainsi qu'à tous les voisins du quartier. Voyez si quelqu'un la reconnaît.

Sierra lâcha un profond soupir. Elle était fatiguée d'être traitée comme une paria. Chaque fois qu'elle pensait avoir enfin réussi à intégrer l'équipe, Ronan la remettait à sa place sèchement.

— Et moi ? Qu'est-ce que je suis censée faire ? demanda-t-elle d'un ton vibrant de colère. Rester assise ici et vous tricoter à tous les trois des petits pulls pour l'hiver ?

— Le crochet, c'est plus rapide, lui répondit Ronan avec mépris.

Sierra plissa les yeux. Il n'allait certainement pas réussir à se débarrasser d'elle aussi facilement. Elle l'attrapa par l'épaule et le força à se retourner vers elle.

— Montrer la photo aux proches était mon idée.

— Et on vous en remercie, lui répondit-il fermement. Mais maintenant c'est Martinez et Choi qui vont s'en charger.

— Pourquoi ? lui demanda Sierra en refusant de passer à autre chose. Parce que ce sont des hommes et que je suis une pauvre petite femme fragile ?

— Personne ne risque de penser que vous êtes une pauvre petite femme fragile vu votre grande gueule, lui fit remarquer Ronan.

Sierra écarquilla les yeux.

— Je porte une arme et je maîtrise deux arts martiaux. Alors peu importe ce que vous pensez, je n'ai pas besoin d'être protégée. Et si vous êtes si inquiet pour moi, alors envoyez Choi ou Martinez pour m'accompagner, mais ne me laissez pas sur la touche comme si j'étais une débutante inutile qui rate tout ce qu'elle fait.

— Elle n'a pas tort, chef, dit Choi. Si elle n'y avait pas

pensé, nous n'aurions même pas trouvé la photo de cette fille au Shamrock Inn.

— Est-ce que je t'ai demandé ton avis ? lui répondit Ronan d'un ton glacial qui aurait effrayé plus d'une nouvelle recrue.

Mais Choi et Martinez connaissaient leur chef depuis longtemps et ils avaient l'habitude d'encaisser ses remarques.

— Non, mais je me suis dit que vous aviez peut-être oublié de le faire, lui répondit Choi en souriant. Vous savez comme parfois on peut se laisser déborder…

Ronan lâcha un profond soupir. Pendant une minute, il sembla qu'il allait se mettre dans une colère noire, mais il répondit finalement à son équipe d'une voix calme :

— OK, Carlyle, vous voulez aller frapper à des portes qui ne vont pas s'ouvrir ? Très bien, allez-y. Mais c'est moi qui viens avec vous, commença-t-il avant de regarder les deux autres inspecteurs. Quant à vous deux, établissez-moi la liste de tous les vétérinaires de la région, et voyez s'ils n'ont pas de problème de stock avec des médicaments qui ne sont délivrables que sur ordonnance.

Puis il fit signe à Sierra de le suivre et sortit à grands pas du bureau.

7

Alors qu'ils étaient en route pour aller rencontrer les proches des dernières victimes du tueur en série, Sierra ne pouvait détacher les yeux de ce qu'elle voyait par sa fenêtre.

Elle avait à nouveau l'impression de découvrir un autre monde.

Les rues d'Aurora étaient larges, propres, presque lumineuses. Mais tandis qu'ils traversaient Tesla, il émanait des voies encombrées et négligées de cette ville comme un étouffant sentiment de désespoir. Des gens erraient, comme s'ils étaient sans but, et la moitié des magasins étaient fermés.

Comment ce genre de chose pouvait-il arriver ? Et pourquoi personne n'y remédiait ? se demanda Sierra. Les gens qui vivaient dans ces quartiers ne se souciaient-ils pas de leur communauté ? De leurs enfants ?

— Pas grand-chose à voir avec Aurora, n'est-ce pas ? lui lança Ronan sans quitter la route des yeux.

— Non, lui répondit-elle calmement. C'est difficile de croire que ces deux villes ne sont séparées que par une vingtaine de kilomètres.

— Oh ! il y a beaucoup plus de choses qui les séparent, ça vous pouvez me croire… Les comportements sont différents, les attentes aussi. Les enfants ici ne sont pas protégés. Les parents sont trop occupés à essayer de garder leur deux, trois boulots et à essayer de s'en sortir. Quoi qu'il en soit, personne n'est là pour s'occuper de la jeune génération.

— Eh bien, peut-être qu'il le faudrait, répondit Sierra, attristée à l'idée des épreuves et des dangers auxquels ces enfants risquaient d'être confrontés. Est-ce encore loin ?

— Vous voulez que je fasse demi-tour ? lui proposa Ronan.

Les gens, au coin des rues, les observaient tandis qu'ils traversaient la ville. Il n'était pas difficile d'imaginer que les choses pouvaient vite dégénérer ici, vu la tension qui régnait.

— Non, je voulais seulement savoir quand cela serait fini, lui répondit-elle. Est-ce que nous allons dans le quartier de la première victime ?

— Oui, nous allons commencer par le commencement.

Quand Ronan eut garé la voiture devant un immeuble qui semblait presque désaffecté, Sierra le regarda avec un air hésitant.

— Quelque chose ne va pas ? lui demanda Ronan.

Le dernier groupe d'adolescents qu'ils avaient doublés l'avait mise mal à l'aise. Ils avaient l'air de ceux qui n'ont plus rien à perdre.

— Je me demande si nous ne ferions pas mieux d'enchaîner votre voiture à une bouche d'incendie.

— Si quelqu'un veut voler ma voiture, il trouvera un moyen de le faire, bouche d'incendie ou non, lui répondit-il, l'air bien plus habitué à l'ambiance qui régnait ici qu'elle ne l'était. La première victime de notre tueur vivait au quatrième étage de cet immeuble.

Il lui montra le bâtiment qui devait avoir été construit au début des années 1960. Sierra essaya un instant d'imaginer comment les gens pouvaient vivre ici.

— Seul ?

— Son dossier dit qu'il avait deux colocataires.

— Masculins ? demanda Sierra tandis qu'ils se dirigeaient vers l'entrée de l'immeuble.

— Un homme et une femme.

— La femme était-elle sa petite amie ?

Quand ils ouvrirent la porte d'entrée, une odeur de sueur et d'alcool éventé sauta aux narines de Sierra. O'Bannon, lui, ne sembla pas gêné par la puanteur de la cage d'escalier.

— Je n'ai rien lu à ce propos, lui répondit-il.

Comme l'ascenseur était en panne, ils prirent l'escalier. Et quand ils arrivèrent au quatrième étage, Ronan trouva rapidement la porte de l'appartement de la victime qui s'appelait Raul Rena.

— Restez derrière moi, ordonna-t-il à Sierra alors qu'il s'apprêtait à frapper à la porte.

— Et pour quelle raison ? lui demanda-t-elle en restant à côté de lui.

Mais bon sang, pourquoi tout devait-il forcément se transformer en dispute avec cette femme ? pensa Ronan en soupirant.

— Parce que dans ce genre d'endroit il arrive que les gens dégainent leurs armes et tirent avant même de prendre la peine d'ouvrir leur porte.

— Si cela arrive, vous risquez autant que moi de vous prendre une balle, fit-elle remarquer en lui jetant un regard agacé. Je ne sors pas de Disneyland, O'Bannon. J'ai déjà travaillé dans des quartiers difficiles, vous savez.

— Tant mieux pour vous, lui répondit-il sèchement en la poussant derrière lui avant de frapper à la porte.

— Je n'en veux pas ! cria une voix bourrue de l'autre côté.

— Police ! précisa Ronan. Ouvrez la porte, nous voulons seulement vous parler.

— Ouais, bien sûr, lui répondit la voix masculine sur

un ton moqueur. Et moi je veux seulement un million de dollars.

— C'est à propos de Raul, ajouta Ronan.

Les deux inspecteurs entendirent alors le bruit de deux serrures qu'on déverrouillait et la porte s'entrouvrit enfin. Un jeune homme, qui devait avoir une vingtaine d'années, les regarda, l'air suspicieux.

— Il est mort, mec, dit-il d'une voix pleine de colère. Vous ne pouvez pas le laisser en paix ?

— Nous essayons justement de trouver celui qui l'a tué, lui indiqua Sierra en prenant la parole avant que Ronan ne puisse répondre.

Une brève lueur d'intérêt passa dans les yeux du jeune homme avant qu'il ne reprenne son attitude méfiante.

— Ouais, c'est ça. Comme si j'allais vous croire. *Personne* n'en a rien à foutre de savoir qui a tué Raul. Ils sont juste heureux qu'il y en ait un de moins dans la rue, lui répondit-il en relevant fièrement le menton. Mais nous serons toujours plus nombreux que vous, ajouta-t-il d'un ton bravache.

— Pas si les membres de votre gang continuent à se faire éliminer, rétorqua Ronan en sortant la photo extraite de la vidéosurveillance pour la montrer au jeune homme. Vous connaissez cette femme ?

— Non, répondit celui-ci sans même prendre la peine de regarder la photo avec attention. C'est qui ? Votre petite copine ?

— Vous ne l'avez jamais vue avec Raul ? insista Sierra, agacée par le manque de respect de l'adolescent.

— Je viens de vous dire que non, aboya le jeune homme.

Mais comme Ronan tenait toujours la photo devant lui, il la regarda à nouveau en prenant plus de temps.

— Pourquoi vous me demandez ça ? Qui est cette femme ?

— Quelqu'un l'a vue en compagnie de la dernière victime du tueur, répondit Ronan en rangeant le cliché.

— Ah ouais, dit le jeune homme en souriant pour la première fois depuis le début de la conversation. J'ai lu un truc là-dessus, John Walker…

Son sourire se teinta d'un soupçon de malveillance puis il ajouta :

— Content de savoir qu'il est mort, ça fait toujours un connard de moins sur terre.

— Tu es absolument certain de ne pas reconnaître cette femme ? répéta Sierra qui n'était pas prête à abandonner si rapidement. Peut-être qu'elle était avec Raul avant qu'il ne soit tué…

— Je t'ai déjà répondu que non, bon sang ! Tu es bouchée ou quoi ? lui lança le jeune homme méchamment. Maintenant si vous avez fini, je vous laisse, je suis occupé.

Et sur ces mots, il leur claqua la porte au nez.

Sierra laissa échapper un soupir puis leva les yeux vers Ronan.

— Eh bien… Ça s'est plutôt bien passé.

— Je ne m'attendais pas vraiment à autre chose, lui répondit Ronan, imperturbable, en se dirigeant tranquillement vers l'escalier.

— Qui ne tente rien n'a rien, lui dit Sierra d'un ton optimiste tandis qu'ils descendaient au rez-de-chaussée.

Ronan se demanda comment, au vu de leur entrevue avec ce jeune homme, Sierra pouvait penser une chose pareille. Il finit par se dire que cette femme devait manquer de sens logique et secoua la tête devant tant de naïveté.

— Je parie que, quand vous étiez petite fille, votre maman vous lisait tout un tas d'histoires merveilleuses qui se finissaient toutes par « et ils vécurent heureux jusqu'à la fin de leurs jours », je me trompe ?

Il se tourna vers Sierra et fut alors surpris de voir qu'une sévère expression venait d'assombrir son visage.

— Ma mère est morte juste après ma naissance, lui répondit-elle. Donc, non, elle ne m'a pas lu tout un tas d'histoires merveilleuses, non.

— Désolé, lui dit-il. Je ne savais pas.

Sierra haussa les épaules. Ce n'était pas quelque chose dont elle avait l'habitude de parler. Le fait d'avoir été élevée par son père et ses trois frères aînés avait fait d'elle une dure à cuire.

— Pas de problème, vous ne pouviez pas le savoir, marmonna-t-elle. Bon, et maintenant que fait-on ? Allons-nous rendre visite à la famille de la victime numéro deux ?

Mais Ronan secoua la tête.

— J'ai l'impression que tout ça ne sert à rien. Il n'y a aucune raison de croire que la femme du bar a joué un rôle dans les autres meurtres — d'ailleurs nous n'avons même pas la preuve qu'elle a contribué à celui de Walker.

Arrivée au rez-de-chaussée, Sierra traversa le hall et ouvrit la porte d'entrée de l'immeuble, mais au moment même où elle allait sortir, le son d'une rafale de balles retentit.

Réagissant de manière totalement automatique, Ronan la poussa contre le mur et se mit devant elle comme un bouclier avant de sortir son arme.

Abasourdie, Sierra ouvrit la bouche pour protester qu'elle n'était pas une simple civile qui avait besoin qu'on la protège, mais elle ne trouva pas les mots. Tout ce qu'elle avait en tête venait de disparaître, submergé par la vague soudaine et brûlante qui était en train de déferler sur tout son corps, violemment compressé contre celui de Ronan.

Ronan ressentit lui aussi l'onde de choc. Elle le frappa avec tant de force qu'il se retourna vers Sierra pour voir son visage. Mais, avec une détermination d'acier, il réussit à dominer sa réaction.

— Restez ici, lui ordonna-t-il sèchement.

Une minute plus tard, Ronan était parti jouer à cache-cache avec le tireur qui semblait abrité derrière la devanture d'un magasin.

— Comme si j'allais obéir, murmura Sierra en retrouvant enfin l'usage de la parole.

Suivant le chemin qu'avait emprunté Ronan, elle avança furtivement pour le rejoindre tandis qu'une nouvelle rafale de balles retentissait.

Aucun de ces tirs ne semblait toutefois dirigé contre eux, mais ils résultaient plutôt d'une nouvelle rixe entre deux gangs locaux — ceux-là mêmes qui étaient justement victimes du tueur en série.

De manière incroyable, vu le nombre de coups de feu qui avaient été tirés, il n'y avait pourtant aucun dommage ni victime. Les quatre tireurs impliqués dans la fusillade s'enfuirent rapidement dans des voitures volées ou en expulsant des conducteurs de leurs véhicules.

Sierra jeta un regard autour d'elle. La fusillade avait créé un tel mouvement de panique que les rues étaient maintenant désertes.

— Qu'est-ce qu'il s'est passé ? cria-t-elle à Ronan.

— Ils appellent ça « le jeudi », lui répondit Ronan avant de lui lancer un regard chargé de reproches. Je ne vous avais pas dit de rester à l'abri ?

— Je ne sais pas, il y avait tellement de bruit, je n'ai rien entendu, lui rétorqua-t-elle avec un air innocent. J'ai pensé que vous pourriez avoir besoin que je vous couvre.

Même s'il dut faire un effort surhumain pour taire ce qu'il pensait, Ronan décida de ne rien répondre.

Il se retourna et marcha en silence vers sa voiture qui, miraculeusement, était indemne. Il déverrouilla la portière et s'installa au volant, suivi de près par Sierra qui prit place sur le siège passager.

— Si vous voulez rester dans mon équipe, lui dit-il sèchement, nous allons devoir établir quelques règles de base…

— Règle numéro un, le coupa-t-elle, vous me faites confiance. Règle numéro deux, vous me traitez comme un véritable inspecteur et pas comme une assistante administrative… D'accord ?

— Attachez votre ceinture, lui ordonna-t-il.

— Je vais prendre ça pour un oui, dit-elle en lui adressant un grand sourire avant de lui obéir. Écoutez, O'Bannon, tout ce que je veux c'est vous aider. Nous cherchons tous les deux à coincer ce tueur en série et à le mettre le plus rapidement possible sous les verrous. Alors, soyez gentil et laissez-moi vous donner un coup de main.

— OK, je vais vous laisser participer, lui dit-il à contrecœur. Si je ne vous étrangle pas avant.

— Ça ressemble à un accord, conclut-elle joyeusement.

— Prête à rentrer au commissariat ?

Ronan lui posa la question, mais ce n'était qu'une simple formalité car il était déjà en train d'engager la voiture dans cette direction.

— Bien sûr, lui répondit-elle. *Après* avoir rendu visite aux familles des autres victimes.

Il la regarda avec incrédulité. Ne l'écoutait-elle donc pas ? S'il ne l'avait pas protégée, elle aurait probablement été touchée par une balle perdue lors de cette fusillade. Comment pouvait-elle ne pas en être affectée ?

— Vous n'êtes pas sérieuse ? lui demanda-t-il.

— Aussi sérieuse que la mort, rétorqua-t-elle en prenant un ton lugubre avant de rougir brusquement. Oh ! excusez-moi, ce n'est pas drôle vu ce qu'il vient d'arriver au chef de la police, pardon. Mais je suis sérieuse. Et puis, ce serait peut-être aussi une bonne idée de discuter un peu avec les gens du quartier. Peut-être que nous rencontrerons quelqu'un qui a vu quelque chose…

— Vous êtes définitivement bien plus optimiste que moi, laissa échapper Ronan dans un soupir.

— Ce qui ne me surprend pas, lui répondit-elle en esquissant un sourire. On y va ?

Même s'il mourait d'envie de dire à Sierra que son projet était inutile et que c'était peine perdue, Ronan savait que, comme ils n'avaient pas d'autres pistes sérieuses à suivre pour le moment, il ne pouvait pas refuser catégoriquement.

Toutefois les choses tournèrent de telle manière qu'il n'eut pas besoin de trouver un moyen de la faire changer d'avis… Car dès qu'il prit le virage pour entrer dans le centre-ville de Tesla, son portable se mit à sonner.

— Vous comptez répondre ? lui demanda Sierra.

Ronan marmonna une brève réponse dans sa barbe et se gara sur le bas-côté pour pouvoir attraper son téléphone qui était dans la poche de sa veste.

— Vous parlez, je conduis, dit-il à Sierra en lui tendant son portable.

Puis il reprit la direction du centre-ville.

— Et si c'est personnel ? s'enquit Sierra quand le téléphone se remit à sonner.

Sierra était du genre curieux, mais elle savait qu'il valait toujours mieux ne pas se mêler des affaires des autres. Pour elle, cela relevait de l'impolitesse.

— Tous ceux que je connais sont flics, je ne reçois pas d'appels personnels, lui répondit-il sans quitter la route des yeux.

— Vous pourriez recevoir un appel personnel de la part d'un policier, insista-t-elle tandis que les sonneries s'intensifiaient.

— Oh ! mais répondez donc à ce fichu téléphone, Carlyle ! lui ordonna-t-il.

Sierra décrocha, l'air perplexe.

— Ici le téléphone de l'inspecteur O'Bannon, il ne peut pas vous répondre pour le moment car il est en train de conduire, mais je peux prendre un message pour lui.

Son ton joyeux s'évanouit rapidement tandis qu'elle écoutait son interlocuteur.

— Oui, monsieur, je le lui dis tout de suite, monsieur, conclut-elle.

Elle raccrocha et laissa échapper un profond soupir.

— Je ne vous ai jamais vue changer d'humeur aussi rapidement, qui était-ce ? lui demanda Ronan.

— Le lieutenant, ils viennent de découvrir le corps d'une nouvelle victime, un autre membre de gang.

— Vous voulez dire qu'il y a eu des victimes finalement ? dit Ronan en repensant à la fusillade qui venait d'avoir lieu devant l'immeuble désaffecté.

— Non, non, rien à voir, lui répondit Sierra qui avait parfaitement compris ce qu'il voulait dire. Notre tueur en série a tué un nouveau membre du gang des War Lords.

— Ils sont certains que c'est bien de son fait ? demanda Ronan en pensant que la fréquence des meurtres s'intensifiait.

— Une balle derrière la tête, la main droite coupée, lui répondit-elle, pas de doute, c'est bien notre homme.

— Vous avez noté l'adresse ?

— Le lieutenant m'a dit qu'il vous l'envoyait par SMS, lui dit Sierra en regardant l'écran. Mais nous allons peut-être avoir un problème.

— Pourquoi donc ?

— Le corps n'a pas été trouvé dans la ville mais dans un terrain vague dans le centre d'Allegro.

— Mais il s'agit bien d'un meurtre, n'est-ce pas ?

— Tout à fait, approuva-t-elle.

— Et la main du type a bien disparu ?

— Oui, il manque la main droite, mais il ne s'agit pas d'un homme.

Ronan faillit sortir de la route, mais il réussit à temps à reprendre le contrôle du véhicule.

— Vous pouvez répéter ? lui dit-il en la regardant d'un air incrédule.

— La victime est une femme, membre du gang, lui répondit Sierra d'une voix exaspérée. Vous savez, ces petites créatures plus fragiles et plus vulnérables que les hommes, qui font les bébés et ce genre de choses…

— Plus fragiles que les hommes…, répéta Ronan en la regardant à nouveau. Vous n'avez pas besoin de me convaincre de ça, vous savez. Bon, maintenant vous pouvez me donner l'adresse ?

Sierra lui lut le message et Ronan se dirigea vers la banlieue d'Aurora.

— On dirait que notre tueur ne fait pas dans la discrimination, fit remarquer Sierra, clairement contrariée que le bilan s'alourdisse.

— Il accélère sa cadence, ajouta Ronan.

— D'après mes comptes, il en tue deux par semaine, dit Sierra après avoir pris un moment pour réfléchir.

— C'est juste, mais jusqu'ici quatre jours les séparaient les uns des autres. Celui-ci est bien plus rapproché du dernier.

— Ce qui signifie qu'il devrait y avoir une nouvelle victime très bientôt, conclut Sierra en retenant son souffle.

— C'est ce que cela signifie, en effet, approuva Ronan d'un ton solennel.

Sierra redressa les épaules, et Ronan pensa que ce geste était la manifestation même de sa détermination.

— À moins que nous ne l'arrêtions avant, déclara Sierra.

— J'avais raison, lui répondit Ronan en esquissant un sourire, vous êtes vraiment une optimiste.

8

À peine Ronan eut-il le temps de garer sa voiture derrière le van blanc de la police scientifique que Sierra était déjà sortie et se précipitait vers le terrain vague. Elle rejoignit rapidement les trois techniciens qui étaient en train de collecter tout ce qui pouvait constituer de potentiels indices. Considérant l'état du terrain, il y avait beaucoup de choses à étudier et à photographier.

Sierra concentra son attention sur le corps de la nouvelle victime. Au premier regard, il semblait difficile de voir s'il s'agissait d'une femme ou d'un homme. Vêtue d'un jean usé, d'un T-shirt large et d'une veste en jean en lambeaux, la victime, étendue visage contre terre dans la boue, avait les cheveux courts et les bras presque intégralement tatoués.

Sierra s'agenouilla à côté du cadavre, tout en prenant garde d'éviter la mare de sang qui l'entourait.

— Peut-être que je peux répondre à quelques-unes de vos questions ? lui proposa Sean Cavanaugh. Le médecin légiste n'est pas encore arrivé mais il ne devrait plus tarder.

Tandis que Sierra se relevait pour saluer Sean, Ronan les rejoignit.

— Sommes-nous certains qu'il s'agit bien d'une femme ? demanda-t-elle.

En guise de réponse, Sean lui tendit le portefeuille qu'on

avait trouvé dans la poche arrière du jean de la victime et qui avait été soigneusement mis sous scellés.

— C'est en tout cas ce que dit sa carte d'identité. Shantina Ramirez, elle a eu vingt ans hier, leur répondit Sean. C'est comme si le tueur voulait qu'on sache qui il élimine. Comme pour les autres victimes, tout a été laissé intact dans le portefeuille. Le tueur n'a même pas pris l'argent liquide.

— Et nous sommes sûrs qu'elle faisait partie d'un gang ? demanda Ronan.

— Le tatouage qu'elle porte sur son épaule droite est le symbole que les War Lords se font tatouer juste après avoir été intronisés dans le gang, leur indiqua Sean.

— Attendez, vous venez de me dire que… Shantina a eu vingt ans hier ? demanda Sierra.

Sean acquiesça puis soupira en hochant la tête d'un air navré.

— Ils sont recrutés de plus en plus jeunes. C'est un vrai gâchis de mourir dans la fleur de l'âge, ces pauvres gosses n'ont même pas eu le temps de savoir qui ils voulaient vraiment devenir.

Sierra se retourna vers Choi et Martinez qui venaient d'arriver sur la scène de crime.

— Peut-être qu'elle fêtait son anniversaire dans les environs hier soir, il n'y a pas un bar dans le quartier ?

— Choi, lui répondit Ronan en se tournant vers les deux inspecteurs. Toi et Martinez, prenez la photo du permis de conduire de Shantina, faites-la agrandir et allez la montrer à tout le quartier. Peut-être que quelqu'un a vu quelque chose… Et je veux que vous récupériez toutes les…

— Vidéos des caméras de surveillance du coin, le coupa Martinez. Patron, vous pouvez compter sur nous, on connaît la chanson.

— Et pendant que vous fouillez le secteur, montrez-leur

aussi cette photo-là, ajouta Ronan en leur tendant la photo que lui et Sierra avaient montrée au colocataire de la première victime.

Sierra ne put s'empêcher de jeter un regard étonné à O'Bannon.

— Et pourquoi pas ? lui dit-il en la voyant surprise par cette nouvelle directive. Autant essayer de tout couvrir, vous ne croyez pas ?

— Si, si, approuva Sierra, ravie de constater que Ronan n'ignorait plus ses suggestions.

— Oh ! et quand le médecin légiste pratiquera l'autopsie, dit Ronan à son oncle, pourras-tu lui demander de faire réaliser le même bilan toxicologique que ceux qui ont été faits sur les deux dernières victimes ?

— J'allais justement te le suggérer, lui répondit Sean en souriant.

En se retournant vers Sierra, Ronan vit qu'elle affichait un grand sourire de satisfaction.

— Qu'est-ce que je vous ai dit à propos de ce genre de sourires, Carlyle ?

— Qu'ils risquaient de fendre mon visage, lui répondit-elle avant d'éclater de rire. Mais je tente le coup quand même ; c'est tellement agréable de constater que vous prenez mon avis au sérieux.

Alors qu'ils retournaient tous les deux vers la voiture, Ronan fit son possible pour garder son expression sévère, mais la vérité était qu'il commençait à s'habituer à l'inspecteur Carlyle. Pourtant, même s'il ne pouvait que reconnaître qu'elle ne faisait pas son boulot à moitié et qu'elle était plutôt douée, il ne voulait pas avoir l'air de capituler si facilement. Il avait besoin de garder le contrôle.

— Que cela ne vous monte pas à la tête, Carlyle, la prévint-il, tout le monde peut avoir un coup de chance, ça ne veut rien dire.

— Oh ! vous ne réussirez pas à me contrarier avec vos railleries, O'Bannon, lui répondit Sierra en gardant le sourire. Je le vois bien, vous commencez à m'apprécier.

— Oh ! Dieu nous en garde…, grogna Ronan avant de lui montrer la voiture. Pour le moment, contentez-vous donc de monter là-dedans !

— Où allons-nous ? lui demanda-t-elle en attachant sa ceinture.

— Nous rentrons au commissariat, pour voir si la dernière victime avait des proches que nous pouvons prévenir. Et puis je voudrais contacter quelques-uns de mes indics, pour voir s'ils n'ont pas entendu parler de ce tueur en série…

— Vous avez des indics ? lui demanda Sierra en lui jetant un regard surpris.

— Oui, lui répondit-il en sentant que Sierra le dévisageait. Qu'y a-t-il de si surprenant ?

— Oh ! je ne sais pas… Peut-être parce que cela implique de discuter avec les gens, chose que vous semblez désireux d'éviter de faire autant que possible.

Ronan savait qu'il aurait mieux fait d'ignorer sa remarque, mais quelque chose en lui le poussa à riposter.

— Ce n'est pas moi qui parle le plus, vous savez, ce n'est pas pour rien que nous appelons ces personnes « des informateurs ».

— Ah oui, pardon, au temps pour moi, lui dit-elle en ne cherchant même pas à masquer son large sourire.

— Vous savez, ce petit sourire de mademoiselle « je sais tout » risque de devenir rapidement agaçant, lui répondit Ronan sèchement.

Sierra se mordit les lèvres et fit son possible pour tenter de redevenir sérieuse mais elle n'y parvint qu'à moitié.

— Désolée, lui dit-elle, les yeux toujours rieurs, je vous promets que je vais essayer de faire un effort.

Ronan laissa échapper un soupir méprisant. Mais cette réaction n'eut pas l'effet escompté, bien au contraire.

— Pourquoi est-ce que je ne vous crois qu'à moitié ? demanda-t-il comme s'il se parlait à lui-même.

— Vous voulez vraiment connaître le fond de ma pensée ?

— Non ! lui répondit-il en pensant que son bavardage enthousiaste était bien la dernière chose qu'il avait envie d'entendre.

— Comme vous voulez, après tout, c'est vous le patron, dit-elle l'air innocent.

— Voilà enfin quelque chose d'agréable à entendre, marmonna Ronan.

Une fois arrivés au bureau, Sierra et Ronan découvrirent que Shantina Ramirez avait été prise en charge par les services sociaux à l'âge de neuf ans et qu'elle avait été baladée de foyer en foyer depuis lors. Exclue du système le jour de ses dix-huit ans, elle vivait seule depuis deux ans.

Quant à l'adresse sur son permis de conduire, qui semblait être dans le centre d'Allegro, elle était fausse.

— Donc, pas de proche à prévenir, conclut Sierra.

Ronan, lui, ne paraissait pas spécialement contrarié par la tournure que prenaient les événements.

— Non, pas cette fois-ci, lui répondit-il. Mais je veux que vous cherchiez ce qui pourrait relier les victimes entre elles. Commencez par regarder sur Internet.

— Et vous, qu'allez-vous faire ? lui demanda-t-elle.

— Autre chose, lança Ronan avant de quitter la pièce sans prendre la peine de lui en dire plus sur ses projets.

Tout en faisant son possible pour garder l'esprit d'équipe, Sierra passa le reste de sa journée à fureter sur Internet, recherchant tout ce qui pouvait impliquer des actes de violence entre gangs sur les communes de Tesla et d'Allegro. Elle n'avait de cesse d'espérer y voir apparaître le nom d'une des six victimes.

De temps à autre, elle levait les yeux et regardait l'entrée du bureau, guettant le retour de Ronan. Combien de temps lui fallait-il pour contacter ses indics ? se demanda-t-elle en soupirant d'impatience.

Elle essayait de prendre sur elle, mais la vérité était que cela la rendait folle qu'il n'ait rien voulu lui confier à ce sujet. Elle savait bien que rien ne l'y obligeait, mais le dernier partenaire avec lequel elle avait travaillé ne l'avait jamais laissée dans l'ignorance comme Ronan venait de le faire.

Elle commençait à penser qu'une fois cette affaire résolue — et elle était persuadée qu'elle le serait — elle demanderait probablement à être transférée dans un autre département. Si elle restait à la brigade criminelle, elle devrait à nouveau faire équipe avec O'Bannon, ce qui ne manquerait pas de créer de nouveaux problèmes.

Il était maintenant 18 heures. Sierra bâilla puis glissa une main dans ses cheveux. Elle avait les paupières lourdes et elle décida qu'elle avait passé suffisamment de temps à surfer sur Internet pour aujourd'hui. Ronan n'était pas revenu au commissariat et elle présumait qu'il devait être rentré chez lui après avoir vu ses indics.

Il était temps de faire de même.

Elle éteignit son ordinateur, se leva, attrapa son sac à main, mais alors qu'elle était sur le point de partir, le téléphone qui se trouvait sur son bureau se mit à sonner.

Elle réfléchit un moment, décida de l'ignorer et marcha vers la sortie avant que le sens du devoir ne la rattrape. Pourtant, elle se reprit et fit demi-tour. Peut-être était-ce quelqu'un qui avait de nouvelles informations concernant leur affaire…

— Carlyle, dit-elle en décrochant finalement le combiné.

— C'est bien ce que je pensais ! J'ai essayé de te joindre chez toi mais, devine quoi, tu n'y étais pas. Ne les laisse pas te pousser à bout, ma fille, tu as le droit de quitter ton travail à des heures décentes ! la sermonna son père à l'autre bout du fil.

Sierra fut un instant tenté de lui rappeler qu'elle avait un téléphone portable, mais elle décida finalement de lâcher l'affaire. De bien des façons, son père vivait encore au siècle dernier.

— Est-ce la seule raison de ton appel, papa ? Ou est-ce qu'il y a une urgence ?

— Je t'appelais car j'ai la réponse à la question que tu m'as posée, mais si cela ne t'intéresse pas…

— La réponse ? répéta Sierra en fronçant les sourcils.

Elle se rassit dans son fauteuil et se concentra sur ce que son père avait à lui dire.

— Est-ce que ça signifie que tu as parlé avec Maeve O'Bannon ?

— Tout à fait. Et pour être honnête, ce n'était pas désagréable, lui répondit-il d'une voix joyeuse. Cette femme, c'est le sel de la terre ! Loyale comme pas deux. Et si tu la voyais conduire son ambulance, ce qu'elle fait encore de temps à autre quand nous manquons de personnel, eh bien tu…

— Excuse-moi, papa, mais est-ce que tu m'as appelée pour m'énumérer les innombrables qualités de cette dame ou est-ce parce que tu as découvert ce qui est arrivé à son fils ?

— Ah, mais quelle impatience ! grommela son père.

— Puis-je me permettre de te rappeler que ce trait de caractère me vient directement de toi ?

— C'est vrai, concéda-t-il en soupirant. Bon, tu voulais

que j'essaie de découvrir ce que je pouvais sur le fils de Maeve…

— Et tu as trouvé quelque chose ?

— Evidemment, lui répondit-il d'un ton soudain agacé. C'est l'aîné de ses enfants et Maeve s'est beaucoup reposée sur lui quand elle a perdu son mari. Bien sûr, elle a une grande famille, car c'est quand même une Cavanaugh, mais rien ne vaut le lien incroyable qui unit un parent à son premier enfant.

— Écoute, papa, on ne va pas y passer la nuit… Ronan m'a dit que je lui rappelais quelqu'un, est-ce que Maeve t'a parlé d'une personne particulière dans son entourage qui pourrait me ressembler ?

— J'ai dû trouver un moyen discret pour orienter la conversation dans ce sens, tu imagines bien que je ne pouvais pas lui demander ça de but en blanc, lui répondit-il avec une pointe d'indignation dans la voix.

— Je suis certaine que tu as fait ça merveilleusement, papa, mais pourrait-on aller à l'essentiel à présent ? S'il te plaît ?

— J'y venais…

Sierra en doutait fortement mais se retint, elle savait qu'elle risquait de perdre encore plus de temps à jouer à ce petit jeu avec son père.

— Ronan était fiancé à une femme qui te ressemblait. Maeve m'a montré une photo d'eux deux sur son téléphone et, pendant une minute, moi-même j'ai bien cru que c'était toi.

— Que s'est-il passé ? Ils ont rompu ? demanda Sierra qui n'arrivait pas à imaginer Ronan amoureux.

— De la manière la plus définitive qui soit, lui répondit son père. Apparemment, elle s'est retrouvée au cœur d'une fusillade. Un homme cherchait à tuer Ronan mais il a tiré sur sa fiancée à sa place. Elle est morte sur le coup, dans ses bras. Maeve m'a confié qu'il n'était plus le même depuis ce jour.

Son père marqua une pause, comme s'il attendait que Sierra fasse un commentaire. Mais comme celle-ci ne semblait pas disposée à en faire, il reprit :

— Sierra ? Tu as entendu ce que je viens de te dire ? Tu es toujours en ligne ?

— Oui, oui, je suis toujours là, papa, lui répondit-elle calmement.

Elle était abasourdie, presque en état de choc. Mais surtout extrêmement triste pour Ronan.

— Merci d'avoir découvert tout ça.

— Peut-être que tu ferais mieux de continuer à te comporter avec Ronan comme si tu n'étais pas au courant, lui conseilla-t-il.

— Je ne comptais pas lui en parler, lui répondit-elle. Mais je comprends mieux certaines choses, à présent… Merci encore, papa.

Après avoir raccroché, Sierra regarda le téléphone un instant. Elle savait qu'elle avait besoin d'un moment pour digérer cette nouvelle information. Elle s'était immédiatement sentie bouleversée pour Ronan. Tout cela avait dû le dévaster… Et si elle ressemblait autant à sa fiancée défunte, il n'était pas étonnant que Ronan se sente mal à l'aise en sa compagnie et qu'il ait tant de mal à faire équipe avec elle.

Mais, à part demander un transfert de service ou venir au bureau avec un sac en papier sur la tête, elle ne voyait pas bien comment elle pouvait l'aider.

Tu peux faire tout ton possible pour résoudre cette affaire au plus vite et quitter son équipe, se dit-elle.

— Quelque chose ne va pas ?

Sierra sursauta en entendant la voix de Ronan.

— Vous voilà de retour, lui dit-elle en essayant de cacher sa frayeur.

— Je travaille ici, vous savez, enfin je travaillais ici la dernière fois que j'ai vérifié… Pourquoi avez-vous l'air de quelqu'un qui a vu un fantôme ? lui demanda-t-il, l'air soudain suspicieux.

— J'étais au téléphone avec mon père.

— Le pompier ?

— Mon père, oui, ce super héros ! lui répondit-elle en décidant de se retrancher derrière son arme favorite, le sarcasme, pour cacher son malaise.

— Oh ! j'essaie seulement de comprendre ce qui a pu vous contrarier à ce point. Vous a-t-il annoncé une mauvaise nouvelle ? lui demanda-t-il en fronçant les sourcils.

Oui, il vient tout juste de me raconter la terrible épreuve que vous avez traversée. Comment pourrais-je bien vous dire combien je suis désolée pour vous ? Et combien j'aurais préféré ne pas ressembler à l'élue de votre cœur ?

Mais Sierra haussa les épaules et lui répondit, tout en faisant son possible pour garder une attitude nonchalante :

— Ce n'est pas le rôle même du père ? Rendre folle sa fille ?

— Eh bien, n'étant pas une fille et n'ayant plus de père, je ne peux pas vraiment répondre à cette question, lui dit-il avant de faire un signe du menton vers son ordinateur. Vous avez trouvé quelque chose d'intéressant ?

— Seulement que les victimes étaient toutes des voyous, impliqués dans des trafics de drogue et des petits larcins, mais rien de plus que les autres membres des gangs… Je n'ai toujours pas trouvé la raison pour laquelle ce sont eux qui ont été choisis pour être exécutés et pas d'autres…

— S'ils n'ont vraiment rien de particulier, alors j'ai peur que notre tueur ne soit pas près de finir son œuvre…, dit Ronan après avoir réfléchi un instant.

— Vous pensez que les meurtres vont continuer ?

— Parfois la soif de sang se suffit à elle-même, c'est peut-être le seul motif de ce détraqué, lui dit-il sans répondre à sa question.

— La soif de sang…, répéta Sierra. Est-ce que c'est ce dont vous ont parlé vos indics ?

Ronan secoua la tête, l'air soudain épuisé.

— Ils n'avaient rien d'intéressant à me confier, mas ils m'ont promis de prospecter, lui confia-t-il avant de jeter un œil vers les postes vides de Choi et Martinez. Est-ce qu'on a des nouvelles de ces deux-là ? Vous savez s'ils ont eu plus de chance que moi ?

Quand les deux inspecteurs étaient revenus au commissariat, ils avaient partagé avec Sierra le fruit de leurs recherches, elle put donc en faire part à Ronan.

— Apparemment, la fille Ramirez a bien fêté son anniversaire — et plutôt sérieusement, à en croire le serveur du bar où vous les aviez envoyés. Mais quand ils ont enquêté dans le voisinage, personne n'avait rien à leur dire. Personne, dans ces quartiers, ne veut parler à la police.

— Et les vidéos de surveillance ?

— Ils les ont déposées au département informatique. Votre oncle a promis de nous faire un retour dès que son équipe aurait trouvé quelque chose.

Ronan acquiesça puis prit une profonde inspiration.

— Je suis lessivé, pas vous ?

— C'est tout à fait le mot, oui, approuva-t-elle.

— Que diriez-vous d'aller boire un verre chez Malone's ? lui demanda-t-il tout à coup. C'est ma tournée.

Sierra mit un moment avant de comprendre que cette proposition amicale était bien réelle.

— Avec plaisir, lui répondit-elle finalement en se levant de son bureau. C'est la première bonne nouvelle de la journée…

Cependant, si elle ne pouvait que se réjouir de ce soudain changement d'attitude de Ronan envers elle, elle ne put s'empêcher de se demander si cela avait quelque chose à voir avec le fait qu'elle ressemblait à sa fiancée disparue…

9

Il était convenu que Ronan et elle prendraient chacun leur propre véhicule pour se rendre chez Malone's. Mais, même si c'était lui qui avait proposé d'aller boire un verre, Sierra n'était pas certaine de le retrouver là-bas. Après tout, jusqu'à présent, O'Bannon s'était toujours comporté comme s'il était difficile pour lui d'interagir avec elle, alors pour quelles raisons aurait-il soudain envie de passer son temps libre en sa compagnie ?

Elle gara sa voiture le plus près possible de l'entrée du bar, coupa le moteur et prit une profonde inspiration avant de sortir. *Quand il faut y aller…*, pensa-t-elle en se dirigeant d'un pas déterminé vers l'entrée. Une fois à l'intérieur, elle ressentit le sentiment familier d'être arrivée chez elle. Elle savait que tout ici était fait pour. Le bar était tenu par un ancien policier qui était maintenant à la retraite, et presque tous les clients étaient des membres des forces de l'ordre.

Comme tout bon établissement, ce n'était pas pour l'alcool que les clients revenaient mais pour l'ambiance. Le fait de savoir que, quoi qu'on ait pu faire ou endurer, quelqu'un ici pouvait comprendre ce qu'on ressentait, avait peut-être même vécu la même chose et pouvait donc offrir quelques mots de réconfort, faisait de cet endroit un refuge apaisant.

Sierra parcourut des yeux l'intérieur du bar. Elle crut un instant reconnaître Ronan mais ce n'était pas lui. Vu que celui-ci avait deux frères et un grand nombre de cousins, il n'était pas étonnant de tomber sur quelqu'un qui avait un air de famille avec lui.

Pourtant elle se rendit vite à l'évidence : O'Bannon n'était pas là.

Il avait sans doute changé d'avis. Sierra hocha la tête... Elle détestait se sentir trahie par son optimisme. Elle envisagea un instant de rentrer chez elle, mais elle se dit que son départ semblerait étrange aux clients qui avaient remarqué son entrée — elle connaissait quand même beaucoup de monde ici —, aussi se rendit-elle au bar.

— Hé, c'est déjà Noël ? lui lança le barman, un ancien agent de police du nom de Wade Preston.

— Pardon ? lui demanda Sierra, un peu déconcertée par sa question.

— La dernière fois que vous êtes venue ici, lui répondit l'homme en se rapprochant d'elle, c'était pour la fête de Noël du commissariat.

— Comment vous souvenez-vous de ça ?

— Je n'oublie jamais les jolies filles, lui répondit Wade en lui faisant un clin d'œil. Alors, qu'est-ce que je vous sers ? À moins que vous n'attendiez quelqu'un ?

— C'est ce que je croyais, admit-elle, mais visiblement je me suis trompée... Je vais prendre une vodka orange — avec beaucoup de jus d'orange, précisa-t-elle.

— D'ordinaire on me demande plutôt l'inverse, lui répondit Wade en riant.

— Je dois conduire pour rentrer, lui expliqua Sierra. Donc il vaut mieux que je surveille ma consommation d'alcool.

— Pas de problème, inspecteur !

Wade s'empara de deux bouteilles dans l'étagère derrière lui et prépara son cocktail en deux temps, trois mouvements.

— Et voilà, lui dit-il en plaçant son verre devant elle,

une vodka orange avec beaucoup de jus d'orange, comme vous me l'avez demandé.

Sierra sortit son portefeuille et posa un billet sur le comptoir.

— Je vais chercher votre monnaie, lui dit Wade.

— Non, non, gardez-la, lui dit-elle avant de prendre une longue gorgée de son cocktail.

Elle laissa échapper un petit soupir de satisfaction. Sa boisson était parfaitement dosée.

— Impeccable, murmura-t-elle.

— C'est ce que j'aime entendre, conclut Wade en s'esclaffant avant de s'éloigner vers un autre client, à l'autre bout du bar. Le devoir m'appelle, faites-moi signe si vous en voulez un deuxième.

— Vous avez commencé sans moi ?

Se retournant brusquement, Sierra découvrit avec surprise que O'Bannon se trouvait juste derrière elle.

— Pour être tout à fait honnête, j'ai cru que vous aviez changé d'avis, et comme je me sentais un peu stupide, j'ai malgré tout décidé de prendre un verre.

— Qu'avez-vous commandé ? lui demanda-t-il en regardant son verre.

— Rien de bien exotique, juste une vodka orange, avec beaucoup de jus d'orange, ajouta-t-elle pour justifier la couleur de sa boisson.

— Je crois que Wade aimerait avoir plus de clients comme vous, lui dit Ronan en hochant la tête. Le prix du cocktail est semblable, même si la dose d'alcool est moindre.

— Il doit bien gagner sa vie, lui répondit Sierra en haussant les épaules.

— Oh ! ne vous en faites pas pour lui, je pense en effet qu'il s'en sort plutôt bien, conclut Ronan avant de faire un signe de la main à Wade. Un whisky avec des glaçons !

lui cria-t-il avant de se retourner de nouveau vers Sierra. Vous préférez vous installer à une table ou rester au bar ?

— Les deux me vont, lui indiqua Sierra. Je ne reste que le temps de boire mon cocktail, mais je vais le savourer, donc c'est comme vous voulez.

— Eh bien, prenons une table alors, lui dit-il en saisissant le verre que lui tendait Wade.

Puis il déposa un billet sur le comptoir et s'éloigna dans la salle. Sierra descendit de son siège et le suivit, son verre à la main, parmi la foule des consommateurs. En passant, elle salua quelques connaissances puis rejoignit Ronan et s'assit en face de lui à une table pour deux.

Malgré l'ambiance très bruyante — la journée avait dû être difficile pour tout le monde, pensa Sierra —, elle ressentit immédiatement le poids du silence qui s'était installé entre eux. Le silence l'avait toujours mise assez mal à l'aise. En général, cela lui donnait envie de combler les blancs et elle avait tendance alors à parler à tort et à travers.

Elle repensa à la conversation qu'elle avait eue avec son père juste avant que Ronan ne revienne au commissariat et décida que c'était un bon point de départ pour lancer une discussion.

— Mon père a une haute estime de votre mère, dit-elle à Ronan. Comme tout le monde à la caserne apparemment.

Ronan prit une gorgée de son whisky puis le reposa doucement sur la table devant lui.

— Pourquoi êtes-vous devenue flic ? lui demanda-t-il après un moment.

Sa question, comme sortie de nulle part, prit Sierra par surprise.

— Je vous demande pardon ?

— Tout le monde dans votre famille est pompier, non ?

Ronan le savait car il avait étudié le dossier de Sierra,

sous prétexte de vérifier qu'elle pouvait bien travailler dans son équipe.

— Mais vous, poursuivit-il, vous avez rompu avec la tradition et vous avez décidé de devenir flic, pourquoi ?

— C'est un entretien professionnel ou quoi ? lui demanda-t-elle, soudain embarrassée.

— Simple curiosité, lui répondit-il en haussant les épaules. Je veux dire, il y a toujours eu une rivalité officieuse entre les flics et les pompiers, alors je me demande seulement pourquoi vous avez décidé de ne pas suivre l'exemple familial ? Ça n'a pas contrarié votre père et vos frères ?

— Au départ si, reconnut-elle, mais ils ont fini par accepter mon choix. Mon père nous a élevés en nous disant de tout faire pour réaliser nos rêves.

— Et vous, votre rêve c'était de poursuivre les méchants avec un flingue ?

Ronan avait deux sœurs qui étaient toutes les deux inspectrices, elles aussi, mais il avait toujours eu l'impression que Brianna et Shyla étaient des femmes particulières, grâce à leur héritage familial.

— Non, mon rêve c'était de venir en aide aux autres, le corrigea Sierra. Car c'est ce que nous faisons en réalité, nous *aidons* les gens. Et pour tout vous dire, je pense que mon père est assez soulagé de savoir que je ne passe pas mes journées dans des immeubles en feu.

— Sûrement, lui concéda Ronan avant d'ajouter d'un ton sarcastique : c'est en effet beaucoup plus sûr de courir sous les balles.

— L'alcool ne change rien à l'affaire, n'est-ce pas ? Vous êtes toujours aussi lugubre après un verre… Apparemment j'ai le don de faire ressortir le pire en vous, donc je crois que nous allons en rester là, je vais vous laisser, suggéra-t-elle en faisant mine de se lever.

Ronan lui attrapa le poignet brusquement et ce geste imprévisible sembla les surprendre l'un et l'autre.

— Restez là, lui ordonna-t-il sèchement avant de s'adoucir. Vous ne faites pas resurgir le pire en moi, croyez-moi, vous n'avez encore rien vu.

— Oh ! mon Dieu, est-ce une menace ? lui demanda-t-elle en faisant semblant d'être apeurée.

— Non, juste un fait. Écoutez, Carlyle, je n'ai peut-être pas été très tendre avec vous jusqu'à présent, mais sachez que si je me suis comporté de la sorte c'est uniquement pour découvrir de quel bois vous êtes faite et comment vous travaillez.

— Et est-ce que j'ai réussi votre batterie de tests ?

— Eh bien, malgré quelques moments un peu délicats, vous n'avez pas couru voir Carver pour lui demander de changer d'équipe.

— Je ne suis pas du genre à abandonner, répondit Sierra d'une voix confiante.

Ronan leva une main pour faire signe à Wade de lui donner la même chose, et une serveuse ne tarda pas à lui apporter un nouveau whisky.

— Ouais, c'est ce qu'il m'a semblé, dit-il après avoir réglé sa boisson. Vous êtes certaine de ne rien vouloir de plus fort ?

Sierra hocha la tête et la serveuse disparut en emportant le verre vide de Ronan.

— Pas quand je dois conduire pour rentrer chez moi, lui répondit Sierra.

— Je peux toujours vous appeler un taxi.

Sierra ne put s'empêcher de remarquer qu'il ne lui proposait pas de la ramener chez elle. Cela signifiait-il qu'il prévoyait de ne pas limiter sa consommation d'alcool ce soir ou l'idée ne l'avait-elle même pas effleuré ?

Pendant une seconde, cette question lui resta en tête,

mais elle se rendit vite compte que ce type de raisonnement n'allait rien engendrer de bon… Si le sinistre Ronan O'Bannon la ramenait chez elle, malgré son apparence et son corps musclé, cela ne ferait que créer des problèmes et elle avait vraiment d'autres chats à fouetter.

Et puis, de toute façon, il ne semblait même pas avoir envisagé une telle possibilité…

— Je n'aime pas dépenser mon argent inutilement, lui dit-elle finalement.

— C'est moi qui aurais payé, lui répondit-il avant de prendre une longue gorgée de whisky.

— Cela vaut aussi pour l'argent des autres.

Ronan éclata de rire et finit son deuxième verre en espérant ressentir bientôt les effets de sa boisson. Depuis la mort de Wendy, il semblait bien plus résistant à l'alcool. Cela faisait aujourd'hui deux ans, jour pour jour, qu'il l'avait perdue… Cette pensée réveilla le violent tourbillon de douleur qui dormait en lui.

— Eh bien, on peut dire que vous êtes une femme rare, alors, lui dit-il en se levant brusquement de table.

— Vous partez déjà ? lui demanda Sierra.

— Quoi ? Non, non, je vais seulement me chercher un autre verre.

— Peut-être que je devrais vous ramener chez vous, lui suggéra Sierra.

— Je connais mes limites, faites-moi confiance, je tiens bien l'alcool, lui répondit-il d'un ton bourru avant de se diriger vers le bar.

Bon, pensa Sierra, au moins O'Bannon marchait encore droit, mais s'il continuait au même rythme, cela n'allait pas durer bien longtemps.

Ronan fut de retour avant qu'elle n'ait pu décider quelle ligne de conduite elle allait adopter.

— Ne vous tracassez pas pour moi, lui dit-il après avoir pris une nouvelle gorgée de whisky.

— Ce n'est pas pour vous que je m'inquiète, dit-elle, même si c'était tout à fait le cas. C'est plutôt pour les autres conducteurs sur la route.

Le visage de Ronan s'assombrit et il parut soudain troublé. Sierra se demanda si c'était la conversation qui le contrariait ou si c'était seulement sa présence.

Elle décida de rester avec lui jusqu'à ce qu'il soit prêt à rentrer. Il était de toute façon hors de question qu'elle le laisse prendre le volant, elle se chargerait de le ramener chez lui, même si elle devait le traîner de force jusqu'à sa voiture.

Ronan leva les yeux vers elle et éclata d'un rire soudain.

— Détendez-vous, Carlyle, tout va bien se passer.

— Je n'en doute pas, lui répondit-elle en lui adressant un grand sourire. Mais je reste avec vous. Après tout, c'est vous qui m'avez invitée ici pour boire un verre.

— Que vous avez pris, lui dit-il en lui montrant son verre.

— Oui, mais je ne l'ai pas encore fini.

— Je n'avais encore jamais vu quelqu'un boire aussi lentement, constata Ronan en hochant la tête.

— Chacun ses talents, lui fit-elle remarquer avant de chercher un nouveau sujet de conversation. Et alors, vous, racontez-moi pourquoi vous êtes devenu policier ?

— Quoi ? lui demanda-t-il en fronçant les sourcils.

— Vous m'avez posé la même question, lui rappela-t-elle. Je pensais qu'il serait équitable de vous la poser également.

— Eh bien…, murmura-t-il avant de prendre son temps pour répondre. En fait, je me le demande moi-même…

Sierra eut soudain l'impression qu'elle venait de mettre les pieds dans le plat. Elle réfléchit rapidement. Si la fiancée de O'Bannon avait été tuée par une balle qui lui était destinée, il devait se reprocher sa mort et penser que, s'il avait fait un autre métier, elle serait toujours en vie.

— Eh bien, lui dit-elle en essayant de trouver une porte de sortie, la réponse est souvent la même pour tout le monde, j'imagine que vous vouliez « protéger et servir ».

Ronan finit son verre et le posa violemment sur la table en éclatant d'un rire moqueur.

— On ne peut pas dire que nous sommes très efficaces en ce moment…

— C'est le cas la plupart du temps…

O'Bannon se laissa aller en arrière et désigna du doigt quelque chose derrière Sierra.

— Là, je les vois.

Sierra se retourna mais ne vit rien de particulier.

— Vous voyez quoi ?

— Vos ailes, lui répondit-il avant de laisser échapper un profond soupir. Elles sont en train de se déployer, Carlyle, vous feriez mieux de monter rapidement dans votre voiture avant qu'elles ne soient trop étendues.

— Je n'ai toujours pas fini mon verre, lui rétorqua-t-elle en levant son verre.

— Vous ne risquez pas de le terminer, vous trempez à peine vos lèvres dedans, lui fit-il remarquer avec dédain.

— Pourquoi ne me laisseriez-vous pas vous ramener chez vous maintenant ? lui suggéra gentiment Sierra.

Ronan avait pris trois verres et semblait sur le point d'en commander un quatrième. Et il ne projetait apparemment pas de ralentir la cadence, ce qui n'était pas bon signe.

— Je vous l'ai dit, je n'ai pas besoin d'un chauffeur, lui lança-t-il sèchement.

— Je suis sûre que vous ne voulez pas créer d'esclandre, continua-t-elle avec fermeté, et moi non plus. Alors pourquoi ne partirions-nous pas d'ici avant que vous ne fassiez quelque chose que vous allez regretter ?

— C'est trop tard pour ça, lui répondit Ronan d'une voix triste, se rappelant tout à coup quel jour on était.

— Si vous voulez dire que vous regrettez déjà de m'avoir invitée à boire un verre…

— Non, la coupa-t-il brusquement. Vous n'avez rien à voir là-dedans.

En voyant un couple assis non loin d'eux qui les regardaient, Ronan se rendit soudain compte qu'il s'était mis à parler plus fort.

— Excusez-moi, dit-il à Sierra, je ne voulais pas crier.

— Posez votre verre, Ronan, lui ordonna-t-elle à voix basse, mais en prenant un ton autoritaire qu'elle n'avait encore jamais utilisé avec lui. Il est l'heure de rentrer.

Quand son regard croisa le sien, elle prit la même expression sévère que celle qu'elle affichait avec ses frères quand l'un d'entre eux avait trop bu.

Ronan baissa les yeux vers son verre vide. *Aussi vide que ma vie*, pensa-t-il tristement.

Quelque chose se serra au fond de lui.

Jamais il n'aurait dû inviter Carlyle à boire un verre. À quoi diable pensait-il ? Elle ne pourrait jamais remplacer Wendy.

— Ouais, marmonna-t-il en se levant tant bien que mal. Peut-être qu'il est temps d'y aller.

Quand il posa les yeux sur elle, Sierra y vit toute la tristesse qui l'habitait et elle fut bouleversée.

Malgré ses protestations, elle se leva, vint poser le bras de Ronan sur ses épaules et le prit par la taille.

— Est-ce que nous allons danser ? lui demanda-t-il.

— Fermez-la, O'Bannon. Allez, je suis sûre que nous pouvons réussir à sortir sans nous faire remarquer, lui dit-elle dans un murmure.

Elle parvint à le guider jusqu'à la porte de sortie et, une fois dehors, elle poussa un profond soupir de soulagement.

Personne n'avait semblé les voir, ce qui était une bonne nouvelle car Sierra savait que O'Bannon aurait été embarrassé le lendemain.

— Continuez comme ça, un pied devant l'autre, lui recommanda-t-elle. Ma voiture n'est pas loin.

— Où vous êtes-vous garée ? À Washington ? lui demanda-t-il.

— Non, bien plus près, le rassura-t-elle en espérant qu'elle aurait la force de l'emmener jusque-là.

10

— Mais ce n'est pas ma voiture, bredouilla Ronan tandis que Sierra le calait tant bien que mal contre la carrosserie de son véhicule.

— Non, c'est la mienne, lui répondit-elle en faisant attention à ce qu'il ne tombe pas.

Elle fouilla dans son sac, trouva rapidement ses clés, déverrouilla les portières, puis elle tenta de déplacer Ronan pour ouvrir la portière du côté passager. Mais celui-ci perdit l'équilibre et Sierra manqua de s'écrouler au sol avec lui avant de réussir in extremis à se relever en prenant appui sur le toit de la voiture.

— Vous sentez bon, marmonna Ronan, le visage enfoui dans ses cheveux.

Sierra essaya de ne pas prêter attention à ce qu'elle ressentait maintenant que Ronan humait le creux de son cou. Mais cela n'était pas évident. Des sensations troublantes la parcouraient tout entière.

— Merci, lui répondit-elle, c'est probablement le mélange de mon parfum et de l'odeur du bar. Maintenant, Ronan, s'il vous plaît, montez dans la voiture.

Sans attendre sa réponse, elle le poussa sur le siège passager.

— Hum, vous pouvez me dire ce que vous êtes en train

de faire ? lui demanda-t-il d'une voix amusée tandis qu'elle se penchait au-dessus de lui.

— J'attache votre ceinture de sécurité, je n'ai pas l'impression que vous soyez en mesure de le faire vous-même, lui dit-elle en reculant rapidement après avoir glissé l'attache dans la fente. Je détesterais vous envoyer dans le pare-brise en freinant brusquement.

Ronan regarda le tableau de bord devant lui, avec la même expression de concentration que s'il était en train de résoudre un exercice complexe de mathématiques.

— Vous n'avez pas d'airbags ? lui demanda-t-il finalement tandis qu'elle s'installait derrière le volant.

— Vu la chance que j'ai, je pense qu'ils ne fonctionneront pas, déclara-t-elle en mettant le moteur en marche. Vous pouvez me donner votre adresse ?

Un sourire timide et incroyablement sexy se dessina sur les lèvres de O'Bannon. Cet homme n'avait vraiment rien à voir avec le Ronan du bureau, pensa Sierra.

— Pourquoi ?

— Parce que pour vous ramener chez vous j'ai besoin de savoir où vous vivez.

— Ce n'est pas ma voiture, lui dit-il en regardant autour de lui.

— Nous en avons déjà parlé, lui répondit-elle en réprimant un soupir. Vous avez bu un verre de trop, Ronan, c'est pourquoi il vaut mieux que je vous ramène chez vous.

Malgré le ton diplomate qu'elle avait employé, O'Bannon fronça les sourcils comme s'il avait du mal à comprendre ce que Sierra venait de lui expliquer.

— Et comment je vais récupérer ma voiture ?

— Je vous ramènerai ici demain, lui dit Sierra en essayant de masquer son agacement — il commençait à être tard et elle avait envie de rentrer chez elle. Maintenant, pouvez-vous me donner votre adresse, Ronan ?

Celui-ci ferma les yeux un instant, comme s'il fouillait sa mémoire pour s'en souvenir mais, quand il les ouvrit à nouveau, il la regarda avec un grand sourire chaleureux.

— Ne joue pas la timide, Wendy, tu connais très bien mon adresse, lui dit-il. Tu passes ta vie là-bas.

Oh ! mon Dieu, pensa Sierra, il était en train de perdre totalement les pédales.

— Ça m'est sorti de l'esprit, lui répondit-elle en décidant de ne pas le contrarier.

— Mais oui, bien sûr, continua-t-il en éclatant de rire avant de lui donner son adresse. Bon, d'accord, je vais jouer à ton petit jeu…

L'adresse que Ronan lui avait donnée la conduisit jusque dans un quartier résidentiel, non loin du centre.

— Tu m'as manqué, Wendy, poursuivit Ronan comme s'ils étaient au milieu d'une conversation.

Sierra se demanda comment elle devait réagir. Elle décida de faire la seule chose qui lui semblait logique, tout en espérant que O'Bannon ne se souviendrait de rien en se réveillant le lendemain.

— Tu m'as manqué aussi.

Elle appuya sur la pédale d'accélérateur et maintint son allure jusqu'à arriver devant la maison de Ronan, une dizaine de minutes plus tard.

Après avoir décidé de se garer dans son allée plutôt que sur le trottoir — elle n'était pas certaine que Ronan soit capable de marcher sur une telle distance —, elle coupa le moteur, descendit de sa voiture et fit le tour pour aller le chercher du côté passager.

Il avait déjà ouvert sa portière et posé un pied au sol, mais il semblait s'être arrêté en cours de route comme s'il n'arrivait pas à se décider.

— Je crois que pour réussir à sortir de la voiture il

vaudrait mieux défaire votre ceinture, lui recommanda-t-elle en se mordant la lèvre pour ne pas rire…

Ronan lui lança un regard vide. Sierra se pencha au-dessus de lui et défit sa ceinture.

— Comment ai-je pu oublier ça ? se demanda Ronan en secouant la tête d'un air navré.

— Ce sont des choses qui arrivent, lui répondit-elle pour tenter de le réconforter.

Puis elle se pencha à nouveau vers lui et poursuivit.

— Mettez votre main sur mon épaule, lui conseilla-t-elle en glissant son bras autour de sa taille.

Puis elle tenta de se redresser pour l'aider à se lever mais il ne bougea pas d'un pouce.

— Il faut que vous m'aidiez, Ronan, je ne peux pas y arriver toute seule.

Mais au lieu de faire ce qu'elle lui demandait, O'Bannon l'attira vers lui et elle se retrouva assise sur ses genoux.

Elle fut si surprise qu'elle n'eut pas le temps de réagir et, l'instant suivant, Ronan prit son visage entre ses mains et posa ses lèvres sur les siennes. Son premier réflexe fut d'essayer de se dégager, mais ce baiser était si doux, si tendre et si troublant qu'elle s'abandonna sans même s'en rendre compte.

Et sur cette même lancée, elle l'embrassa bientôt en retour.

Quand leur baiser s'approfondit, Sierra sentit un puissant flot d'émotions la submerger, comme une incroyable vague contre laquelle il semblait impossible de lutter.

Attention ! Qu'est-ce que tu fais ! lui criait une petite voix dans sa tête. *Arrête ça immédiatement !*

Mais le problème était que, même si elle savait que ce n'était pas raisonnable, elle en avait envie.

Cependant, Ronan n'était pas en train de l'embrasser, il embrassait une femme du nom de Wendy, une femme qui, elle le savait, n'était plus de ce monde.

Retrouvant soudain ses esprits, Sierra posa ses deux

mains sur le torse de Ronan et le repoussa, puis elle sortit de la voiture pour mettre un maximum d'espace entre eux deux. Son cœur battait si fort dans sa poitrine qu'elle se demanda s'il n'allait pas éclater.

Elle surprit sur le visage de Ronan une expression de confusion si intense qu'elle comprit qu'il la prenait toujours pour quelqu'un d'autre. Elle devait trouver le moyen d'épargner ses sentiments jusqu'à ce qu'il recouvre ses esprits, ce qui ne se produirait probablement qu'après une bonne nuit de sommeil.

— Nous ne pouvons pas nous embrasser comme ça dans une voiture comme si nous étions des adolescents, Ronan, le sermonna-t-elle doucement. Tu ne voudrais pas que les voisins nous surprennent, si ?

— Je m'en moque totalement, mais tu as raison, je ne veux pas que tu te sentes gênée, lui répondit-il en essayant à nouveau de sortir de la voiture.

Parce qu'elle avait peur qu'il se fasse mal, Sierra se pencha vers lui, mais il s'appuya sur la portière pour s'extraire seul du véhicule.

— Laisse-moi une seconde, ça va aller, lui dit-il avant de se lancer.

Sierra se plaça à ses côtés pour lui servir de béquille et glissa son bras sous le sien.

— Allez, plus que quelques mètres et tu vas pouvoir aller dormir.

— Ce n'est pas ce que je veux faire, lui annonça-t-il en tournant son visage vers elle.

Son souffle glissa sur sa peau comme une caresse et, à nouveau, Sierra sentit une série de frissons la parcourir de la tête aux pieds.

Pense à autre chose, pense à autre chose ! s'ordonna-t-elle fermement.

— Tu as besoin de sommeil, Roméo. Nous aurons

toujours le temps de faire ce genre de chose plus tard, lui dit-elle finalement en espérant paraître convaincante.

Ils arrivèrent tant bien que mal devant la porte d'entrée de la petite maison de O'Bannon, et Sierra reprit un moment son souffle — Ronan était incroyablement lourd — avant de lui demander ses clés.

— Tu penses que je ne suis pas capable d'ouvrir ma propre porte ?

Sierra savait que si Ronan lui avait vraiment posé cette question il l'aurait fait avec un ton belliqueux. Mais il ne lui parlait pas à elle, il parlait à Wendy et il n'était pas agressif, loin de là.

Un instant, Sierra regretta de ne pas être cette femme. Pour tout un tas de raisons…

Mais elle savait que la seule chose sur laquelle elle devait se concentrer était de réussir à faire rentrer Ronan chez lui et à l'allonger quelque part pour qu'il puisse dessoûler.

— Eh bien, vas-y, lui dit-elle, ouvre ta porte.

Ronan sortit sa clé de sa poche puis la tendit vers la serrure. Mais il la dirigeait soit trop haut, soit trop bas et semblait ne jamais s'approcher du trou.

— Je voudrais bien, mais cette satanée serrure n'arrête pas de bouger.

— Peut-être que je peux essayer, lui proposa Sierra qui le soutenait toujours par le bras.

— Bonne chance, lui dit-il en lui tendant la clé.

Quand elle ouvrit la porte, O'Bannon la regarda avec un regard étonné.

— Comment as-tu fait ça ?

— C'est la chance du débutant, lui répondit-elle en lui rendant ses clés. Allez, entrons maintenant.

En découvrant qu'il y avait un canapé tout proche, elle remercia le ciel en silence car son calvaire touchait à sa fin.

Fournissant un dernier effort, elle réussit à guider Ronan et il se laissa tomber sur le canapé comme un poids mort.

— Je ne comprends pas, dit-elle en tentant de retrouver son souffle. Comment est-il possible d'être dans un tel état après seulement quatre whiskys ?

Malgré sa descente rapide, Ronan ne semblait pas tenir l'alcool aussi bien qu'il le prétendait.

— C'était des doubles doses, lui répondit-il, la tête enfouie dans un coussin.

— Ah, mais bien sûr, dit-elle en hochant la tête. Tu risques de le regretter demain matin, enfin si tu arrives à passer la nuit…

Ronan ne répondit pas.

En fait, il semblait s'être déjà endormi. Ce qui était une bonne nouvelle, pensa Sierra. C'était même et de loin la meilleure chose qu'il pouvait faire pour le moment.

Elle se dirigeait vers la sortie quand elle s'arrêta brusquement. Elle jeta un regard par-dessus son épaule en pensant soudain que, si Ronan se réveillait au milieu de la nuit avec la nausée, il n'aurait probablement pas la force de se rendre jusqu'à la salle de bains.

Elle décida de poser une bassine à côté du canapé, mais encore fallait-il qu'elle en trouve une… Elle alluma la lumière et retint son souffle en espérant ne pas le réveiller, mais il ne bougea pas d'un centimètre.

Après s'être rapprochée à pas feutrés du canapé, elle se pencha vers lui et écouta attentivement sa respiration qui était régulière et profonde.

Puis elle traversa le salon et se rendit dans la cuisine qui se trouvait juste à côté. Envisageant un instant de traîner la grande poubelle à côté du canapé, elle finit par changer d'avis et continua d'explorer la maison. La pièce suivante semblait être la chambre principale.

Sa chambre.

Où régnait un joyeux chaos. Les draps étaient roulés en boule au pied du lit et les oreillers éparpillés aux quatre coins de la pièce. Le rangement ne faisait apparemment pas partie des priorités de Ronan, remarqua-t-elle en souriant.

Elle finit par trouver ce qu'elle cherchait dans sa salle de bains, une petite poubelle blanche posée sous le lavabo.

Mais c'est alors qu'elle traversait la chambre pour retourner au salon qu'elle la remarqua.

Une photo encadrée sur son bureau. Curieuse, elle alluma la lumière pour mieux l'observer. Et quand elle se pencha vers l'image, elle eut soudain le souffle coupé.

À première vue, cela aurait pu être une photo d'elle-même. Et même si, en l'étudiant avec plus d'attention, elle voyait bien les nombreuses différences, la ressemblance restait troublante…

Il n'était pas étonnant que Ronan l'ait embrassée. Dans son état d'ébriété, le passé et le présent devaient s'être mélangés et, en posant ses yeux sur elle, il avait cru voir sa fiancée.

— Je suis désolée, murmura-t-elle à voix haute comme si Ronan pouvait l'entendre.

Puis elle éteignit la lumière et alla déposer la petite poubelle à côté de lui.

Au moins, s'il se sentait malade, il serait en mesure de la voir. Ou pas…

Hésitante, Sierra regarda Ronan à nouveau. Il faisait maintenant d'étranges bruits et, s'il continuait ainsi, il allait réussir à se réveiller lui-même. Et à coup sûr il allait être malade. Quel dommage qu'il vomisse sur le canapé qui semblait relativement neuf et qui avait une jolie couleur gris souris.

Mais elle n'allait quand même pas rester ici toute la nuit à le surveiller comme un enfant, se dit Sierra. Il ne lui serait pas reconnaissant de ce sacrifice en se réveillant le lendemain matin, ça, elle en était certaine. Et en plus d'avoir la gueule de bois, il serait très ennuyé de constater qu'elle l'avait veillé comme s'il était un pauvre ado inconscient.

Oh ! au diable son orgueil et sa fierté, pensa finalement Sierra. Après tout, elle se fichait pas mal de ce qu'il pouvait bien penser. Elle soupira et chercha autour d'elle où elle pouvait s'installer pour passer la nuit.

Hormis le canapé et la table basse, il n'y avait dans le salon qu'une chaise légèrement rembourrée. Elle la tira vers elle, s'installa près de O'Bannon et commença sa veillée nocturne.

11

Chaque cellule de son corps le faisait souffrir… C'était bien simple, Ronan se sentait aussi mal à l'intérieur qu'à l'extérieur. Sa tête le lançait même si violemment qu'il avait l'impression qu'il risquait à tout moment d'exploser en mille morceaux.

Il avait oublié combien la gueule de bois pouvait être une sensation pénible… Surtout après avoir réussi à rester sobre pendant une année entière.

Un an. Voilà un an qu'il ne s'était pas senti aussi mal. Mais l'anniversaire de la disparation de Wendy avait fait valser toutes ses bonnes résolutions. Bon sang… Il se croyait pourtant plus résistant.

Ayant soudain l'impression que le monde autour de lui n'allait pas tarder à se mettre à tourner, Ronan décida d'ouvrir les yeux. Qui sait ? S'il parvenait à s'asseoir, peut-être que ce fichu grand huit ne démarrerait pas.

Il passa donc en position verticale et s'efforça d'ignorer son estomac contrarié pour se concentrer sur l'ouverture de ses paupières.

Ce qui était peut-être le plus difficile était de savoir qu'une fois les yeux ouverts il serait officiellement de retour dans un monde où Wendy n'était plus.

Un monde dans lequel il évoluait comme un somnambule depuis maintenant près de deux ans.

Allez, O'Bannon, tu es plus costaud que ça, se dit-il pour se donner du courage. *Tu es un Cavanaugh, ressaisis-toi !*

Il ouvrit les yeux et presque immédiatement la bouche. Car, pendant près d'une seconde, il crut… Eh bien, il crut la voir.

Mais il se rendit vite compte que la femme qui était assise dans son fauteuil — celui que Wendy avait déniché dans un vide-greniers — n'était pas Wendy.

C'était Carlyle. Et elle semblait endormie.

— Qu'est-ce que vous faites ici ?

Le ton sévère de Ronan finit de dissiper les dernières brumes de sommeil qui enveloppaient Sierra. Elle sursauta et se redressa, droite comme un I.

La question de Ronan résonna un instant dans son esprit.

— Euh…, commença-t-elle après s'être éclairci la gorge, je m'assurais seulement que vous n'alliez pas mourir pendant la nuit…

— Qu'est-ce que vous voulez dire ?

— J'ai eu peur que vous vomissiez et que vous vous étouffiez dans votre sommeil, bref vous voyez ce que je veux dire. Bon, mais maintenant que vous êtes réveillé, je vais vous laisser… Ah non, en fait je ne peux pas, se reprit-elle en se souvenant des événements de la veille.

— Vous ne pouvez pas ? Et peut-on savoir pour quelle raison ?

— Parce que quand vous serez prêt, lui répondit-elle du ton qu'utilisent les instituteurs avec les élèves en difficulté, je devrais vous ramener à votre voiture.

— Ma voiture ? répéta-t-il en se demandant soudain pourquoi celle-ci n'était pas garée devant chez lui.

— Oui, elle est toujours sur le parking du Malone's.

Bon sang, mais pour quelles raisons ne se souvenait-il de rien ? Ronan commença à secouer la tête pour se rafraîchir les idées mais s'arrêta finalement de peur que celle-ci n'explose.

— Pourquoi n'est-elle pas ici ?

— Parce que vous n'étiez pas en état de conduire.

— Vous n'êtes pas obligée de rester, vous savez, je peux appeler mon…

Ronan s'interrompit brusquement.

— Il y a un récipient juste à vos pieds, lui dit Sierra en lui montrant du doigt la petite poubelle blanche.

Souhaitant préserver ce qui lui restait de dignité, Ronan envisagea de traverser la pièce pour se rendre à la salle de bains, mais son estomac en avait décidé autrement. Une seconde plus tard, il rendait tripes et boyaux.

Quand il eut fini, il emporta le seau le plus loin possible puis leva les yeux vers Sierra. Il s'attendait à lire une sévère expression de réprobation sur son visage mais, au lieu de le juger ou même d'avoir l'air dégoûtée par la scène à laquelle elle venait d'assister, Sierra lui souriait gentiment en lui tendant une serviette humide.

— Désolé, murmura Ronan en passant la serviette sur son visage.

— De quoi ? D'être humain ? lui demanda-t-elle en plaisantant, ce qui allégea immédiatement l'ambiance. Cela peut arriver à tout le monde. D'ailleurs j'ai une recette miracle pour la gueule de bois, qui a fait ses preuves avec mes frères de nombreuses fois. Pendant que je vous prépare ça, vous n'avez qu'à aller prendre une douche.

— Oui, on dirait que j'en ai bien besoin, n'est-ce pas ?

— Oh, ce n'est qu'une simple suggestion, lui répondit-elle avec un sourire innocent.

Ronan se leva doucement pour éviter de tomber.

— Et vous, comment vous sentez-vous ? lui demanda-t-il en se déplaçant lentement vers la salle de bains.

— Je vais bien, merci. Vous savez, je n'ai bu qu'un verre hier soir, avec plus de jus d'orange que de vodka.

— Non, je voulais parler de votre sommeil, est-ce que vous avez réussi à dormir un peu ?

L'idée qu'elle avait passé toute la nuit à le veiller mettait Ronan très mal à l'aise.

— Je n'ai pas besoin de beaucoup de sommeil, lui répondit-elle d'un ton évasif avant d'ajouter sur le seuil de la cuisine : n'oubliez pas d'emporter le petit seau avec vous, je l'ai pris dans votre salle de bains.

Quelques instants plus tard, elle l'entendit gémir vit son air de dégoût tandis qu'il se baissait pour ramasser la poubelle.

Ronan prit son temps dans la douche et laissa l'eau chaude glisser sur lui jusqu'à ce qu'il se sente suffisamment ragaillardi pour pouvoir affronter le reste de la journée — et le monde extérieur.

Il n'était de toute façon pas question de prendre un jour de congé maladie… Il ne fallait pas exagérer : s'il souffrait d'une bonne gueule de bois, il n'était quand même pas à l'article de la mort. Et puis ils avaient bien trop de travail sur cette affaire de tueur en série pour se préoccuper d'un simple mal de crâne et d'une faiblesse physique qui allaient bien finir par passer.

Une fois sorti de la douche, il décida de ne pas se raser et alla directement s'habiller, laissant ses cheveux humides sécher à l'air libre. Lorsqu'il fut habillé, il redressa les épaules et prit une profonde inspiration avant de sortir de sa chambre pour rejoindre la cuisine.

Sierra était toujours là, en train de s'affairer. Il n'avait donc pas rêvé. Pendant quelques secondes, il avait pourtant cru que c'était le cas. Il faut dire qu'il lui arrivait régulièrement d'imaginer que Wendy était toujours en vie.

— Que faites-vous ? lui demanda-t-il.

Sierra se retourna vers lui, une assiette à la main.

— Je vous prépare à manger.

À la simple idée d'ingurgiter quelque chose, Ronan sentit son estomac se retourner.

— C'est gentil, mais je ne peux rien avaler, lui dit-il en s'asseyant à la table de la cuisine.

— Goûtez ça, lui proposa-t-elle malgré tout en déposant l'assiette devant lui. Mon frère Danny a toujours dit que c'était la meilleure arme pour combattre la gueule de bois.

— Quoi ? Des toasts ? s'interrogea Ronan d'un ton dubitatif, en regardant les deux tranches de pain dans l'assiette.

— Avec du miel, croyez-moi, Danny ne jure que par ça, lui répondit-elle en se retournant pour attraper une tasse fumante sur le comptoir derrière elle. Quant à mon autre frère, Joe, il prend une infusion de camomille quand il est dans cet état, alors je vous en ai préparé une aussi.

Ronan regarda le pain et la tasse en se demandant où Sierra avait bien pu trouver ces ingrédients.

— Il y avait peut-être du miel chez moi, lui dit-il, mais par contre je suis certain que je n'ai ni thé ni tisane.

— Vous non, mais moi oui.

— Et vous vous baladez toujours avec du miel et de la camomille sur vous ?

— Dans mon sac à main, oui. J'ai toujours avec moi tout un tas de choses au cas où. On ne sait jamais. Allez, maintenant, mangez et buvez ça même si vous n'en avez pas envie, je vous promets que ça va vous faire du bien.

— Pourquoi pas, accepta finalement Ronan en soupirant. De toute façon, je ne vois pas comment je pourrais me sentir plus mal.

Il mordit dans la tartine de miel puis, surpris par le fait que son estomac ne soit finalement pas si récalcitrant, il prit une deuxième bouchée qu'il mâcha lentement.

— À propos, dit-il à Sierra en buvant une petite gorgée de tisane, qu'avez-vous fait à ma cuisine ?

Sierra le regarda un instant sans comprendre de quoi il pouvait bien parler. Puis elle jeta un œil autour d'elle et tenta de se souvenir de l'état dans laquelle était la cuisine quand elle y était entrée la veille et se souvint soudain que l'évier était plein de vaisselle et qu'un certain désordre y régnait.

— Ah oui, lui répondit-elle. J'ai fait un brin de ménage, en même temps je n'avais rien d'autre à faire. Et puis, avec ce nouveau système de rangement, je me dis que vous trouverez les choses plus facilement, ce qui vous fera probablement gagner pas mal de temps.

— Ça n'en avait peut-être pas l'air mais c'était rangé, vous savez, protesta-t-il avec une pointe d'indignation avant de reprendre une bouchée de sa tartine au miel.

— Je n'en doute pas une seconde, lui certifia Sierra en se retenant de rire. La bonne nouvelle, pour vous, c'est que je pense que vous n'aurez pas de mal à tout remettre en place. Bon alors ? Vous vous sentez mieux ?

— On dirait, oui, lui répondit Ronan en finissant sa tartine et sa tasse de tisane. J'ai à nouveau l'impression d'être en vie, un peu comme un zombie.

— Il y a du progrès, lui dit-elle d'un air ravi en débarrassant son assiette et sa tasse. Ça va s'arranger, petit à petit... Si vous ne vous sentez pas assez bien pour conduire, je peux nous emmener au commissariat et vous ramener chez Malone's ce soir. Enfin sur le parking de Malone's, précisa-t-elle.

— Oh ! rassurez-vous, je n'ai pas l'intention de remettre ça ce soir.

— Ce n'est pas ce que je voulais dire, protesta-t-elle.

Ronan la regarda rincer son assiette et sa tasse, et soudain il lui vint à l'esprit qu'elle n'avait rien mangé.

— Mais et vous ? Vous ne voulez pas avaler quelque chose avant de partir ?

— Votre placard est presque vide, lui fit-elle remarquer. Je ne vais pas finir vos dernières provisions ! Ne vous inquiétez pas pour moi, je prendrai quelque chose au travail.

— Bon, eh bien je crois que je suis prêt à y aller, déclara Ronan en se levant de table avant de se rendre compte qu'il oubliait quelque chose. Attendez une seconde, dit-il en regardant partout autour de lui. Où est mon arme ?

— Ne vous inquiétez pas, vous ne l'avez pas perdue. Elle est là, lui répondit Sierra en ouvrant le lave-vaisselle.

Ronan regarda Sierra comme si elle avait perdu la tête.

— Vous avez mis mon arme dans le lave-vaisselle ?

— Eh bien, je ne sais pas où vous avez l'habitude de la ranger, et je n'avais pas prévu de me servir du lave-vaisselle, donc j'ai pensé que ce n'était pas une mauvaise cachette.

— Où rangez-vous la vôtre ? lui demanda Ronan, soudain intrigué.

— Dans la boîte à pain, sur le comptoir de la cuisine.

— Et où rangez-vous le pain ?

— Dans le réfrigérateur.

— Vous êtes unique dans votre genre, Carlyle, constata Ronan en riant.

— C'est drôle, mon père me dit souvent la même chose, lui répondit Sierra. Surtout quand il me fait la morale.

Il savait combien Carlyle pouvait être insupportable, et imaginer son père en train de lui passer un savon le fit sourire.

— Est-ce que ça arrive souvent ?

— Pas aussi souvent qu'avant, je crois qu'il s'adoucit avec l'âge.

— Il doit probablement penser la même chose de vous,

lui répondit Ronan en ouvrant la porte. Mais dites-moi, qu'avez-vous mis dans cette boisson étrange, déjà ?

— Seulement de la camomille, le rassura-t-elle.

— Je ne sais pas si vous avez noté, mais nous arrivons à discuter, lui fit-il remarquer en fermant sa porte.

— En effet, lui répondit Sierra en se dirigeant vers sa voiture.

Ronan prit place sur le siège passager, ferma sa portière puis attacha sa ceinture de sécurité.

— Ce n'est pourtant pas dans mes cordes, lui dit-il. Discuter, ce n'est pas mon truc.

— Peut-être que vous vous trompez et que cette compétence a toujours été cachée en vous, lui répondit-elle en lui tapotant l'épaule affectueusement.

Ronan en doutait fort. Les choses lui paraissaient étranges et désordonnées. Des bribes de souvenirs de la veille commençaient à lui revenir en tête, dans le désordre, mais suffisamment claires pour qu'il commence à se demander s'il n'avait pas un peu trop parlé, la nuit précédente.

— Est-ce que j'ai dit quelque chose, hier soir ? demanda-t-il à Sierra qui venait de démarrer.

— Vous avez dit beaucoup de choses, hier soir.

— Je veux dire, est-ce que je vous ai dit quelque chose à vous, précisa-t-il en fronçant les sourcils avec impatience.

— J'avais bien compris, lui répondit-elle en rejoignant la circulation.

— Ai-je dit quelque chose… d'inhabituel ? Ou… Hum… Ai-je *fait* quelque chose d'inhabituel ? poursuivit-il en commençant à se sentir incroyablement mal à l'aise.

Quelque chose émergeait peu à peu dans son cerveau embrumé, quelque chose qui venait taquiner son esprit mais qui restait confus.

— Cela dépend un peu de ce que vous entendez par « inhabituel », lui répondit-elle sans quitter la route des yeux.

Il avait rêvé de Wendy la nuit dernière. De minces fragments de souvenirs lui revenaient mais ils refusaient de se rassembler. Ronan se souvenait qu'il avait pris sa fiancée dans ses bras, qu'il l'avait embrassée et que pendant l'espace d'un moment, d'un tout petit moment, tout semblait être rentré dans l'ordre. Il s'était senti incroyablement bien.

Mais cela n'avait été qu'un rêve... Cela ne pouvait pas s'être produit dans la réalité puisque Wendy avait disparu. Oui, à première vue, Carlyle lui ressemblait un peu. Elle lui ressemblait même beaucoup, mais Ronan voyait bien ce qui les différenciait. Jamais il n'aurait pu confondre ces deux femmes.

N'est-ce pas ?

Il regarda Sierra et sentit le doute l'envahir.

— Mais je n'ai rien... *tenté*... Si ? lui demanda-t-il enfin.

Ronan savait que Sierra lui dirait s'il avait dépassé les bornes et il attendit sa réponse en retenant son souffle.

— Pas à ma connaissance, non. Nous sommes restés ensemble à table jusqu'à notre départ, donc si vous avez peur d'avoir tenté quelque chose avec une femme au bar, vous pouvez cesser de vous inquiéter, ce n'est pas le cas.

Ronan poussa un soupir de soulagement. Il ne lui restait plus qu'une zone d'ombre à éclaircir.

— C'est une bonne chose, je n'aurais pas voulu que quelqu'un croie que je veuille m'engager dans quoi que ce soit..., lui répondit-il avant de se reprendre avec irritation. Oh bon sang, je ne devrais pas vous dire ça.

— Vous avez tort. Il paraît que c'est bon pour l'âme de se confier !

— Je n'ai pas d'âme, grommela-t-il.

— Eh bien, dans tous les cas, cela ne peut pas vous faire de mal, ajouta-t-elle avant d'éclater de rire.

Ronan lui répondit quelque chose d'inintelligible et Sierra décida de ne pas relever et de ne plus poser de questions.

Le côté positif de toute cette histoire, remarqua-t-elle silencieusement, c'était que O'Bannon semblait aller mieux puisqu'il avait retrouvé son sale caractère.

12

— Bon, je suppose qu'aucun témoin ne s'est présenté ici entre hier soir et ce matin pour nous donner un éventuel indice qui nous permettrait d'avancer dans l'enquête ? lança le lieutenant Carver en se dirigeant droit vers le bureau de Ronan.

— Soyez clément, lieutenant, nous venons seulement d'arriver, lui répondit Sierra pour tenter de distraire Carver de sa cible initiale.

— Je vous demande pardon ? Quoi, c'est elle qui parle à votre place, maintenant, O'Bannon, que se passe-t-il ? demanda Carver à Ronan en se penchant vers lui, les sourcils froncés. Vous n'avez pas bonne mine, O'Bannon, vous êtes malade ?

— Il a eu une petite intoxication alimentaire, intervint à nouveau Sierra qui, décidant d'ignorer le regard interloqué de Carver, poursuivit : nous avons pris l'ascenseur ensemble et c'est lui-même qui vient de m'en parler…

— Si vous ne vous sentez pas bien, O'Bannon, rentrez chez vous, lui dit alors Carver après s'être raclé la gorge avec un air agacé. Vous ne serez d'aucune utilité ici si vous passez la journée à vomir.

— Merci, mais ça va mieux maintenant, lieutenant, lui répondit enfin Ronan.

— On ne dirait pas, constata Carver qui ne semblait

pas convaincu. Mais si vous le dites, alors dans ce cas, au boulot, et magnez-vous de *trouver* quelque chose. Je subis des pressions de tous les côtés, je vous rappelle quand même que nous sommes censés vivre dans un environnement sûr, pas dans une ville où un tueur en série se déchaîne et joue le rôle des juges, des jurys et des bourreaux.

— Nous suivons plusieurs pistes, lui répondit Ronan d'un ton convaincant.

— Eh bien, suivez-les plus vite ! leur ordonna Carver avant d'aller s'enfermer dans son bureau.

Quand Ronan se retourna vers Sierra, celle-ci comprit immédiatement ce qu'il s'apprêtait à lui dire.

— Je n'ai pas besoin qu'on prenne ma défense, Carlyle.

— Désolée, j'ai juste fait ce que j'aurais aimé que quelqu'un fasse pour moi si j'avais été dans le même état.

— Mais puisque je vous ai dit que j'allais bien, lui répondit Ronan en la fusillant du regard.

— OK ! lui lança alors Sierra en levant les mains avec un air exaspéré. Si vous le prenez comme ça !

Sur ce, elle traversa la salle principale en direction de la sortie.

— Peut-on savoir où vous allez ?

— Chercher de quoi petit-déjeuner, si vous le permettez.

— Ah oui, d'accord, lui dit-il en lui faisant signe d'y aller.

Oui, pensa Sierra en quittant le commissariat, il n'y avait plus de doute, O'Bannon et sa mauvaise humeur étaient définitivement de retour et elle allait devoir faire avec.

Quand elle revint quelques minutes plus tard, avec un litre de café et un muffin aux œufs, bacon et fromage, Sierra découvrit que les deux autres inspecteurs de l'équipe étaient arrivés et que tous étaient réunis autour du bureau de O'Bannon.

— Salut, les gars ! leur lança-t-elle en se dépêchant de les rejoindre. Qu'est-ce que j'ai raté ?

— Pas grand-chose, lui répondit Martinez. Nous étions seulement en train de dire à O'Bannon que nous avons montré la photo de la femme du Shamrock Inn un peu partout, et que quelques personnes qui étaient à la fête d'anniversaire de la dernière victime pourraient l'avoir reconnue… Enfin, peut-être…

— Était-ce un « peut-être » confiant ou un « peut-être » lancé comme ça ? lui demanda Sierra en s'asseyant à son bureau.

— Je crois que c'était plus un « peut-être que si je vous réponds ce que vous voulez entendre, alors vous allez enfin partir d'ici », lui répondit Choi. Si vous voulez mon avis, cette photo que nous avons extraite de la vidéosurveillance n'est pas d'assez bonne qualité. Le grain n'est pas précis, tout le monde peut être confondu avec cette femme, je trouve même que mon ex lui ressemble un peu, c'est vous dire !

— En même temps tu as eu tellement de petites copines, dit Martinez à son coéquipier, que je serais surpris que tu puisses encore les reconnaître.

— Calmez-vous, tous les deux, leur ordonna Ronan qui sentait que le fait que cette affaire tourne en rond commençait à taper sur les nerfs de chacun. Pourquoi n'essayerions-nous pas de regarder les choses sous un autre angle ? Et si en fait le motif du tueur était de nettoyer les rues de ces deux gangs ?

— Vous voulez dire qu'il pourrait se prendre pour une sorte de justicier ? demanda Choi.

— À moins qu'il n'y ait une nouvelle bande à Tesla qui veut prendre le contrôle du trafic de drogue et qui souhaite se débarrasser de la concurrence. Les deux gangs dealent, alors peut-être que quelqu'un veut prendre leur place ?

Allez discuter avec vos indics, avec les contacts que vous avez aux stups, voyez si quelqu'un sait quelque chose...

— Et c'est reparti pour du boulot de hamster, constata Martinez en soupirant.

— Je te demande pardon ? lui demanda Ronan, l'air interloqué.

— Vous savez, comme si on courait dans une saloperie de roue, comme si on allait nulle part, quoi..., lui expliqua Martinez à qui il semblait évident que tout ce qu'ils avaient fait jusqu'à présent était inutile.

— Au moins, nous nous dépensons, fit remarquer Sierra qui voyait toujours les choses du bon côté.

Les trois hommes se retournèrent vers elle avec l'air de ne pas comprendre.

— Qui sait si cela ne peut pas nous donner un peu d'élan et nous mener quelque part ? ajouta-t-elle.

— L'un d'entre vous sait-il comment faire pour éteindre cette femme ? demanda Ronan à Choi et Martinez.

— Oh ! chef, ce genre de chose est bien au-dessus de mes compétences, lui répondit Choi en retournant vers son bureau.

— Je ne sais pas non plus, désolé, ajouta Martinez en adressant un clin d'œil à Sierra. J'ai pas mal de coups de téléphone à passer...

— J'essaie seulement de diffuser une petite dose d'optimisme, se défendit Sierra.

— Je ne sais pas vraiment ce que c'est, mais c'est sûr que vous diffusez quelque chose, lui répondit Ronan en se levant de son bureau.

— Avez-vous décidé de finalement obéir à Carver et de rentrer chez vous ? lui demanda Sierra qui remarquait que Ronan était toujours très pâle.

— Non, je vais voir si je peux trouver un peu de ce fichu breuvage, rétorqua-t-il en lui jetant un regard qui signifiait que la conversation était terminée. Mais motus et bouche cousue.

En s'efforçant de ne pas sourire, Sierra fit mine de fermer une fermeture Éclair sur ses lèvres.

Elle entendit Ronan lui marmonner quelque chose en guise de réponse tandis qu'il s'éloignait vers la sortie mais ne put distinguer le sens de ses propos.

Elle laissa échapper un petit soupir de satisfaction : elle avait réussi à l'atteindre, elle avait percé sa carapace.

Sierra se sentait terriblement engoncée dans cet uniforme, sans compter qu'en prime le tissu rêche la démangeait. Elle n'arrivait pas à se souvenir de la dernière fois qu'elle avait porté cette tenue… Peut-être était-ce avant de devenir inspecteur. Cette période de sa vie lui semblait aujourd'hui si lointaine qu'elle ne se rappelait pas précisément l'occasion pour laquelle elle avait dû s'habiller de la sorte, elle n'était certaine que d'une chose, il ne s'agissait pas d'un enterrement.

Aujourd'hui, tout le monde s'était rassemblé pour honorer la mémoire du chef de police qui était brusquement décédé la semaine passée.

L'église était grande mais elle avait du mal à contenir toutes les personnes présentes. Les membres de tous les services de police étaient venus présenter leur respect au défunt, ainsi que les fonctionnaires de la ville et un grand nombre de représentants de l'État.

Les éloges funèbres avaient été longs mais émouvants, évoquant la vie entière de Walter Hudson, en tant qu'homme mais aussi en tant que policier au service de sa ville.

Toutefois Sierra n'écoutait qu'à moitié. Elle ne pouvait détacher ses yeux de la veuve de Walter Hudson qui semblait vouloir se recroqueviller à l'intérieur d'elle-même.

Elle était comme anesthésiée et tellement perdue qu'elle n'avait pas lâché les bras de son fils et de son gendre depuis qu'elle était entrée dans l'église. Peu importait la beauté de la cérémonie, il n'y avait pas de mots pour justifier le départ précipité de son mari… Rien ne pourrait jamais le faire revenir.

Comme tous les départements de police s'étaient regroupés, Ronan s'était retrouvé assis à côté de Sierra. Alors que le service touchait à sa fin, il jeta un coup d'œil dans sa direction et vit qu'elle avait les joues humides.

— Vous pleurez, lui murmura-t-il avec un air surpris.

— Pas du tout, nia-t-elle fermement en se demandant pourquoi O'Bannon la regardait.

Les seules choses intéressantes à regarder se déroulaient devant eux, devant l'autel.

— OK, alors il vous pleut dessus, continua-t-il en lui tendant un mouchoir en tissu. Tenez, vous ne voudriez quand même pas qu'on vous voie avec des gouttes de pluie sur le visage.

Sierra accepta le mouchoir à contrecœur. Elle détestait pleurer mais n'arrivait pas toujours à se contrôler. Les éloges funèbres lui avaient rappelé d'autres obsèques, celles de pompiers que son père et ses frères avaient bien connus et qui étaient morts en sauvant des vies.

Cela lui avait toujours paru injuste de mourir dans la fleur de l'âge alors qu'il restait à ces hommes encore tant de choses à faire, tant de choses à apprécier.

Quelques minutes plus tard, la cérémonie s'acheva. Alors qu'ils s'apprêtaient à quitter l'église, Sierra rendit son mouchoir à Ronan mais celui-ci secoua la tête.

— Gardez-le. On ne sait jamais avec la météo, et nous devons encore assister à la mise en terre, lui rappela-t-il.

— Je crois que je vais peut-être rentrer au commissariat, lui répondit Sierra en se demandant si elle allait pouvoir endurer ce nouveau moment chargé d'émotions. Personne ne va remarquer mon absence, si ?

— Le lieutenant va s'en rendre compte, lui rétorqua Ronan d'un ton ferme. Sans parler de nombreuses autres personnes. Et vous n'allez certainement pas réussir à résoudre notre affaire en une heure, alors ressaisissez-vous, Carlyle, vous venez au cimetière, un point c'est tout.

Ce n'était pas une proposition mais un ordre. Sierra savait qu'elle ne pouvait pas défier ainsi l'autorité de O'Bannon, aussi décida-t-elle de faire ce qu'il lui demandait sans résister ni argumenter.

— Très bien, lui répondit-elle. Je viens au cimetière.

— Vous êtes sûre que tout va bien, Carlyle ? lui demanda alors Ronan qui ne s'attendait pas à la voir céder si facilement.

— C'est un enterrement, je ne vais jamais bien dans ces moments-là, lui répondit-elle en continuant de regarder droit devant elle.

— Ouais, approuva-t-il. Je vois ce que vous voulez dire.

Mais les mots sortirent si vite de sa bouche qu'il regretta immédiatement de ne pas avoir pris le temps de mieux les choisir. Il jeta un regard à Sierra.

Si elle l'avait entendu, elle ne semblait pour une fois pas avoir envie de faire un commentaire, et Ronan lui en fut extrêmement reconnaissant.

— Tenez, dit Sierra à O'Bannon le lendemain matin en posant sur son bureau le mouchoir que celui-ci lui avait prêté et qu'elle avait lavé et soigneusement repassé.

Ronan, qui était en train d'allumer son ordinateur, leva les yeux vers elle puis regarda son mouchoir plié.

— Vous n'étiez pas obligée de le laver, lui dit-il. Même neuf, il n'a jamais eu l'air aussi fringant.

Il ramassa le mouchoir et le glissa dans la poche arrière de son jean.

Touchée par sa soudaine gentillesse, Sierra pensa qu'elle lui devait une explication. De plus, elle regrettait de lui avoir laissé voir combien elle pouvait être vulnérable.

— Je n'avais pas prévu de craquer de la sorte, lui dit-elle en prenant une voix un peu sèche pour tenter de retrouver de sa superbe. C'est seulement que cet enterrement m'a rappelé que la vie ne tient qu'à un fil. La femme du chef avait l'air si dévastée que je me suis sentie bouleversée. Je sais qu'ils étaient tous les deux en couple depuis le lycée et maintenant qu'il n'est plus à ses côtés, même respirer doit lui sembler insurmontable.

Ronan se souvenait avoir déjà éprouvé ce genre de sentiments.

— Elle va pourtant découvrir qu'elle peut le faire, lui répondit-il en choisissant d'adopter le ton le plus neutre possible.

— Oui, je sais, dit Sierra en repensant à l'image de la veuve dans l'église. Mais cet océan de douleur qu'elle va devoir traverser… Je regrette juste de ne pas pouvoir l'aider.

— Il n'y a pas d'aide possible, lui répondit Ronan, d'un air toujours aussi détaché. La seule chose à faire est de poser un pied devant l'autre sans réfléchir, de vivre au jour le jour jusqu'à ce que cela devienne presque automatique.

Il croisa le regard de Sierra et, pendant un bref instant, il eut l'impression qu'elle savait pour Wendy et qu'elle connaissait les circonstances de sa mort. Mais son imagination devait seulement lui jouer des tours… Si Carlyle avait été au courant de la mort de sa fiancée, elle lui en aurait parlé. Elle qui était si bavarde… Et qui ne semblait pas capable de garder des informations pour elle.

— Bon, rien ne sert de philosopher sur ce qui ne peut être changé, occupons-nous de choses plus concrètes : où en sommes-nous avec ce tueur en série ? demanda-t-il tout à coup à Sierra et à Choi et Martinez qui venaient d'arriver.

— Nous savons que de nombreuses personnes souhaitaient la mort des victimes, alors pourquoi, en attendant de tomber sur quelque chose, ne vérifierions-nous pas, un par un, les alibis de tous ceux qui ont proféré des menaces ? proposa Choi.

— Très bonne idée, lui répondit Ronan. Combien sont-ils ?

— Une trentaine, à peu près, précisa Martinez.

— Eh bien, examinons les cas de chacun de ces suspects potentiels et voyons si nous pouvons nous recentrer sur l'un d'entre eux, déclara Ronan.

— Ce qui m'ennuie, commenta Choi, c'est que, si ce n'est qu'un règlement de comptes entre deux membres de gangs, pourquoi toutes ces autres victimes ont-elles été tuées ?

— Tu oublies la théorie du nouveau trafiquant de drogue..., objecta Ronan.

— Ah oui..., se rappela Choi. Les indics dans la rue disent qu'il n'y a pas de nouveau baron de la drogue qui essaierait de se faire une place dans le quartier, et les stups non plus n'ont rien remarqué. Et Dieu sait que, là-dessus, ils sont toujours les premiers au courant.

— On est d'accord, approuva Ronan. Bon, alors recommençons à interroger les membres des gangs. Voyons si quelqu'un fait une bourde dans son témoignage...

O'Bannon voulait que Carver constate que tout était fait et mis en œuvre pour trouver ce fichu tueur en série.

— Commençons par les War Lords et les Terminator, ramenez-les ici pour les interrogatoires, ordonna-t-il à son équipe. Il doit bien y avoir des indices quelque part, alors trouvons-les avant que ce salaud ne tue quelqu'un d'autre !

— OK, lui répondit Sierra en se levant de son bureau. Nous avons compris ce que vous vouliez, allons-y !

— On dirait que ça vous plaît, Carlyle, fit remarquer Ronan.

— Ce qui me plairait surtout, c'est de mettre fin à ces exécutions, déclara-t-elle en prenant avec elle la liste des suspects.

— Je ne sais pas pour vous, déclara Choi en éteignant son ordinateur, mais moi, pour une fois, je n'ai jamais été aussi heureux d'être vendredi soir. Ça va me faire un bien fou de ne pas penser à cette affaire pendant deux jours.

Cela faisait maintenant quatre jours que les interrogatoires se succédaient au commissariat. Et chacun d'entre eux avait mené à une impasse... Plus d'une semaine s'était passée depuis la découverte du corps de la dernière victime et il n'y avait toujours pas de nouvelle piste à explorer, pas de nouveaux indices à creuser.

L'enquête semblait bloquée au point mort.

— Peut-être que le mec pense qu'il a assez de sang sur les mains et qu'il a décidé qu'il ne tuerait plus personne, suggéra Martinez.

— Ou peut-être qu'un gros rocher lui est tombé sur la tête et qu'il est mort, continua Ronan sur un ton ironique. C'est le scénario le plus probable. Car si c'est la soif de sang qui le faisait tuer, il n'y a aucune raison de croire qu'il a pu vouloir s'arrêter.

— Mais si ce n'est pas la soif du sang... Et si ces meurtres avaient un réel motif ? demanda Sierra.

— Vous pensez encore à Agatha Christie ? lui demanda Ronan en prenant un air las.

— Non, lui répondit-elle en regrettant d'avoir soulevé cette hypothèse, même si une partie d'elle-même continuait de croire que quelque chose leur échappait...

Quelque chose qui était là, sous leur nez.

— Alors, quoi ? continua Ronan.

— Pour tout vous dire, c'est ce qui me reste à déterminer, confessa-t-elle.

— Eh bien, dans ce cas, continuez de travailler dessus ! lui répondit-il. Voyez ce que vous trouvez, au point où nous en sommes je suis prêt à envisager n'importe quelle piste, vous savez.

— Je suis d'accord avec Carlyle, dit Martinez. À moins que ce ne soit qu'un fou furieux obsédé par le sang, quelque chose relie forcément les victimes les unes aux autres.

— Mais ce n'est pas ce que nous disons depuis le départ ? demanda Choi.

— Allez, rentrez chez vous, leur dit Ronan. Nous reprendrons ça, frais et reposés, lundi matin.

— Vous n'aurez pas à me le dire deux fois, lui répondit Martinez. Tout ce dont j'ai besoin à cette heure-ci, c'est d'une bonne bière fraîche et d'un rendez-vous galant.

— Tu es marié, lui fit remarquer Sierra.

— Ce n'est pas incompatible, lui rétorqua Martinez en souriant. On peut tout à fait avoir un rendez-vous galant avec sa femme. Allez, passez un bon week-end, à lundi tout le monde !

— Attends, je pars avec toi, lui cria Choi en attrapant sa veste.

— Tant que tu ne m'accompagnes pas à mon rendez-vous, pas de problème, lui dit Martinez en riant.

— Vous êtes toujours assis à votre bureau, lança Sierra à Ronan en attrapant son sac à main.

— Vous êtes décidément très perspicace, lui répondit celui-ci sans lever les yeux de son écran d'ordinateur.

— Si vous avez trouvé un nouvel angle sur lequel nous concentrer, je peux rester et vous aider, lui proposa-t-elle.

— Rentrez chez vous, Carlyle.

Mais Sierra fit le tour de son bureau et vint se poster

derrière lui pour regarder ce sur quoi il travaillait. Ronan était en train de passer en revue toutes les affaires de ces deux dernières années qui impliquaient les gangs de Tesla et d'Allegro.

— Rentrez chez vous, Carlyle, répéta-t-il d'un ton bourru.

— Nous sommes en dehors des heures de travail, je ne suis plus obligée de vous obéir.

— Bien sûr que si, insista-t-il.

— Désolée, lui répondit-elle en retournant vers son bureau pour rallumer son ordinateur. Je vois que vos lèvres bougent mais je n'entends pas ce que vous me dites.

— Qu'est-ce que vous pouvez être agaçante…

— Je sais, lui déclara-t-elle en levant les yeux pour lui sourire.

Ronan abandonna le combat. Et fit tout son possible pour ne pas lui sourire en retour.

13

Le silence devenait pesant. Sierra n'avait jamais eu de problème avec le calme, mais elle travaillait bien plus efficacement quand il y avait un léger brouhaha en fond sonore.

Levant les yeux, elle vit que Ronan lisait quelque chose sur son écran. Elle essaya de ne rien dire puis décida qu'elle n'avait de toute façon pas grand-chose à perdre.

— Vous allez à la cérémonie demain ? lui demanda-t-elle.

— Je suis un peu obligé, lui répondit-il sans même prendre la peine de la regarder.

Depuis qu'elle avait intégré l'équipe de Ronan, elle était plus au courant des histoires des Cavanaugh qu'elle ne l'avait jamais été.

— Parce que vous êtes de la même famille et que votre présence prouve votre soutien ? lui demanda-t-elle.

— Parce que ma mère me tuera si je ne suis pas là, lui dit-il en décidant d'être honnête avec elle. Et vous, vous y serez ?

— Bien sûr, lui répondit-elle sans la moindre marque d'hésitation. C'est une preuve de respect pour notre nouveau patron. J'ai entendu dire que c'était un homme très bon et très juste.

— Oh oui, il l'est. Si ça vous intéresse, l'ancien chef de la police, son père, organise une petite fête, le jour suivant son investiture. Apparemment, il a prévu de sortir le grand jeu.

— Merci, mais je ne suis pas invitée, rétorqua Sierra qui n'était pas du genre à s'imposer.

— Eh bien, maintenant vous l'êtes.

Alors même qu'il prononçait ces mots, Ronan se demanda ce qui lui prenait, lui qui faisait tant d'efforts pour garder de franches limites entre son travail et sa vie personnelle.

— Je vous demande pardon ?

— Tous les membres de la police sont invités, lui expliqua-t-il avec une soudaine pointe d'impatience.

— Vous voulez dire que l'ancien chef de police donne une fête pour tout le département ?

— Et leurs conjoints et conjointes…

— Je ne voudrais pas paraître stupide, commença Sierra en se demandant ce qu'avait voulu dire Ronan, mais…

— Il y a une première fois à tout, observa Ronan avec un ton ironique.

— Mais est-ce que cela ne va pas lui coûter les yeux de la tête de recevoir tout ce petit monde ? poursuivit Sierra sans relever la remarque de O'Bannon.

— Toute la famille participe. Même si mon oncle Andrew préfère assumer seul tous les frais, personne ne souhaite une chose pareille, alors nous donnons tous un peu d'argent ou nous faisons les courses pour l'aider.

Tout en hochant la tête, Sierra sortit son portefeuille de son sac et s'empara de quelques billets.

— De combien est la participation ?

— Rangez ça, Carlyle, c'est gratuit pour vous, lui répondit Ronan en fronçant les sourcils. Vous ne faites pas partie de la famille.

— Je ne sais pas comment je dois le prendre, bien ou mal ?

— Ni l'un ni l'autre, lui dit-il. Alors, vous viendrez ?

— Bien sûr, par contre je veux bien que vous me donniez l'adresse.

— Vous savez quoi ? lui dit-il. Vous m'avez ramené chez moi alors que j'étais dans le pire des états, laissez-moi donc vous rendre la pareille. Je viendrai vous chercher à midi dimanche. De toute manière, ce sera plus simple, ça risque d'être l'enfer pour se garer, comme je vous l'ai dit je crois que ça va être une sacrée fête.

— D'accord, lui répondit Sierra, à la fois surprise et ravie par son offre.

Après avoir écrit son adresse sur un morceau de papier, elle alla le déposer sur le bureau de Ronan.

Celui-ci le prit et le lut, faisant mine de ne pas déjà savoir où elle vivait. Il ne savait pas comment elle pourrait le prendre. Elle risquerait de le bombarder de questions et il n'avait pas envie de lui expliquer le pourquoi du comment. Il n'aimait pas se justifier, surtout lorsque les raisons de certaines de ses actions restaient mystérieuses pour lui-même. Enfin, de toute manière, s'il s'était renseigné sur l'endroit où Sierra vivait, ce n'était que par simple curiosité.

Alors qu'il glissait le morceau de papier dans sa poche, il sentit que le regard de Sierra était toujours posé sur lui. D'ordinaire, il réglait ce genre de chose sans état d'âme, mais il y avait quelque chose chez cette femme qui l'empêchait de se conduire de la sorte.

— Quelque chose ne va pas ? lui demanda-t-il.

— Est-ce que nous sommes en train de sympathiser ?

— Hein ? Non. Qu'est-ce qui vous fait penser une chose pareille ?

Sa voix était passée par trois tonalités différentes avant de s'éteindre sur une note embarrassée.

— Eh bien, nous sommes encore en train de discuter...

— Oui mais c'est vous qui avez commencé, la coupa-t-il

avec irritation en constatant qu'il venait de perdre le fil de sa recherche sur Internet.

— Peut-être, mais c'est vous qui avez continué, lui fit-elle remarquer. Et maintenant vous me proposez de venir me chercher chez moi pour m'emmener à une fête…

Pour elle, c'était bien au-delà de la simple politesse, c'était presque une preuve d'amitié.

— Je vous ai expliqué pourquoi.

— Vous m'avez donné votre version, lui répondit-elle, mais moi j'ai une interprétation différente.

— Je sais que je vais le regretter, mais pouvez-vous me la donner ?

— Je pense que nous sommes réellement en train de sympathiser, lui répondit-elle gaiement. Vous vous êtes finalement rendu compte qu'il valait mieux discuter avec moi plutôt que m'ignorer.

— Et voilà, dit Ronan en soupirant. Je savais que je n'aurais pas dû vous demander.

— Ne vous inquiétez pas, lui répondit Sierra en souriant. Je ne le dirai à personne.

— Dire quoi ?

— Que vous êtes humain. Et sympa. Que sous votre carapace de dur à cuire il y a…

— Une autre carapace, la coupa-t-il d'une voix ferme.

— Comme vous voulez, lui dit-elle d'un ton léger.

— C'est bien ce que j'ai l'intention de faire. Je… Oh ! bon sang, peu importe, de toute façon ça ne donne rien.

Sierra pencha la tête sur le côté et le fixa du regard en silence, comme si elle lui posait une question silencieuse. Il décida de lui répondre, même s'il ne pouvait être certain que c'était bien ce qu'elle avait en tête.

— Je parle de ces recherches, ajouta-t-il en faisant un signe vers son écran. Autant rentrer dormir.

Sur ce, il se leva et éteignit son ordinateur. Il avait besoin de prendre l'air.

— Rendez-vous à la cérémonie, demain, alors, lui répondit Sierra sur un ton joyeux.

— Ouais, à demain, murmura-t-il en guise d'au revoir avant de se diriger vers l'ascenseur.

Tout en appuyant sur le bouton, il jura à voix basse. Il n'avait aucune idée de ce qu'il lui avait pris… Pourquoi avait-il invité Carlyle à cette fête familiale ?

Tu le sais bien, lui répondit une petite voix dans sa tête.

C'était parce que Carlyle lui rappelait Wendy. Et parce qu'elle avait été sympa avec lui, même s'il ne lui avait pas facilité les choses. Mais c'était justement pour ces raisons qu'il ne devait pas la fréquenter en dehors du travail.

Car, être trop proche d'elle lui rappelait le passé et lui faisait baisser sa garde. Et les souvenirs ne tarderaient pas, il le savait, à raviver la douleur. Une douleur qui ne risquait pas de s'être émoussée car Wendy ne reviendrait jamais.

C'était impossible.

S'il n'était pas trop stupide, Ronan savait qu'il ferait mieux de trouver le moyen de rendre la vie de Carlyle si terrible que celle-ci demanderait rapidement son transfert dans un autre département ou tout du moins dans une autre équipe.

Mais c'était bien ça le problème. Ronan ne pouvait se résoudre à malmener Carlyle. Le mieux qu'il pouvait faire était de se conduire comme s'il ne voulait pas d'elle dans sa vie.

Pourtant, malgré ses bonnes résolutions, il venait de faire le contraire en l'invitant à la fête de son oncle…

Sierra arriva tôt à la cérémonie pour être certaine de trouver une place assise. L'événement avait lieu sur la grande place, derrière la mairie, où avait été disposé un océan de chaises pliantes. Elle avait le sentiment qu'il allait y avoir encore plus de monde que prévu et que de nombreuses personnes allaient vouloir assister à la cérémonie d'investiture du nouveau chef de la police.

Une demi-heure plus tard, elle ne put que constater qu'elle ne s'était pas trompée.

Assise au bout d'une rangée, elle avait la position rêvée pour pouvoir observer tous les membres de la famille du nouveau chef — et ils étaient pour le moins nombreux — qui étaient venus assister à la consécration de l'un des leurs.

Même Ronan, que Sierra avait vite repéré, et qui avait pris place à côté de sa mère, avait l'air plus fier et plus heureux que jamais. Le voir aussi radieux la remplissait de joie. Elle était heureuse de découvrir cette nouvelle facette de sa personnalité et de voir qu'il savait se détendre et profiter de la vie.

Pendant la cérémonie, elle se surprit plusieurs fois à accorder plus d'attention à Ronan qu'à ce qui se déroulait sur l'estrade. Et même à effleurer ses lèvres du bout des doigts en se remémorant ce dont lui, elle en était certaine, ne se souvenait pas.

Quand la cérémonie s'acheva, Sierra s'esquiva discrètement. C'était pour cette raison qu'elle s'était assise à l'extrémité d'une rangée, pour pouvoir rapidement partir et ainsi éviter de croiser Ronan. Après tout, aujourd'hui était une journée particulière pour lui et sa famille, et il devait pouvoir en profiter sans se préoccuper de ses collègues… Son sourire épanoui la hanta tout le reste de la journée.

Il devait avoir perdu la tête.

Ce n'était pas la première fois que cette pensée lui traversait l'esprit. Ronan s'était déjà blâmé trois fois depuis qu'il était monté dans sa voiture et, maintenant qu'il était en route pour aller chercher Sierra, il ne pouvait s'empêcher de recommencer.

Si seulement il avait pu trouver une excuse plausible qui n'aurait pas sonné comme si elle avait été inventée par un enfant de huit ans sans une once d'imagination, il aurait appelé Carlyle sur-le-champ et aurait décommandé.

Mais il n'avait rien trouvé et, d'une certaine manière, il savait qu'il ne pouvait pas lui faire une chose pareille. Elle aurait pu le laisser chez Malone's alors qu'il était ivre mort et rentrer chez elle sans se préoccuper de lui.

Mais elle n'était pas partie. Elle avait joué la gentille scoute et non seulement elle l'avait ramené chez lui mais, en plus, elle s'était sacrifiée et l'avait veillé toute la nuit pour s'assurer qu'il ne lui arrive rien de malheureux.

Quel genre de personne faisait encore une chose pareille ? se demanda-t-il.

Une personne gentille.

Voilà pourquoi, même si son instinct de survie le mettait en garde, il ne pouvait décemment pas se défiler.

Et puis, une fois arrivés à la fête, rien ne l'obligerait à rester avec elle. Elle était loin d'être timide et n'avait vraiment pas besoin qu'on lui tienne la main. Cette femme était si enthousiaste et sociable que Ronan savait qu'elle n'aurait aucun mal à lier connaissance avec d'autres invités. Lui-même pourrait alors se fondre dans la foule et disparaître sans problème.

Voilà qui semblait une bonne solution.

Sur cette note encourageante, Ronan redressa les épaules et marcha d'un pas confiant vers la porte d'entrée de Sierra.

— J'arrive ! cria-t-elle comme un ouragan lorsqu'il appuya sur la sonnette.

— Ne vous inquiétez pas, nous ne sommes pas en

retard, lui cria-t-il, comprenant qu'elle était en pleine forme et qu'elle allait probablement parler pendant tout le trajet.

Peut-être pourrait-il allumer la radio ? Tant qu'elle ne se mettait pas à chanter, cela pourrait être une bonne idée pour conserver un peu de calme.

L'instant d'après, Sierra ouvrit la porte et toutes perspectives de calme ou de silence disparurent.

En la voyant, Ronan dut faire un effort surhumain pour ne pas rester bouche bée comme un adolescent transi.

— Sierra ? dit-il, ne se rendant même pas compte qu'il l'appelait par son prénom — ce qu'il faisait très rarement.

— Oui ? Que se passe-t-il ? lui demanda-t-elle en baissant les yeux pour vérifier que sa tenue était bien en place.

Sa robe bleu-gris dévoilait ses genoux et soulignait des courbes que Ronan n'avait encore jamais remarquées.

D'une certaine manière, l'inspecteur Carlyle ne se ressemblait pas. Elle paraissait plus douce, plus féminine. Et il y avait aussi autre chose…

— Vous êtes plus grande que d'habitude, non ?

— Grâce à mes talons, lui répondit-elle, avant d'ajouter avec un sourire : Je n'ai pas l'habitude d'en porter de si hauts.

Ronan baissa les yeux et découvrit des sandales sexy à lanières bleues.

— C'est bien ce que je me disais, approuva-t-il, même si ce n'était pas sa taille qui avait attiré son attention.

C'était plutôt la façon dont cette robe fluide mettait son corps en valeur à chaque pas qu'elle faisait. Quant à son décolleté délicieusement plongeant, à sa simple vue Ronan sentait que sa bouche devenait sèche.

Mais bon sang, qu'est-ce qu'il lui prenait ? se réprimanda-t-il. Il était un adulte, pas un jeune adolescent fraîchement déniaisé.

— Vous pensez que je ferais mieux de changer de chaussures ? lui demanda-t-elle.

— Non, lui répondit Ronan après s'être éclairci la gorge. Elles sont très bien, allons-y.

En marchant vers la voiture, Ronan se dit que plus tôt ils arriveraient à la fête, plus vite il pourrait s'enfuir loin de Carlyle. Loin des yeux, loin du cœur, se dit-il en soupirant.

— Je suis prête, lui dit-elle. Laissez-moi juste attraper mon sac à main et le cadeau.

— Le cadeau ? répéta-t-il d'un air interloqué. Quel cadeau ?

— Celui que je vais offrir au nouveau chef de la police, lui répondit-elle avec un grand sourire. C'est quelque chose dans une vie de prendre un tel poste, et cela doit être encore plus important pour lui puisqu'il prend la suite de son père, n'est-ce pas ?

Elle se retourna pour attraper son sac et le cadeau qui était emballé dans un paquet argenté.

— Vous n'en avez pas apporté, c'est ça ? lui demanda-t-elle en voyant l'expression qu'il affichait.

— Non, lui répondit-il sèchement.

Pour être honnête, l'idée ne lui avait même pas effleuré l'esprit. Et ce n'était pas comme s'il n'appréciait pas Shaw. Tout le monde appréciait Shaw. Mais offrir des cadeaux n'était pas le genre de chose que Ronan O'Bannon faisait.

— Ce n'est pas grave, ne vous en faites pas, je vais ajouter votre nom sur la carte, je n'ai pas fermé l'enveloppe, lui proposa-t-elle.

Toute cette énergie… Elle était pire qu'une tornade, pensa-t-il.

— Non, vous n'êtes pas obligée de…, commença-t-il.

— Aucun problème, le coupa-t-elle. En menant ma petite enquête, j'ai découvert que le nouveau chef était un grand fan des Dodgers. J'ai trouvé le DVD qui compile tous les matchs du dernier championnat qu'ils ont gagné, j'ai pensé que ça lui plairait.

Ronan monta dans sa voiture et attendit qu'elle s'installe sur le siège passager pour lui répondre.

— Vous vous êtes donné tout ce mal pour ce fichu cadeau ? lui demanda-t-il, l'air sincèrement étonné.

— Bien sûr. Quitte à offrir quelque chose à quelqu'un, autant que ce soit quelque chose qui lui plaise, vous ne croyez pas ? Sinon à quoi bon ?

— C'est vrai, approuva-t-il en s'engageant sur la route.

— Vous n'êtes même pas obligé de signer, poursuivit-elle en sortant la carte de l'enveloppe, je peux imiter votre signature si vous voulez.

— Vous êtes experte en contrefaçon ?

— Non, mais je suis désolée de vous le dire, votre signature est plus proche d'un gribouillis que d'une réelle signature. Ce n'est pas vraiment difficile de la reproduire, vous devriez en changer, lui dit-elle en ajoutant son nom sous le sien sur la carte. Vous savez, les faussaires raffolent des gens qui ont des signatures aussi faciles à reproduire.

— Et voilà que vous me donnez des leçons de calligraphie à présent, lui répondit-il en hochant la tête sans quitter la route des yeux.

— Encore une fois, ceci n'est qu'une simple suggestion, lui dit-elle en rangeant la carte dans l'enveloppe.

Ronan laissa échapper un soupir et fronça les sourcils. Il savait qu'il était en train de se comporter comme un mufle, mais il se sentait en danger en compagnie de cette femme.

— Qui était justifiée, ajouta-t-il pour tenter de se rattraper.

Même s'il n'avait pas besoin de la regarder pour sentir qu'elle souriait, il ne put s'empêcher de lui jeter un petit regard en coin pour vérifier.

Bon sang, se dit-il, il aurait voulu se sentir agacé, irrité.

Il avait tant de raisons d'être énervé contre elle. Mais ce fichu sourire qui aurait pu amadouer le diable le forçait à se comporter correctement, au moins pendant un petit moment.

14

Trouver une place pour se garer devant la maison de l'ancien chef se révéla aussi compliqué que ce que Ronan avait envisagé. Il avait espéré obtenir un peu d'aide de la part de Sierra mais, à sa grande surprise, celle-ci était restée silencieuse.

En descendant le long d'une allée parallèle, Ronan trouva une place et put enfin se garer.

— J'aurais peut-être mieux fait de vous déposer devant la maison de mon oncle, ce n'est pas la porte à côté, dit-il à Sierra tandis qu'ils sortaient du véhicule.

— Ce n'est pas un problème, lui répondit-elle en commençant à marcher.

— Je pensais que vos talons pourraient vous gêner, précisa-t-il en baissant les yeux pour regarder ses pieds.

Sierra sourit à cette réflexion typiquement masculine.

— Oh, ne vous inquiétez pas pour ça, je peux courir avec ces chaussures…

— Vous avez déjà couru avec ça aux pieds ? répéta Ronan, l'air stupéfait.

— Oh oui, ça m'est arrivé de nombreuses fois quand j'étais infiltrée pour poursuivre les suspects, répondit-elle sans hésiter.

— Vous bossiez sous couverture ? lui demanda-t-il sans dissimuler sa surprise.

— Oui, avant de rejoindre la brigade criminelle… On dirait que vous n'avez pas lu mon dossier si attentivement finalement…

— Qu'est-ce qui vous fait croire que j'ai lu votre dossier ?

— Eh bien, vous êtes le genre d'homme à aimer savoir dans quoi vous vous engagez, lui répondit-elle.

Un instant, Ronan pensa nier, mais il savait que les mensonges finissaient toujours par remonter à la surface. Et s'il voulait avoir avec Sierra une relation professionnelle de confiance, ce n'était pas une bonne idée de lui cacher la vérité.

— Je l'ai seulement parcouru, reconnut-il finalement.

— Nous y voilà, déclara-t-elle d'un ton joyeux.

Perdu dans ses pensées — il ne pouvait se faire à l'idée que Sierra avait été infiltrée et qu'elle s'était mise dans une situation si dangereuse —, Ronan ne s'était pas rendu compte qu'ils étaient arrivés devant la maison de son oncle.

— Cette demeure est vraiment belle, fit remarquer Sierra avant de s'arrêter dans la petite allée qui menait jusqu'au perron. Mais dites-moi, est-il normal que la porte d'entrée soit grande ouverte ?

Pour Sierra, une porte grande ouverte était mauvais signe. Cela signifiait que quelqu'un était peut-être entré par effraction ou qu'elle allait découvrir un cadavre à l'intérieur.

— Votre oncle n'a pas peur que n'importe qui puisse entrer chez lui ?

— Il doit probablement y avoir plus d'une cinquantaine de flics à l'intérieur en ce moment, lui répondit Ronan avec un sourire. Celui qui aurait décidé de cambrioler cette maison ce soir risquerait fort de le regretter. Non, mon oncle Andrew devait juste être fatigué de venir ouvrir à tous les invités ; comme je vous l'ai dit, je pense que le département tout entier sera là ce soir.

Ronan pénétra à l'intérieur, suivi de près par Sierra qui,

à peine entrée, ressentit l'ambiance chaleureuse qui régnait dans chaque recoin de cette maison. Ici tout semblait célébrer l'amour, la famille, les amis et les bons moments, passés et présents, pensa Sierra.

C'était dans ce genre d'endroits qu'on pouvait guérir de ses blessures… Elle jeta un regard à Ronan pour voir s'il ressentait la même chose qu'elle.

— Venez, lui dit-il, je vais vous présenter mon oncle.

Ronan avait l'impression qu'une fois les présentations faites il pourrait aller retrouver les siens et laisser Sierra se lier avec qui elle voulait. Il n'était pas inquiet car il savait que les membres de sa famille n'étaient pas du genre à laisser des invités sur le carreau.

— J'aimerais beaucoup, lui répondit Sierra en se pressant pour le suivre.

Alors qu'il se faufilait parmi la foule, elle envisagea un instant de lui prendre la main mais elle se ravisa. Elle était venue à cette fête en tant que collègue de Ronan, et elle ne voulait pas que celui-ci puisse un instant croire qu'elle avait autre chose en tête — même si cette idée l'avait effleurée.

— Le voilà, dit enfin Ronan en montrant un grand homme aux cheveux gris qui avait l'air d'être la version plus âgée de son fils, celui qui avait pris les rênes de la police la veille.

En voyant son neveu approcher, Andrew interrompit sa discussion et l'accueillit avec son habituel sourire.

— Ronan ! Ta mère m'avait dit que tu essaierais de venir, je suis content que tu aies pu te libérer, comment vas-tu ? lui demanda-t-il en lui prenant les mains pour les serrer dans les siennes.

— Je vais bien…, lui répondit Ronan avant d'ajouter — pour répondre au regard insistant de son oncle qui n'avait pas l'air satisfait de cette vague réponse — … je vais même de mieux en mieux.

Ronan savait que son oncle n'avait pas envie de l'embarrasser en public, mais que dès qu'ils se retrouveraient en tête à tête il le bombarderait de questions. Andrew n'était pas particulièrement curieux, mais il se préoccupait des autres et tenait à son neveu.

— Et tu es venu accompagné du détective Carlyle ? demanda Andrew en tendant vers Sierra une poignée de main amicale. Bienvenue chez nous, je crois que c'est la première fois que vous venez, n'est-ce pas ?

Sierra savait que c'était une question rhétorique car Andrew était le type d'homme qui n'oubliait pas les visages.

— Comment me connaissez-vous ? lui demanda Sierra, l'air surprise.

— Tu connais tout le monde, n'est-ce pas, papa ? lui lança alors Shaw qui venait de rejoindre le petit groupe. Quand j'étais petit, poursuivit-il en s'adressant plus particulièrement à Ronan et Sierra, je trouvais même ça bizarre, il connaît toute la ville d'Aurora et ce, depuis toujours... Il peut mettre un nom sur chaque nouvelle tête. Bonjour, je ne me suis pas présenté, je suis le lieutenant Shaw Cavanaugh.

— Vous êtes le nouveau chef de la police, lui répondit Sierra en acceptant sa poignée de main. D'ailleurs, tenez, j'ai quelque chose pour vous.

Sierra lui tendit le paquet qu'elle avait apporté pour lui et il le prit en souriant, l'air à la fois gêné et ravi.

— Mais il ne fallait pas, voyons !

— Oh, c'est trois fois rien, lui répondit-elle. Juste un petit quelque chose pour vous détendre.

— Vous aiguisez ma curiosité, dit-il en déchirant le papier cadeau. Oh ! les championnats du monde de 1988 ! Je vous remercie, je suis très touché.

— C'est de notre part à tous les deux, ajouta Sierra en se rapprochant de Ronan.

— Eh bien, merci beaucoup, vraiment, conclut Shaw d'un ton sincère en jetant un regard complice à son cousin.

— C'était son idée, reconnut Ronan qui ne voulait pas s'attribuer le mérite de ce geste. Alors, qu'est-ce que ça te fait d'être le nouveau chef de la police ?

— Je ne sais pas encore, lui répondit Shaw avant de jeter un coup d'œil à son père. C'est une lourde responsabilité de passer derrière lui…

— Personne ne va comparer, tu as les épaules pour y arriver, fiston. Je ne suis pas inquiet, je sais que tu vas trouver ta propre voie, ajouta Andrew avant de changer de sujet. Mais nous ne sommes pas réunis ici ce soir pour parler boutique.

— Non, nous sommes tous venus ici pour goûter au somptueux festin que tu nous as préparé, intervint Rose Cavanaugh en enlaçant son mari avec tendresse. Il ne me laisse même pas approcher de la cuisine, confia-t-elle à Sierra en lui faisant un clin d'œil. Mais je ne m'en plains pas, il cuisine bien mieux que moi !

— Ça c'est certain, approuva Andrew en riant avant de se retourner vers Ronan. Ronan, pourquoi n'emmènerais-tu pas le détective Carlyle…

— Appelez-moi Sierra, je vous en prie, le corrigea Sierra.

— Pourquoi n'emmènerais-tu pas Sierra faire le tour de la propriété et lui présenter les invités ? reprit Andrew en souriant. Je suis sûr qu'elle ne connaît pas tout le monde ici.

— Soyez bien attentive, ajouta Shaw d'un air pince-sans-rire, il y aura une petite interrogation à la fin de la journée.

— Si je réponds correctement, je serai autorisée à rester ? demanda Sierra, les yeux brillants de malice.

Andrew éclata d'un rire franc.

— Je l'aime bien, celle-ci, dit-il à Ronan en lui lançant un regard complice.

Sierra se raidit. Elle ne voulait pas que quiconque puisse

croire que la nature de sa relation avec O'Bannon était autre que purement professionnelle.

— C'était un plaisir de vous rencontrer, dit-elle à Andrew avant de passer son bras sous celui de Ronan pour l'entraîner un peu plus loin.

— Qu'est-ce que c'était que ça ? lui demanda Ronan dès qu'ils furent sortis du champ de vision de son oncle.

Consciente du fait que Ronan était le type d'homme qui aimait s'en sortir seul, Sierra essaya de garder un air tout à fait innocent lorsqu'elle leva les yeux vers lui et répéta :

— Qu'est-ce que c'était que ça, quoi ?

— J'ai rêvé ou vous avez pris ma défense ?

Sierra faillit lui répondre que non mais abandonna.

— J'ai seulement pensé que la situation était peut-être en train de devenir gênante pour vous.

— Pourquoi ? Parce que mon oncle a dit qu'il vous appréciait ? Andrew est du genre à aimer tout le monde, d'ailleurs je crois même qu'il est impossible de trouver quelqu'un qu'il n'apprécie pas. Il a le cœur sur la main et se comporte toujours ainsi — à moins bien sûr que vous ne soyez un criminel, et même dans ce cas il vous laissera le bénéfice du doute.

Sierra jeta un coup d'œil par-dessus son épaule et observa un instant l'oncle de Ronan qui se trouvait au milieu d'un groupe de gens.

— C'est vrai qu'il a l'air d'être quelqu'un de bien, dit-elle à O'Bannon.

— Il n'en a pas que l'air, lui répondit sèchement Ronan. Il l'est.

— C'est ce que je voulais dire, ajouta-t-elle en se rendant compte que O'Bannon semblait croire qu'elle insultait leur hôte. C'est touchant…

— Qu'est-ce qui est touchant ? lui demanda-t-il en constatant qu'une fois encore elle passait du coq à l'âne.

Sierra savait que Ronan n'aimait pas attirer l'attention ni même recevoir des compliments. Mais elle décida qu'il fallait parfois savoir sortir de sa zone de confort.

— De vous voir protéger ainsi votre famille.

Sierra se demanda si le froncement de sourcils de Ronan reflétait la tension qui l'habitait tout entier et observa avec étonnement avec quelle rapidité il changeait de sujet.

— Faites votre choix : vous préférez manger quelque chose ou apprendre les noms des invités ? lui demanda-t-il sèchement.

— Ce n'est pas possible de faire les deux ? J'ai l'impression que la fête va durer un moment, nous avons un peu de temps devant nous, vous ne croyez pas ?

— C'est possible, en effet, lui répondit-il. Ce que je voulais vous demander, c'est ce que vous souhaitiez faire en premier…

Sierra n'eut pas le temps de lui répondre car quelqu'un vint les interrompre.

— Ronan !

À peine s'était-il retourné qu'une petite femme aux yeux verts et au sourire engageant se jeta dans ses bras avec fougue.

— Tu es venu ! lui cria-t-elle joyeusement. Je veux dire, même si j'avais dit à Andrew que tu serais là, je ne pouvais en être certaine. Mais oui, tu es venu !

Son visage s'illumina d'un sourire encore plus grand.

— Maman, dit Ronan en essayant de se dégager. J'ai du mal à respirer, là. Tu peux me lâcher ?

— Du mal à respirer, répéta-t-elle en riant. Je te rappelle que tu es un homme immense et fort, alors que je ne suis qu'un tout petit bout de femme.

Elle se tourna vers Sierra et lui tendit la main avec allégresse.

— Bonjour, je suis… Oh mon Dieu, s'écria-t-elle soudain

en posant sa main sur sa poitrine avant de jeter un regard stupéfait à son fils. Est-ce que vous… Oh oui, c'est certain.

Ronan fit son possible pour cacher le trouble de sa mère et pour éviter d'évoquer avec elle la ressemblance de Sierra avec son ancienne fiancée.

— Inspecteur Carlyle, sachez que cette personne qui peut parfois sembler légèrement incohérente est ma mère, Maeve Cavanaugh O'Bannon, dit-il en se retournant vers elle. Et maman, je te présente Sierra Carlyle.

— Carlyle ? répéta la mère de Ronan en plissant les yeux. Avez-vous un quelconque lien familial avec Craig Carlyle ?

— Oh oui, répondit Sierra avec un sourire plein de fierté. C'est mon père.

— Évidemment, approuva Maeve. Je le vois maintenant à la manière dont vous vous tenez. Votre père a la même allure quand il est sur la défensive. C'est un chic type, votre père. Têtu comme une mule mais toujours droit dans ses bottes.

Sierra éclata de rire.

— C'est tout à fait comme ça que je le vois aussi !

— Mais dites-moi, lui demanda soudain Maeve en passant son bras autour de ses épaules, comment vous y êtes-vous prise pour réussir à faire venir mon fils ce soir ?

— Oh ! non, vous n'y êtes pas, madame O'Bannon. C'est votre fils qui m'a emmenée, je ne pense pas que quiconque puisse lui faire faire quoi que ce soit contre son gré.

— Quelle franchise, dit Maeve en hochant la tête. C'est une belle qualité.

Elle fixa son fils un instant puis, comme si un réveil venait de se déclencher dans sa tête, elle regarda autour d'elle.

— Bon, eh bien, je vais vous laisser tous les deux. Je voulais seulement te dire combien je suis contente de te voir ici ce soir, dit-elle à son fils avant de se mettre sur la pointe des pieds pour déposer un baiser sur sa joue. Tu sais que ton frère va se marier ?

— Je suis au courant, maman…, répondit Ronan avec impatience. Il m'a demandé d'être son témoin.

Les yeux de Maeve s'illuminèrent. À cet instant précis, cette femme était l'image même du bonheur. De toute évidence, les choses semblaient se passer bien mieux que ce qu'elle avait imaginé.

— Et tu as accepté ! s'écria-t-elle en reprenant Ronan dans ses bras avant de s'éloigner. Bon, allez, je vais me mélanger un peu aux invités, et vous, vous devriez en faire autant ! Sierra, forcez-le à se sociabiliser !

— Oui, madame ! lui répondit Sierra en refrénant son envie de répondre à son ordre par un salut militaire.

— Et voilà, vous venez de rencontrer ma mère, le sergent instructeur O'Bannon, dit Ronan en levant les yeux au ciel.

— C'est une vraie pile électrique, déclara Sierra avec une certaine tendresse.

— Ça c'est certain, renchérit Ronan avant de laisser échapper un soupir fatigué. Elle a les meilleures intentions du monde, elle veut seulement bien faire les choses, mais parfois j'aimerais assez qu'elle en fasse un peu moins.

— Je peux tout à fait comprendre ça, lui répondit Sierra en souriant. Mon père aime aussi beaucoup se mêler de ma vie. Il lui a fallu beaucoup de temps pour accepter mon choix de travailler dans la police.

Sierra regarda un instant la mère de Ronan puis reprit :

— Je pense que la plupart des parents croient que s'ils pouvaient influer sur nos vies tout irait bien, mais ils n'ont pas ce pouvoir et ce doit être difficile pour eux de se sentir mis sur la touche.

— Ne m'en parlez pas, approuva Ronan. Bon, et si nous allions nous chercher quelque chose à manger avant que je joue le rôle du parfait neveu qui vous présente à tous les invités ? Mon oncle a disposé des tables pour l'apéritif dans le jardin.

— L'apéritif ?

— Le dîner sera servi dans la maison, expliqua Ronan. En gros, je pense qu'il veut qu'on passe la journée à manger. C'est un miracle s'il n'y a pas plus de problèmes d'obésité dans ce département, vous pouvez me croire. Suivez-moi, je vais vous montrer. Et après avoir rempli nos estomacs, je vous donnerai un cours intensif sur la famille Cavanaugh. Ne vous inquiétez pas pour les noms, il m'a fallu beaucoup de temps pour m'y retrouver, moi aussi. D'ailleurs quelqu'un a, un jour, suggéré de porter des badges et, pour être honnête, je trouve que ce ne serait pas une si mauvaise idée. Tout le monde n'a pas la même mémoire que mon oncle.

— Je vais faire de mon mieux, répondit Sierra avec sérieux.

— Ouais, eh bien c'est ce qu'on va voir, murmura-t-il, regrettant de ne pas être plus insensible aux réactions de Sierra.

15

La fête était presque finie quand Ronan se rendit soudain compte qu'il n'avait pas suivi le plan qu'il s'était fixé. Il n'avait pas abandonné Sierra comme il se l'était promis, il était même d'ailleurs toujours en sa compagnie.

Pourtant, le pire ce n'était pas qu'il était resté avec elle par politesse ou par obligation mais parce qu'il lui avait semblé que c'était la bonne chose à faire. Et parce que cela avait été plaisant.

Ce n'était pas si surprenant. Après tout, il avait toujours aimé passer du temps avec sa famille ; quant à Sierra il semblait évident qu'elle aussi se plaisait parmi les Cavanaugh. Aussi à l'aise qu'un poisson dans l'eau, elle paraissait apprécier tout le monde et ce sentiment semblait chaque fois partagé.

Assister à cela était quelque chose de tout à fait agréable, pensa Ronan.

À la fin de la soirée, après avoir dîné, discuté et beaucoup ri, Ronan se sentit bien dans sa peau pour la première fois depuis longtemps. Ce devait être un signe : il était peut-être temps pour lui de se libérer du passé pour aller de l'avant.

Plusieurs membres de sa famille avaient vécu des drames similaires à ce qu'il avait traversé, mais eux avaient tous repris le cours de leurs vies. Il n'y avait donc aucune raison pour qu'il ne parvienne à faire de même.

— Tu souris, lui fit remarquer sa mère en le rejoignant. Ça me fait chaud au cœur de te voir comme ça.

Elle prit les deux mains de son fils et ajouta :

— Pendant un temps, je me suis fait du souci pour toi, tu sais. Nous nous sommes tous inquiétés, se corrigea-t-elle avant d'effleurer son visage avec tendresse. Mais tu es un Cavanaugh, tu es mon fils et je savais que tu ne resterais pas longtemps dans cet état… Tu es un battant.

— Dans ce cas, pourquoi t'es-tu fait du souci ? lui demanda Ronan avec affection.

— Parce que je suis une mère et que se faire du souci pour ses enfants fait partie de notre lot, lui répondit-elle.

— Evidemment, répondit Ronan en réprimant un éclat de rire.

Il déposa un baiser sur le front de sa mère puis décida d'inverser un peu les rôles.

— Mais dis-moi, maman, tu ne devrais pas être rentrée ? Il est bien trop tard pour toi.

— Allons donc, bientôt c'est l'œuf qui dira à la poule ce qu'elle doit faire, rétorqua Maeve d'un air faussement contrarié. Je te dirai quand je serai prête à rentrer, mon fils, merci de t'en préoccuper.

Christian choisit de les rejoindre à cet instant.

— Tu es prête à partir, maman ? lui demanda-t-il avant de lui montrer un groupe de gens qui était réuni non loin d'eux. Suzie a presque fini de saluer tout le monde.

— Prête ? répéta Ronan en regardant sa mère et son frère avec un air étonné.

— Oui, lui répondit Christian. C'est Suzie et moi qui avons amené maman et nous avons prévu de la ramener.

— Je vois…, ajouta Ronan en haussant les sourcils.

— Et à présent, je suis prête à rentrer, déclara-t-elle en relevant le menton.

Ronan éclata de rire et l'enlaça tendrement.

— À très bientôt, lui dit-il.

— Au revoir, mon fils, lui répondit-elle avant de s'éloigner.

Après avoir salué sa mère d'un signe de la main, Ronan partit à la recherche de Sierra. C'était la première fois depuis le début de la soirée qu'ils étaient séparés.

Pourquoi cela le contrariait-il, il n'en avait aucune idée, mais force était de constater que c'était le cas. Et même s'il avait essayé de ne pas y prêter attention, voir Sierra sympathiser avec tous les membres de sa famille lui avait fait plaisir. Il était d'ailleurs stupéfait de découvrir que, malgré la carapace qu'il s'était forgée depuis la mort de Wendy, il pouvait encore *ressentir* quelque chose. Et encore plus stupéfait que tout cela soit lié à une femme qui avait le don de l'exaspérer.

Quand il retrouva Sierra, celle-ci était en train de dire adieu à l'ancien et au nouveau chef de police ainsi qu'à leurs compagnes.

— Merci pour ce merveilleux moment, et merci de m'avoir invitée, leur dit-elle.

— Eh bien, maintenant que vous connaissez notre adresse, j'espère vous revoir souvent, dit Andrew en souriant. Notre porte est toujours ouverte.

— Oui j'avais remarqué, lui répondit-elle en jetant un œil à la porte d'entrée.

— Elle se demandait d'ailleurs si ce n'était pas une invitation pour les cambrioleurs, ajouta Ronan en rejoignant le petit groupe.

— Ce qui prouve qu'elle a un bon instinct de policier, répondit Andrew avant d'enchaîner en riant : Mais je crois que le seul cambrioleur qui pourrait se risquer à entrer ici ne pourrait être que suicidaire !

— À n'importe quelle heure du jour ou de la nuit, poursuivit Rose, il y a toujours au moins un ou deux officiers réunis ici pour grignoter quelque chose et débriefer au sujet de leurs journées. Je ne sais même plus à quoi ressemble un moment en tête à tête avec mon mari.

Andrew passa un bras autour des épaules de sa femme et l'attira contre lui.

— Elle exagère.

— Oui, peut-être un peu, concéda Rose en souriant à ses invités.

Sierra se rendit soudain compte qu'ils pourraient continuer à discuter ainsi pendant toute la nuit et décida qu'il était temps d'y aller.

— Encore merci pour tout, dit-elle à ses hôtes.

— Bonne nuit, ajouta Ronan avant de jeter un regard complice à Sierra. Il se fait tard et nous devons vous laisser, j'avais presque oublié que nous avions école demain.

— Revenez vite nous voir, leur répondit Rose en souriant.

Tandis qu'ils sortaient de la maison, Sierra ne put s'empêcher de pousser un profond soupir et dit à Ronan :

— Vous savez, je commence à comprendre pourquoi le monde est si violent…

— Quoi ?

— Eh bien, on dirait que toute la gentillesse disponible a été répartie dans votre famille…

— Ouais, répondit Ronan, touché par le compliment. C'est vrai qu'ils sont tous adorables.

— Vous avez été plutôt gâté, continua-t-elle. Vous êtes une très grande famille et tout le monde s'entend bien, c'est loin d'être aussi courant que ce que vous croyez.

— Attendez, ce ne sont pas tous des saints, non plus. Mais ils savent se tenir, surtout ici. Personne ne voudrait se priver des petits plats de notre oncle Andrew.

Il était tard, et dehors les rues étaient plongées dans l'obscurité. La voiture de O'Bannon lui parut soudain garée bien plus loin qu'il ne l'avait pensé.

— Vous voulez m'attendre ici pendant que je vais chercher la voiture ?

— Pour quelle raison voudrais-je une chose pareille ? lui demanda-t-elle, l'air perplexe.

— Je ne sais pas, vous devez être fatiguée, lui répondit Ronan.

— Pas plus que vous.

— Oui, mais moi je ne suis pas perché sur des hauts talons, ajouta-t-il en désignant ses chaussures du doigt.

Il vit une lueur de malice s'allumer dans les yeux de Sierra.

— Je paierais pourtant cher pour voir ça, lui répondit-elle en souriant sous le clair de lune.

— Oh ! gardez vos économies, cela n'arrivera jamais, lui assura-t-il en regrettant d'avoir joué les gentlemen. Bon, eh bien vous voulez marcher ? Alors, nous allons marcher !

Pendant le trajet, Ronan fut malgré tout étonné de constater que Sierra suivait le même rythme que lui.

— Vous êtes vraiment têtue, n'est-ce pas ? lui dit-il quand ils arrivèrent à la voiture.

Sierra tourna son visage vers lui. Elle avait quelque chose dans le regard qui captivait Ronan. Tant et si bien que d'étranges pensées continuaient à naître en lui, des pensées qui promettaient de créer le chaos dans son petit monde bien ordonné.

— Oh ! croyez-moi, vous n'avez encore rien vu, lui répondit-elle sèchement avant de monter dans le véhicule.

Ronan sentit son souffle se coincer au fond de sa gorge de manière totalement inexpliquée. Se ressaisissant, il s'installa derrière le volant.

— À vous entendre, on pourrait croire que vous me jetez un sort, lui dit-il sur le ton de la plaisanterie.

Sierra se demanda en effet si elle n'y était pas allée un

peu fort. Ronan avait été gentil aujourd'hui et elle lui en était reconnaissante.

— Après le bon moment que j'ai passé aujourd'hui, O'Bannon ? Oh non, je ne vous en veux pas, au contraire, merci de m'avoir invitée, lui dit-elle avec sincérité.

— Je ne vous ai pas invitée, marmonna-t-il en démarrant la voiture. C'est mon oncle Andrew qui l'a fait.

— Mais si vous ne m'en aviez pas parlé, je n'aurais même pas su qu'il y avait une fête, continua-t-elle en regardant le visage impassible de Ronan. Pourquoi est-ce si difficile pour vous d'accepter des remerciements ?

— Ça ne l'est pas, protesta-t-il.

Si Sierra avait eu envie de le défier, elle lui aurait répondu par un petit rire moqueur. Mais elle voulait terminer cette agréable journée sur une note positive, ce qui signifiait donc éviter toute sorte de confrontation. Ce qui, avec O'Bannon, était plus facile à dire qu'à faire.

— Très bien, dit-elle donc avant de changer de sujet de conversation. J'ai trouvé que votre mère était aussi sympathique que ce que m'avait dit mon père. Elle n'a pas l'air de manquer de caractère.

— Vous trouvez ? lui demanda-t-il sans cacher son air étonné.

— Oh oui, absolument. Ça se voit à la manière dont elle se tient. Fière, mais prête à tout. En même temps, cela n'a pas dû être facile d'élever cinq enfants toute seule.

Comme Ronan ne lui en avait jamais parlé, il imagina que c'était son père qui avait dû le faire. Mais il manquait un élément crucial à son histoire.

— En fait, elle n'était pas vraiment toute seule. Mes oncles ont toujours été là pour l'aider. Parfois, dit-il et il se mit à rire à l'évocation de ces souvenirs, ils étaient même un peu trop présents pour elle. Je peux vous dire qu'aucun d'entre eux n'a été ravi quand elle est devenue ambulancière, un an seulement après la mort de mon père. Ils pensaient que ce métier était bien trop dangereux pour elle.

Il éclata de rire une nouvelle fois en se remémorant la réaction de sa mère.

— Ils avaient tendance à être un peu trop protecteurs, mais elle n'en a fait qu'à sa tête.

— Comme je disais, lui répondit Sierra, votre mère est une femme de caractère.

Ronan ne voyait pas bien ce que Sierra voulait dire par là, mais une chose était sûre, le fait qu'elle apprécie sa mère lui faisait plaisir.

La conversation continua bon train et, sans même s'en rendre compte, ils furent bientôt arrivés devant chez Sierra. Quand Ronan se gara dans son allée, Sierra comprit qu'elle n'avait pas envie que leur discussion — ou même la soirée — ne s'achève.

— Seriez-vous tenté par une tasse de café ? lui proposa-t-elle. Ou quelque chose de plus corsé ?

Mais boire un verre était bien la dernière chose qui intéressait Ronan à cet instant précis, c'est pourquoi il décida de refuser poliment son offre. Ce qu'il voulait faire, c'était souhaiter une bonne nuit à Sierra et s'en aller le plus vite possible avant que ses démons ne le fassent changer d'avis.

C'est pourquoi, lorsqu'il s'entendit lui répondre « avec plaisir », il se demanda pendant un instant s'il n'avait pas perdu la tête.

— Super, lui répondit-elle avant de sortir de la voiture. Mais alors qu'est-ce ce que vous préférez, un café ou quelque chose de plus corsé ?

Une fois arrivée devant sa porte d'entrée, Sierra sortit sa clé, et Ronan jeta un œil derrière lui en se répétant qu'il était en train de devenir fou.

— Quelque chose de plus corsé…

— Très bien, lui répondit-elle en déverrouillant sa porte.

Puis elle se retourna vers lui. Et c'est à cet instant précis qu'elle sentit que quelque chose venait de fondre en elle. Une barrière, probablement.

— Corsé à quel point ? murmura-t-elle.

Ronan ne répondit rien. Au lieu de cela, il prit son visage entre ses mains et guida ses lèvres jusqu'aux siennes.

Un moment, il essaya de se persuader qu'il faisait ça pour l'effrayer. Pour qu'elle lui glisse un rapide « bonne nuit » et qu'elle lui claque la porte au nez en le laissant seul sur le perron.

Il n'avait jamais envisagé que ce baiser puisse lui faire l'effet inverse. Et encore moins qu'elle puisse le lui rendre.

Enfin, ce qu'il n'avait pas vu venir, c'était ce que ce baiser allait réveiller en lui, ce qu'il allait lui remémorer.

Il avait déjà fait ça avant.

Avec elle.

Doucement, une bribe de souvenir lui revint en mémoire et il recula.

— Pardon, je ne voulais pas…, commença-t-il.

Sierra ouvrit sa porte, l'attira à l'intérieur, puis referma derrière lui.

— Il fait froid dehors, lui dit-elle en sentant que quelque chose le dérangeait. Si nous voulons poursuivre notre conversation, je pense que nous serons mieux à l'intérieur.

Ronan l'observa un long moment pour tenter de se rafraîchir la mémoire.

— Je vous ai déjà embrassée, n'est-ce pas ? lui demanda-t-il enfin.

Sierra envisagea un instant de lui mentir, de lui dire que non, qu'il s'imaginait des choses, mais elle savait qu'il finirait par s'en souvenir, et alors comment expliquer son attitude ? Il penserait probablement qu'elle avait été rebutée par cette expérience, ce qui était loin, très loin d'être la vérité.

— Oui, lui répondit-elle doucement.

Elle chercha à voir sur son visage s'il la faisait marcher, mais ce n'était pas le cas.

— Vous ne vous en souvenez vraiment pas ?

— J'ai des bribes de souvenirs mais rien de précis, non.

— La nuit où vous m'avez invitée à boire un verre chez Malone's, dit-elle en guettant sa réaction. Vous avez un peu forcé sur la dose et je vous ai raccompagné chez vous.

Ronan acquiesça. S'il se souvenait de cette soirée, il avait en revanche totalement oublié qu'il l'avait embrassée.

— Oui et vous m'avez veillé toute la nuit.

— Voilà.

— Mais ce que je ne comprends toujours pas, ajouta-t-il en se demandant pourquoi il ne se souvenait que de certaines choses, c'est quand je vous ai embrassée ?

— Quand j'ai essayé de vous aider à sortir de la voiture, vous m'avez attirée sur vos genoux et… vous m'avez embrassée.

Ronan retrouva soudain la mémoire, de manière aussi violente et imprévisible qu'une bourrasque.

— Je vous ai appelée Wendy, lui dit-il en écarquillant les yeux.

— Oui, approuva-t-elle en hochant la tête.

— Oh… Je suis désolé.

— Vous n'avez aucune raison de l'être, lui répondit-elle en souriant. C'était un baiser très agréable.

Comment pouvait-elle lui dire une chose pareille ? se demanda Ronan. Il l'avait quasiment forcée et en prime avait ajouté l'insulte à l'injure en l'appelant par le prénom d'une autre femme.

— Vous êtes trop gentille.

— Si vous voulez une punition, lui répondit-elle avec

désinvolture, je peux tout à fait vous fouetter, mais il faudra que ce soit avec la tapette à mouches car mon matériel est en réparation.

Ronan éclata d'un grand rire franc. Il se mit même à rire si fort qu'il eut l'impression de se libérer de tous les sentiments négatifs qu'il gardait enfermés en lui depuis si longtemps. Son fou rire devint contagieux et Sierra se mit à rire elle aussi.

Et quand ils retrouvèrent leur calme, le vide qui se créa entre eux deux leur donna l'impression de devoir rapidement être comblé par autre chose.

Cette fois, leur baiser fut réciproque et urgent, comme s'ils n'avaient pas le choix.

Et Ronan n'embrassa pas Sierra parce qu'elle lui rappelait quelqu'un mais parce qu'elle était quelqu'un.

Et Sierra l'embrassa car c'était ce dont elle avait envie depuis que Ronan l'avait attirée sur ses genoux, depuis qu'il lui avait fait découvrir ce tout nouveau monde, empli de désir et de passion, ce monde dont elle avait jusqu'alors toujours ignoré l'existence.

Ce monde qui, à présent, l'appelait et l'attirait irrésistiblement.

16

Jamais Sierra n'avait encore perdu la tête ainsi. Jusqu'à ce jour, elle avait toujours cru que ce genre de chose, ces sensations qu'on décrivait dans les livres et dans les films n'existaient pas dans la réalité.

Mais elle avait maintenant la preuve que si. Elle était même en train de les vivre.

Chaque baiser lui donnait envie d'en avoir plus.

Elle comprenait à présent combien elle avait désiré que tout cela se produise.

Combien elle l'avait désiré, lui.

Elle résista contre l'envie furieuse d'arracher les vêtements de Ronan et les siens pour libérer leurs corps et s'explorer l'un l'autre. Et quand leur baiser devint plus profond encore, l'urgence se fit plus pressante.

Mais c'est alors qu'il s'arrêta.

Juste quand la passion semblait sur le point de la faire chavirer, Ronan recula d'un pas.

Il fallut un moment à Sierra pour reprendre ses esprits et trouver les mots justes pour ne pas hurler sa frustration.

— Que se passe-t-il ? lui demanda-t-elle enfin, hors d'haleine.

Était-ce la culpabilité qui avait stoppé Ronan ? Se reprochait-il de se laisser aller avec une femme qui n'était pas Wendy ?

— Je ne veux pas te forcer, lui répondit-il.

En voyant la lueur de désir qui embrasait son regard, Sierra se demanda si c'était vraiment la raison de son attitude. Était-ce son sens de l'honneur qui le retenait d'aller plus loin ?

— A priori, je ne crois pas avoir senti de pistolet sur ma tempe, murmura-t-elle.

— Combien de verres as-tu bus ?

— Suffisamment pour être d'humeur sociable, mais pas assez pour perdre le contrôle de moi-même, lui répondit-elle en lui adressant un sourire rassurant.

Elle déboutonna les deux premiers boutons de sa chemise et ajouta :

— Je sais exactement ce que je fais, mais si toi par contre tu n'es pas sûr de toi…

— Je n'ai rien dit de semblable, la coupa-t-il avant de reposer ses lèvres sur les siennes.

— Beau et stupide, marmonna-t-elle. Tout ce que j'aime.

Elle passa ses bras derrière sa nuque et se laissa emporter par l'ivresse de ce nouveau baiser.

Ils poursuivirent leur conversation en se passant des mots, ils avaient trouvé un tout autre moyen de communiquer. Ils se touchaient, se sentaient, revenaient au lien primaire qui unit depuis toujours les hommes et les femmes.

Alors que Sierra déboutonnait les derniers boutons de la chemise de Ronan, dégageant son torse et ses bras musclés, elle sentit que celui-ci faisait glisser doucement la fermeture Éclair de sa robe.

Celle-ci tomba bientôt à ses pieds, posée sur le sol autour d'elle comme les pétales d'un nénuphar.

Sierra pensa un instant faire un pas de côté pour s'en libérer définitivement mais, occupée à essayer d'ouvrir le pantalon gris de Ronan, elle découvrit soudain avec bonheur sa fermeté, preuve irréfutable de ce qu'il voulait vraiment.

Ils poursuivirent leurs effeuillages respectifs jusqu'à se retrouver tous les deux totalement nus, mus par le même désir.

Se posséder l'un l'autre.

Maintenant que les dernières barrières semblaient baissées, Sierra pensa qu'ils allaient filer droit au but.

Mais elle se trompait.

Ronan avait autre chose en tête. Quelle ne fut pas sa surprise quand il commença à faire l'amour à chaque parcelle de son corps, même la plus intime. En la prenant, en la caressant, il se familiarisa avec elle, dans toute sa profondeur.

Avec ses mains.

Avec sa langue.

Bientôt Sierra sentit son cœur battre si fort qu'elle eut peur qu'il explose. Ronan était en train de la rendre folle.

Quand il se forgea un chemin humide et chaud jusqu'aux tréfonds de son intimité, le souffle vint à lui manquer.

Elle agrippa le coussin à côté d'elle alors que Ronan la conduisait vers le septième ciel et, quand un premier orgasme la submergea, elle ne put se retenir de crier son nom d'une voix déformée par le plaisir.

Vidée de toute son énergie, elle se laissa alors tomber dans les coussins. Trop épuisée pour parler, elle tenta de chercher en elle un dernier soubresaut d'énergie.

C'est alors qu'elle sentit le corps de Ronan glisser sur le sien et croisa bientôt son regard.

Il était à présent au-dessus d'elle.

Son cœur se remit à battre si fort dans sa poitrine qu'elle crut à nouveau qu'il allait exploser. Mais il n'en fit rien.

Rassemblant le peu de forces qu'il lui restait, elle leva le menton vers Ronan et posa sa bouche sur la sienne tout en se cambrant sous lui.

L'instant d'après, elle le sentit pénétrer en elle. Enfin, ils ne faisaient plus qu'un.

Tout le reste ne fut plus que pur instinct.

Ils ondulèrent en rythme, accélérant leur cadence jusqu'à parvenir au dernier palier où l'explosion sauvage et extrême qu'ils recherchaient tous les deux les enflamma, les enveloppant tous les deux comme ils l'avaient tant désiré.

L'euphorie fut alors si délicieuse que Sierra pensa un instant pouvoir la savourer plus longtemps.

Mais, malgré sa puissance, celle-ci était déjà en train de s'évanouir, et sa portée et son ampleur ne furent bientôt plus qu'un lointain souvenir.

Elle sentit le corps de Ronan s'écrouler sur elle et, l'instant d'après, il glissa sur le côté en s'appuyant sur ses coudes.

Sierra se demanda si Ronan allait sombrer dans le sommeil ou sauter dans ses vêtements avant de s'enfuir dans la nuit.

Mais il ne fit ni l'un ni l'autre.

Pour la deuxième fois de la soirée, il la surprit. Il glissa un de ses bras sous elle et l'attira contre lui.

— Et voilà, lui murmura-t-il à l'oreille d'une voix taquine. Un des derniers petits exercices de notre formation.

— Un des derniers ? répéta Sierra d'un ton amusé en se redressant sur un coude pour le regarder. Parce qu'il y en a d'autres ?

Un grand sourire vint illuminer le visage de Ronan.

— Laisse-moi seulement cinq minutes pour reprendre mon souffle et nous verrons si tu es intéressée par autre chose…

— Intéressée ? Oh je sais déjà que je vais être passionnée. Mais tu n'es pas épuisé ?

Ronan effleura ses lèvres du bout des doigts, puis il déposa une myriade de petits baisers le long de son menton et de sa gorge. Une nouvelle vague de désir ranima Sierra. Aussi puissante que la première fois.

— Et toi ? demanda-t-il.

À son contact, Sierra sentit que toute sa chair reprenait vie, que son corps tout entier bourdonnait d'une mélodie que seule son âme pouvait entendre.

— Un peu moins que tout à l'heure, reconnut-elle avant de se rembrunir. Mais dis-moi, comment allons-nous faire ?

— Que veux-tu dire ?

Sierra sentit que la gêne n'était pas loin et elle savait que cette sensation ne passerait pas ; ce serait bien pire au réveil. Autant être fixée tout de suite, pensa-t-elle en prenant une profonde inspiration, autant savoir où ils en étaient.

— Demain matin, quand la vie reprendra son cours et que nous recommencerons à traquer notre tueur en série, est-ce que ce qui vient de se passer entre nous sera un problème ?

Ronan prit le temps de choisir chacun de ses mots afin de ne pas créer de malentendu.

— Ce qui s'est passé ici ce soir n'a rien à voir avec le boulot ou ce fichu tueur en série, donc je ne vois pas comment cela pourrait nous poser un quelconque problème… À moins bien sûr que *tu* ne te sentes gênée par la situation…

— Je ne me suis encore jamais sentie aussi à l'aise, lui répondit Sierra.

Ronan se rendit soudain compte qu'il ressentait la même chose.

— Alors, il n'y a pas de problème, dit-il avant de l'embrasser.

S'il n'avait prévu que de l'embrasser et de la serrer contre lui pour trouver le repos dans la chaleur de ses bras, il aurait dû se méfier.

Parce qu'un baiser en entraînait un autre, parce qu'un nouveau sentiment d'urgence et de désir semblait avoir pris possession d'eux, ils se retrouvèrent vite en train de faire l'amour à nouveau. Plus langoureusement cette fois, comme s'ils connaissaient toutes les étapes et qu'ils voulaient profiter de chacune avant de passer à la suivante.

Et, quelque part au cœur de leur étreinte, le voile funeste qui emprisonnait Ronan, et qui parfois même l'étouffait, se désintégra comme s'il s'agissait d'un vieux linceul.

Enfin, il était libre.

Sierra avait toujours eu le sommeil léger, aussi quand elle sentit le matelas bouger à ses côtés, elle entrouvrit immédiatement les yeux. Ronan était assis sur le lit et bougeait lentement, comme pour faire le moins de bruit possible.

La lumière du jour éclairait la chambre, il était temps de se lever.

— Comment se passe ton évasion ? lui demanda-t-elle en s'étirant de tout son long.

Ronan sursauta et se retourna vers elle, ses vêtements à la main.

— Mais dis-moi, tu as l'ouïe aussi fine que les chauves-souris…

— Tant que je ne leur ressemble pas…, dit-elle en ramenant les draps sur elle avant de s'asseoir dans le lit.

Après avoir fait l'amour deux fois de suite dans le salon, ils avaient rejoint la chambre à coucher et l'avaient fait à nouveau. Pour Sierra, cela avait été la meilleure des trois fois.

— Tu seras alors heureuse de savoir que c'est loin d'être le cas, lui répondit-il en se rapprochant d'elle pour l'embrasser.

— Il est tôt, nous avons encore quelques heures devant nous, lui dit-elle en soupirant joyeusement. Pourquoi n'irais-tu pas prendre une douche pendant que je prépare le petit déjeuner ?

— Merci, mais je dois rentrer chez moi. Je prendrai une douche là-bas et j'en profiterai pour me changer. Pourquoi n'en profiterais-tu pas pour te rendormir quelques heures ?

— Dixit l'homme nu dans ma chambre à coucher, ajouta-t-elle en lui adressant un sourire chargé de sous-entendus. Comme si j'allais pouvoir me rendormir…

À ces mots, elle se mit à genoux sur le matelas et le drap glissa, la dévoilant dans toute sa nudité.

Ronan laissa son regard glisser sur Sierra, redécouvrant ce qu'il avait exploré minutieusement la veille et qui était bien ancré dans sa mémoire. Compte tenu de l'intensité et du nombre de leurs ébats, il aurait pu se sentir immunisé de la voir ainsi. Mais, au lieu de cela, c'est l'exact contraire qui se produisit.

— Oh ! dit-il en la rejoignant sur le lit. Tant pis pour la douche.

Sentant le feu du désir se réveiller en elle, Sierra pressa avidement son corps contre le sien et murmura dans un souffle brûlant :

— Sage décision.

En arrivant au commissariat, Sierra vit que Ronan n'était pas encore là — sa voiture n'était pas garée sur le parking —, ce qui n'était pas surprenant vu qu'il habitait bien plus loin qu'elle.

Elle entra dans le bâtiment, songeant que, même si rien n'avait vraiment changé, tout lui paraissait pourtant plus clair. Même cette journée plutôt nuageuse semblait plus lumineuse.

Elle avait l'impression que son corps tout entier continuait de frissonner, et qu'elle devait tout faire pour s'empêcher de bourdonner. Elle se demanda si c'était ce qu'on ressentait quand on tombait amoureux…

Une petite voix à l'intérieur d'elle-même lui intima de ralentir, de se ressaisir, mais elle refusa de lui prêter attention.

Toutefois sa bonne humeur ne dura pas longtemps, car à peine fut-elle entrée dans le bureau qu'elle vit Carver foncer vers elle, l'air plutôt contrarié.

— Vous ne répondez jamais à votre téléphone ? lui demanda-t-il d'un ton exaspéré.

Ça n'augurait rien de bon. Sierra sortit son portable de son sac et constata qu'il était éteint.

— Je n'ai plus de batterie, lui répondit-elle en cherchant le chargeur de rechange qu'elle gardait toujours dans son bureau. Je suis désolée, lieutenant. Qu'est-ce que j'ai manqué ?

— Qu'est-ce que vous avez manqué ? répéta-t-il d'une voix agacée. Je vais vous dire ce que vous avez manqué : il y a eu un nouveau meurtre. Ce tueur en série que vous êtes censés arrêter, vous et votre équipe, a remis le couvert.

Il s'interrompit un instant puis désigna d'un geste les bureaux vides autour d'eux avant d'ajouter :

— O'Bannon, Martinez et Choi sont déjà sur la scène de crime. Je les ai prévenus dès que j'ai su… Vous, par contre…

Il lui jeta un regard noir.

— Désolée, cela ne se reproduira pas, lieutenant, lui promit-elle. Pouvez-vous me donner l'adresse, je vais m'y rendre immédiatement. J'imagine que c'est le même mode opératoire ?

— Une balle dans la nuque et une main en moins, approuva-t-il.

Sierra ferma un instant les yeux pour digérer la nouvelle.

— J'espérais qu'il avait fini de tuer ces membres de gang…, dit-elle enfin avec un soupir.

— Ce n'est pas un membre de gang cette fois, lui apprit Carver.

— Mais ça fait partie de son mode opératoire..., commença-t-elle en le regardant d'un air interloqué.

— Eh bien, pas cette fois, aboya Carver.

— Mais vous pensez qu'il s'agit du même tueur ?

— Oh ! oui, aucun doute là-dessus.

— Mais si ce n'est pas un membre de gang, qui est cette nouvelle victime ? demanda Sierra en redoutant la réponse.

Le visage de Carver s'assombrit, comme si un orage menaçait d'éclater et, quand il répondit, Sierra sentit un frisson glacé lui parcourir l'échine.

— Il a tué un flic.

— Un flic ? Mais pourquoi change-t-il soudain de cible ? lui demanda Sierra pour qui tout cela n'avait plus aucun sens.

— Comment diable pourrais-je le savoir ? lui répondit Carver presque en criant. Peut-être que si vous parvenez à lui mettre la main dessus vous pourrez lui poser la question. Tout ce que je sais pour le moment, c'est que si nous avons affaire à un tueur de flics je ne réponds plus de rien...

— La brigade scientifique n'est pas encore partie, ajouta-t-il d'un ton excédé. Vous n'avez qu'à vous rendre là-bas avec eux, il y a déjà bien assez de véhicules sur place.

— Très bien, lui répondit-elle en se pressant pour les rejoindre.

— Et... Carlyle ! appela-t-il avant qu'elle ne disparaisse.

— Oui, lieutenant ?

— Je veux que cette affaire soit bouclée aujourd'hui, lui ordonna-t-il. Je *sais* que le nouveau chef de la police ne va pas avoir envie de commencer sa carrière avec une série de meurtres non résolus.

— Personne ne souhaite une chose pareille, patron, lui dit-elle pour le rassurer.

Elle décida de ne pas prendre l'ascenseur, descendit les marches de l'escalier quatre à quatre et réussit à retrouver Sean Cavanaugh alors qu'il s'apprêtait à quitter le laboratoire.

— Je n'ai pas le temps de vous parler maintenant, Sierra, lui dit celui-ci en fermant la mallette qu'il emportait avec lui sur toutes les scènes de crime.

— En fait, je ne suis pas venue pour vous parler ; le lieutenant Carver m'a suggéré de partir avec vous sur la scène de crime si vous êtes d'accord pour m'y emmener ?

— Bien sûr, lui répondit Sean avec un sourire avant de se diriger vers l'ascenseur.

— Pardonnez mon indiscrétion, ajouta-t-il, mais pourquoi ne partez-vous pas avec vos collègues ?

— Ils sont déjà sur place. Le lieutenant les a appelés pour les prévenir… Mon téléphone n'avait plus de batterie, avoua-t-elle d'un ton gêné.

— Voilà qui n'a pas dû lui plaire, lui répondit Sean en grimaçant.

— Je ne crois pas que quoi que ce soit puisse plaire au lieutenant, mais en ce moment même ce qui m'importe, c'est de découvrir pour quelle raison notre tueur en série a subitement décidé de s'attaquer à un policier.

Sean lâcha un profond soupir puis monta dans l'ascenseur.

— Avec un peu de chance, c'est peut-être ce que nous découvrirons bientôt.

Avec un peu de chance… Les mots résonnèrent un instant dans la tête de Sierra. Ces derniers temps, la « chance » semblait les avoir abandonnés avec cette affaire de tueur en série. Elle espérait sincèrement que celle-ci allait tourner et rapidement. Après tout, la seule chose dont ils avaient besoin était que le meurtrier commette une erreur, une seule, qui pourrait alors leur permettre de remonter jusqu'à lui…

17

— Que personne ne bouge le corps ! lança Ronan à l'assemblée en voyant son oncle approcher. Le médecin légiste n'est pas encore arrivé, nous devons donc laisser le cadavre comme nous l'avons trouvé.

En voyant que Sierra accompagnait le chef de la brigade scientifique, il lui fit un signe discret du menton, comme pour ne rien laisser paraître de ce qu'il s'était passé entre eux la nuit dernière.

— J'espérais tellement que le lieutenant se soit trompé, dit-elle en s'approchant lentement du véhicule de police.

Celui-ci était garé sur trottoir non loin d'une résidence. Pour un simple passant, le conducteur aurait pu passer pour un homme qui s'était seulement assoupi sur son volant. Mais, en s'approchant, on voyait vite qu'on lui avait tiré une balle dans la nuque et qu'il lui manquait sa main gauche.

— Il s'agit donc réellement d'un agent de police, commenta Sierra le souffle court.

— Est-ce que le tueur se diversifie ou est-ce une simple erreur de parcours ? lança Martinez en disant tout haut ce que tout le monde se demandait tout bas.

— Peut-être que c'est un avertissement, peut-être qu'il veut nous dire de le laisser tranquille ? suggéra Choi.

À ce stade, tout semblait possible. Sierra fit le tour de la voiture, recherchant quelque chose, *n'importe quoi* qui pourrait faire office d'indice. Quand elle jeta un œil par la fenêtre entrouverte du côté du conducteur, elle remarqua soudain que quelque chose clochait.

— C'est de l'eau de Javel ? demanda-t-elle à Sean.

— Vu l'odeur, ça m'en a tout l'air, oui, lui répondit Sean en jetant un regard au cadavre. Peut-être que le tueur a touché le dos du siège en exécutant Murphy et qu'il a voulu faire disparaître ses traces…

— Murphy ? répéta Ronan. Tu connaissais cet officier ?

— Oui, acquiesça son oncle d'une voix triste. Jimmy Murphy travaillait dans la police depuis quoi, dix, onze ans… C'était un bon flic, sans plus… Il a essayé plusieurs fois de passer l'examen pour devenir sergent mais il ne l'a jamais réussi. Il était divorcé et n'avait pas d'enfant.

Même s'il avait souvent dû faire face à ce genre de situation, ce n'était jamais pareil quand il s'agissait de quelqu'un de son propre département.

— Personne ne mérite de mourir de cette façon, ajouta-t-il doucement, presque pour lui-même.

— Ce tueur en série va faire monter la pression s'il s'attaque maintenant à des flics, commenta Ronan, le visage sombre.

— Peut-être qu'il ne va pas s'attaquer qu'à des flics, suggéra Sierra.

— De quoi parlez-vous ? Il vient juste d'en tuer un, lui répondit Ronan en se retournant vers elle.

— Je sais, mais peut-être que c'était seulement ce policier en particulier qu'il visait, souligna-t-elle. Je ne peux m'empêcher de penser que nous passons à côté de quelque chose, qu'il y a une sorte de schéma, un système que nous n'avons pas compris. Je continue de croire que toutes les victimes ont quelque chose en commun. Ou alors, poursuivit-elle, si ce gars ne cherche qu'à tuer des membres de gang, il s'y prend étrangement… Ne serait-il pas plus simple de poser une bombe dans un des endroits où ils ont l'habitude de se retrouver pour traîner ?

Sierra marqua une pause et regarda si les inspecteurs suivaient le cours de sa pensée.

— Même une bombe artisanale ferait l'affaire. Mais de toute évidence le tueur tient à son mode opératoire.

— OK, et après ? lui demanda Ronan.

— Peut-être qu'elle a raison, dit Choi. Peut-être que Murphy était impliqué dans quelque chose de louche…

— Dans un trafic de drogue, par exemple ? suggéra Martinez en mentionnant la première chose qui lui venait à l'esprit quand il s'agissait de la relation qui unissait les gangs et la police.

— En parlant de drogue, commença Sierra avant de se retourner vers Sean, est-ce qu'il y a une marque de piqûre dans le cou de l'officier comme pour les autres victimes ?

Comme le médecin légiste n'était toujours pas arrivé, Sean se glissa dans le véhicule derrière le corps de l'agent Murphy et, avec l'aide d'une lampe de poche petite mais puissante, il examina attentivement le cou de la victime jusqu'à découvrir une minuscule marque sous le lobe de son oreille droite.

— Bingo, annonça Sean d'une voix grave avant de sortir de la voiture. Je vais faire les tests toxicologiques pour voir si nous retrouvons les mêmes choses que dans le sang des deux dernières victimes.

— Fais-nous ton rapport le plus vite possible, lui demanda Ronan en hochant le menton.

Puis il se tourna vers les trois membres de son équipe pour tenter d'approfondir la théorie de Sierra.

— Cherchez tout ce que vous pouvez trouver sur Murphy, ordonna-t-il d'abord à Choi et Martinez. Avec qui il traînait, s'il devait de l'argent à quelqu'un… Il avait un coéquipier, trouvez-le et discutez avec lui. Découvrez pourquoi ils n'étaient pas en train de patrouiller ensemble, bref voyez si ce type pourrait nous apprendre quoi que ce soit sur son exécution.

Puis il se tourna vers Sierra et ajouta :

— Quant à vous, je veux que vous passiez au peigne fin toutes les affaires sur lesquelles a travaillé Murphy, voyez s'il pourrait y avoir un lien possible entre lui et les autres victimes. Vous avez peut-être raison.

Comprenant qu'elle allait encore une fois être écartée du champ de bataille, Sierra ne prêta pas attention au compliment.

— Vous me cantonnez encore au travail de bureau ? s'écria-t-elle, mécontente de la tournure que prenaient les choses.

— Non, lui répondit Ronan. Mais vous êtes bien meilleure que ces deux guignols pour ce genre de boulot. S'il existe un lien entre Murphy et une des victimes, vous pourrez le découvrir dans ces affaires. D'autre part, je voudrais que vous cherchiez si Murphy a répondu à un appel d'urgence. Ça semble étrange que celui-ci se soit trouvé au mauvais moment au mauvais endroit par pur hasard.

— Vous pensez qu'on lui a tendu un piège ? demanda Choi.

— Quelque chose dans ce goût-là, oui.

— Il a dû venir chercher quelqu'un, fit remarquer Sierra, quelqu'un qu'il jugeait inoffensif car, à part cette forte odeur de javel, il n'y a rien d'anormal dans le véhicule, aucune trace de lutte.

— C'est certain que Murphy ne l'a pas vu venir, ajouta Ronan en grimaçant.

— Qui que soit ce fichu tueur, on doit reconnaître qu'il est doué, continua Sierra. Mais personne n'est parfait et tout le monde finit toujours par faire une erreur. Nous n'avons plus qu'à espérer qu'il la commette avant de s'en prendre à d'autres victimes.

Pendant un instant, Sierra pensa qu'elle ferait peut-être mieux de quitter la brigade criminelle… Mais dans ce cas elle ne pourrait plus traquer les « méchants » et, au final, tout ce qui comptait n'était pas comment elle se sentait sur une scène de crime, mais bien comment elle pouvait aider à empêcher les criminels d'agir.

La nouvelle se répandit comme une traînée de poudre : la dernière victime du tueur en série était un policier. Tous les agents disponibles furent invités à patrouiller jour et nuit et on demanda à tout le monde d'être le plus vigilant possible.

La mort de Murphy fit la une des journaux locaux, des journaux télévisés régionaux et alimenta les discussions sur tous les réseaux sociaux.

Finissant de lire un article qui traitait du sujet sur un blog, Ronan jura puis poussa un profond soupir d'exaspération.

— On aurait mieux fait de garder tout ça secret, dit-il la voix vibrante de colère.

Sierra leva les yeux de son écran. Elle étudiait les affaires sur lesquelles avait travaillé Murphy et, jusqu'à présent, rien ne semblait intéressant. Elle accueillit donc avec joie l'idée de faire une petite pause.

— Peut-être que c'est une bonne chose, au contraire, lui répondit-elle en choisissant cette fois encore de prendre les choses du bon côté. Vu que tout le monde est au courant qu'il y a un tueur en série en liberté, au moins la prudence est de mise.

— Vous croyez vraiment une chose pareille ? lui demanda Ronan qui n'était définitivement pas aussi optimiste qu'elle.

— Non, mais j'aimerais bien, reconnut-elle.

— Murphy avait fait équipe avec Gary Robertson, leur annonça tout à coup Choi en raccrochant son téléphone.

— Avait fait ? demanda Ronan. Tu veux dire que ce n'était plus le cas ? Il s'était passé quelque chose entre eux ?

— Apparemment, lui répondit Choi en se rapprochant du bureau de Ronan. Le sergent Davis, leur responsable, dit qu'ils étaient en désaccord. Robertson aurait demandé à changer de partenaire, et Murphy aussi.

— Murphy était seul dans la voiture, dit Ronan. Pourquoi son nouveau coéquipier n'était-il pas avec lui ? Et qui est-ce ?

— Edward Wojohowicz, lui répondit Choi. Et il n'était pas avec Murphy car il a appelé hier pour dire qu'il était malade.

— Ça tombe plutôt bien, observa Ronan qui se tourna vers Sierra. Pourquoi n'irions-nous pas rendre une petite visite à l'agent « Wojo je sais quoi » pour voir s'il est vraiment malade ou s'il a tendu un piège à son partenaire ?

— Vous pensez qu'il aurait pu faire ça ? demanda Sierra en haussant les sourcils.

— À ce stade, je suis disposé à tout envisager, lui rétorqua Ronan. Choi, s'il te plaît, trouve-moi l'adresse de ce coéquipier malade.

— Y a qu'à demander, lui répondit celui-ci en retournant à son poste.

Une vingtaine de minutes plus tard, Ronan frappait à la porte du petit appartement dans lequel vivait l'officier Wojohowicz. N'obtenant pas de réponse, il recommença, plus fort cette fois.

— C'est bon, c'est bon, pas la peine de s'énerver, répondit une voix agacée, j'arrive !

La porte s'ouvrit sur un homme au regard trouble, vêtu d'un bas de pyjama usé et d'un T-shirt gris délavé.

— Qu'est-ce qu'il y a ? demanda-t-il à Ronan en le regardant de la tête aux pieds.

Ronan et Sierra lui présentèrent tous les deux leurs badges.

— Inpecteurs O'Bannon et Carlyle, nous voudrions vous parler, agent…, commença Ronan avant de se tourner vers Sierra.

— Wojohowicz, poursuivit-elle.

Immédiatement, le visage de l'homme s'assombrit.

— Je n'aurais jamais répondu comme ça si j'avais su que c'était vous, inspecteurs…

— On peut entrer ? demanda Ronan sur un ton qui ne laissait place à aucun refus.

— Oui, oui, bien sûr, leur répondit Wojohowicz en ouvrant grand sa porte. Je suis désolé, c'est un peu le bazar, je n'attendais personne… Il s'est passé quelque chose ?

L'agent regarda Ronan et Sierra puis continua sans attendre de réponse :

— Je ne me fais pas souvent porter pâle, mais j'ai mangé des sushis hier midi et je peux vous dire que ça m'a retourné les tripes… J'ai eu trente-neuf de fièvre et…

Il semblait évident que l'agent aurait pu continuer à déblatérer ainsi jusqu'à manquer d'air, Ronan l'interrompit donc en levant la main en l'air.

— Quelqu'un a tiré sur votre coéquipier, lui annonça Ronan en guettant attentivement sa réaction.

Pendant un instant, Wojohowicz parut ne pas comprendre ce qu'il venait d'entendre. Plusieurs émotions semblèrent l'assaillir avant que la stupéfaction ne vienne déformer son visage blême.

— Jimmy ? demanda-t-il aux deux inspecteurs. Il s'est pris une balle ? Est-ce qu'il va bien ?

— Non, lui répondit Ronan en ne le quittant pas des yeux. Il ne va pas bien, il est mort.

— Mort ? répéta Wojohowicz avant de s'écrouler dans le vieux canapé de son salon.

Il semblait manquer d'air, mais il réussit malgré tout à demander à Ronan ce qui s'était passé.

— Il a été assassiné. Une balle dans la nuque et le tueur a aussi sectionné sa main gauche. Dites-moi, est-ce que l'agent Murphy était gaucher ?

— Quoi ? Euh oui, je crois, en effet. Vous voulez dire qu'il a été tué comme les victimes du tueur en série ? leur demanda Wojohowicz avec l'air abasourdi. Non, mais ce n'est pas possible, Murphy ne faisait partie d'aucun gang… Vous êtes sûr ? Pourquoi ce tueur en série aurait-il voulu la peau de Murphy ?

L'agent prit un moment pour réfléchir, comme s'il tentait de donner du sens à ce qu'il venait d'apprendre.

— Peut-être que c'est un copycat ? lança-t-il soudain en regardant Ronan puis Sierra. Peut-être qu'il s'agit d'un autre tueur et qu'il essaie de vous embrouiller ?

— C'est une possibilité, reconnut Ronan qui savait qu'à ce stade de l'enquête tout était envisageable. Mais, dites-moi une chose, pourquoi avez-vous appelé pour dire que vous étiez malade ?

— Je vous l'ai dit, j'ai fait une indigestion après avoir mangé des sushis. Attendez, je dois encore avoir mon ticket de carte bleue dans mon portefeuille, vous voulez le voir ?

— Si ça ne vous dérange pas, lui répondit Ronan, déterminé à tester la sincérité de l'agent.

Celui-ci traversa rapidement sa cuisine et s'empara d'un pantalon qui était posé sur une des chaises. Il fouilla dans ses poches, trouva son portefeuille et ne put s'empêcher de soupirer de soulagement en sortant le ticket du restaurant japonais.

— Tenez, regardez, dit-il en tendant son « alibi » à Ronan. Voilà ce que j'ai mangé hier midi, et deux heures plus tard, je vomissais tripes et boyaux. Si j'étais vous, j'éviterais ce restaurant…

Comme les deux inspecteurs regardaient le reçu en gardant le silence, il leur demanda enfin, nerveusement :

— Est-ce que je vais avoir des problèmes ?

— Non, non, lui répondit Sierra. Mais parlez-nous un peu de votre partenaire, comment était-il pendant les patrouilles ?

— Eh bien, commença Wojohowicz en prenant un air ennuyé. Murphy est mort et ça m'embête de médire…

— Mais ? s'enquit Sierra.

— C'était un bon flic, mais on devinait que quelque chose le tracassait. Il n'en a jamais parlé mais ça se voyait. Il devait avoir de terribles soucis, ça me semble évident.

— Et vous n'avez aucune idée de ce que ces « soucis » pouvaient être ? interrogea Ronan en prenant sur lui pour rester patient.

— Si vous voulez mon avis, leur dit Wojohowicz en se mordant la lèvre inférieure, ça a quelque chose à voir avec son ancien coéquipier, Robertson. Il s'est probablement passé quelque chose entre eux deux, et c'est sûrement pour cette raison qu'ils ont décidé d'arrêter de travailler ensemble du jour au lendemain.

— Comme s'ils n'avaient pas respecté un accord ? lui demanda Sierra. Comme s'ils s'étaient disputés ? Pour une femme peut-être ?

— Je n'en ai aucune idée, répondit l'agent qui avait l'air sincèrement déconcerté. Mais je crois que c'est pour cette même raison que la femme de Jimmy l'a quitté… Peut-être était-ce donc bien une histoire de femme… Je suis désolé mais…

Wojohowicz devint soudain blanc comme un linge et recula de quelques pas.

— … Je crois que je vais vomir à nouveau, leur cria-t-il en se précipitant vers la salle de bains.

— Nous trouverons la sortie, ne vous en faites pas, lui lança Ronan avant de se tourner vers Sierra. Allons-y, je crois qu'il nous a dit tout ce qu'il savait.

— Vous croyez ? demanda-t-elle à Ronan une fois qu'ils furent sortis de l'appartement.

— Vu comme son appartement empeste, lui répondit Ronan en se dirigeant vers sa voiture, je pense qu'il dit la vérité, oui.

— Peut-être que nous devrions aller voir l'ancien coéquipier de Murphy ? suggéra Sierra.

— C'est exactement ce que je me disais, lui déclara Ronan en montant dans la voiture.

Une fois qu'il eut démarré et qu'ils furent en route, Ronan lui demanda ce qu'elle pensait vraiment de cette affaire.

— Eh bien, lui répondit-elle après avoir réfléchi un moment, vu le nombre de victimes, je crois d'abord que le tueur est en colère, très en colère. Jusqu'à ce que l'on retrouve l'agent Murphy, je pensais que tout cela n'était probablement qu'un règlement de comptes entre plusieurs gangs, mais…

— Entre deux gangs, la corrigea-t-il.

— Oui, acquiesça-t-elle. Mais puisque Murphy a été tué selon le même mode opératoire, nous savons maintenant que ce n'est plus le cas. Il y a autre chose. Ce n'est pas seulement un type qui coupe les mains des membres de gangs pour se venger.

Ronan hocha la tête. En entendant Sierra, il constata qu'ils avaient la même vision des choses… Et qu'il leur manquait donc encore les pièces clés de ce fichu puzzle.

— Peut-être que l'ancien partenaire de Murphy va nous aider à éclairer les dernières zones d'ombre…

— S'il en a envie, lui répondit Sierra.

— Qu'est-ce que vous voulez dire ? lui demanda-t-il en quittant un instant la route des yeux pour la regarder.

— Peut-être que ce que nous cherchons pourrait aussi incriminer Robertson, suggéra-t-elle.

— Dans ce cas, la peur sera notre meilleure arme, lui dit Ronan.

— La peur ?

— Absolument. Il y a en ce moment un tueur en série en liberté. Imaginons que celui-ci exécute ses victimes pour une raison précise… Alors Robertson sera tout autant concerné. Comme ses jours seront comptés, nous n'aurons qu'à lui offrir notre protection en échange de son témoignage.

— Mais s'il ne sait rien ?

— Espérons que ce ne soit pas le cas.

— C'est une théorie qui mérite d'être explorée, lui dit-elle alors qu'ils s'arrêtaient à un feu rouge.

Ronan tourna son visage vers elle et, pour la première fois de la journée, lui adressa un grand sourire. Un sourire complice et chargé de sous-entendus.

— Oui, qui mérite vraiment d'être explorée, approuva-t-il. En l'entendant, Sierra sentit une nuée de papillons s'envoler au creux de son ventre.

Mais, en passant au vert, le feu la ramena vite à la réalité.

18

— Alors, mon oncle, que peux-tu nous apprendre sur la dernière victime du tueur en série ? demanda Ronan à Sean en entrant dans le laboratoire, toujours accompagné de Sierra.

— Vous tombez à pic, lui répondit Sean, le médecin légiste vient juste de finir l'autopsie, et moi je viens de terminer les tests toxicologiques.

Il rassembla plusieurs feuilles éparpillées sur son bureau et marcha vers eux.

— L'agent Murphy a donc été tué d'une balle dans la tête avec la même arme que celle qui a été utilisée pour les autres victimes, c'est-à-dire un Smith & Wesson, 9 mm. Les tests révèlent la présence de la même drogue dans son sang. Et enfin, comme vous pouvez le constater, sa main gauche a été amputée de manière chirurgicale. En conséquence, cette précision et l'emploi de cette drogue nous laissent encore une fois supposer que nous avons affaire à quelqu'un qui a quelques notions de médecine. Bref, conclut Sean, je n'ai donc rien de neuf à vous apprendre, désolé.

— Tu n'as aucune raison de l'être, lui répondit Ronan. Au moins nous savons maintenant que tous ces meurtres ont été commis par la même personne, merci pour ta réactivité.

— Pas de problème. Et de votre côté, où en êtes-vous ?

— Nous allons rendre une petite visite à l'ancien

coéquipier de Murphy…, lui indiqua Ronan qui s'éloignait déjà vers l'ascenseur.

— Tenez-moi au courant, lui demanda son oncle.

— Promis, lui assura Sierra en se dépêchant de rejoindre Ronan.

Depuis qu'ils avaient commencé à patrouiller ensemble, l'agent Gary Robertson et son nouveau partenaire, un jeune bizut du nom de Jerry Allen, avaient instauré un rituel tous les mercredis. Ils allaient déjeuner chez Jose's, un restaurant mexicain très populaire qui offrait un des meilleurs rapports qualité/prix de la ville.

C'est donc ici que Ronan et Sierra trouvèrent Allen, mais l'agent Robertson, lui, ne semblait pas présent.

— Qu'est-ce qui cloche ici, inspecteur ? demanda Ronan à Sierra tandis qu'ils se dirigeaient vers la table où le jeune Allen était installé.

— Il nous manque un agent, lui répondit Sierra en regardant la photo qu'ils avaient de Robertson. Mais il ne doit pas être bien loin, non ?

— Allons demander à son partenaire, répondit Ronan à Sierra.

En arrivant près de la table, il découvrit que celle-ci avait été dressée pour deux personnes.

— Agent Allen ?

Le jeune homme, occupé à dévorer sa deuxième enchilada, ne leva même pas les yeux pour répondre.

— Je suis au milieu de ma pause déjeuner, qu'est-ce que vous voulez ? demanda-t-il d'un ton irrité.

— Inspecteurs O'Bannon et Carlyle, lui dit Ronan d'un ton sec en guettant la réaction du jeune agent à l'annonce de leurs noms. Tu peux me dire où est ton partenaire ?

L'agent Allen se leva de sa chaise immédiatement, l'air confus. Il regrettait manifestement son attitude.

— Il est aux toilettes, monsieur, répondit-il à Ronan. Il paraît qu'avec la bière c'est inévitable.

— Vous buvez pendant le service, Allen ? lui demanda Ronan en le regardant droit dans les yeux.

— Oui, monsieur. Je veux dire, non. Je veux dire, Robertson oui, mais moi non, répondit-il maladroitement. Regardez, c'est de la limonade.

Allen tendit son verre vers Sierra et Ronan pour qu'ils vérifient ses dires.

— Nous nous moquons de ce que vous buvez, Allen, lui répondit Sierra qui ne voyait aucune raison de continuer à torturer ce pauvre homme. Nous voulons juste parler à votre partenaire.

— Il est aux toilettes, répéta Allen en leur montrant la direction du doigt. Mais maintenant que j'y pense, ça fait un moment qu'il est parti… Peut-être que je devrais aller le chercher ?

— Finissez votre déjeuner, lui répondit Ronan en posant sa main sur son épaule pour l'empêcher de bouger. L'inspecteur Carlyle et moi-même allons nous en charger.

— Vous ne voulez pas que je vous accompagne ? protesta Allen, l'air déçu.

— Pourquoi voudriez-vous nous accompagner ? lui demanda Ronan qui trouvait l'attitude du jeune homme plutôt étrange.

— Pour vous soutenir… ? dit Allen d'une voix hésitante.

— Merci, mais l'inspecteur Carlyle est là pour ça, vous savez, lui répondit O'Bannon avant de s'éloigner vers les toilettes du restaurant.

L'endroit était bondé et de la musique mexicaine venait s'ajouter au vacarme ambiant.

— Alors comme ça, je suis là pour vous soutenir ? demanda Sierra à Ronan en ne pouvant se retenir de sourire.

— À bien plus d'un égard, oui.

Sierra décida de ne pas relever et changea de sujet de conversation.

— Cet endroit est vraiment chouette, dit-elle.

— Oui, acquiesça Ronan. Moi aussi j'avais l'habitude d'y venir quand je patrouillais. Ils ont fait quelques travaux de rénovation depuis, mais les toilettes semblent être restées au même endroit.

— Je vais vous attendre ici, lui dit-elle une fois qu'ils furent arrivés devant la porte des toilettes pour hommes.

Ceux pour femmes se situaient juste à côté. Une femme en sortit, et Sierra, trop occupée à fixer la porte des toilettes pour hommes, se poussa au dernier moment pour lui dégager le passage.

— Désolée, murmura Sierra sans même regarder la femme qui disparut sans lui répondre.

— J'en ai pour une minute, lui annonça Ronan en entrant chez les hommes.

Mais à peine quelques secondes plus tard Sierra l'entendit l'appeler.

— Carlyle, ramenez-vous ici !

— Vous avez besoin de moi pour le faire sortir ? demanda-t-elle, se demandant ce qui pouvait bien se passer.

— Pas vraiment, non, lui répondit Ronan d'une voix sèche.

Sierra poussa la porte et entra, avant de s'immobiliser, stupéfaite. À moins de cinq mètres d'elle gisait au sol un homme en uniforme de policier. Face contre sol, il baignait dans une mare de sang qui commençait à assombrir le carrelage coloré. Sa main droite manquait.

Sierra regarda Ronan.

— C'est Robertson ? lui demanda-t-elle.

— Bien vu.

— Le tueur devait savoir qu'il déjeunait ici à midi…

Ronan acquiesça puis s'accroupit près du corps pour vérifier ses constantes vitales, même s'il avait compris, dès qu'il était entré, que l'homme était déjà mort.

— Je pense que notre tueur a suivi toutes les victimes. Ce salopard est méticuleux et patient.

— Et il a aussi beaucoup de sang-froid, ajouta Sierra. C'est un restaurant très fréquenté, n'importe qui aurait pu entrer ici, et à n'importe quel moment.

— Peut-être mais, en même temps, le bruit et la musique sont tels que personne n'a pu entendre le coup de feu.

— Je pense qu'il a quand même dû se servir d'un silencieux… Pourquoi prendre un tel risque ?

Ronan lui répondit d'un haussement d'épaules puis sortit son téléphone portable et tapa un numéro.

— Ici l'inspecteur O'Bannon, dit-il avant d'annoncer son numéro de matricule. J'ai un agent à terre, envoyez-moi du renfort, ordonna-t-il. Non, pas les forces spéciales, non, le type est mort, prévenez plutôt le médecin légiste et la brigade scientifique. Dites-leur que nous avons une nouvelle victime, l'agent Gary Robertson.

Il attendit que l'agent à l'autre bout du fil digère la nouvelle et il lui indiqua l'adresse du restaurant mexicain.

Puis il raccrocha et jura en regardant à nouveau le corps devant lui.

— Le sang est frais, ça vient juste de se passer, nous avons manqué le tueur de peu.

— Ce qui veut dire qu'il est sans doute encore ici, ajouta Sierra en le regardant.

Ronan se rendit soudain compte que Sierra avait peut-être raison, comment n'y avait-il pas pensé plus tôt ?

— Nous devons bloquer toutes les sorties ! s'écria-t-il en se relevant d'un bond. Vous, restez ici avec le corps.

Il sortit en trombe des toilettes et Sierra s'agenouilla près du cadavre. Elle était en proie à une myriade d'émotions, mais la plus puissante d'entre elles était la tristesse.

— Dans quel guêpier avez-vous bien pu vous fourrer, toi et ton ancien partenaire ? demanda-t-elle au mort en secouant la tête d'un air navré.

De son côté, Ronan courut jusqu'au bar du restaurant et tendit son badge au barman.

— Je vous demande de fermer votre établissement pendant un moment. Personne ne sort, personne n'entre.

— C'est impossible, vous ne pouvez pas faire ça, protesta l'homme en affichant un air choqué.

— Le cadavre découvert dans vos toilettes m'y autorise, contesta Ronan.

— Le cadavre ? répéta le barman en écarquillant les yeux. Mais de quoi parlez-vous ?

Il attendit que Ronan lui réponde, puis se mit à jurer en comprenant qu'il ne s'agissait pas d'une plaisanterie, bien au contraire.

— Oh ! bon sang…

— Que se passe-t-il ? demanda soudain Allen qui venait de le rejoindre au bar. Où est Robertson ?

— En train de rencontrer son créateur, je pense, lui répondit Ronan avant d'ajouter, en voyant que le jeune homme ne comprenait pas : Il est mort, quelqu'un l'a abattu dans les toilettes pour hommes.

— Quoi ? Maintenant ? demanda Allen dont les yeux semblaient avoir doublé de volume.

— Non, hier, rétorqua Ronan. Oui, maintenant.

Se rendant soudain compte que le barman n'avait pas bougé d'un pouce et qu'il ne semblait pas disposé à appliquer ce qu'il venait de lui ordonner, Ronan tendit son badge au-dessus de lui et annonça à l'assemblée, d'une voix grave et pleine d'autorité :

— Mesdames et messieurs, puis-je avoir votre attention, s'il vous plaît ? Je suis l'inspecteur O'Bannon et je suis au regret de vous annoncer que vous allez devoir rester ici un petit moment. Je vous demande d'être patients et de demeurer bien assis à vos places jusqu'à ce que ma partenaire et moi venions vous voir pour relever vos noms et vos coordonnées.

Un brouhaha de protestation s'éleva dans la salle.

— Que se passe-t-il ? lança une voix.

— Pourquoi devons-nous rester ici ? s'écria une autre.

— Je dois retourner au boulot, vous ne pouvez pas me garder ici comme un prisonnier !

Ronan leva ses deux mains pour demander le silence. Quand enfin le calme fut de retour, il ajouta :

— Plus vite nous nous y mettrons, plus vite vous pourrez repartir, déclara-t-il avant de se tourner vers l'agent Allen. J'ai besoin que vous alliez prendre la relève de l'inspecteur Carlyle qui est dans les toilettes pour hommes avec le corps.

— Avec le corps de l'agent Robertson ? demanda-t-il l'air très ébranlé.

— C'est celui que nous avons découvert en effet, lui répondit Ronan d'un ton irrité.

— OK, répondit Allen d'une voix tremblante.

— Ne vous en faites pas, le médecin légiste est en route, vous ne devriez pas avoir à le surveiller bien longtemps, ajouta Ronan pour tenter de le réconforter.

Puis il se tourna vers le barman. Avant d'interroger les clients de l'établissement, il voulait s'assurer d'une dernière chose.

— Je veux que vous me donniez toutes les bandes des caméras de surveillance de la journée, commença-t-il, avant de s'interrompre en voyant Sierra le rejoindre. Carlyle, reprit-il, accompagnez ce monsieur et aidez-le à rassembler toutes les bandes-vidéo de la journée.

Ronan ne voulait prendre aucun risque et, à ce stade, il ne pouvait plus faire confiance à quiconque. Après tout, peut-être même avait-il déjà parlé avec le tueur…

— Pas de problème, lui répondit Sierra.

Elle se tourna vers le barman et ordonna :

— Montrez-moi le chemin, je vous suis.

Tandis qu'elle l'accompagnait vers les bureaux qui se trouvaient au fond de l'établissement, Ronan, lui, commença à collecter les noms et les numéros de téléphone de tous les clients du restaurant.

Plusieurs longues heures plus tard, Sierra et Ronan rentrèrent enfin au commissariat. Comme ils l'avaient redouté, personne parmi la clientèle du restaurant n'avait rien vu ni rien entendu.

Ronan s'écroula dans son fauteuil en soupirant.

— Cette affaire est en train de se transformer en véritable cauchemar, dit-il en passant ses mains sur son visage.

— Oui, sauf que dans un cauchemar on finit toujours par se réveiller, lui répondit Sierra. Or, dans notre affaire, tout semble indiquer que ce n'est pas près de se terminer.

Sierra était bien consciente que certains crimes n'étaient parfois jamais résolus et qu'il existait même une pièce entière réservée aux « cold cases ». Mais elle refusait de croire que leur affaire suivrait cette voie.

En prenant place devant son ordinateur, elle fixa l'écran un moment en cherchant une nouvelle piste à explorer.

Une seule chose lui vint à l'esprit.

— Je crois que je vais essayer de rentrer tous les noms des victimes ensemble dans le moteur de recherche pour voir si ça donne quelque chose, dit-elle à Ronan.

— Ils n'ont peut-être finalement rien en commun, dit

Martinez en entrant dans le bureau. Peut-être que ce tueur en série s'amuse seulement à nous embrouiller.

— Peut-être, oui, mais moi j'aime croire qu'il n'y a pas de hasard et que chaque action est motivée par une bonne raison, lui répondit-elle en haussant les épaules.

— Tu veux une raison ? lui demanda Choi, la voix tremblante de colère. La raison, c'est que ce type est un grand malade, un fou furieux assoiffé de sang, voilà la raison.

— Et vous, qu'en pensez-vous, O'Bannon ? s'enquit Sierra en se tournant vers lui.

— Voyez si vous trouvez quelque chose, lui répondit-il en haussant les épaules. Ça ne mange pas de pain, et qui sait ? Peut-être que vous aurez de la chance…

Puis il se tourna vers les deux autres inspecteurs et ajouta :

— Vous deux, allez donc trouver l'ex-femme de Murphy et amenez-la-moi ici. Peut-être qu'elle a une idée de ce qui avait pu se passer entre lui et Robertson et, à cet instant précis, je suis prêt à écouter quiconque a quelque chose à raconter.

— Bien reçu, chef, lui répondit Martinez en attrapant sa veste.

Cinq minutes plus tard, lui et Choi avaient disparu.

Ronan se leva de son poste, marcha vers le grand panneau d'affichage et commença à recopier quelque chose sur son carnet. De là où elle était assise, Sierra pouvait à peine distinguer ce qu'il faisait, mais il lui sembla qu'il inscrivait les noms des victimes. Une fois qu'il eut terminé, il se dirigea vers la porte.

— Où allez-vous ? lui demanda-t-elle.

— Je vais apporter cette liste à ma cousine, Valri, qui travaille au département informatique, pour voir si elle peut trouver ce fameux point commun que nous cherchons désespérément. S'il en existe un, elle le trouvera, c'est une véritable magicienne.

— Vous ne me faites pas confiance ? lui lança Sierra en faisant mine d'être vexée.

— Bien au contraire, lui répondit-il. J'ai totalement confiance en vous, c'est d'ailleurs vous qui avez eu cette idée. Je pense seulement que deux paires d'yeux valent mieux qu'une et qu'elle pourrait connaître quelques astuces que vous ignorez. Jamais je ne me serais permis de remettre en cause votre intelligence, conclut-il avec un sourire.

— Il n'y a pas de mal, lui rétorqua-t-elle, les yeux brillants de malice. De toute façon, je suis bien plus coriace que j'en ai l'air, vous savez.

Ronan marcha jusqu'à son bureau et se pencha vers elle.

— Je n'en ai pas le souvenir, mais peut-être faudra-t-il que je vérifie ça ce soir, quand nous aurons fini notre journée…

Si elle s'était sentie un peu démotivée auparavant, Sierra retrouva tout à coup suffisamment d'énergie pour se remettre au travail.

— C'est noté, répondit-elle à Ronan en lui faisant un petit clin d'œil.

La porte du bureau informatique était entrouverte, mais Ronan frappa quand même quelques coups avant de passer sa tête à l'intérieur.

— Valri ? appela-t-il en cherchant des yeux sa petite cousine blonde qui était réputée pour être une travailleuse acharnée.

Valri Cavanaugh leva les yeux de son écran en voyant Ronan entrer dans la pièce.

— Oh ! oh ! mais que vois-je, O'Bannon qui m'apporte un cadeau !

— Ce n'est pas un cadeau, malheureusement, lui répondit Ronan, c'est la liste des noms des victimes de notre tueur en série. Elle a été mise à jour, et je voudrais te demander si tu peux essayer de voir dans vos incroyables bases de données si tu trouves quelque chose qui pourrait les relier.

Le bureau de Valri débordait déjà de multiples dossiers et de notes. Si la jeune femme était efficace et rapide, elle restait malgré tout humaine.

— Je sais que je vais regretter de t'avoir demandé ça, mais qu'est-ce que vous recherchez exactement ?

— N'importe quel lien entre tous ces gens… Vraiment, Valri, *n'importe quoi*.

Elle regarda la liste avec attention puis leva des yeux effarés vers son cousin.

— C'est vrai ? Les deux dernières victimes sont des agents de police ?

— Oui, lui répondit Ronan en soupirant. Et le nom de la dernière victime n'a pas encore été rendu public, tu comprends maintenant pourquoi ce que je te demande est assez urgent…

— OK, je vais voir ce que je peux faire, lui répondit Valri en hochant la tête d'un air grave.

Ronan se pencha sur le bureau et déposa un baiser sur sa joue.

— Merci, je savais que je pouvais compter sur toi. Mais si tu te sens trop débordée, sache quand même que j'ai également mis quelqu'un de mon équipe sur le coup.

— Eh bien, que le meilleur gagne alors ! lui rétorqua Valri qui avait déjà commencé à entrer le nom de la première victime dans la base de recherche à laquelle elle seule avait accès.

— Je te laisse travailler, lui dit Ronan en quittant son bureau.

19

À peine Ronan pénétra-t-il dans le bureau que Martinez lui bondit dessus.

— L'ex-femme de l'agent Murphy vous attend dans la salle d'interrogatoire numéro une, chef !

— Et à titre d'information, ajouta Choi, on ne peut pas dire qu'elle a été réellement enchantée de nous suivre jusqu'ici.

— Merci, leur répondit Ronan avant de se retourner vers Sierra.

— Vous voulez assister à l'interrogatoire ?

O'Bannon ne lui posait pas la question pour être poli, Sierra commençait à comprendre comment il fonctionnait.

— Vous avez besoin de moi pour faire diversion ? lui demanda-t-elle d'une voix amusée.

— On peut dire ça comme ça, en effet, reconnut-il en haussant les épaules avant de se diriger vers les salles d'interrogatoire.

— Quand nous en aurons terminé avec elle, lui répondit Sierra en lui emboîtant le pas, je voudrais vous montrer une chose que j'ai trouvée sur Internet et qui pourrait bien s'avérer intéressante.

— Qu'est-ce que c'est ?

— Ça peut attendre, lui répondit-elle en lui faisant un signe vague de la main. Internet ne va pas bouger, allons plutôt voir ce que la veuve de Murphy sait, ou ne sait pas d'ailleurs.

Anne Murphy était une petite femme brune qui travaillait au bureau des admissions d'une université de la région.

Dès que Ronan entra dans la salle d'interrogatoire où elle était installée, il constata qu'elle était en effet furieuse d'être là. Ses yeux sombres lançaient des éclairs.

— Vous avez un sacré culot d'envoyer vos sbires me chercher sur mon lieu de travail pour me ramener de force ici, lui lança-t-elle de but en blanc en se levant de sa chaise. Dites-moi immédiatement de quoi il retourne.

— Nous voulons simplement vous poser quelques questions, lui répondit calmement Ronan en lui faisant signe de rester assise.

— Vous avez déjà entendu parler du téléphone ? lui demanda-t-elle sur un ton sarcastique en restant debout — tout portait à croire qu'elle n'allait plus tarder à sortir en trombe de la salle.

— Vous avez déjà entendu parler du terme « entrave à la justice » ? lui répondit Sierra en lui bloquant le passage.

La femme se rassit à contrecœur en fronçant les sourcils, comme pour leur montrer qu'elle ne leur obéissait que parce qu'elle y était contrainte et forcée.

— Eh bien, allez-y, je vous écoute, leur dit-elle d'une voix sèche. Mais je vous préviens, je n'ai pas toute ma journée.

Ronan lança un regard à Sierra et baissa la tête, lui indiquant qu'il souhaitait que ce soit elle qui mène la danse.

Après avoir étudié quelques secondes la femme qui se trouvait devant elle, Sierra réfléchit un instant puis se lança.

— Pourquoi avez-vous divorcé, madame Murphy ?

Pendant un moment, la veuve de l'agent sembla perturbée par la question et elle prit un moment avant de répondre.

— Parce que c'était un pauvre type lugubre et déprimé. Voilà, je peux y aller maintenant ?

— Pas encore, non, lui dit Sierra gentiment. Est-ce qu'il avait toujours été comme ça ?

— Non, répondit Anne Murphy, la voix toujours tremblante de colère. Quand je l'ai épousé, il était très joyeux.

Soudain, la colère dans sa voix fit place à la tristesse.

— Et puis il a changé…

— Vous savez pour quelle raison ? lui demanda Sierra en jetant un regard à Ronan.

— Non, je ne sais pas, répondit Anne Murphy dans un soupir de frustration. Probablement à cause de son travail.

À nouveau, la colère semblait l'avoir envahie.

— Écoutez, Jimmy ne me confiait rien, reprit-elle, je n'ai aucune idée de ce qui a pu se passer, il s'est juste renfermé sur lui-même, du jour au lendemain.

— Est-ce que vous vous rappelez la période à laquelle ce brusque changement s'est produit ?

— Je ne tiens pas de journal intime, répondit la veuve d'une voix agacée.

— Madame Murphy, poursuivit Sierra, imperturbable, votre ex-mari a été assassiné. Comme son ancien coéquipier…

— Gary ? s'exclama la femme en devenant blême.

Pour la première fois depuis le début de l'interrogatoire, elle semblait bouleversée.

— Gary Robertson est mort ? leur demanda-t-elle en écarquillant les yeux. Je n'ai rien entendu aux informations…

— Ça vient tout juste d'arriver, la coupa Sierra. Nous sommes encore en train d'essayer de comprendre ce qui a pu se passer…

Sierra baissa la voix et poursuivit son interrogatoire d'une voix plus douce.

— Vous avez donc divorcé de votre mari…

— De mon ex-mari, la corrigea Anne Murphy.

— De votre ex-mari, reprit Sierra, et l'agent Robertson a demandé à changer de coéquipier à la même époque…

Aussi l'inspecteur O'Bannon et moi-même nous demandons si quelque chose ne se serait pas produit à cette période, quelque chose qui pourrait expliquer tout cela.

Anne Murphy se tortilla sur son siège. Elle semblait véritablement vouloir partir d'ici au plus vite.

— Comme je vous l'ai déjà dit, je pense qu'il s'était passé quelque chose dans le cadre de son travail. Mais vous savez, j'étais vraiment la dernière personne à qui il parlait, alors quand j'en ai eu ras le bol d'être traitée comme un vulgaire meuble dans sa vie, eh bien je l'ai quitté. Mais vous devriez parler à son responsable, il doit probablement en savoir bien plus que moi à ce sujet. Maintenant, est-ce que je peux y aller ? leur demanda-t-elle en soupirant. Nous avons énormément de demandes d'inscription à l'université et je n'ai vraiment pas le temps de m'éterniser ici.

— Vous êtes libre de partir, madame Murphy, lui annonça Ronan qui savait qu'ils ne tireraient rien de plus d'elle. Nous vous recontacterons si nous avons besoin d'autres informations.

— J'en frémis d'impatience, lui rétorqua Anne Murphy d'un ton ironique avant de quitter la salle.

Ronan ne répondit pas et se retourna vers Sierra.

— Venez, allons voir si le responsable de Murphy a quelques minutes à nous accorder.

— J'ai l'impression que ce qu'il va nous dire va confirmer mes soupçons, lui répondit Sierra qui était ravie de cette visite au responsable des agents.

Ronan s'arrêta brusquement. Il venait de se souvenir que Sierra avait quelque chose à lui montrer.

— Et quels sont ces soupçons ?

— J'ai découvert une histoire qui date d'il y a deux ans, sur Internet. Murphy et Robertson avaient été appelés dans le cadre d'une fusillade qui impliquait deux gangs. Ce sont les voisins qui avaient prévenu les urgences, poursuivit-elle tandis que Ronan appuyait sur le bouton pour appeler l'ascenseur. Robertson et Murphy étaient dans les parages, ce sont donc eux qui sont arrivés en premier sur les lieux. Ils ont essayé de faire cesser les tirs mais se sont retrouvés pris au piège au milieu de la fusillade et ont fini eux aussi par ouvrir le feu. D'après un témoin de l'époque, l'incident a très vite été maîtrisé. Il y a eu plusieurs blessés mais un seul mort : un chauffeur de taxi. Un pauvre type qui s'est pris trois balles, et apparemment l'une d'entre elles avait été tirée par Murphy.

— Vous pensez que c'était intentionnel ? lui demanda Ronan en entrant dans l'ascenseur.

— Je pense que Murphy cherchait seulement à se défendre, comme Robertson, et que ce pauvre civil s'est trouvé au mauvais endroit au mauvais moment, lui répondit-elle en le regardant droit dans les yeux. Mais c'est peut-être ce qui a déclenché le début de la dépression de Murphy…

Le responsable des deux agents assassinés, le sergent Gene Davis, confirma les soupçons de Sierra.

— Murphy a été transféré à un poste administratif le temps d'être totalement blanchi, mais il a très mal vécu toute cette affaire, leur raconta Davis en secouant la tête avec un air navré. Il a eu l'impression que tout le monde était contre lui. Il se plaignait d'avoir juste essayé de faire son travail, d'avoir agi pour faire cesser cette fusillade et il ne se sentait pas soutenu par le département. Pourtant nous l'avons défendu…, protesta Davis. Mais nous avons un règlement à respecter, et même si Robertson et lui ont été logés à la même enseigne et ont dû rendre leurs armes de service, l'enquête a duré plus longtemps pour Murphy, car à l'autopsie on a découvert que c'était une de ses balles qui avait tué le chauffeur de taxi. Mais à la fin le département a statué en leur faveur et ils ont tous les deux été disculpés.

— Et le chauffeur de taxi ? demanda Sierra.

— Ce pauvre homme a été un regrettable dommage collatéral…, lui répondit Davis en haussant les épaules.

— Est-ce que quelqu'un sait ce qui a déclenché la fusillade ? demanda Ronan au sergent.

— C'est toujours plus ou moins la même chose : un malentendu qui a dégénéré, se remémora Davis. Les esprits se sont échauffés, les gens ont commencé à tirer. Les membres des gangs ont été arrêtés mais ils ont tous été libérés pour je ne sais plus quel vice de forme avant le procès… Je crois me souvenir que ça avait quelque chose à voir avec le fait qu'on ne leur avait pas lu leurs droits au moment de leur arrestation…

Manifestement, le souvenir de cette affaire mettait Davis très en colère.

— Comment Murphy a-t-il pris cette nouvelle ? s'enquit Sierra.

— Mal, très mal. Robertson et lui se sont disputés violemment car Robertson voulait passer à autre chose. Il a d'ailleurs fini par demander à changer de coéquipier. Et c'est à peu près à la même période que la femme de Murphy l'a quitté… Je me souviens alors avoir pensé que Murphy allait démissionner, mais non, à ma grande surprise, il est resté en poste. En même temps, bon an mal an, son métier de flic était la seule chose qui lui restait.

— Une dernière chose, sergent, et nous vous laissons tranquille, lui promit Ronan. Auriez-vous une liste des membres des gangs qui avaient été arrêtés ce jour-là ?

— Je dois pouvoir la trouver et vous l'envoyer.

— Pendant que vous y êtes, sergent, ajouta Sierra, pourriez-vous aussi retrouver le nom du chauffeur de taxi qui a été tué ?

— Bien sûr, répondit Davis avant de laisser échapper un profond soupir. Quel malheur ce qui est arrivé à ces deux policiers…

Sierra et Ronan le remercièrent puis se dirigèrent vers l'ascenseur.

— On ne peut pas dire que le chauffeur de taxi a été spécialement verni dans cette affaire lui non plus.

— Qu'avez-vous en tête ? lui demanda Ronan.

— Je ne suis pas encore bien sûre, reconnut-elle, je vais attendre de voir les noms des membres des gangs qui étaient impliqués dans la fusillade. S'ils correspondent aux noms des victimes de notre tueur en série, alors j'ai peut-être une piste.

— Vous aimez faire des mystères, lui fit remarquer Ronan.

— Non, je veux seulement rester prudente. N'est-ce pas également ce que vous voulez ?

— Pas toujours, non, lui répondit-il et il lui fit un clin d'œil avant de monter dans l'ascenseur.

Une fois de retour dans leur bureau, Ronan découvrit que sa cousine Valri avait laissé un message sur sa messagerie. Elle disait avoir retrouvé une vieille histoire à propos d'un « massacre qui n'en était pas un ».

Ils se rendirent immédiatement au bureau informatique.

— Vos deux agents assassinés étaient impliqués dans une fusillade qui a opposé deux gangs rivaux, leur annonça Valri. Deux des membres de ces gangs sont d'ailleurs également des victimes de votre tueur en série. Est-ce que ces informations sont intéressantes pour votre enquête ?

Ronan décida de ne pas lui dire que Sierra était parvenue aux mêmes conclusions et fit comme si de rien n'était.

— Oh oui, merci, je te dois une fière chandelle.

— Ah ! que deviendrais-tu sans moi ? lui répondit-elle avec un sourire taquin.

— Pourrais-tu m'imprimer cet article ?

— Je t'ai devancé, lui dit-elle en lui tendant une feuille qui était posée sur son bureau.

— Bien vu, merci.

Tandis qu'ils retournaient à leurs postes, Sierra parcourut la liste des yeux.

— Le chauffeur de taxi n'apparaît nulle part…

— Je vous rappelle qu'il n'a été qu'un regrettable « dommage collatéral », lui remémora Ronan.

— Ce dommage collatéral était quand même une personne, protesta Sierra.

— Je suis bien d'accord, lui répondit Ronan avec un air sombre. Tout ça ne me plaît pas plus qu'à vous, vous savez.

Une fois de retour dans leurs bureaux, Ronan découvrit que Davis lui avait envoyé par mail la liste des membres des gangs ainsi que le nom de la seule victime de cette fusillade : le chauffeur de taxi.

Impatiente de voir si elle avait vu juste, Sierra commença à lire par-dessus son épaule.

— Alors ? lui demanda-t-elle d'un ton pressant.

Ronan sortit la liste des victimes du tueur en série et compara les noms. Puis il se retourna et regarda Sierra.

— Chacun des membres des gangs qui ont été arrêtés après la fusillade a été assassiné par notre tueur en série.

Sierra laissa échapper un profond soupir. Ce n'était pas une surprise, elle s'en doutait, elle le savait même.

— OK, donc maintenant nous savons que cette fusillade est le point de départ de tout ce cirque, dit-elle en allant se rasseoir derrière son ordinateur. Il semble certain que quelqu'un veut se venger… Est-ce que Davis vous a envoyé le nom du chauffeur de taxi ?

— Oui, il s'agit d'un certain Darren Campbell, lui indiqua Ronan en regardant son écran. Qu'est-ce que vous avez en tête, Carlyle ?

— Rien de très joli, lui répondit-elle en tapant le nom de la victime dans le moteur de recherche.

Cela lui prit un peu plus de temps qu'elle n'avait pensé, mais elle finit par trouver ce qu'elle cherchait.

— Je l'ai, déclara-t-elle finalement.

— Vous avez quoi ? lui demanda Ronan qui, sans attendre de réponse, se leva pour venir voir ce qu'elle avait trouvé.

— La nécrologie de Darren Campbell, lui dit-elle en commençant à lire à voix haute. « Darren Campbell laisse derrière lui une femme, un fils et une fille. »

— Rien d'exceptionnel jusque-là, ce genre de perte peut malheureusement arriver à beaucoup de gens, observa Ronan. Cela ne veut pas dire pour autant que le fils de ce type a décidé de faire lui-même justice et que c'est lui qui a tué toutes ces personnes, y compris nos deux collègues…

— Peut-être, mais je crois que nous devrions malgré tout rendre une petite visite à la famille de Darren Campbell pour voir si cela nous mène à quelque chose, proposa Sierra.

— Ça ne coûte rien d'essayer, répondit-il à Sierra en attrapant sa veste.

Comme tous les proches des autres victimes du tueur en série, la famille de Darren Campbell vivait à Tesla, dans une petite maison modeste qui avait l'air d'avoir besoin de quelques travaux. Malgré cela, un panneau « à vendre » était planté dans le jardin, près de la porte d'entrée.

— On dirait que ça ne va pas fort chez les Campbell, fit remarquer Ronan en montrant la pancarte à Sierra.

— Peut-être qu'ils veulent juste prendre un nouveau

départ loin d'ici et laisser derrière eux les mauvais souvenirs, suggéra Sierra en appuyant sur la sonnette.

Une jeune femme d'environ vingt-cinq ans vint entrouvrir la porte, la main fermement posée sur la poignée, comme si elle voulait garder la possibilité de la refermer à tout moment.

— Oui ? leur demanda-t-elle en plissant les yeux d'un air méfiant.

— Bonjour, nous sommes les inspecteurs O'Bannon et Carlyle, lui répondit Ronan en lui présentant son badge. Nous aimerions parler à Mme Campbell, est-ce qu'elle est là ?

— Elle est là, oui, dit la jeune femme en laissant échapper un petit rire tristement cynique. Mais j'ai bien peur que vous ne puissiez pas lui parler. Je suis sa fille, Olivia. Qu'est-ce que je peux faire pour vous ?

— Votre mère est occupée ? s'enquit Sierra d'une voix amicale pour tenter de mettre la jeune fille à l'aise.

— Non, on ne peut plus vraiment dire qu'elle soit occupée, leur répondit Olivia Campbell avant d'ajouter, après les avoir regardés un long moment en silence : Venez, entrez.

Ronan et Sierra suivirent la jeune femme à l'intérieur et découvrirent une femme d'un certain âge aux traits fatigués, allongée dans un lit d'hôpital, qui trônait au beau milieu du salon. La télévision était allumée, mais la femme dans le lit ne regardait pas l'écran, elle avait les yeux dans le vague et ne semblait pas avoir remarqué que sa fille et deux étrangers venaient d'entrer dans la pièce.

— Elle est comme ça depuis que mon père a été tué, déclara Olivia, le regard las.

— Et c'est vous qui vous occupez d'elle ? lui demanda Sierra gentiment.

— Quand je ne travaille pas, lui répondit sèchement Olivia en redressant le menton, comme pour refuser d'être prise en pitié.

— Et qui veille sur elle quand vous n'êtes pas là ? interrogea Ronan en se souvenant de la nécrologie de Darren Campbell. Votre frère ?

Quelque chose qui ressemblait à de la colère assombrit le visage de la jeune femme qui éclata d'un rire teinté d'amertume.

— Hank ? Ça serait bien la meilleure celle-là… Hank a vite disparu de la circulation après la mort de notre père. Vous savez, quand il a vu dans quel état était notre mère, il m'a dit que ce n'était pas « son problème » !

Son visage s'adoucit un peu alors qu'elle regardait sa mère…

— Non, ajouta-t-elle d'une voix plus calme, j'ai embauché une aide-soignante pour rester avec elle quand je dois m'absenter. D'ailleurs, Imelda ne devrait pas tarder, j'espère qu'elle va arriver, ils n'aiment pas quand je suis en retard au travail.

Même si elle avait prononcé ces mots comme si elle se parlait à elle-même, Ronan en profita pour lui demander où elle travaillait.

— À l'hôpital Mémorial de Tesla, lui répondit-elle. Je suis l'assistante d'un des médecins et je fais souvent les gardes de nuit, de cette manière j'ai du temps pour pouvoir m'occuper de ma mère.

La sonnette de la porte d'entrée l'interrompit et une expression de soulagement s'afficha sur son visage.

— La voilà, leur dit-elle en se dépêchant d'aller ouvrir. Bonjour, Imelda, entrez.

Elle attrapa son sac à main qui était posé sur la desserte près de la porte, puis reprit à l'attention de l'aide-soignante :

— Maman a pris ses médicaments, mais je n'ai pas réussi à la faire manger, vous me direz si vous avez eu plus de chance que moi.

La petite femme d'un certain âge aux cheveux grisonnants qui était entrée acquiesça en souriant.

— Je vais lui préparer quelque chose, mademoiselle Olivia, ne vous inquiétez pas.

— Bon, eh bien, lança Olivia en regardant les deux inspecteurs qui étaient toujours plantés dans son salon. Je dois y aller, est-ce que j'ai répondu à toutes vos questions ou puis-je encore faire quelque chose pour vous ?

Elle leur jeta un regard impatient, probablement pour leur signifier qu'il était temps pour eux aussi de quitter les lieux.

— Non, nous vous remercions, je crois que nous avons trouvé tout ce que nous cherchions, lui répondit Sierra en regardant Ronan. Nous allons vous laisser.

Olivia les guida jusqu'à l'extérieur et verrouilla la porte à double tour derrière eux.

— Ça fait beaucoup de choses à gérer pour une seule personne, fit remarquer Ronan en secouant la tête d'un air désolé tandis qu'ils marchaient vers la voiture.

— Oui, c'est une bonne piqûre de rappel, soyons reconnaissants pour la vie que nous avons, approuva Sierra en montant dans le véhicule.

— C'est certain, murmura Ronan en démarrant. Maintenant, il ne nous reste plus qu'à trouver son frère.

— C'est exactement ce à quoi je pensais…

Sierra avait également autre chose en tête, mais elle décida de garder cette nouvelle idée pour elle, le temps de vérifier que cette hypothèse n'était pas farfelue…

20

Faute d'avoir d'autres pistes intéressantes, Hank Campbell, le fils du chauffeur de taxi, devint la nouvelle cible des inspecteurs O'Bannon et Carlyle.

Mais l'homme semblait avoir totalement disparu de la circulation et on ne trouvait aucune trace de lui nulle part…

— C'est impossible ! s'écria Ronan, frustré, en se levant de son bureau. À notre époque, personne ne peut s'évanouir dans la nature comme ça… Il a forcément laissé traîner quelque chose quelque part…

— C'est ce qu'on pourrait croire en effet, approuva Sierra qui venait, en vain, de parcourir de nombreux sites à la recherche de la moindre information sur l'homme. Mais son dernier post sur les réseaux sociaux date d'il y a deux ans et, d'après la préfecture qui lui a délivré son permis de conduire, sa dernière adresse est celle de la résidence familiale.

Ils n'avaient pas fouillé la maison quand ils étaient allés interroger Olivia, pensa Ronan avec une pointe de regret.

— Eh bien, si ça se trouve, Hank vit toujours là-bas et sa sœur a menti pour le couvrir. Elle est peut-être au courant de ce qu'il a fait…

— Peut-être, oui, approuva Sierra. Mais je ne pense pas que… Vous vous souvenez comme elle s'est mise en colère quand nous avons évoqué son frère ?

— Vous avez gobé ça ?

— Il me semble trop difficile de feindre ce genre de sentiment.

— Oh ! si ça se trouve, cette Olivia est une excellente comédienne, lui répondit Ronan en haussant les sourcils.

— C'est possible, concéda Sierra qui ne voulait pas se disputer à ce propos.

— Non, je vois bien que vous continuez de penser le contraire…

— Et si nous postions quelqu'un devant leur maison pendant quelques jours, pour voir si Hank pointe le bout de son nez ?

Ronan tourna la tête vers les bureaux de Choi et Martinez.

— Que diriez-vous d'une petite planque, les gars ? leur demanda-t-il.

— Super ! lui répondit Choi d'un ton ironique. J'adore le café froid, les sandwichs rassis et surtout ce petit mal de dos qui ne me quitte plus quand je reste trop longtemps assis dans ma caisse.

— Parfait, répliqua Ronan en ignorant ses sarcasmes. Tu prends le premier tour de garde, Martinez prendra la relève. Imprimez la photo du permis de Campbell qui est sur le site de la préfecture pour voir quand même qui vous cherchez.

Ronan se retourna vers Sierra et ajouta :

— Vous, je voudrais que vous appeliez la banque de Campbell pour avoir la liste de ses cartes de crédit et savoir quels ont été ses derniers achats ou retraits et où ils ont été faits.

— Et vous ? Qu'allez-vous faire ?

— Moi, je vais retourner faire un tour au labo pour voir si les techniciens ont trouvé des empreintes sur la dernière scène de crime, lui répondit-il en se levant de son poste.

— Vous savez…, commença Sierra alors que Ronan allait quitter la pièce.

Celui-ci s'arrêta et se retourna pour l'écouter.

— Si ces exécutions sont toutes liées à cette fusillade, alors peut-être que cette folie meurtrière est terminée. Tous ceux qui étaient impliqués dans cette tuerie — six membres de gangs et deux policiers — sont morts.

— Sauf si le tueur a pris goût à tout ça ou s'il a décidé que quelqu'un d'autre devait être puni, objecta Choi qui s'apprêtait à quitter le commissariat lui aussi.

— En effet…, murmura Sierra comme pour elle-même.

Mais quelque chose dans le ton de sa voix interpella Ronan.

— Vous avez quelque chose d'autre à ajouter, inspecteur Carlyle ?

— Moi ? demanda-t-elle. Non, pourquoi ?

— Parce que vous avez une drôle d'expression, Carlyle, comme si quelque chose vous tracassait. Voulez-vous partager avec le reste de vos petits camarades ce qui vous passe par la tête ?

— En fait, j'ai l'impression d'avoir déjà vu la fille du chauffeur de taxi quelque part.

— Vous avez une idée de l'endroit où cela aurait pu se produire ?

— Non, malheureusement, lui répondit Sierra en secouant la tête. Mais ça va me revenir. Probablement au moment où je m'y attendrai le moins…

— Je n'en doute pas une seconde, lui dit Ronan en quittant les bureaux.

— Ça suffit pour aujourd'hui, vous ne pensez pas ? demanda Ronan à Sierra.

Il était presque 19 heures et voilà des heures qu'ils

travaillaient sur la même piste. Le labo n'avait pas trouvé d'empreintes utiles, ni quoi que ce soit de concluant sur les scènes de crime. Les bandes de vidéosurveillance du restaurant mexicain devaient encore être visionnées, mais il n'y avait que vingt-quatre heures dans une journée et ils étaient épuisés.

— Je ne sais pas pour vous, continua Ronan, mais j'ai l'impression de tourner en rond depuis des heures.

— Au moins vous êtes en mouvement, lui répondit Sierra. Moi j'ai l'impression de faire du surplace.

— Eh bien, fermons la boutique et rentrons chez nous.

— Est-ce que c'est un ordre ? lui demanda-t-elle d'un ton taquin.

— Prenez-le comme vous voulez.

— Alors, à vos ordres, chef, lui répondit-elle en lui adressant un grand sourire.

Puis elle éteignit son ordinateur et se sentit immédiatement soulagée en voyant l'écran s'assombrir.

— Comme si j'allais vous croire, lui dit Ronan en riant. Oh, pas la peine de me regarder avec ce petit air innocent, je ne suis pas stupide, je sais maintenant que le mot « obéir » ne fait pas partie de votre vocabulaire. Si vous avez éteint votre ordinateur, ce n'est que parce que vous en aviez envie.

Sierra fut ravie de constater que Ronan la comprenait enfin. Dorénavant, les choses promettaient d'être beaucoup plus simples.

— Pas de nouvelles de Choi et de Martinez ? lui demanda-t-elle en se rendant soudain compte que les deux inspecteurs n'étaient pas rentrés.

Ronan secoua la tête. À cette heure-ci, Martinez avait dû prendre la relève de Choi.

— À l'ouest, rien de nouveau, lui dit-il tandis qu'elle attrapait son sac à main. Que diriez-vous de manger chinois ?

— Très bien, mais seulement si c'est à emporter, lui répondit-elle en constatant qu'elle n'avait pas la moindre envie d'aller au restaurant.

— Vendu !

Après avoir récupéré leur dîner au Cantonese Express, Ronan les conduisit jusqu'à la maison de Sierra.

— Est-ce que vous me considérez déjà comme conquise ? lui demanda-t-elle en remarquant qu'il se garait devant sa maison.

— Oh, si vous préférez, je peux vous laisser, vous savez…

— Ne vous avisez pas de faire une chose pareille, lui répondit Sierra d'une voix menaçante. J'ai toujours mon arme sur moi.

— C'est un argument pour le moins convaincant… On dirait donc que je vais être obligé de vous suivre, lui dit-il en sortant de la voiture, leur dîner à la main.

— Hum… Ça sent vraiment bon, constata Sierra. Je ne m'étais pas rendu compte que j'avais aussi faim.

Ronan hocha la tête en connaissance de cause.

— Il est grand temps de nous concentrer sur autre chose que sur le boulot.

Cependant, ils ne purent finir leur repas… Une autre faim les submergea, et tout s'accéléra quand Ronan fit goûter son plat à Sierra… Au moment où ses lèvres touchèrent le bout de ses doigts, un puissant courant électrique sembla passer entre eux.

Ronan attira Sierra sur ses genoux, décidé à passer à autre chose. Mais alors qu'il était sur le point de l'embrasser, elle posa ses doigts sur sa bouche pour l'arrêter.

— Tu n'as pas peur que ton plat refroidisse ? lui demanda-t-elle.

— Je préfère que ce soit mon plat plutôt que toi, lui répondit-il en embrassant le bout de ses doigts.

Sierra sentit un frisson d'excitation lui parcourir l'échine.

— Ça, ça ne risque pas d'arriver, lui dit-elle, le souffle court.

À ces mots, Ronan la prit dans ses bras et la porta jusque dans sa chambre où il commença à la déshabiller rapidement.

De son côté, Sierra le dévêtit également et ils furent bientôt en train d'explorer leurs corps comme s'ils les découvraient pour la première fois.

Même si Sierra savait à présent à quoi s'attendre, son excitation la faisait encore vibrer de la tête aux pieds, la laissant à bout de souffle et ivre de désir. Le souvenir de leur nuit passée ensemble résonnait en elle si passionnément que, cette fois, elle décida de prendre plus d'initiatives, désireuse que Ronan connaisse autant de plaisir qu'elle.

Ce fut presque comme un match de tennis. Chaque contact, chaque caresse, trouvait une réponse et était reproduit. Sierra était déterminée à ce que Ronan se sente aussi exalté qu'elle.

Et, juste avant qu'il ne parvienne au point culminant, elle rassembla ses dernières forces et le surprit en changeant brusquement de position. Quand elle passa soudain au-dessus de lui, il afficha un air stupéfait mais ravi et se mit à rire.

— J'aime la manière dont tes cheveux retombent quand tu es dans cette position, lui murmura-t-il en prenant son visage entre ses mains. Ça te donne un air sauvage, ma petite femme farouche.

Puis il recommença à l'embrasser avec fougue. Leurs baisers, chauds et sensuels, semblaient pouvoir se nourrir les uns les autres, comme dans une danse éternelle.

Sierra se sentit soudain troublée par une pensée, mais

celle-ci disparut aussi vite qu'elle était venue, immédiatement embrasée par le feu que Ronan créait en elle.

Elle s'abandonna alors à l'instant présent et se donna entièrement à lui tandis qu'ils faisaient l'amour, follement, passionnément, comme si c'était la seule et dernière fois.

Epuisée — ils avaient remis ça une deuxième fois —, Sierra s'écroula contre Ronan. Incapable de pouvoir prononcer un seul mot, elle essaya de retrouver son souffle. Son cœur battait si fort qu'elle se demanda si une nuée de colibris ne venait pas de s'envoler dans sa poitrine. Elle posa sa main sur le torse de Ronan et sentit que le sien n'était pas en reste.

Ils s'endormirent ainsi, rassasiés et heureux.

Sierra se réveilla en sursaut puis s'apaisa en constatant que Ronan était toujours à ses côtés. Et qu'il était déjà réveillé.

— Bonjour, lui murmura-t-elle.

— Ça me semble bien parti, lui répondit-il en souriant.

Allongé à côté d'elle, il fit glisser ses doigts sur sa peau douce, comme pour lui indiquer en silence que, même s'ils n'étaient plus en train de faire l'amour, leurs deux corps restaient toujours unis.

— Qu'y a-t-il de drôle ? lui demanda-t-elle en l'entendant glousser.

— Traquer un tueur en série semble te donner des forces, lui dit-il d'un ton taquin.

— Cela n'a absolument rien à voir, protesta-t-elle en venant poser son menton sur son torse. Tu as des pouvoirs contre lesquels je ne peux pas lutter.

— C'est ce que tu voudrais ? lui demanda-t-il en passant sa main dans ses cheveux.

— Oh ! que non ! lui répondit-elle d'un ton si déterminé que Ronan éclata de rire.

En sentant son corps trembler sous le sien, une douce vague de désir se reforma en Sierra.

— J'ai peut-être des pouvoirs, mais tout en toi est magique, lui dit-il. Chaque fois que tu laisses tomber tes cheveux de la sorte, c'est comme si tous mes fantasmes devenaient réalité, et je dois déployer une force herculéenne pour garder mes mains loin de toi. Je pense que je vais devoir établir une règle à propos de tes cheveux t'obligeant à toujours les garder attachés au travail.

— Cela suffirait ? lui demanda-t-elle avec un air amusé.

— Non, mais ça serait toujours ça, lui répondit-il en souriant, avant de se rendre compte que l'inquiétude avait remplacé l'amusement sur son visage. Qu'y a-t-il ?

— Tu peux répéter ce que tu viens de dire ? s'exclama-t-elle en se relevant sur ses coudes.

— Répéter quoi, que ça serait toujours ça ? dit-il en se demandant ce qui avait bien pu causer ce brusque changement d'attitude.

— Non, lui répondit-elle en s'asseyant. Ce que tu as dit à propos de mes cheveux.

L'idée qui lui était passée par la tête la veille venait de lui revenir à l'esprit.

— Que je préférerais que tu les gardes attachés au travail ? s'enquit-il. Mais, Sierra, à quoi penses-tu ?

Sierra se releva sur ses genoux et se tourna vers lui.

— C'est pour ça qu'elle me rappelait quelqu'un, lui dit-elle d'une voix teintée d'excitation.

— Mais de qui parles-tu, Sierra ?

— De la fille de Campbell ! s'écria-t-elle.

— Oui, eh bien, que se passe-t-il avec elle ?

— Quand elle a ouvert la porte de chez elle l'autre jour, lui expliqua-t-elle en tentant de contenir son enthousiasme,

Olivia avait les cheveux relevés en arrière et cela lui donnait l'air d'une maîtresse d'école sévère.

— Et alors ? Elle se rendait à son travail, il y a beaucoup d'endroits où on exige des employées qu'elles aient les cheveux attachés, tu sais.

— Je sais, je sais, mais imagine-la un instant avec les cheveux détachés.

— OK, lui répondit Ronan qui ne semblait pas saisir où Sierra voulait en venir.

— Non, mais concentre-toi, vraiment ! Attends, lui lança-t-elle avant de se lever du lit et de sortir de la chambre en courant.

— Je ne peux pas dire que je n'aime pas te voir courir nue dans la maison, mais peux-tu m'expliquer ce qu'il t'arrive, à la fin ?

En l'entendant fouiller dans le salon, sa curiosité l'emporta et il se leva pour la rejoindre.

Quand il apparut dans le séjour, Sierra avait trouvé ce qu'elle cherchait et, son téléphone portable en main, elle parcourait les différentes photos qu'elle avait prises et gardées en mémoire.

— Ça y est ! déclara-t-elle enfin. Je savais que je ne l'avais pas effacée !

Elle tendit l'appareil à Ronan et celui-ci observa avec attention la photo qui apparaissait sur l'écran. C'était une des photos que Valri avait agrandies pour eux.

— C'est la femme qui a été vue au Shamrock Inn le soir où la cinquième victime a été assassinée, dit-il en regardant Sierra.

— Tout à fait, acquiesça-t-elle. Mais regarde au-delà de cette profusion de cheveux, cette femme ne te rappelle pas quelqu'un ?

— Juste une de ces jolies jeunes femmes qui va

probablement vieillir bien plus vite qu'elle ne le devrait, commença-t-il avant d'ajouter : mais attends une minute…

Il regarda à nouveau la photo, puis leva les yeux vers Sierra qui lui souriait comme quelqu'un qui a enfin réussi à se faire comprendre.

— Est-ce que c'est…

— C'est elle, en effet.

— La fille de Darren Campbell ?

— En personne. Nous ne l'avions pas reconnue car elle avait un look différent quand nous sommes allés l'interroger. Mais, Ronan, je suis prête à mettre ma main au feu qu'il s'agit bien d'elle.

— OK, mais si c'est elle, tu ne penses quand même pas que…

— Si, le coupa-t-elle. Réfléchis un instant. Elle est l'assistante d'un médecin, elle a donc des notions de chirurgie, et elle a l'air d'une jolie jeune fille qui ne cherche qu'à profiter de la vie et à s'amuser. Qui pourrait la soupçonner ou se méfier d'elle ? Imagine, poursuivit Sierra, imagine qu'elle dise aux victimes qu'elle voudrait aller avec eux dans un endroit un peu plus isolé… Le gars pense qu'il est bien chanceux, sauf que quelques minutes plus tard il lui tourne le dos, et bang, il est mort.

— Ça semble possible, lui répondit Ronan. Macabre mais possible… Mais pourquoi leur coupe-t-elle la main ?

— C'est leur main dominante, clarifia Sierra avec emphase. Celle qui a tenu une arme pendant la fusillade qui a coûté la vie à son père et a transformé sa mère en zombie.

— Eh bien, on dirait que nous allons devoir avoir une nouvelle petite discussion avec Olivia Campbell, lança Ronan à Sierra en commençant à s'habiller.

21

Alors qu'il cherchait désespérément ses chaussures, Ronan entendit soudain son téléphone portable sonner.

— O'Bannon, dit-il en décrochant.

— Ronan, lui répondit Sean à l'autre bout du fil, je crois que j'ai trouvé quelque chose qui devrait vous intéresser, toi et ton équipe.

— Où es-tu, il est un peu tôt pour être déjà au labo, non ? lui demanda Ronan en enfilant ses chaussures qu'il venait enfin de retrouver.

— Non, non, j'y suis déjà, lui répondit Sean. Avec votre affaire de tueur en série, nous avons accumulé pas mal de retard. Bref je suis venu un peu en avance aujourd'hui, et j'ai enfin eu le temps de jeter un coup d'œil aux bandes de vidéosurveillance.

De toute évidence, il devait avoir trouvé quelque chose d'important, pensa Ronan en voyant sur sa montre qu'il n'était même pas encore 7 heures du matin.

— Je me mets en route, dit-il à son oncle, je devrais être là dans une demi-heure.

— Une demi-heure ? répéta Sean d'un ton surpris. Je croyais que tu habitais plus près du commissariat.

— C'est une longue histoire, à tout de suite, conclut Ronan avant de raccrocher.

— Que se passe-t-il ? lui demanda Sierra en le rejoignant dans le salon, habillée et apparemment prête à partir.

— C'était mon oncle, lui dit Ronan en enfilant sa chemise.

— Tu peux peut-être être plus précis, ce n'est pas comme si tu n'en avais qu'un.

— Sean, de la brigade scientifique… Apparemment il a découvert quelque chose en étudiant la bande-vidéo du restaurant où nous avons retrouvé le corps de l'agent Robertson.

— J'imagine que ça signifie que nous mettons Olivia Campbell en attente ?

— Temporairement, oui. Mais je pense que cette piste mérite d'être explorée…

Il haussa les sourcils, comme s'il venait seulement de remarquer que Sierra était prête :

— Tu t'es habillée ?

— Oui, toute seule comme une grande, je le fais depuis que j'ai quatre ans. Avant c'était mon père qui m'aidait…, lui répondit-elle en souriant. Pourquoi sembles-tu si surpris ?

— Tu étais encore nue il y a quelques minutes…

— Mais maintenant, je suis habillée… Interroger les suspects dans le plus simple appareil n'a jamais été mon truc, dit-elle en lui tendant une tasse de café fumante.

— Je ne pensais pas qu'une femme pouvait se préparer aussi rapidement…

— Mais quand vas-tu donc comprendre, O'Bannon, que je suis pleine de surprises ? dit-elle en éclatant de rire.

Sur ce point, Ronan devait admettre que Sierra avait raison. Malgré tout, il restait perplexe : comment avait-elle pu s'habiller et préparer du café en si peu de temps ?

— Et le café ?

— Oh ! tu sais, je n'ai pas fait grand-chose, c'est surtout la machine qui s'en est chargée, moi je l'ai seulement versé dans les tasses. C'est vrai que nous aurions pu tout à fait prendre notre petit déjeuner sur le chemin, mais j'ai pensé qu'un peu de caféine pourrait nous réveiller.

Ronan sourit en se souvenant de Sierra, intégralement nue, au beau milieu de son salon, en train de fouiller dans son téléphone.

— Pour me réveiller, tu m'as bien réveillé, lui dit-il en lui faisant un clin d'œil.

— Vivement que l'on mette ce tueur en série derrière les barreaux pour pouvoir se concentrer sur les choses vraiment importantes, si tu vois ce que je veux dire, lui répondit-elle en esquissant un sourire coquin.

— Je vois que nous partageons la même vision des choses, approuva-t-il en se dirigeant vers la voiture.

— Oncle Sean, nous voilà ! lança Ronan à la cantonade en entrant dans le laboratoire.

L'équipe de jour n'était pas encore arrivée et Sean était seul dans la salle vidéo.

— Venez, je pense que ça va vous intéresser, leur répondit-il en leur faisant signe de le rejoindre.

— Il n'y a pas de pop-corn ? lui demanda Ronan, tandis que Sean tentait de faire un arrêt sur image sur le moniteur de visionnage.

— Je crois que pour une fois le pop-corn ne te manquera pas, lui répondit Sean avant de se tourner vers Sierra. Bonjour, Sierra, je vois qu'il vous a fait lever aux aurores pour venir voir ça.

Sierra sourit. Elle n'aimait pas mentir, mais elle se doutait que Ronan ne devait pas avoir envie que son oncle soit au courant qu'ils avaient passé la nuit ensemble.

— Oui, c'est à peu près ça, en effet, lui répondit-elle.

— Eh bien, je pense que vous n'allez pas le regretter. Regardez, leur dit-il en pointant l'écran du doigt, voilà

Robertson qui se rend aux toilettes. Le restaurant a ouvert à 11 heures et personne n'y est encore allé, j'ai vérifié sur la bande pour voir si quelqu'un s'y était caché pour l'attendre. Donc, le voilà qui entre, et là c'est vous et l'inspecteur Carlyle qui le suivez, une quinzaine de minutes plus tard. Mais Robertson est déjà mort. Les seules personnes qui étaient dans les parages pendant ce laps de temps sont donc vous deux, mes gars et cette jeune femme qui, elle, semblait être dans les toilettes pour femmes.

Sean la pointa du doigt sur l'écran.

Sierra regarda l'image attentivement. Elle se souvenait de cette jeune femme qui ne s'était pas retournée quand Sierra s'était excusée. Elle était alors tellement obnubilée par le fait de retrouver Robertson qu'elle n'y avait pas prêté attention.

À présent elle comprenait.

— Pouvez-vous zoomer sur son visage ? demanda-t-elle à Sean.

— Je peux même zoomer jusque dans sa narine gauche si vous voulez, lui répondit Sean en appuyant sur quelques touches du clavier.

— Ses cheveux sont détachés, fit remarquer Ronan. On ne peut pas vraiment voir si elle lui ressemble.

— Sa coiffure est la même que celle de la femme du Shamrock Inn, dit Sierra. Regardez-la bien, elle fait la même taille, elle semble avoir le même âge…

— Ce ne sont peut-être que des coïncidences, répliqua Ronan.

— Oui, mais ça, elle l'ignore, poursuivit Sierra en pensant que tout cela suffirait peut-être à faire pression sur la femme.

— Elle ? répéta Sean en regardant les deux inspecteurs tour à tour. Vous suspectez quelqu'un ?

— Oh oui, lui répondit Sierra avec enthousiasme. Pouvez-vous nous imprimer cette image ?

— Bien sûr, lui dit Sean.

— Et pourrait-on également avoir une copie de cette partie de la vidéo ? Si vous pouviez me l'envoyer sur mon mail, je pourrais l'avoir sur ma tablette.

— C'est comme si c'était fait.

— Nous allons nous en servir pour la confronter à tout ça… ajouta Ronan qui avait compris ce que Sierra avait en tête.

— Laissez-moi juste quelques minutes, leur demanda Sean.

Une demi-heure plus tard, après avoir appelé Choi et Martinez pour leur faire part de leurs récentes découvertes, Sierra et Ronan étaient en chemin pour la maison familiale des Campbell, prêts à interroger une nouvelle fois Olivia.

— Tu penses qu'elle sera rentrée de l'hôpital ? demanda Ronan à Sierra en conduisant.

— Elle dit qu'elle travaille de nuit la plupart du temps, donc j'imagine que oui. Sans compter que si l'on se fie à la liste des gens impliqués dans la fusillade il ne reste plus personne à éliminer. Elle a tué tous ceux qui étaient présents le jour où son père est mort.

Ronan réfléchit un instant à ce que venait de dire Sierra.

— À moins qu'elle ne s'attaque maintenant à son frère à qui elle reproche d'avoir abandonné sa mère quand celle-ci avait le plus besoin de lui.

— Pour cela, il faudrait déjà qu'elle le retrouve, lui fit remarquer Sierra. Je te rappelle quand même que j'ai retourné ciel et terre en vain, il n'y a trace nulle part de ce Hank Campbell.

Il n'était pas rare que quelqu'un change d'identité, mais

cela demandait une sacrée organisation et beaucoup d'argent. Et puis il semblait y avoir une raison plus simple pour expliquer que le fils du chauffeur de taxi soit introuvable.

— Peut-être est-ce parce qu'il *n'est* nulle part ? lui dit Ronan.

— Qu'est-ce que tu veux dire ? Tu crois qu'il est mort ?

— Peut-être qu'Olivia s'en est prise à lui… Peut-être qu'elle lui a dit qu'elle trouvait honteux qu'il ne veuille pas prendre soin de leur mère, que son frère lui a répondu qu'il n'était pas prêt à sacrifier sa vie pour s'occuper d'un zombie, et qu'elle a perdu son calme et… Je ne sais pas… Peut-être même qu'elle lui a tiré dessus… Il pourrait bien être sa première victime… Qu'en penses-tu ?

Vu le genre de personne à qui ils semblaient avoir affaire, tout cela était tout à fait plausible, pensa Sierra.

— Je pense que tu as peut-être mis le doigt sur quelque chose…

En découvrant les deux inspecteurs sur son perron, Olivia Campbell ne sembla pas ravie, bien au contraire. Comme la fois précédente, elle entrouvrit la porte mais ne les invita pas à entrer et resta figée comme si elle voulait leur bloquer le passage.

— Je vous ai déjà dit tout ce que j'avais à vous dire, leur dit-elle d'un ton sec.

— Nous avons de nouvelles questions à vous poser, lui répondit Ronan.

— Peut-être, mais je n'aurai pas de réponse à vous donner… Écoutez, j'ai travaillé de nuit et je viens seulement de rentrer chez moi, je suis épuisée. Si vous pouviez revenir un peu plus tard dans la journée, ou même mieux, ne pas revenir du tout, en fait, ce serait parfait.

À ces mots, elle voulut refermer la porte mais Ronan fut plus rapide et l'en empêcha.

— Hé ! protesta-t-elle en trébuchant en arrière.

— Vous devez nous parler, mademoiselle Campbell, lui répéta-t-il d'une voix calme.

— Si vous aviez concentré vos efforts sur la recherche des assassins de mon père au lieu de me harceler, s'écria-t-elle, prête manifestement à craquer nerveusement, peut-être que ma mère serait encore parmi nous au lieu d'errer dans ce monde parallèle !

— Olivia, peut-être que vous feriez mieux de nous suivre au commissariat, lui dit Sierra d'une voix douce.

— Je ne vous suivrai nulle part, lui répondit Olivia en éclatant en sanglots, avant de disparaître dans son salon.

Ronan et Sierra la suivirent, en se demandant ce dont elle pouvait être capable. Olivia attrapa la télécommande du lit médical et commença à le relever, comme pour modifier la position de sa mère qui ne semblait pas avoir bougé d'un pouce depuis leur dernière visite.

— Peut-être pourriez-vous appeler la femme qui est venue l'autre jour afin qu'elle surveille votre mère pendant que nous allons au commissariat ?

— Non ! s'écria Olivia en sortant brusquement une arme de sous le matelas de sa mère.

Elle mit en joue les deux inspecteurs et leur adressa un sourire fatigué.

— Vous ne voulez pas faire une chose pareille, lui dit Sierra d'une voix rassurante.

— Non, ce n'est pas ce que je veux, lui répondit Olivia d'une voix hystérique, mais vous ne me laissez pas le choix. Pourquoi me traquez-vous ? Pourquoi ne faites-vous pas votre travail ? Pourquoi m'avez-vous forcée à le faire pour vous ?

D'une étrange manière, Sierra pouvait comprendre la

frustration d'Olivia, même si elle ne pouvait pas cautionner ses agissements.

— Parfois, on n'y peut rien, la loi se retrouve du côté des coupables.

— Elle est toujours du côté des coupables, répliqua Olivia en continuant de menacer les deux inspecteurs de son arme. En ne faisant rien, vous m'avez obligée à m'occuper de tout cela moi-même, et maintenant je suis fatiguée… Vraiment très fatiguée…, dit-elle d'une voix tremblante avant d'ajouter avec une profonde expression de désespoir : Il n'y a plus rien qui me retienne ici.

— Et votre mère ? répliqua Sierra d'une voix douce car elle avait compris que la jeune femme était en train d'envisager de mettre fin à ses jours.

Mais l'évocation de sa mère renforça la colère d'Olivia et elle se retourna vers celle-ci comme une furie.

— Regardez-la ! leur dit-elle en criant. Ce n'est pas ma mère, c'est un légume ! Dont je vais devoir m'occuper jusqu'à la fin de mes jours, vous trouvez que c'est une vie, ça ?

— Nous pourrions retrouver votre frère, suggéra Ronan en se rapprochant discrètement.

— Ah ça, vous ne risquez pas de le retrouver, lui répondit Olivia en éclatant d'un rire lugubre. Non, ça ne risque pas d'arriver… Vous ne comprenez donc rien, n'est-ce pas ? Maintenant que j'ai rempli ma mission, je n'ai plus aucune raison de vivre, aucune.

La main tremblante, elle retourna son arme contre elle et vint placer le canon contre sa tempe.

— Arrêtez ! S'il vous plaît, lâchez votre arme, l'implora Sierra. Ne choisissez pas la facilité.

Comme Sierra l'avait espéré, ces derniers mots firent sortir Olivia d'elle-même.

— La facilité ? Vous pensez que ce serait choisir la facilité ? lui demanda-t-elle en la fusillant du regard.

Ce bref moment de distraction suffit à Ronan et il se jeta sur Olivia, lui passa un bras autour de la taille pour l'immobiliser et la força à orienter son arme vers le plafond.

Quand Sierra lui prit l'arme des mains, Olivia s'écroula au sol en pleurant nerveusement.

— On dirait qu'on vient de trouver notre arme du crime, observa Sierra en regardant le Smith & Wesson qu'elle tenait dans la main.

— Et notre tueur en série, ajouta Ronan d'un ton plein d'assurance.

Sierra acquiesça en silence. Tout était fini. Le cauchemar était fini. Il ne restait plus qu'à trouver les réponses à quelques questions qui restaient en suspens.

En regardant Olivia Campbell qui sanglotait toujours, Sierra ne put s'empêcher de pousser un profond soupir.

— Dans ce cas, pourquoi est-ce que je ne me sens pas plus soulagée ? dit-elle doucement.

Ce qu'elle lut dans le regard de Ronan lui indiqua qu'il comprenait parfaitement ce qu'elle ressentait.

22

Sierra s'agenouilla sur le sol pour passer les menottes à Olivia Campbell qui s'était recroquevillée sur le sol et sanglotait. Mais cette dernière poussa tout à coup un cri bestial et se jeta sur elle en la menaçant d'une longue et fine aiguille à tricoter.

Tout se passa si vite que Sierra n'eut même pas le temps d'anticiper quoi que ce soit.

Ronan, qui était parti voir dans la maison s'il pouvait trouver quelque part le numéro de téléphone de l'aide-soignante, fut immédiatement alerté par le cri et se précipita dans le salon.

— Sierra ? cria-t-il en découvrant que sa partenaire avait immobilisé Olivia en posant son genou sur son cou. Tout va bien ?

— Maintenant oui, lui répondit-elle en reprenant son souffle. Peux-tu lui passer les menottes, s'il te plaît ? J'ai peur qu'elle ne recommence si je bouge.

— Avec plaisir, lui répondit Ronan.

Ce n'est qu'une fois qu'il eut menotté Olivia que Ronan s'aperçut que Sierra perdait du sang. Olivia lui avait planté l'aiguille à tricoter dans l'épaule gauche.

— Tu saignes… Qu'est-ce qu'il s'est passé ?

Sierra tenta de hausser les épaules mais constata qu'elle

ne pouvait pas, une douleur lancinante partait de son épaule et irradiait dans tout son corps.

— Je crois que quand elle s'est écroulée au sol elle a trouvé une aiguille à tricoter à côté du lit de sa mère et, quand j'ai essayé de la menotter, elle s'est jetée sur moi et a essayé de me poignarder.

— Elle t'a poignardée, la corrigea-t-il d'une voix vibrante de colère. Et tu perds beaucoup de sang, Sierra, tu dois te rendre à l'hôpital au plus vite.

Mais Sierra était déjà en train de retirer l'aiguille elle-même et de couvrir la plaie avec un mouchoir.

— Ce que je dois surtout faire, c'est trouver l'armoire à pharmacie pour me faire un pansement, lui dit-elle en s'éloignant à la recherche de la salle de bains. Toi, pendant ce temps, appelle le commissariat pour avoir des renforts, mais ne la quitte pas des yeux, elle risquerait de te sauter à la gorge.

Avant de trouver la salle de bains, Sierra découvrit la chambre d'Olivia et ce qu'elle y vit la fit s'arrêter. Un des murs de la pièce était entièrement couvert de coupures de journaux et de photos des membres des gangs qui avaient tous fini à la morgue. Et sur le mur d'en face étaient accrochés les deux portraits des agents de police qui avaient subi le même sort.

— Ouah…, murmura Sierra en survolant les articles.

Se sentant soudain chancelante, probablement à cause du sang perdu, Sierra marcha jusqu'à la salle de bains et commença à fouiller dans les placards. Comme elle l'avait imaginé, il y avait là tout ce dont elle avait besoin pour nettoyer, désinfecter et soigner sa blessure.

Alors qu'elle était en train de terminer son pansement, elle entendit les sirènes de police qui approchaient de la maison.

— Sierra, tout va bien ? lui cria Ronan d'une voix inquiète depuis le salon. Qu'est-ce qui te prend tant de temps ?

— J'ai fini, lui répondit-elle en le rejoignant dans le salon. J'ai un peu exploré les alentours, je crois que tu devrais appeler la brigade scientifique…

Elle découvrit que Ronan avait menotté les mains d'Olivia dans son dos et qu'il l'avait attachée à la poignée du réfrigérateur.

— Après ce qu'elle t'a fait, je ne veux prendre aucun risque, lui dit Ronan.

— Oh ! je suis bien d'accord avec toi, j'espère juste que tu as les clés de cette paire de menottes, sinon nous allons devoir emporter le frigo au commissariat avec nous.

— Dans le pire des cas elle semble assez forte pour pouvoir le traîner derrière elle.

— Très drôle, fit remarquer Olivia avant de lui cracher sur les pieds. Vraiment, très drôle. Mais peut-être que c'est à cause de ça que vous êtes des incapables ? Parce que vous n'êtes qu'une bande de clowns ?

Même si Ronan gardait son air impassible, Sierra vit qu'il faisait tout son possible pour rester calme.

— Nous vous avons bien arrêtée, non ? lui demanda-t-il d'un ton décontracté.

Sans surprise, Olivia se mit à leur crier toute une série d'injures et c'est à ce moment qu'arrivèrent Choi et Martinez.

— Alors, c'était bien elle…, dit Choi en regardant la femme accrochée au réfrigérateur. Finalement c'est toujours ceux qui semblent le plus calme qu'il faut garder à l'œil.

— Je suis bien content de ne pas avoir parié sur le frangin, ajouta Martinez en soupirant.

— Mon frère ? demanda Olivia en éclatant d'un rire moqueur. Cette mauviette ? Il n'était même pas capable de se défendre contre une fille !

Martinez jeta un regard à Ronan tandis que celui-ci détachait Olivia du frigo.

— Nous pensons qu'elle a aussi assassiné son frère, dit Sierra aux deux inspecteurs.

— Il ne méritait pas de vivre ! continua Olivia en relevant le menton fièrement. Il avait abandonné notre mère et m'avait laissée seule pour tout gérer. Il ne pensait qu'à lui, ce sale égoïste inutile !

— Emmenez-la au commissariat et mettez-la sous les verrous, dit Ronan à Choi et Martinez avec un air agacé.

— Et faites attention, ajouta Sierra. Elle est bien plus dangereuse qu'elle en a l'air.

— Bon sang, mais que vous est-il arrivé, inspecteur Carlyle ? demanda soudain Choi en découvrant le sang sur sa chemise.

— Notre tueuse en série a trouvé une nouvelle utilisation des aiguilles à tricoter, lui répondit Ronan en s'approchant de Sierra pour regarder le pansement. Le sang passe au travers de ton bandage, tu dois faire examiner ta blessure, Sierra.

— Eh bien, examine-la, lui répondit-elle d'un ton taquin.

— On se retrouve au commissariat ! leur lança Martinez en emmenant la prisonnière.

— Par un professionnel, précisa Ronan à Sierra.

— Mais tu es un professionnel, rétorqua-t-elle en prenant un air innocent.

— Bon sang, Carlyle, tu as très bien compris ce que je voulais dire, tu dois voir un docteur.

— Oh ! mais tu ne veux pas jouer au docteur ? s'exclama-t-elle, avant d'ajouter sans lui laisser le temps de pouvoir répondre : attends, avant, je voudrais te montrer quelque chose.

— Quoi ? lui demanda-t-il en la suivant dans la maison.

— La raison pour laquelle je t'ai demandé d'appeler la brigade scientifique.

Ronan allait lui répondre qu'elle pouvait toujours rêver si elle pensait pouvoir éviter les urgences mais, en entrant dans la chambre d'Olivia, il resta muet en découvrant les immenses collages qui recouvraient les murs.

— Eh bien, dit-il après avoir laissé échapper un sifflement, on dirait qu'elle y travaille depuis un sacré bout de temps.

— En effet, lui répondit Sierra en lui montrant un carnet trouvé sur le bureau d'Olivia. Regarde ça, c'est divisé en plusieurs parties, une pour chacune des victimes. Elle y a répertorié leurs habitudes, leurs moindres faits et gestes. Elles les traquaient… Et si je ne me trompe pas, je pense que c'est de la kétamine, là dans ce flacon posé sur son bureau. Je ne pense pas qu'on va avoir du mal à trouver des preuves incriminantes ici…

— À moins que son avocat ne plaide la démence, fit remarquer Ronan.

— Dans les deux cas, Olivia Campbell va être enfermée pendant très longtemps, constata Sierra en regardant autour d'elle. Mais tu sais, finalement la véritable victime dans cette affaire, c'est cette pauvre femme dans l'autre pièce. Elle a perdu son mari, probablement son fils et maintenant sa fille.

— Voyons si nous pouvons trouver le numéro de cette aide-soignante, grommela Ronan. Ensuite, que tu le veuilles ou non, je t'emmène à l'hôpital.

— À moins que ce ne soit pour interroger les collègues d'Olivia, je te remercie mais je ne suis pas intéressée par ton offre.

— OK, alors allons interroger ses collègues.

— Tu dis seulement ça pour m'emmener voir un médecin, n'est-ce pas ?

— Je te porterai même à bout de bras, comme les pompiers, si j'y suis obligé.

— Comme les pompiers ? répéta Sierra. Mais aurais-tu oublié ce que font les membres de ma famille ?

— Dans ce cas, tu sais à quoi t'attendre, lui répondit Ronan en s'approchant d'elle, prêt à mettre sa menace à exécution.

Mais il entendit soudain de l'agitation dans le salon et comprit que Sean et son équipe étaient sur place.

— Il semblerait que la cavalerie soit arrivée, dit-il avant d'ajouter : Sierra, tu n'as plus d'excuses, je t'emmène à l'hôpital. Pour te consoler tu peux toujours te dire qu'il vaut mieux avoir tes deux bras si tu veux continuer de faire ce métier.

— Je ne veux pas aller à l'hôpital, répliqua-t-elle. Tout ce que je veux, c'est clore cette affaire et aller fêter ça chez Malone's.

— Ce que nous ferons quand tu auras fait examiner ton épaule, lui promit Ronan en la guidant vers la sortie.

Une fois dans le salon, ils retrouvèrent Sean, et Ronan n'hésita pas à lui demander un peu de soutien :

— Aide-moi, mon oncle, elle ne veut pas aller aux urgences.

— Allez-y et vite, leur répondit celui-ci en voyant la blessure de Sierra. La gangrène n'a rien de drôle, vous pouvez me croire…

Puis il s'approcha de la femme allongée dans le lit d'hôpital.

— Qui est-ce ? demanda-t-il à Ronan.

— La mère de notre tueuse en série, lui répondit celui-ci. C'est sa fille qui s'occupe d'elle normalement, elle fait parfois venir une aide-soignante pour l'aider en son absence, mais je ne sais pas où trouver ses coordonnées.

— Ne t'en fais pas, je vais prévenir les services sociaux,

ils vont envoyer quelqu'un, lui répondit Sean avant d'ajouter en regardant Sierra : vous pouvez aller aux urgences.

— Mais puisque je vous ai dit que je me sentais tout à fait bien, répéta Sierra en soupirant.

— Vous vous sentirez encore mieux après, insista Sean. Allez, du balai ! Je ne veux pas avoir à m'excuser auprès de votre père si la blessure s'infecte.

— Vous connaissez mon père ? lui demanda-t-elle, surprise.

— Oh que oui, lui répondit Sean. Le monde est petit, vous savez. Allez ouste, Ronan emmène-la aux urgences !

Sierra était à court d'arguments, et lasse de résister, elle laissa Ronan la conduire à l'hôpital en maugréant.

— Tu vois ? Je t'avais dit que tout allait bien…, lui dit-elle quelques heures plus tard après avoir vu le médecin.

— Peut-être, mais certaines choses méritent d'être observées avec la plus grande attention, lui répondit-il en ouvrant la porte de chez elle. Et je ne voulais pas courir le risque que ton état s'aggrave juste parce que je t'ai laissée seule quelques minutes et qu'Olivia en a profité pour te poignarder.

— Ah, mais c'est donc de ça qu'il s'agissait ? Tu te sens coupable ? lui demanda-t-elle d'un ton taquin.

— Non, protesta-t-il en allumant la lumière et en refermant la porte derrière eux. Il s'agissait seulement de s'assurer que tu restes la même, aussi parfaite.

— Parfaite ? répéta-t-elle en le regardant droit dans les yeux. Moi ?

— Tu vois quelqu'un d'autre dans la pièce ? lui demanda-t-il en haussant les sourcils.

— Non, mais…

— De toute façon tu ne vas pas rester ici longtemps, dit-il.

— Ah bon ?

— Non, je pense que tu devrais aller t'allonger, continua-t-il d'une voix sévère. Dans ton lit… Avec moi.

— Autre chose ? lui demanda-t-elle en souriant.

— Oh, il y a beaucoup d'autres choses en effet, lui dit-il en ponctuant chacun de ses mots d'un baiser sur ses lèvres, mais vu ton état, je crois que nous allons commencer doucement.

— Attends, ralentis un peu, lui dit-elle, déjà à bout de souffle. Ces médicaments qu'ils m'ont donnés à l'hôpital me font tourner la tête.

— Tu veux un scoop ? lui répondit-il en esquissant un sourire coquin. Ce ne sont pas les médicaments qui te font tourner la tête.

— Ah oui ? lui demanda-t-elle en levant les yeux vers lui.

— Non, c'est moi, dit-il en l'embrassant de plus belle.

— C'est possible, en effet.

— Mais peut-être que tu ferais mieux d'arrêter de parler et de garder tes forces pour faire des choses plus importantes ? lui suggéra-t-il.

— Peut-être oui, approuva-t-elle en passant ses bras derrière sa nuque.

L'instant d'après, Ronan la souleva du sol et l'emporta dans la chambre en l'embrassant avec fougue.

Épilogue

— Tu sais, je crois que je n'avais encore jamais vu autant de gens aussi élégants réunis dans un seul endroit, dit Sierra à Ronan en regardant les invités du mariage de Christian et Susannah, presque tous membres de la famille Cavanaugh.

Après ces dernières semaines épuisantes, consacrées à la traque du tueur en série puis aux suites judiciaires de l'affaire Olivia Campbell, Sierra savourait de pouvoir ne se concentrer que sur le plaisir qu'elle ressentait à être en compagnie de l'homme qui la faisait chavirer.

Ronan venait de la rejoindre et s'était assis à ses côtés à l'une des nombreuses petites tables qui avaient été installées pour l'occasion dans le jardin d'Andrew Cavanaugh.

— Mais si, lui répondit-il. Tu étais là à la dernière fête que mon oncle Andrew a organisée quand Shaw est devenu le nouveau chef de la police.

— Ce n'était pas pareil, protesta Sierra. Tout le monde était habillé normalement, aujourd'hui les hommes sont tous en smoking et les femmes ont l'air de sortir d'un défilé de haute couture, sans parler de la mariée qui est absolument éblouissante.

— Éblouissante, c'est vrai ? lui demanda Ronan sans la quitter des yeux. Je n'avais même pas remarqué.

— Tu te moques de moi ? lui dit-elle en riant. Je te

rappelle que tu étais à moins de trois mètres d'elle pendant toute la cérémonie, monsieur le témoin.

Ronan soupira. Il essayait de garder son calme car il voulait lui demander quelque chose, mais Sierra ne lui facilitait pas la tâche.

— Désolé, j'imagine que ma vision a dû être brouillée par quelque chose d'autre, lui répondit-il. C'est quoi déjà le titre de cette vieille chanson, *Je n'ai d'yeux que pour toi*, c'est ça ?

Sierra le regarda en fronçant les sourcils. Ronan se comportait très étrangement depuis qu'ils avaient quitté l'église.

— Depuis quand est-ce que tu aimes les vieilles chansons ?

— Depuis que ce renversant petit sourire de madame je-sais-tout est entré dans ma vie, emportant tout sur son passage et semant le chaos dans ma vie tout entière.

— Excuse-moi, mais est-ce qu'il y a un compliment caché dans ce que tu viens de me dire ? lui demanda-t-elle en écarquillant les yeux.

Ronan esquissa un sourire. Il lui avait fallu beaucoup de temps pour en arriver là où il était aujourd'hui. Beaucoup de temps pour chasser les ombres du passé et s'accorder le droit d'avancer. Maintenant que tout cela était réglé, il ressentait le besoin d'en parler à Sierra, de lui expliquer.

— Je peux trouver un compliment pour chacun de tes faits et gestes.

— Combien de verres as-tu pris ? s'enquit-elle avant de se retourner pour jeter un regard aux mariés qui étaient assis derrière eux. Et dis-moi, tu ne devrais pas retourner auprès du marié pour remplir ton rôle de témoin ?

— Je n'ai pas beaucoup bu et non, c'est bon j'ai fait mon discours, j'ai aidé les invités à trouver leur place et j'ai même participé aux séances photos. Je suis libre pour le reste de la soirée que j'ai d'ailleurs prévu de passer avec la plus belle femme du monde.

— Ronan, tu es sûr que tu vas bien ? s'exclama Sierra qui était maintenant certaine que quelque chose ne tournait pas rond. Tu n'as pas l'air dans ton état normal…

— Tu veux dire que pour une fois je ne suis pas ronchon ?

— Eh bien, je n'aurais peut-être pas choisi cet adjectif, mais oui, c'est ça, ronchon.

— Peut-être que c'est tout ce que nous avons traversé ces dernières semaines — ou ce mariage — qui m'ont ouvert les yeux et m'ont mis dans un autre état d'esprit.

— Quel genre d'état d'esprit ? lui demanda Sierra l'air confus.

— Tu aimes danser ? lui proposa Ronan tandis que le groupe embauché pour l'occasion débutait un nouveau morceau romantique.

— Et toi ? lui répondit-elle en regardant la main qu'il lui tendait.

— Dans le cas contraire, je ne te le proposerais pas, lui lança-t-il en affichant un grand sourire.

— Tu es vraiment surprenant, tu sais, lui dit-elle en se levant. Oui, j'aime danser.

— Bien…

Ronan lui prit la main et la guida jusqu'à la piste de danse. Tandis qu'il la prenait dans ses bras, Sierra se sentit soudain nerveuse en constatant que tout était si beau. C'était trop parfait. Quelque chose allait mal se passer, elle le savait, c'était forcé.

— Ton frère a l'air d'être au paradis, dit-elle à Ronan en essayant de ne pas céder à la panique.

— Pas autant que ma mère, lui répondit Ronan en jetant un œil dans sa direction. C'est le premier d'entre nous qui se marie et je sais qu'elle avait peur qu'il n'y ait jamais aucun mariage chez nous.

— Qui sait ? protesta Sierra. Si ça se trouve, ce sera elle la prochaine à se marier.

— Tu es au courant de quelque chose que j'ignore ? lui demanda Ronan en la regardant d'un air intrigué.

— Non, répliqua Sierra en riant. C'est seulement qu'il n'y a pas d'âge pour se marier, et ta mère est en pleine forme et pleine de vie, c'est tout.

Ronan décida de saisir la balle au bond. Jamais une telle occasion ne se reproduirait, pensa-t-il.

— Et toi, que penses-tu du mariage ?

— Moi ? lui dit Sierra en se demandant si Ronan lui posait cette question pour l'informer que ce n'était pas quelque chose qui l'intéressait pour le moment. Je pense que c'est une bonne chose, mais il faut beaucoup d'amour pour que ça marche.

— Eh bien, nous sommes d'accord sur ce point, lui dit Ronan et il resserra son étreinte sans perdre le rythme langoureux de leur danse. Tu veux que je me lance en premier ?

Il lui avait murmuré cette dernière question à l'oreille et Sierra eut un bref mouvement de recul pour le regarder dans les yeux.

— Je ne sais pas, je n'ai aucune idée de ce dont tu parles…

— De te dire que je t'aime, lui répondit-il à nouveau à l'oreille.

Cette fois, Sierra s'immobilisa. Elle avait soudain l'impression que tout son corps était engourdi.

— Est-ce que c'est une sorte de jeu ? demanda-t-elle à Ronan en se préparant à être déçue. Ou un pari ?

— Aucun des deux, non.

Parce qu'elle ne voulait pas attirer l'attention et que le groupe jouait toujours, Sierra s'efforça de recommencer à danser.

Ronan comprit qu'elle ne voyait pas où il voulait en venir et décida d'éclaircir la situation.

— Je pense que je l'ai compris quand tu as reçu ce coup d'aiguille à tricoter dans l'épaule. Tu étais si belle, et si courageuse, tu semblais n'avoir peur de rien. Je n'avais encore jamais rencontré quelqu'un comme toi.

— Je te renvoie le compliment, lui répondit Sierra avant d'ajouter en souriant, mais peut-être que ce sont les aiguilles à tricoter qui te troublent à ce point...

— Non, insista-t-il. C'est toi qui me troubles, d'ailleurs je vais devoir te le dire avant de perdre mes moyens...

La musique s'arrêta soudain mais ils continuèrent de danser en silence, oubliant le reste du monde, ne se concentrant que sur ce qui était en train de se passer entre eux.

— Me dire quoi ? lui demanda Sierra en tentant de cacher sa nervosité.

— Est-ce que tu veux m'épouser ?

En voyant son air surpris, il continua de parler, rapidement.

— Tu n'as pas à me répondre maintenant, tu peux prendre tout ton temps.

Stupéfaite, Sierra ne pouvait rien faire d'autre que le dévisager. Jamais elle n'aurait pensé qu'il puisse être le genre d'homme à vouloir se marier. Et cela ne la dérangeait pas, tant que c'était avec elle qu'il voulait s'engager.

— Hé, vous deux, leur cria alors Lukkas en riant. Je ne sais pas si vous avez remarqué, mais il n'y a plus de musique !

Sierra leva sa main pour signifier à l'homme qui allait devenir son beau-frère de ne pas les déranger.

— Juste un petit instant, demanda-t-elle à Lukkas sans quitter Ronan des yeux.

Puis elle prit une profonde respiration et lui répondit :

— OK.

— OK ? répéta Ronan.

— OK, je t'aime, et OK… Je veux t'épouser.

— Tu es sûre ?

— Certaine !

Comme par magie, le groupe recommença à jouer, mais même s'ils étaient encore sur la piste de danse, Ronan et Sierra restèrent immobiles.

Ils étaient bien trop occupés à sceller leur future union par un long, un interminable baiser…

JULIE MILLER

Un locataire si troublant

Traduction française de
PASCALE DOMÉJEAN

BLACK ROSE

HARLEQUIN

Titre original :
MILITARY GRADE MISTLETOE

Ce roman a déjà été publié en 2018.

Prologue

— Vous ne seriez pas le premier marine à qui cela arrive !

Mais ça serait la première fois que cela lui arriverait à *lui*. Le major Harry Lockhart ne connaissait pas l'échec : lorsqu'on lui confiait une mission, il la menait à bien, quoi qu'il lui en coûte. Et il aurait fait tout cela en vain ? Il aurait subi toutes ces opérations chirurgicales, ces séances de rééducation, ces sessions avec les psychiatres — bon sang, il leur avait raconté des choses que personne ne savait sur lui, et cela lui avait été encore plus douloureux que les blessures qui lui avaient valu de retourner aux États-Unis — et, malgré tous ses efforts, ils allaient peut-être l'empêcher de réintégrer son unité ?

Harry n'imaginait même pas ce qu'il pourrait faire s'il n'était plus dans l'armée.

Pour l'état civil, il s'appelait Henry Lockhart Jr., mais seuls ceux qui étaient plus gradés que lui ou auraient mérité son poing dans la figure utilisaient ce prénom. Henry Sr. était en train de moisir dans une prison de Jefferson City, dans le Missouri, pour un ensemble de crimes à la liste desquels on aurait pu ajouter celui de père indigne. C'était un miracle que Harry et sa sœur Hope soient devenus des adultes équilibrés après une enfance passée dans la terreur de cet homme égoïste, alcoolique et violent. Lorsque Harry repensait à ces années, il ressentait encore cette sensation de faim qui lui tenaillait constamment le ventre.

Harry sentit sa paupière droite se mettre à trembler alors qu'un autre souvenir tentait de s'imposer à son esprit. Il se hâta de l'écarter, le reléguant dans les limbes de sa mémoire, là où il s'efforçait de garder piégées toutes les images terribles des combats où il avait été engagé.

— Depuis combien de temps êtes-vous dans l'armée ?

Le médecin s'adressait à lui.

Si le Dr Biro n'avait pas été lieutenant-colonel, Harry ne lui aurait pas répondu. Mais Biro n'était pas seulement le médecin militaire chargé de déterminer s'il était apte à reprendre le service : c'était aussi un type bien, qui ne méritait pas qu'on lui manque de respect. Harry releva la tête.

— Dix-sept ans.

— Vous n'avez jamais rien fait d'autre…

— Non.

Hope avait été sa seule famille, la seule personne en qui il ait jamais eu confiance jusqu'au jour où, son bac en poche, il s'était engagé dans l'armée. Là, il avait appris à maîtriser ses instincts rebelles, et il avait découvert une stabilité jusqu'alors inconnue. Surtout, il y avait noué des amitiés indéfectibles, et avait trouvé une raison de vivre.

Maintenant, sa sœur était mariée et avait sa propre famille. Alors, il fallait absolument qu'il garde celle qui l'avait accueilli. Des blessures physiques de son dernier combat, il ne conservait que quelques cicatrices, signe que les plaies étaient maintenant refermées. Mais il savait que c'étaient les blessures mentales qui inquiétaient le médecin.

Une fois de plus, Harry allait devoir faire ses preuves. Il allait devoir gagner à nouveau la confiance de sa hiérarchie.

Il allait devoir réapprendre à avoir confiance en lui-même.

Tu peux le faire. C'était sa devise. Il ne pouvait pas quitter l'armée. C'était impossible.

Il passa les doigts dans ses cheveux à la coupe militaire.

— Vous aviez dit que j'allais mieux.

— C'est un fait.

Le Dr Biro semblait aimer parler, alors il tenta autre chose.

— J'ai fait tout ce que vous m'aviez demandé au cours de ces quatre mois.

Le Dr Biro sourit.

— J'aimerais que tous mes patients suivent mes recommandations aussi scrupuleusement que vous ! Physiquement, vous êtes apte au service, tant qu'on ne vous confie pas de missions trop éprouvantes.

— Mais ? Dites-moi la vérité, docteur.

Allait-il être démobilisé ou non ?

Le lieutenant-colonel se laissa aller contre le dossier de sa chaise. Il ne souriait plus.

— Il faut que le traumatisme psychique soit entièrement surmonté… Sinon, vous ne pourrez plus nous être utile.

— Vous pensez que je ne suis pas en mesure d'aller sur le terrain ?

— Je ne vous rendrais pas service si je vous y autorisais.

Biro se pencha à nouveau en avant, et posa les coudes sur son bureau.

— Au risque de simplifier à l'excès, quelque chose s'est cassé en vous. Je pense que c'est en train de guérir, mais la blessure est encore fraîche, et je ne voudrais pas qu'elle s'ouvre à nouveau.

— Je vous remercie de votre franchise.

Harry envisagea mentalement le temps qui le séparait de sa prochaine visite de contrôle… Cette fois-là, il faudrait qu'il réussisse à convaincre le médecin qu'il était complètement guéri.

— Alors, pour l'instant, vous me prescrivez du repos et du calme ? Une vie normale ?

Le lieutenant-colonel n'avait pas la moindre idée de la

difficulté de ce qu'il lui demandait : pour Harry, la vie civile était tout sauf *normale*. Il était habitué à la camaraderie qui l'unissait à ses compagnons d'armes, à la discipline qui régnait dans l'armée. Mais au-dehors les attentes étaient différentes, et il se sentait très mal équipé pour y faire face.

— Oui. C'est ma prescription.

— Et je n'ai pas besoin de médicaments ? Simplement d'un psychiatre ?

Le lieutenant-colonel Biro ouvrit un dossier et sortit un stylo de sa poche.

— Oui. Si vous n'arrivez pas à dormir, ou si les sautes d'humeur deviennent trop pénibles, appelez-moi. Sinon, contentez-vous de vous reposer. Détendez-vous. Donnez-vous quelques semaines de répit. Embrassez une jolie fille et passez toute la journée du jour de l'An à regarder des matchs de football à la télévision. Faites ce qui vous plaît.

Ces conseils résonnaient comme autant d'épreuves à subir pour un homme qui n'avait aucune expérience des plaisirs décrits par le médecin.

— Et si, après ce temps de repos, vous en avez toujours envie, prenez rendez-vous avec moi en janvier, et nous réévaluerons la situation. Si, par contre, vous décidez que vous ne voulez pas retourner dans l'armée, je vous mettrai en retraite anticipée. Vous l'avez bien mérité.

Harry se leva, prenant sa casquette à la main.

— Je reviendrai, mon colonel.

Le Dr Biro hocha la tête avant d'apposer son paraphe sur les ordonnances qu'il avait imprimées, et de le raccompagner à la porte.

— Vous êtes de Kansas City, c'est bien ça ?

Harry hocha la tête.

— Vous allez peut-être avoir de la neige à cette période de l'année.

Qu'allait donc lui prescrire Biro maintenant ? De faire

un bonhomme de neige pour se reconnecter avec l'enfant qu'il n'avait jamais pu être ?

— Effectivement.

— À l'école militaire, mon meilleur camarade était de Kansas City. J'ai toujours aimé lui rendre visite. Je vais demander à mon secrétaire de vous donner une liste de psychiatres qui exercent là-bas.

— Je vous remercie, mon colonel.

Harry remit sa casquette et sortit du bâtiment. Dehors, le parking était baigné de soleil : il faisait toujours beau dans le sud de la Californie. Il prit son pick-up et retourna à la base où il partageait un appartement avec deux autres militaires. Lorsqu'il sortit de son véhicule, il laissa enfin échapper le chapelet de jurons qu'il avait retenu pendant tout le trajet.

Heureusement, ses camarades étaient tous les deux en service, et il avait tout l'appartement pour lui. Mais le claquement de la porte résonnant dans le vide lui fut tout aussi bienvenu que pénible : il lui rappela cruellement que la voix joyeuse de son meilleur ami ne l'accueillerait plus jamais.

De nouveau, le fracas des explosions et des images de sang et de chaos lui emplirent l'esprit, et il dut se prendre la tête à deux mains alors que la sueur perlait à son front.

Bon sang, le médecin avait raison ! Il n'était pas encore guéri.

Utilisant une des techniques de relaxation que le Dr Biro lui avait enseignées, Harry prit plusieurs inspirations profondes. Puis il attrapa la barre fixée à l'embrasure de la porte de sa chambre et fit une dizaine de tractions, jusqu'à ce qu'il sente s'apaiser la tension de son corps et la colère qui s'était soudain emparée de lui.

Il ôta la barre et la lança sur son lit, à côté de son paquetage qu'il avait déjà préparé ce matin : il savait qu'à l'issue de la visite médicale il serait soit affecté à une nouvelle mission, soit renvoyé chez lui.

« Il faut que le traumatisme psychique soit entièrement surmonté… Sinon, vous ne pourrez plus nous être utile. »

Les paroles brutales du lieutenant-colonel lui revinrent à l'esprit, et il sentit sa tête tourner. Il ferma les yeux, luttant contre le sentiment étourdissant de ne rien maîtriser qu'il ressentait lorsque, enfant, il ne savait pas s'il aurait à manger le soir. Il fallait qu'il trouve la paix et l'espoir en lui. Il fallait qu'il découvre un moyen d'échapper aux cauchemars et à la colère… Sinon, le médecin ne le laisserait pas réintégrer l'armée.

Instinctivement, il ouvrit son sac de toile et en sortit une épaisse enveloppe de papier kraft qui contenait ce qui l'avait retenu à la vie pendant ces longs mois d'hôpital et de rééducation. Il caressa du bout des doigts le rabat froissé de l'enveloppe, avant de l'entrouvrir et de regarder à l'intérieur. Là se trouvait un rayon de soleil. Il en sortit une décoration de Noël faite à la main qu'il avait reçue l'année dernière. Puis il considéra le tas épais de cartes et de lettres lues et relues au cours de ses différentes missions. C'étaient les paroles pleines d'intelligence et de compassion d'une personne qui le comprenait mieux qu'il n'y parvenait lui-même. Il sentit la pression en lui se relâcher et l'esquisse d'un sourire monter à ses lèvres.

La dernière fois que Harry s'était senti aussi désarmé qu'aujourd'hui, il était ce petit garçon couvert de bleus, avec des crampes au ventre et des vêtements trop petits pour lui. Il n'avait pas besoin d'un psy : il avait besoin de réintégrer l'armée. Mais il faudrait un miracle pour que cela arrive. Il fallait que la fée qui avait rédigé ces cartes et ces missives vienne à nouveau à son secours.

Aucune de ces lettres n'était récente, mais cela n'avait pas d'importance : elles produisaient toujours le même effet. Il ouvrit la toute première et commença à lire.

Cher major Lockhart…

1

De la part de ton Père Noël secret.

Daisy Gunderson regardait fixement l'étiquette accrochée à un petit paquet déposé dans le tiroir de son bureau, et se demandait qui pouvait la haïr assez pour mener cette campagne de terreur contre elle. Cette période aurait dû être pour elle la meilleure de l'année, avec la perspective des vacances prochaines et des fêtes de Noël. Soit celui qui laissait ces cadeaux malsains sur son bureau ou dans son casier de la salle des professeurs pensait lui faire une bonne blague, soit il lui voulait véritablement du mal.

C'était un moment de l'année qu'elle aimait tout particulièrement, ainsi qu'en témoignaient les branches de houx et les décorations qui ornaient sa classe. Mais l'elfe décapité et les cartes aux messages menaçants qu'elle avait reçus étaient le signe manifeste que tous ne partageaient pas le même émerveillement pour les fêtes de Noël.

Lorsqu'elle voyait ces cartes et ces cadeaux, elle ne pouvait s'empêcher de revenir malgré elle trois ans en arrière, à cette période de sa vie qui avait été si difficile pour elle. Mais Brock Jantzen était en prison, et y resterait encore de longues années. Daisy avait déjà appelé le centre pénitentiaire pour s'assurer qu'il ne s'en était pas échappé, ou n'avait pas été libéré par erreur. Mais il ne pouvait pas être l'auteur de ces cartes. Lorsqu'un type avait essayé de tuer sa compagne, il ne s'amusait pas à faire ce genre de choses, n'est-ce pas ?

Daisy poussa un long soupir. Bien sûr que non ! Ces cartes et ces cadeaux n'avaient rien à voir avec Brock, ni avec les blessures qui lui avaient valu de longues semaines d'hôpital.

Décidant d'arrêter de remuer ces souvenirs dérangeants, Daisy ajusta ses lunettes rouges et regarda l'élève installé au fond de sa classe, qui marmonnait en tapant sur les touches de son ordinateur portable. Elle se demanda combien de temps il faudrait encore à Angelo pour finir son essai, et pour qu'ils puissent enfin quitter le lycée après cette longue journée. Mais elle avait promis au garçon de lui accorder tout le temps dont il aurait besoin pour terminer son travail. Alors, elle referma le tiroir de son bureau, prit son stylo et recommença à corriger des copies.

Malgré elle, elle se mit à songer au petit paquet de lettres qu'elle conservait dans un coffret rangé dans un tiroir de sa table de nuit. Des lettres d'un marine en mission. Tout d'abord brèves, rédigées dans un style convenu et impersonnel, ensuite plus longues, plus sincères et plus tristes. Le major Harry Lockhart aspirait au calme lorsqu'il aurait mené à bien la mission difficile qu'il effectuait au Moyen-Orient. Il aimait manifestement servir son pays, lui parlait souvent du chien qu'il entraînait, Tango, et des compagnons d'armes qu'il avait formés et parfois perdus. Elle avait ressenti toute sa douleur lorsqu'il lui avait annoncé que Tango avait été tué.

Toutes ces lettres faisaient partie d'un projet pédagogique qu'elle avait lancé l'année dernière, avec l'aide d'une amie, Hope Taylor, qui l'avait mise en relation avec son frère et les membres de son unité. Cette correspondance s'était interrompue quelques mois plus tôt, et Daisy aurait donné beaucoup pour avoir à nouveau des nouvelles du major Lockhart, même une courte missive. Vraisemblablement, il avait décidé de ne pas poursuivre cet échange lorsque l'année scolaire s'était terminée et que les élèves avaient eux-mêmes cessé d'écrire à leurs correspondants.

Et, maintenant, les seules cartes qu'elle recevait étaient celles de son prétendu Père Noël secret, qui se servait de ce qui aurait dû être un échange plein de chaleur et de convivialité pour la menacer. C'est Daisy qui avait institué cette tradition : chacun de ses collègues tirait au sort le nom d'un autre, et devenait son Père Noël secret. Il devait lui envoyer des cartes et des petits cadeaux pendant le temps de l'Avent. Ce n'était qu'au cours de la grande fête, que Daisy organisait chaque année dans sa grande maison, que chacun découvrait qui l'avait gâté au cours des semaines précédentes.

Elle avait parlé de ces cadeaux effrayants au proviseur du lycée, et il avait fait une annonce générale lors de la dernière réunion de l'équipe pédagogique, leur recommandant à tous d'éviter les cadeaux de mauvais goût. Elle avait également prévenu le concierge du lycée, et il avait promis d'être particulièrement vigilant. Mais, à moins d'annuler l'échange de cadeaux et la réception — et de décevoir tout le monde —, elle ne pouvait pas faire plus que rester sur le qui-vive, pour essayer de déterminer qui pouvait ainsi s'en prendre à elle. Peut-être était-ce un élève mécontent ou quelqu'un d'étranger au lycée, qui avait saisi cette occasion pour assombrir la joie qu'elle avait à célébrer Noël.

Si c'était le cas, elle refusait de céder à la peur. Il était hors de question qu'elle renonce à décorer sa maison et à écouter des chants de Noël ! Elle avait déjà assez de raisons de se laisser envahir par la mélancolie, maintenant que ses parents étaient décédés et qu'elle n'avait plus de famille avec qui passer le réveillon. Si, malgré sa solitude et son chagrin, elle restait déterminée à donner tout leur éclat aux fêtes de Noël, ce n'étaient pas ces quelques cartes écrites par quelqu'un de dérangé qui allaient l'en empêcher.

— J'ai terminé. Cinq cent deux mots.

Son élève était venu poser son petit ordinateur devant elle sur son bureau.

— Et dans le temps imparti !

Daisy sourit à Angelo Logan, un adolescent aussi brillant que paresseux. Elle savait qu'aucun des membres de sa famille n'avait fait d'études. Et, puisqu'il voulait entrer à l'université, elle lui consacrait volontiers un peu de temps après ses cours pour l'aider. Elle balaya l'écran du regard, allant du titre *L'Ange et le Démon* jusqu'au nombre de mots inscrit en bas.

— Eh bien ! Deux mots de plus que le minimum requis. Tu t'es forcé !

— Vous m'aviez recommandé d'être concis, répliqua-t-il avec un sourire.

— Tu as bien développé les raisons pour lesquelles tu pourrais recevoir une bourse ?

— Oui. J'ai parlé de ma famille, de mon frère jumeau, et de ce que je pourrais apporter à la communauté si j'arrivais à devenir journaliste.

Daisy fronça les sourcils.

— En cinq cent deux mots ?

Angelo rentra les pans de sa chemise sous son pull bleu marine, et retourna à son bureau prendre la veste de son uniforme.

— Je peux avoir mon téléphone, mademoiselle Gunderson ?

— S'il vous plaît…

Elle le corrigea automatiquement et, lorsqu'elle releva la tête, elle croisa le regard mécontent de ses yeux noirs. Dans sa classe, les téléphones portables étaient interdits. À chaque fois qu'un élève entrait, il devait déposer le sien dans un des casiers situés près de la porte. Il ne le reprenait que lorsqu'il pouvait s'en s'aller. Daisy sourit face à cet adolescent de dix-sept ans qui semblait avoir tant de mal à se discipliner pour compléter et envoyer son dossier d'inscription à temps. Il rêvait certainement d'aller passer un moment avec ses amis.

— J'espère vraiment que ta demande de bourse sera acceptée. Envoie-moi ton texte par mail, et je le corrigerai ce soir. Si tu veux, nous pourrons revoir ça ensemble vendredi. Puis nous déposerons ton dossier avant lundi, la date limite.

Angelo revint vers l'ordinateur qu'il avait posé près d'elle et lui envoya le mail.

— J'ai un entraînement de basket demain après les cours. Je ne pourrai pas rester. Le professeur de sport va me laisser sur le banc des remplaçants si je suis absent deux jours de suite.

Daisy avait oublié Bernie Riley et la pression qu'il mettait sur ses élèves, les obligeant parfois à négliger d'autres matières.

— Et tu es libre pendant la pause de midi ?

— Oui.

Elle désigna les casiers près de la porte.

— Tu peux prendre ton téléphone. Bonne soirée. Je te verrai demain midi.

Mais il ne partit pas immédiatement. Il poussa un soupir avant de poser son sac à dos sur le coin de son bureau et de regarder à l'intérieur. Il en sortit un sachet en plastique écrasé fermé par un ruban rouge, et le déposa timidement devant elle.

— Merci pour ce que vous faites, mademoiselle Gunderson.

Elle se raidit instinctivement. Mais, lorsqu'elle vit Angelo rougir, elle comprit qu'elle ne pouvait réagir de la sorte dès qu'elle apercevait un cadeau emballé en cette période de Noël. D'ailleurs, ce paquet tout aplati ne ressemblait en rien aux cadeaux soignés qu'avait déposés son Père Noël secret. Elle se força à relever les lèvres en un sourire qui devint peu à peu sincère.

— Ce sont les fameux caramels préparés par ta grand-mère ?

— Oui. Elle voulait vous remercier de prendre du temps pour m'aider.

Daisy dénoua le ruban et ouvrit le sachet pour sentir l'odeur exquise des bonbons. Elle ne risquait rien avec ce cadeau. Elle savait qui le lui avait offert, et il n'y avait rien d'inquiétant dans ces friandises. Elle pouvait les consommer sans crainte.

— J'adore ses caramels. Elle en a fait sans noix de pécan spécialement pour moi ?

Angelo sourit.

— Je ne sais pas pourquoi vous les préférez ainsi, mais elle s'en est souvenue.

Daisy prit un des caramels emballés dans du papier paraffiné et déclara :

— Je te promets que tu vas réussir à décrocher cette bourse !

— Oui, mademoiselle. Euh… Je voulais…

En se demandant combien de temps il faudrait à Angelo avant de se décider à parler, Daisy mit le caramel dans sa bouche et dit pour rompre ce silence embarrassant :

— Je n'ai jamais mangé des caramels aussi…

Elle faillit s'étouffer lorsqu'elle entendit frapper sèchement à sa porte.

— Angelo ! Tu viens ou quoi ?

Même si le jean baggy et la casquette à l'envers formaient un contraste saisissant avec l'uniforme que portait Angelo, le visage était le même. Albert Logan s'adressa à son frère jumeau.

— Ce n'est pas parce que tu as écopé d'une retenue que tu dois me faire attendre !

— Ce n'est pas une retenue ! répliqua Angelo.

— Je m'en moque. Je sais seulement qu'il faut que je te reconduise à la maison avant de sortir.

— Grand-mère va te tuer si tu loupes encore le dîner !

— Et pourtant je suis encore vivant ! Allez, viens, ajouta Albert avec un signe de tête en direction du couloir.

— Bonjour, Albert, dit Daisy en se levant avec un sourire.

— Bonjour, mademoiselle Gunderson.

Leurs visages étaient semblables, mais les deux frères n'auraient pas pu sembler plus différents.

— Tu sais, ma proposition d'aider les élèves qui en ont besoin après les cours est valable pour toi également.

— Je ne suis plus votre élève.

— Tu pourrais venir en même temps qu'Angelo. Je pourrais t'aider à faire des progrès. Si tes notes augmentent, l'entraîneur pourra te prendre à nouveau dans l'équipe de basket. Tu sais que c'est la condition.

— Non merci.

Une fois encore, Albert avait refusé sa proposition. Il se tourna vers son frère.

— Je pars dans cinq minutes. Si tu n'es pas là avant, tu pourras rentrer à pied.

Tout en passant mentalement en revue les arguments qu'elle pourrait utiliser pour convaincre Albert d'accepter l'aide dont il avait besoin, Daisy sourit à Angelo alors qu'il refermait son sac à dos et allait reprendre son téléphone.

— N'oublie pas de remercier ta grand-mère pour les caramels.

— Au revoir.

Lorsque les deux adolescents eurent quitté la classe,

elle prit conscience du silence dans lequel était plongé l'établissement. Elle repoussa ce sentiment de solitude avant qu'il ne puisse s'emparer d'elle, et rangea ses affaires dans son cartable. Elle écrivit rapidement un petit mot à Bernie Riley, l'entraîneur de basket, pour lui demander s'il pouvait avoir une petite conversation avec Albert et lui recommander d'accepter son aide ou celle d'un autre professeur pour améliorer ses résultats. Sans le sport pour le motiver à étudier, elle craignait qu'il n'abandonne le lycée sans le moindre diplôme. Puis elle mit son écharpe et enfila son manteau avant d'éteindre les lumières et de fermer la porte de sa salle de classe à clé.

Elle allait passer rapidement dans la salle des professeurs pour déposer la note dans le casier de Bernie Riley, puis elle rentrerait chez elle. Il fallait qu'elle sorte ses trois chiens, et qu'elle range sa maison : ce soir, quelqu'un devait venir visiter l'étage supérieur, qu'elle avait l'intention de louer. Elle avait mis une annonce dans le journal local et plusieurs personnes intéressées l'avaient appelée.

Elle vivait seule, mais le fait d'avoir des chiens la rassurait. Pourtant, lorsqu'elle avait commencé à recevoir ces cartes et ces cadeaux effrayants, elle avait décidé qu'il serait bon qu'un locataire emménage dans sa grande maison — de préférence un homme âgé qui lui rappellerait son père, et le sentiment de sécurité qu'elle avait lorsqu'il vivait avec elle. D'ailleurs un des inconvénients de l'immense maison coloniale qu'elle tenait de ses parents et grands-parents était qu'elle lui coûtait une fortune en travaux et en impôts. Un peu d'argent supplémentaire l'aiderait à faire face à tous ces frais.

Elle ralentit le pas alors qu'une idée dérangeante lui venait à l'esprit : et si son locataire était un criminel ? S'il était le malade qui lui envoyait ces cartes ?

Mais non, ce n'était pas possible. Le mari de son amie

Hope Taylor était policier, et elle lui avait demandé de s'assurer que les personnes qui avaient téléphoné ne présentaient aucun danger pour elle. Elle passa les doigts dans ses longs cheveux bruns ondulés et les rejeta sur ses épaules.

— Arrête de toujours penser au pire, Daisy Lou, et rentre chez toi !

La courte halte qu'elle fit dans la salle des professeurs lui montra qu'elle n'était pas la seule à travailler tard ce soir.

— Bonjour, Eddie.

Daisy laissa tomber son cartable sur une chaise à côté de son collègue de sciences. Il fit un bruit sourd et Eddie Bosch se mit à rire.

— Il est chargé de copies ?

— Quelques-unes… et j'ai mon ordinateur.

Plus tout ce qu'une femme ne pouvait pas mettre dans un sac à main, comme une autre paire de chaussures au cas où les bottes qu'elle portait seraient si trempées qu'il lui faudrait en changer.

Daisy secoua la tête en voyant son ami sourire d'un air moqueur.

— Bon, d'accord, je porte ma vie dedans !

— Tu n'as pas besoin d'aller à la salle de gym : ton cartable vaut bien une paire d'haltères !

Il referma l'ordinateur sur lequel il travaillait et l'avertit en pointant le doigt vers elle :

— Mais tu vas avoir un mal de dos qui va te coûter cher en séances de kiné !

— Haha !

Elle lui pressa l'épaule en signe d'amitié et se dirigea vers les casiers, cherchant celui qui portait le nom de Bernie Riley.

Elle était heureuse qu'Eddie puisse maintenant plaisanter avec elle. Lorsqu'ils avaient été embauchés dans ce lycée, la même année, il semblait constamment entouré d'un halo de tristesse. Il venait d'arriver à Kansas City où il s'était installé pour recommencer sa vie après la mort de sa fiancée.

Daisy avait tout fait pour qu'il se sente accueilli et pour lui redonner un peu de joie de vivre. Maintenant, elle avait l'impression de travailler avec le grand frère taquin qu'elle n'avait jamais eu.

Mais ce sentiment réconfortant de camaraderie s'évanouit instantanément lorsqu'elle vit son casier : une enveloppe rouge avait été déposée dedans, et elle ne put s'empêcher d'avoir un mouvement de recul.

Daisy sursauta en sentant une main se poser sur son dos.

— Ne t'inquiète pas.

Eddie alla prendre l'enveloppe rouge et la lui tendit.

— C'est de la part du comité des fêtes du lycée : un bon d'achat chez un torréfacteur. Nous en avons tous reçu un.

Elle prit l'enveloppe en le remerciant d'un signe de tête. Eddie et quelques autres de ses collègues étaient devenus des amis assez proches pour qu'elle puisse leur parler des cartes menaçantes qu'elle avait reçues. Ils étaient tombés d'accord sur le fait qu'elles ne pouvaient avoir été envoyées par un des professeurs, et maintenant ils étaient tous sur le qui-vive, cherchant l'élève dérangé qui était certainement à l'origine de ces envois. Le soutien d'Eddie et de ses collègues lui était très précieux.

D'un geste de la main, il lui montra les enveloppes rouges déposées dans les autres casiers pour lui prouver qu'il disait vrai.

— C'est une bonne idée… Même si j'échangerais volontiers un paquet de café grand cru contre une augmentation de salaire !

Daisy hocha la tête.

— C'est certain !

Il désigna la feuille pliée qu'elle avait à la main.

— Riley insiste encore pour qu'Angelo joue presque tous les jours ?

Pendant la saison des matchs, Bernie Riley faisait subir un entraînement intensif aux membres de l'équipe, leur laissant trop peu de temps, selon ses collègues, pour travailler dans les autres matières.

— Je pense que nous avons réussi à trouver un compromis…

— Tu veux dire que tu as accepté de te plier à ses décisions !

— Bernie et moi avons tous les deux à cœur l'intérêt de nos élèves. Il a permis à Angelo de rester travailler avec moi aujourd'hui, et demain c'est moi qui m'adapterai.

Elle brandit la feuille de papier pliée.

— En fait, ce message concerne Albert.

— Albert n'a pas la moitié de l'intelligence de son frère.

La sécheresse du propos surprit Daisy.

— Nous n'avons peut-être pas encore découvert comment le motiver.

— Hum…

Eddie s'éloigna pour aller ranger son ordinateur portable dans son cartable.

— Je vais te raccompagner jusqu'à ta voiture.

Il fit un signe de tête en direction de la fenêtre. Dehors, la lueur orangée des lampadaires formait des poches de lumière dans l'obscurité.

— Le soleil se couche si tôt à cette période de l'année. Je n'aime pas ça, poursuivit-il.

Souris, Daisy Lou. Ne te laisse pas abattre.

— Moi non plus.

Daisy glissa la note dans le casier de Bernie Riley et enfila ses gants pendant qu'Eddie mettait son bonnet et son manteau.

— Mais j'aime le ciel clair des nuits d'hiver... Et j'aime voir les reflets de la lune sur la neige, ajouta-t-elle.

Elle releva sa capuche sur sa tête.

— Le jour la neige a l'air sale, mais la nuit elle est toujours belle.

— Tu es une indécrottable optimiste, non ? répliqua-t-il avec un sourire en lui tenant la porte. Il fait moins dix degrés, la nuit tombe à 17 heures, et j'en ai assez de devoir dégager l'allée de mon garage dès qu'il a neigé.

— Râleur !

Il la suivit et l'accompagna jusqu'à sa voiture.

— On dirait que tu as vécu chez les Esquimaux : c'est comme si tu étais insensible au froid.

Elle chercha les clés de son véhicule dans son sac et ouvrit la portière.

— Rassure-toi, je suis gelée !

Eddie essuya le pare-brise d'un revers de sa main gantée, laissant une trace sombre sur la surface poudrée.

— Tu veux que j'enlève ça ?

— Vous êtes un vrai gentleman, monsieur Bosch ! Mais les essuie-glaces s'en chargeront. Va te mettre au chaud. À demain !

— À demain. Et, tu sais, j'espère que je ne t'ai pas semblé trop dur quand j'ai parlé d'Albert tout à l'heure. Si je peux t'aider, dis-le-moi.

— Je le ferai. Merci.

Avec un sourire qui n'avait plus rien de forcé, Daisy s'installa dans sa voiture. Lorsqu'elle eut mis le contact, Eddie lui fit un signe de la main et se dirigea vers son propre véhicule.

Daisy actionna la fermeture centralisée et se blottit sur son siège en frissonnant, attendant que les vitres soient dégivrées. Elle croisa les bras et se laissa aller contre l'appui-tête en fermant les yeux. Cette période de l'année était très chargée et elle se sentait fatiguée. Le harcèlement dont elle était l'objet commençait à devenir usant. Les nuits étaient particulièrement éprouvantes, et les craquements de sa vieille maison la tenaient parfois éveillée pendant de longues heures. Elle arrivait à tenir en faisant de courtes siestes au cours de la journée, comme en ce moment. Elle allait se reposer quelques minutes avant de…

Elle ouvrit brusquement les yeux. Elle avait la sensation très nette que quelqu'un l'observait.

Elle essuya la buée sur sa fenêtre et regarda à l'extérieur. Son regard se porta d'abord sur la voiture d'Eddie. Mais il était en train d'ôter la couche de neige qui s'était déposée sur son pare-brise. Lorsqu'il eut terminé, il rangea la raclette dans le coffre et alla s'installer derrière le volant. Puis il démarra et s'éloigna.

Elle enleva ses lunettes et attendit que la buée déposée sur les verres se dissipe. Puis elle les remit et scruta le parking. Il n'y avait plus que quatre véhicules garés ici : ceux de Bernie Riley et de l'entraîneur de l'équipe féminine de basket, ainsi que le minibus et la camionnette qui appartenaient au lycée.

La sensation d'être observée s'insinuait en elle et la faisait frissonner. Elle jeta un coup d'œil dans son rétroviseur, mais ne vit personne. Elle devait se tromper.

Ou alors, la personne qui l'espionnait était dissimulée.

Derrière une des bennes à ordures… Ou au coin du bâtiment. Ou dans l'une des salles du lycée maintenant désertes…

— Reprends-toi ! s'écria Daisy, irritée par la façon dont son esprit s'emballait.

Ces cadeaux stupides l'avaient plus perturbée qu'elle ne le pensait.

— Tu es en sécurité ici, se rappela-t-elle en mettant sa voiture en marche.

Elle alluma ses feux et sortit du parking.

— Tu ne vas pas te laisser intimider comme ça !

Si elle commençait à vivre dans la terreur, celui qui tentait de la faire craquer aurait gagné. Il était hors de question que cela arrive ! Elle alluma la radio, choisissant une station connue pour diffuser en boucle des chants de Noël, et se mit à chanter à tue-tête en conduisant.

Daisy était un peu enrouée lorsqu'elle immobilisa sa voiture dans le garage situé à quelques mètres de sa maison. À l'aide de sa télécommande, elle referma la porte du bâtiment avant de sortir de son véhicule. La nuit était tombée, et elle appuya sur l'interrupteur pour allumer les guirlandes lumineuses qui décoraient le toit du garage et le jardin : elles éclaireraient le chemin menant jusqu'à la galerie et l'entrée située à l'arrière de sa maison. Elle sourit lorsqu'elle sortit : des lueurs rouges, vertes, orange et bleues se reflétaient sur la neige et parsemaient le jardin d'éclats joyeux.

Elle remit la capuche sur sa tête, et referma la porte à clé derrière elle. L'air froid lui picota les joues, et elle se dirigea rapidement vers la galerie. Elle y avait fait installer des capteurs de mouvement, et celle-ci fut instantanément éclairée, formant une oasis de lumière dans la nuit.

— Daisy ? C'est vous ?

La voix la fit sursauter, et elle se retourna brusquement. Lorsqu'elle comprit qui lui parlait, elle se dirigea vers la balustrade pour parvenir à distinguer son voisin.

— Bonsoir, Jeremiah !

Elle voyait à peine son crâne chauve dépasser de l'autre côté de la haie, mais sa petite chienne Suzy était sous les arbustes, là où la couche neigeuse était mince.

— Je vois que Suzy a un manteau. Il est neuf ?

— Oui. Vous avez attrapé froid ?

Il avait sans doute remarqué sa voix éraillée.

— Non. J'ai seulement un peu trop chanté. Vous allez bien ?

— Oui. Suzy et moi allons rentrer maintenant. Bonne soirée !

— Bonne soirée.

Si formelles et prévisibles que soient leurs conversations, M. Finch s'était révélé être un bon voisin. Il était toujours prêt à ramasser son courrier et surveiller sa maison lorsqu'elle partait quelques jours. Et elle lui rendait la pareille.

Lorsque Suzy et lui furent rentrés, Daisy alla ouvrir la porte de sa maison.

Un aboiement grave et des jappements excités lui apprirent que ses compagnons à quatre pattes savaient déjà qu'elle était arrivée. Elle regarda par la fenêtre à côté de la porte et aperçut à travers les voilages son trio bien-aimé qui s'était rassemblé dans l'entrée, prêt à l'accueillir.

— Bonjour ! s'écria-t-elle.

Muffy, son adorable chien du Tibet, fut le premier à se précipiter au-dehors lorsqu'elle ouvrit la porte. Elle l'avait recueilli lorsque son propriétaire précédent avait dû être admis en maison de retraite. Muffy était un chien de garde des plus sonores, à défaut d'avoir l'air menaçant. Patch, un jack russel sourd qui calquait toujours son attitude sur celle de ses deux compagnons, arriva juste derrière. Tous les deux mendièrent quelques caresses avant de poursuivre leur course vers le jardin. Patch, surtout, aimait être dehors, et s'enfonçait avec délice dans la neige poudreuse.

Son chien le plus âgé, Caliban, sortit en boitillant sur trois pattes. Lorsqu'il s'arrêta près d'elle pour qu'elle lui gratte la tête, Daisy eut le sentiment qu'il le faisait plus par devoir que pour quémander un signe d'affection. Pauvre bougre ! Il avait longtemps servi dans la police de Kansas

City avant que la tumeur qui avait nécessité une amputation de sa patte avant gauche ne le force à la retraite. Le policier qui était son maître n'avait pas pu le garder chez lui, car son fils était allergique aux poils de chien. Daisy alla prendre à l'intérieur un jouet en corde qui semblait être une des seules joies de Caliban, et le lança dans la neige. Alors qu'elle le regardait descendre les deux marches qui menaient au jardin, elle sentit son cœur se serrer. Ceux qui affirmaient que les chiens ne ressentaient aucune émotion ne connaissaient pas Caliban. Ce chien était triste. Il avait perdu son activité, son maître, son chenil, sa routine… Lorsque Pike Taylor lui avait demandé si elle acceptait de s'en occuper pour les quelques années qui lui restaient à vivre, Daisy avait dit oui sans hésiter. Muffy et Patch avaient accueilli leur nouveau compagnon avec enthousiasme, même si elle voyait bien que leur énergie était parfois pesante pour lui. À vrai dire, Daisy n'avait toujours pas réussi à vraiment établir le contact avec Caliban.

Elle sourit en songeant à quel point ses trois chiens étaient différents. Elle se dirigea vers la balustrade pour les regarder. Muffy très affairé, inspectait le jardin et les arbres plantés à l'arrière. Caliban reniflait les alentours du portail et du garage, évitant la neige autant que possible. Quant à Patch…

— Patch ?

Daisy poussa sa sacoche derrière la hanche et se pencha par-dessus la rambarde. Où était-il donc ? Comme Patch était sourd, il ne répondrait pas à ses appels, à moins qu'il ne soit en train de la regarder, ou de suivre les autres chiens.

— Patch, où es-tu ?

Daisy aperçut soudain des empreintes de pas dans la neige. Elles étaient nettes, et semblaient avoir été faites par un homme. Elle ne les avait pas remarquées plus tôt, pourtant, elles étaient bien là : des traces qui longeaient la galerie et se dirigeaient vers les compteurs d'eau et de gaz situés à l'arrière de la maison. Elle vit Patch qui les suivait jusqu'au coin de la maison, là où elles se poursuivaient dans l'ombre.

Ce n'était pas normal. Daisy sentit un frisson la parcourir. Elle se dirigea vers l'extrémité de la galerie et scruta l'arrière du jardin. Avec la neige qui tombait et l'obscurité, elle ne parvenait pas à distinguer si les traces s'arrêtaient sur le côté de la maison, ou si elles se poursuivaient jusque dans le jardin de M. Finch. À moins qu'elles ne viennent de chez lui ? Peut-être que Jeremiah avait remarqué quelque chose et était entré chez elle ? Mais elle n'arrivait pas à l'imaginer en train d'escalader la haie, surtout alors qu'il aurait facilement pu passer par la porte. À moins de s'armer d'une lampe-torche et de suivre les empreintes, Daisy pouvait difficilement savoir où elles allaient. Mais elle n'avait aucune envie de s'aventurer seule dans le noir jusqu'au fond de son jardin.

Elle avala sa salive, essayant de trouver une explication logique à la présence de ces traces. L'employé municipal qui venait relever les compteurs était le même depuis des années. Il connaissait sa maison et n'avait pas peur de ses chiens. Peut-être était-ce un remplaçant qui avait assuré sa tournée aujourd'hui ? Patch passa un long moment à renifler chaque trace. Pourquoi y en avait-il autant ? Ces empreintes avaient-elles été faites non pas par une, mais par plusieurs personnes ?

— Muffy ? Caliban ?

Elle essaya de siffler, mais elle doutait fort que même un chien puisse entendre le son étouffé qui s'échappa de ses lèvres.

Puis elle vit Caliban approcher, son jouet dans sa gueule. Il monta les marches menant à la galerie et vint s'asseoir docilement à côté d'elle.

— Tu es un bon toutou !

Avait-il ressenti sa peur ? Ou s'était-il contenté d'obéir à son sifflement ?

— C'est bien.

Elle le gratta entre les oreilles et le récompensa en tirant sur la corde qu'il serrait dans sa gueule, pour qu'il ait le plaisir de jouer en résistant. Mais, soudain, Caliban lâcha le jouet et se précipita vers la porte. Un quart de seconde plus tard, Muffy le suivit, aboyant avec ardeur. Cela ne pouvait signifier qu'une seule chose : ils avaient entendu la sonnette de la porte d'entrée. Elle avait un visiteur.

Elle attira l'attention de Patch et lui fit signe de revenir. Il rentra dans la maison en trottinant.

La sonnette carillonna encore alors qu'elle refermait le verrou de la porte arrière. Les chiens la précédaient en aboyant, laissant des traces de neige sur le tapis qui couvrait le parquet en chêne du couloir. Patch sauta par-dessus les deux caisses de décorations de Noël qu'elle avait entreposées derrière l'escalier, en attendant d'acheter un sapin ce week-end. Daisy suivit rapidement ses trois compagnons, tout en ôtant sa capuche et en fourrant ses gants dans sa poche.

Elle ordonna à Caliban et à Patch de se tenir tranquilles, et prit Muffy dans ses bras : des trois, le petit chien était celui qui avait le plus de mal à lui obéir et à cesser d'aboyer lorsqu'un visiteur inconnu arrivait. S'il s'agissait du locataire potentiel sur lequel Pike Taylor avait fait des recherches, elle voulait lui expliquer que ses trois chiens venaient quémander des caresses, et n'avaient aucune intention de le mordre.

Elle alluma la guirlande qui illuminait la façade de la maison et, restant dans le noir, regarda par la porte vitrée.

Elle retint son souffle…

L'homme qui se trouvait devant la porte d'entrée était

particulièrement séduisant, malgré son allure un peu inquiétante. Il faisait plus d'un mètre quatre-vingts, et portait une veste beige qui épousait des épaules larges et des hanches minces. Il se tenait debout, les jambes écartées, les mains dans les poches de son jean, et attendait, immobile. Si elle n'avait pas remarqué ses yeux gris attentifs et sérieux, il aurait pu la faire songer à une statue. Comme en réponse, Daisy sentit une onde de chaleur la parcourir. C'était certainement dû à la nervosité…

Il n'avait rien de la figure paternelle qu'elle espérait. Son beau visage aux traits altiers lui semblait intimidant dans le noir. Il avait la mâchoire carrée, et une mince cicatrice allant de la tempe gauche jusqu'au sourcil ajoutait à son aspect sévère. Elle était certaine que Pike l'aurait mise en garde si son locataire potentiel avait présenté le moindre danger pour elle. Elle était en sécurité. Et pourtant ce n'était pas le mot qu'elle aurait employé. Cet homme avait quelque chose de dangereux, et elle n'était pas certaine qu'elle se sentirait à l'aise s'il habitait sous le même toit qu'elle.

Mais si Pike avait affirmé qu'elle pouvait lui louer le premier étage de sa maison sans problème, elle allait au moins le lui faire visiter.

Elle sursauta lorsque l'homme tourna légèrement la tête. Il avait remarqué qu'elle l'observait. Il ne sourit pas, n'eut aucune réaction. Il se contenta de la regarder droit dans les yeux. Muffy gémit dans ses bras, et Daisy ouvrit le panneau vitré de la porte, préférant rester protégée par la grille métallique.

La bouffée de chaleur qui lui était montée au visage se dissipa lorsqu'elle sentit sur sa peau l'air glacé venant de l'extérieur.

— Bonjour. Vous êtes venu voir la chambre à louer ? Je pensais que vous n'arriveriez qu'après dîner.

— Je suis le major Harry Lockhart, déclara l'homme d'une voix sévère. Vous êtes Mlle Gunderson ?

La surprise et la joie balayèrent l'inquiétude de Daisy.

— Le maj… Harry ? Mon ami Harry ?

Elle posa Muffy à terre et ouvrit largement le battant de la porte.

— Harry Lockhart ! Je suis si heureuse de vous rencontrer enfin !

Les chiens la suivirent sous le porche et se mirent à piétiner autour d'eux. Daisy prit Harry dans ses bras et le serra contre elle.

— Bienvenue à la maison !

2

« Bienvenue à la maison ? »

La vision de Harry se brouilla alors qu'il lui semblait que quelque chose de gris et de velu se précipitait entre ses jambes. Les aboiements se mêlèrent aux bruits des explosions et aux cris qui résonnaient dans sa tête, et l'odeur de la terre et de la chair brûlée lui emplit soudain les narines.

Un instant, ses souvenirs firent irruption, mais il réussit à les repousser et à se concentrer sur le moment présent. Il avait une conscience aiguë de la douceur de cette étreinte qui l'enveloppait comme une couverture chaude et moelleuse, et de la peau fine et soyeuse de la joue pressée contre son cou.

Daisy Gunderson le serrait dans ses bras. Avec tout son cœur. Où étaient les présentations et les poignées de main polies ? Ce n'était pas l'accueil auquel il s'attendait. Ce n'était pas non plus la personne à laquelle il s'attendait.

Mais, lorsqu'une femme prenait un homme dans ses bras avec autant de chaleur, son réflexe était de l'enlacer et de la serrer en retour. Il entendait presque les taquineries de ses hommes, qui se moquaient de sa maladresse avec les femmes, tout comme il souriait avec eux de leur manque d'expérience et de leurs erreurs grossières au début de leur formation. Cela faisait bien longtemps qu'on ne l'avait pas tenu ainsi. Des mois. Des années peut-être.

Instinctivement, il avait envie de la serrer un peu plus fort dans ses bras… Peut-être même de se hasarder à descendre un peu les mains, pour voir si les courbes de ses fesses correspondaient à celles qu'il sentait pressées contre son torse… À moins que la douceur de ce corps ne soit due qu'à l'épais manteau qui l'enveloppait. Une autre partie de lui — celle qui souffrait encore et se remettait lentement de son traumatisme — aurait voulu enfouir le nez dans ses cheveux et son cou, pour respirer son parfum chaud et réconfortant, et le laisser emplir sa tête et chasser les cauchemars.

Mais Harry ne fit rien de cela. Même si le parfum de Daisy était aussi suave qu'il l'avait imaginé, rien d'autre dans cette rencontre ne correspondait à ce qu'il s'était imaginé : ils étaient entourés de chiens qui aboyaient. Daisy était tout contre lui et il lui tapotait le dos parce qu'il ne savait pas trop comment réagir. Après tout, c'était la première fois qu'il la voyait…

Elle se mit à parler, avant de s'écarter un peu de lui.

— J'ai l'impression de retrouver un vieil ami ! Je viens seulement d'arriver à la maison. Si vous étiez passé quelques minutes plus tôt, vous ne m'auriez pas trouvée.

Elle fit rentrer les chiens à l'intérieur et le prit par la main.

— Venez. Ne restez pas dans le froid.

Il regarda le petit chien à l'épais pelage gris et blanc qui allait et venait dans le couloir, alors que le jack russel sautait avec un jappement à chaque fois que son compagnon s'approchait trop près de lui. Ces chiens étaient excités. Ils avaient besoin de sortir pour se dépenser un peu.

Lorsqu'elle eut refermé la porte d'entrée derrière elle, Daisy s'adressa au petit chien.

— Muffy, assis.

La petite boule de poils lui obéit, pour quelques instants au moins.

— Si vous préférez, je peux les mettre dans la pièce où ils ont leur niche, mais ils vous obéiront si vous leur dites de s'asseoir. Assurez-vous d'abord que Patch vous regarde, et faites-lui signe avec votre main : il est sourd… mais très malin. Les jack russel le sont souvent. Il connaît plusieurs ordres. N'est-ce pas, Patch ?

Elle fit un signe de la main et le terrier s'assit… tout comme le berger belge. Il ressemblait beaucoup à… Harry sentit sa paupière droite sauter et il occulta vite le souvenir qui prenait forme, se concentrant sur le chien au museau grisonnant. Ce pauvre bougre avait perdu une patte. Il le fixait de son regard profond et vif, comme un chien bien dressé attendant un ordre. Il eut l'impression fugitive et étrange de reconnaître en cet animal un autre soldat blessé.

— Il a été dressé ?

— Il appartenait à la police de Kansas City, répondit Daisy. Il s'appelle Caliban. Il avait une tumeur cancéreuse à la patte et a dû être amputé. Je l'ai recueilli parce que son maître-chien ne pouvait pas le garder chez lui. Je suis désolée de vous recevoir dans ce désordre. Je suis en train de décorer la maison pour Noël.

Daisy avançait dans le couloir, se dirigeant vers l'escalier orné de branches de sapin et de gros nœuds rouges. Elle contourna des caisses en carton en désignant des traces humides sur le parquet.

— Restez sur le tapis pour ne pas glisser, conseilla-t-elle. Vous voulez boire quelque chose de chaud ? Du café ? Un chocolat ? Vous avez faim peut-être ? J'ai fait plein de gâteaux secs le week-end dernier.

Elle ne s'arrêtait donc jamais de parler ? Il n'arrivait même pas à lui dire bonjour, encore moins à lui poser une question ou à lui expliquer pourquoi il était là.

— Ça ne sera pas nécessaire.

— Voyons ! Il fait froid. J'ai froid. De toute façon, je vais préparer quelque chose.

Visiblement, elle s'attendait à ce qu'il la suive dans la maison, alors Harry ôta sa casquette et lui emboîta le pas. Trois chiens curieux l'escortèrent jusqu'à une cuisine chaleureuse qui donnait sur une salle à manger qui ressemblait à un débarras : elle était emplie de caisses et de pots de peinture.

— Ne faites pas attention : j'ai prévu de finir d'installer les décorations ce week-end. Le week-end prochain, j'invite tout le personnel du lycée à venir fêter Noël.

Elle ôta son manteau et son écharpe, et les déposa sur le dossier de l'une des chaises disposées autour de la grande table en bois.

— Asseyez-vous.

Elle tira un tabouret près du comptoir et l'invita à s'y installer.

— Je voulais vous parler des lettres.

— Avec grand plaisir ! J'aurais aimé que vous poursuiviez cette correspondance après la fin de l'année scolaire.

C'était en juin qu'il avait été blessé. Et depuis…

— De tous les soldats avec lesquels ma classe était en contact, vous êtes le premier que je rencontre personnellement.

— C'était généreux de votre part de continuer à m'écrire… Même si je ne répondais pas.

Harry déposa ses gants en cuir sur le comptoir, ouvrit sa veste, et s'assit sur le tabouret. Il n'avait pas le courage de lui avouer que certains des soldats avec lesquels ses élèves avaient correspondu ne rentreraient jamais chez eux.

— Je voudrais que vous sachiez à quel point les lettres que vous et votre classe nous avez envoyées nous ont fait du bien. Même si nous n'avons pas toujours répondu…

Elle était en train de préparer du café maintenant.

— Cela a été un de mes projets pédagogiques les plus gratifiants. Je voulais trouver quelque chose pour motiver mes élèves à écrire. À Central Prep Academy — le lycée où j'enseigne — nous encourageons nos élèves à s'engager, à être pleinement citoyens, et à se soutenir les uns les autres. Je ne voyais que des avantages à cette correspondance : elle soutenait le moral des soldats tout en donnant à mes élèves une raison d'écrire. Quand votre sœur a parlé de votre unité de marines lors d'une réunion de la paroisse, l'année dernière, cette idée m'est immédiatement venue à l'esprit.

Elle tira sur le bord de son long pull violet lorsqu'elle se redressa après avoir sorti du lait du réfrigérateur. Harry remarqua alors que ses lunettes étaient violettes elles aussi.

— Je m'efforce de faire moi-même les efforts que j'attends de mes élèves, de leur donner l'exemple. Alors, je vous ai adopté. Je veux dire… pas au sens propre. Personne ne vous adopterait. Vous êtes un adulte. Ils ont tiré leur correspondant au sort et votre nom est le dernier à être resté. Alors, vous avez eu la chance de tomber sur moi ! C'est merveilleux de vous voir enfin en chair et en os.

Elle s'arrêta pour pousser un soupir et plaça devant lui une assiette de biscuits en forme de sapins et de rennes.

— Et maintenant je n'arrête pas de parler ! En tout cas, j'admire beaucoup votre engagement.

Maintenant, elle n'arrêtait pas de parler ? Harry n'avait même pas réussi à assimiler tout ce qu'elle lui avait dit.

— Je n'ai fait que mon métier… Je voulais vous remercier pour vos lettres. Elles m'ont beaucoup aidé.

— J'en suis très heureuse… Mais moi aussi je n'ai fait que mon métier.

Elle sortit deux tasses d'un placard alors que les arômes du café s'élevaient dans la pièce.

— Vous êtes en permission pour les vacances de Noël, j'imagine, et vous êtes venu voir Hope ?

— Je passe quelques jours chez ma sœur et son mari.

— Comment va leur fils ? Il va avoir deux ans, c'est ça ?

— Gideon est…

À vrai dire, le petit garçon avait un peu peur de l'oncle sévère qui partageait sa chambre en ce moment. Ou peut-être était-ce Harry qui craignait de ne pas savoir contenir l'énergie de son neveu sans le brimer. Quoi qu'il en soit, leur relation manquait de naturel… Mais pour être honnête, en ce moment, il ne se sentait bien avec personne.

— Oui. Il va avoir bientôt deux ans.

— Et Hope attend son deuxième enfant ? C'est une bonne nouvelle ! Même si son appartement va devenir un peu petit, non ? Pike et elle vont devoir déménager bientôt.

Daisy remplit les deux tasses et vint les poser devant lui sur le comptoir. Même si son épais pull en laine masquait sa silhouette, ce qu'il en voyait ne pouvait le laisser indifférent : de longues jambes minces aux courbes harmonieuses. Il ne put s'empêcher d'imaginer les formes qu'il ne pouvait que deviner, et se surprit à prendre un vif plaisir à cet exercice. Il fut interrompu dans ses pensées lorsqu'elle vint s'asseoir en face de lui et prit sa tasse fumante entre ses mains, se réchauffant les doigts.

— Que puis-je faire pour vous, major ?

Harry croisa ses yeux bleu ardoise à la fois doux et rieurs.

— Je préférerais que vous m'appeliez Harry.

— D'accord, Harry. Que puis-je faire pour vous ?

— Je voulais vous rencontrer en personne et vous remercier.

— Vous l'avez déjà fait.

Elle prit un biscuit en forme de renne et mordit dedans, attendant qu'il poursuive.

Comment lui expliquer ce qui l'avait poussé à venir ?

J'ai besoin que la femme qui m'a écrit ces lettres si belles m'aide à retrouver toute ma santé mentale. Cette femme éthérée, comme nimbée de lumière, avec cette voix douce, ces mains caressantes et ce maintien si noble que j'imaginais dans mes rêves... J'ai besoin de son pouvoir magique pour guérir.

Il n'avait certes pas besoin d'une femme qui ne pouvait s'arrêter de parler, avait une meute de chiens, et éveillait en lui une curiosité charnelle qu'il n'avait plus ressentie depuis plus longtemps qu'il n'aurait bien voulu le reconnaître.

Il prit sa tasse entre ses mains, et considéra pensivement le breuvage sombre.

— Le fait d'écrire à vos élèves a fourni à mes hommes une occupation pendant les moments de repos. Recevoir ces lettres nous faisait parfois beaucoup de bien... Vous savez, certains jours étaient plus durs que d'autres et... hum...

Cette conversation n'était pas du tout celle qu'il avait imaginée. *Cette femme* n'était pas du tout celle qu'il avait imaginée. Il était temps de mettre un terme à cette visite et d'aller voir un des psychiatres que le lieutenant-colonel Biro lui avait recommandés. Harry reposa vivement sa tasse sur le comptoir.

— Désolé.

Il secoua la main pour faire glisser les gouttes de café qui avaient giclé dessus et se leva brusquement.

— Je ne suis pas venu à un bon moment, n'est-ce pas ?

Pendant qu'elle allait chercher une éponge pour nettoyer le comptoir, il ramassa ses gants et se dirigea vers la porte d'entrée.

— Je suis désolé d'avoir débarqué ainsi à l'improviste.

— Vous n'avez même pas bu votre café !

Harry passa devant le trio de chiens qui se levèrent pour le suivre. Il entendit les pas de Daisy derrière lui.

— Vous deviez avoir une raison pour venir. Nous avons

beaucoup de choses à nous raconter… Votre chien, Tango ? Vos amis qui ont été blessés lors de cette explosion ? Ils vont bien ? Vous avez été blessé ? Je vois que vous avez une cicatrice sur la tempe, mais…

— Il s'agissait d'une autre embuscade.

— Vous avez reçu plusieurs blessures ?

Harry avait déjà remis sa casquette, refermé sa veste et ouvert la porte d'entrée lorsque Daisy lui attrapa le bras à deux mains et le força à s'arrêter.

— Attendez !

Harry baissa le regard sur sa main : elle serrait la manche de son blouson avec tant de force que ses articulations avaient blanchi. Il releva la tête, surpris par l'intensité de sa réaction.

— Je vous en prie, ne partez pas !

Elle levait la tête vers lui et cherchait son regard. Elle semblait avoir du mal à trouver ses mots. C'était étrange : dans ses lettres, cela ne semblait pas être un problème pour elle.

— Si vous devez vraiment partir, allez-y. Et, si vous ne voulez pas parler, ce n'est pas un problème. Mais…

Elle regarda derrière elle, au-delà du groupe de chiens et des boîtes de décorations de Noël, avant de finir par lâcher sa manche et de hausser les épaules.

— Cela n'a aucun rapport avec vous mais, avant de partir, pourriez-vous me rendre un service ? Certes, vous ne me devez rien. Je veux dire, vous me connaissez à peine…

— Vous êtes une des personnes que je connais le mieux.

Enfin… il connaissait la femme qui l'avait soutenu au cours de ces longs mois, lui apportant espoir et un semblant de normalité. Ce moulin à paroles avec cette personnalité extravertie était une autre personne.

— Je veux dire : vous m'avez beaucoup parlé dans vos lettres… De votre ex, de vos parents, de cette demeure…

Il balaya du regard le couloir fraîchement repeint et la balustrade en bois ciré : cette maison était beaucoup trop grande pour une personne seule, même avec trois chiens.

— Les histoires que vous me racontiez me faisaient rire ou me donnaient parfois envie de tordre le cou à quelqu'un.

Elle recula d'un pas.

— Vous vous souvenez de tout cela ?

Il se rappelait chacune des phrases qu'elle avait écrites. La Daisy Gunderson qu'il connaissait s'était entièrement livrée. Elle l'avait fait rire, l'avait ému, l'avait touché par sa sensibilité et sa douceur.

— Je connais aussi les hommes et les femmes avec lesquels je travaille, précisa-t-il. Ma sœur et son mari…

Il n'aurait su dire si le petit mouvement de crispation qu'il remarqua sur son visage signifiait qu'elle était touchée par son aveu, ou qu'elle était triste d'apprendre qu'il n'avait presque aucune relation en dehors de l'armée.

— Je vous remercie, dit-elle. J'ai moi aussi l'impression que je vous connais beaucoup mieux que quelqu'un que je n'avais jamais vu il y a quelques minutes. Certaines de vos lettres étaient si poignantes que j'en ai pleuré.

Il l'avait fait pleurer ? Harry se balança d'un pied sur l'autre, mal à l'aise.

— J'en suis désolé.

— Il ne faut pas. Vous avez partagé ce qui vous tracassait, ce que vous ressentiez. Je me suis sentie honorée par votre sincérité.

Elle serra les bras autour d'elle.

— Vous m'avez fait sourire aussi, parfois.

Alors pourquoi avait-elle cette expression si sérieuse ? La Daisy de ses rêves avait en permanence un doux sourire aux lèvres. Cette entrevue ne se passait pas bien. Daisy Gunderson était censée se comporter avec une sérénité et un calme qui l'aidaient à mettre à distance la rudesse de sa vie quotidienne. Mais ce n'était pas parce que la véritable Daisy n'était pas l'ange éthéré qu'il avait imaginé qu'il devait être blessant avec elle.

— Vous vouliez me demander quelque chose ?

— Oui.

Elle haussa les épaules.

— J'habite seule ici et je voulais savoir si vous…

Et maintenant elle cherchait ses mots ?

— Madame, il faut vraiment que je parte.

Son énergie sembla soudain lui revenir, avant que l'hésitation ne la reprenne.

— D'abord, ne m'appelez pas madame. J'ai l'impression d'être encore en classe ! En plus, cela me donne la sensation que je suis assez âgée pour être votre mère. Et ensuite… Je crois qu'un homme pourrait m'aider en ce moment.

Ces paroles étaient pour le moins équivoques et il sentit son corps réagir malgré lui : se pourrait-il qu'elle veuille plus qu'un simple correspondant ?

— Mais je n'ai ni compagnon, ni frère, ni père à appeler et…

Elle fit en signe en direction de l'arrière de la maison.

— Vous accepteriez d'aller vérifier quelque chose pour moi ?

Il fut surpris de ressentir une pointe de déception.

— Vous avez un problème ?

— Peut-être… Je ne sais pas.

Elle coinça une mèche de cheveux échappée derrière son oreille.

— J'espère que non, mais…

Il pouvait changer une roue pour elle, l'aider à porter de lourds cartons, ou descendre un objet encombrant d'une étagère. Il devait bien cela à la Daisy qui avait écrit ces si belles lettres. Mais, alors qu'il attendait qu'elle lui explique ce qu'elle espérait de lui, il lut dans ses yeux bleus quelque chose qui le troubla plus encore que cette rencontre si déconcertante : elle avait peur.

Dix-sept années d'entraînement militaire le mirent immédiatement sur ses gardes.

— Montrez-moi.

Daisy enfila un manteau, enferma ses chiens à l'intérieur, et sortit sur la galerie. Harry la suivit. Elle alla jusqu'à la balustrade et pointa la neige du doigt.

— Ces traces de pas. Ce n'est pas normal.

Il sentit immédiatement qu'elle ne lui disait pas tout : sous l'éclairage de la galerie, elle paraissait très pâle. L'énergie vibrante qui l'avait surpris quelques instants plus tôt semblait l'avoir abandonnée. Apparemment, il n'était pas le seul à avoir des secrets.

D'un signe de tête, il accepta la tâche qu'elle lui avait confiée et descendit dans le jardin. Il alluma son téléphone portable pour éclairer les traces et les suivit en veillant à rester à distance, pour ne pas les brouiller. Il y avait eu beaucoup d'allées et venues dans le jardin. Et ces empreintes étaient trop grandes pour être celles de Daisy. Harry sentait ses bottes s'enfoncer dans la neige et non dans le sable du désert comme lors de ses missions, mais il avait la même sensation : celle qu'un ennemi était là, dans l'ombre, à le guetter.

Il revint sur ses pas, et s'agenouilla pour regarder plus attentivement les empreintes les plus profondes. La neige semblait avoir fondu un peu puis s'être à nouveau solidifiée, ce qui signifiait que ces traces avaient été faites avant que le soleil de l'après-midi ne les éclaire. Il se remit debout et se rapprocha de la maison : les empreintes les plus profondes indiquaient clairement que quelqu'un était resté face à la maison, sans jamais s'approcher des compteurs de gaz et d'eau. Harry leva les yeux et vit une fenêtre avec un store baissé jusqu'à mi-hauteur, et des rideaux entrouverts.

Il se tourna vers Daisy, qui suivait attentivement le moindre de ses mouvements depuis la galerie. Elle se tenait les bras croisés, recroquevillée sur elle-même. Visiblement, elle avait peur.

— La personne qui relève les compteurs ne peut pas avoir laissé ces empreintes en pensant trouver une sortie par l'arrière du jardin, n'est-ce pas ?

— Je ne le pense pas. On voit immédiatement qu'il n'y a pas d'issue par là.

Et pourtant son visiteur avait fait plusieurs allées et venues, puis s'était arrêté ici pour regarder à l'intérieur de la maison par cette fenêtre.

— Quelle est la pièce qui se trouve ici ?

Elle tarda assez à lui répondre pour qu'il se tourne vers elle.

— Ma chambre.

Harry alla jusqu'à la balustrade, posa un pied sur la plate-forme et sauta par-dessus le parapet. Il fit pivoter Daisy et la poussa doucement vers la porte arrière en lui disant :

— Il faut que vous appeliez la police. Quelqu'un vous surveille.

3

Harry était assis dans son pick-up. Il regardait la grande maison de Daisy ornée de ses guirlandes lumineuses, tout en se demandant si elle allait prendre congé de cet homme au crâne dégarni de la même façon qu'elle l'avait fait avec lui. A priori, il n'appréciait pas ce type qui avait exigé qu'elle laisse les chiens à l'intérieur et sorte dehors sans manteau pour terminer leur conversation. Mais si, comme lui, elle le prenait dans ses bras, alors cet homme lui deviendrait carrément antipathique.

Pourtant, il devait bien admettre que l'accueil enthousiaste de Daisy et ses adieux pleins de gratitude l'avaient un peu déconcerté. Mais l'idée que tous ceux qui passaient le seuil de sa maison puissent recevoir le même traitement que lui lui était désagréable.

Enfin ! L'homme tendit une carte de visite à Daisy et descendit les marches de la galerie. Harry poussa un long soupir qui embua la vitre. Le visiteur était parti sans recevoir d'accolade. Il eut un sentiment d'approbation lorsqu'il vit Daisy froisser la carte dans sa main, écartant visiblement l'idée de louer sa maison à une personne qui ne semblait pas apprécier ses chiens. Elle s'appuya contre un des piliers du porche et regarda l'homme s'en aller.

— Rentre vite, murmura Harry.

Pourquoi restait-elle dehors par ce froid ? Elle scrutait

l'obscurité, cherchant visiblement quelqu'un ou quelque chose. Était-elle toujours préoccupée par ces traces de pas à l'arrière de son jardin ?

Il se baissa derrière son volant pour qu'elle ne le remarque pas. Il revoyait encore l'éclair de peur qui avait brillé dans ses yeux lorsqu'elle lui avait demandé son aide. Sans qu'il puisse s'expliquer pourquoi, il avait décidé de veiller sur elle jusqu'à ce que son visiteur s'en aille. Mais Daisy était déjà épiée par un homme aux intentions plus que douteuses. Elle ne serait probablement pas très rassurée de savoir qu'il était toujours là, dans l'ombre, à l'observer lui aussi.

Après un autre coup d'œil, elle retourna dans la maison, prenant le temps de caresser ses chiens et de leur parler avant de refermer la porte. Les décorations lumineuses s'éteignirent, tout comme la lumière du vestibule. Elle devait être en train de se diriger vers l'arrière de la maison. D'où il était, Harry ne pouvait voir où elle se trouvait, ni ce qu'elle faisait.

D'ailleurs, cela ne le regardait pas. Le visiteur de Daisy avait quitté les lieux, et il était temps pour lui de partir.

Harry démarra et mit le chauffage, se demandant pourquoi il s'était senti obligé de rester assis dans le froid, se refusant à allumer le contact pour ne pas attirer l'attention sur lui. Probablement un réflexe hérité de ses patrouilles de nuit, où savoir se dissimuler faisait parfois la différence entre la vie et la mort.

Mais il ne devait plus réagir ainsi. Pas ici à Kansas City. Il vit le voisin de Daisy ouvrir la porte de son garage et sortir avec un balai pour enlever la neige qui s'était déposée sur son allée. C'était parfaitement inutile, puisque le vent ferait voler les flocons et réduirait ses efforts à néant avant le lendemain matin.

L'homme s'immobilisa un instant pour tendre l'oreille, alerté tout comme Harry par les vrombissements d'un moteur. De leurs différents points de vue, ils virent tous les deux une voiture sortir en trombe d'une place de parking et faire demi-tour en dérapant avant de s'éloigner à vive allure. Le voisin secoua la tête et commença à retourner vers son garage, mais un couple qui passait devant sa maison lui fit signe et s'arrêta pour lui parler.

Harry démarra, et suivit la route empruntée par le conducteur nerveux, qu'il retrouva à un stop. Ils prirent ensuite chacun une direction opposée. Même si le quartier était ancien, les maisons étaient bien entretenues, et les trottoirs et les allées avaient été dégagés. Tout était normal. Il n'y avait pas lieu de s'inquiéter.

Harry retourna vers l'appartement qu'habitait sa sœur dans le centre de Kansas City. Cette visite chez Daisy pouvait être ajoutée à la liste des choses idiotes qu'il avait faites sans réfléchir. Qu'espérait-il lorsqu'il avait sonné à sa porte ? Que la femme qui lui avait envoyé toutes ces lettres alors qu'il était en mission, puis à l'hôpital, allait le reconnaître ? Ils n'avaient jamais échangé de photos ! Il avait cru que le fait de partager le quotidien, d'oser se dévoiler, de se raconter des histoires émouvantes ou hilarantes faisait qu'ils se connaissaient. Il pensait qu'en la voyant il ressentirait le même élan de joie qu'en reconnaissant son écriture sur l'enveloppe. À vrai dire, il s'attendait presque à ce qu'elle soit nimbée d'un halo de lumière.

Cette Daisy rêvée, dotée de pouvoirs surnaturels, était censée être son lien avec le réel. Il pensait que cette rencontre lui permettrait de s'ancrer dans la réalité, de faire disparaître les cauchemars qu'il essayait sans cesse de contrôler, et qu'alors il pourrait guérir… Qu'il pourrait retourner voir le lieutenant-colonel Biro et lui dire qu'il allait bien.

Il s'était lourdement trompé.

Daisy Gunderson n'était pas éthérée. Elle n'avait pas

les cheveux dorés. Elle était brune, avec un corps mince aux courbes douces qui ne le laissaient pas insensible, à en juger par la façon dont il avait réagi malgré lui à ses étreintes... Et elle semblait ne pas savoir s'arrêter de parler.

Et les chiens... Il ne s'était pas attendu à voir des chiens... Ni ces caisses de décorations entreposées dans la maison. Rien ne rappelait le havre de paix et de quiétude qu'il avait imaginé.

Le fait que quelqu'un l'ait observée depuis son jardin le tracassait également. Il était allé inconsidérément demander de l'aide à une femme qu'il ne connaissait que par ses lettres — une parfaite étrangère, après tout — et, en fait, il semblait que c'était elle qui avait besoin de son assistance.

En ce moment, Harry ne voulait qu'une chose : qu'on l'aide à y voir clair et à chasser les ombres qui s'emparaient parfois de lui.

Il ne pouvait pas s'occuper des problèmes de Daisy Gunderson : il en avait assez lui-même.

Il lui avait rendu le service qu'elle demandait, apaisant ainsi sa conscience. Et maintenant il était temps de passer à autre chose.

Mais à quoi ? Que pouvait-il faire pendant ces six semaines de congé forcé ?

S'il avait été en mission, il serait allé faire une ronde de nuit, pour s'assurer que ses hommes étaient en sécurité. Et, s'il s'était trouvé à Camp Pendleton en Californie, il aurait fait du sport, révisé les dernières procédures, ou imaginé un exercice d'entraînement pour les nouvelles recrues. Il avait l'habitude d'avoir une routine, un but... Que pouvait-il bien faire à Kansas City à part se tourner les pouces, aller voir un psy, et rassurer sa sœur qui semblait constamment se surveiller lorsqu'elle lui parlait ?

Il se dit qu'il allait trouver un centre commercial et acheter des cadeaux pour Hope, son beau-frère Pike et leur fils Gideon. Mais même en fin d'après-midi il allait y avoir foule… Trop de monde. Trop de bruit. Trop d'endroits où l'ennemi imaginaire qu'il avait dans sa tête pouvait se cacher.

Le plus simple serait de demander à son beau-frère s'il connaissait une salle de sport où il pourrait aller s'entraîner. Un endroit où il pourrait soulever quelques haltères, courir sur un tapis… C'était ce dont il avait besoin : se dépenser jusqu'à ce qu'il soit trop épuisé pour penser à quoi que ce soit.

Il était près de 20 heures lorsque Harry s'arrêta devant l'agence de sa sœur Hope, organisatrice de mariages et d'événements. Il appuya sur la sonnette et s'annonça à l'interphone. Hope lui ouvrit et il monta rapidement les marches menant à l'appartement situé au-dessus des bureaux. C'est là qu'elle vivait avec Pike, son mari, et Gideon, leur fils de deux ans. Il l'entendit ordonner à Hans, le chien de police dont Pike était le maître, de rester assis, puis elle ouvrit la porte. Sa sœur semblait avoir trouvé dans le mariage et la maternité une confiance en elle et une sérénité qu'il observait avec joie et tendresse, et la voir l'accueillir avec son sourire habituel lui fit chaud au cœur.

Mais ce sourire s'évanouit, et ce fut avec un air soucieux qu'elle le regarda en refermant la porte.

— Cette veste est trop petite pour toi. Il faudrait en acheter une autre.

— J'ai dû épaissir un peu depuis la dernière fois que j'ai eu besoin d'une parka. Ce n'est pas le genre de choses que l'on met dans le sud de la Californie ou au Moyen-Orient.

Il allait ranger sa veste, mais Hope la lui prit des mains dès qu'il l'eut enlevée.

— Tu arrives plus tard que je ne le pensais. Tu as mangé ? Je peux te réchauffer quelque chose au micro-ondes.

Même si Hope avait enfilé des pantoufles confortables, elle portait encore la robe élégante qu'elle avait mise pour travailler, et qui épousait la forme de son ventre rond : elle attendait son deuxième enfant et était enceinte de sept mois. Se déplaçant lentement, elle alla dans la cuisine et déposa la veste sur le dossier de l'une des chaises.

— Tu préférerais un sandwich ?

Harry la suivit. Il se sentait un peu honteux de constater qu'après toutes ces années Hope se sentait encore obligée de prendre soin de lui.

— Ne t'en fais pas pour moi.

— Tu as mangé ?

Elle ouvrit la porte du réfrigérateur et se tourna vers lui.

Hope n'avait que un an de plus que Harry, et cela faisait bien longtemps qu'il l'avait dépassée en taille. Mais, lorsqu'elle le regardait de ses yeux gris à la fois doux et perçants, il avait l'impression qu'elle voyait son cœur et connaissait tout de lui. C'était comme si l'enfance tragique qu'ils avaient partagée les avait liés à jamais et qu'ils ne pouvaient rien se cacher. Impossible de mentir à Hope.

— Non.

— J'aimerais que tu prennes mieux soin de toi. Il n'y a pas si longtemps, tu étais encore sur un lit d'hôpital, entre la vie et la mort. Tu as besoin de vêtements chauds et à ta taille, mais aussi de sommeil et d'une nourriture saine.

Elle le poussa doucement vers une chaise, l'embrassa sur la joue, et alla lui préparer un sandwich.

— Tu as trouvé la maison de Daisy sans difficulté ? Qu'as-tu pensé d'elle ?

Harry revit en pensée des yeux bleus le regardant avec une expression pensive qui était proche de celle de Hope quelques instants auparavant. À vrai dire, il y avait eu quelque chose d'assez déconcertant dans la façon dont Daisy l'avait observé de son doux regard de myope.

— Elle aime serrer les gens dans ses bras.

Il fut lui-même surpris de s'entendre prononcer ces mots.

Mais son ton quelque peu perplexe ne désarçonna pas Hope. En fait, elle sembla plutôt amusée par son commentaire.

— Je t'avais dit qu'elle était agréable et chaleureuse. C'est elle qui a engagé la conversation avec moi lorsque nous nous sommes rencontrées à une réunion de la paroisse. J'étais assise dans un coin à écouter les autres. Elle s'est installée à côté de moi et m'a adressé la parole.

Effectivement, cette femme savait manier les mots.

— Oncle Harry est là !

Pike Taylor entra dans la pièce, portant Gideon qui se tortillait dans ses bras. Le petit garçon était déjà en pyjama, prêt à être couché. Même lorsqu'il n'était pas en uniforme, Pike avait le maintien plein d'assurance du policier qu'il était. Mais cet homme grand et solide, qui avait su protéger sa sœur de leur père violent, avait tout d'un enfant lorsqu'il posa son fils par terre et se lança à sa poursuite en riant. Même le chien se joignit à leur jeu : il se mit à aboyer et à tourner autour du petit garçon, ce qui ne fit qu'ajouter à sa joie. Harry sentit sa paupière sauter alors que l'amusement qu'il ressentait à les voir si joyeux se teintait d'un sentiment plus noir, qui tentait de faire surface. Gideon perdit l'équilibre et tomba sur les fesses avant de s'accrocher au berger allemand pour se remettre debout sur ses petites jambes, et changer de direction.

— Je te préviens : il t'a réclamé toute la soirée ! l'avertit Pike.

Gideon se dirigea vers Harry en babillant. Il s'appuya contre ses jambes et tendit les bras pour qu'il le prenne sur ses genoux. Même si Harry ne savait trop comment réagir, il sentait le regard de Hope sur lui, et savait qu'elle serait heureuse de les voir jouer ensemble. Il ne pouvait pas refuser cette joie simple à sa sœur. Alors, il souleva le petit garçon et le posa sur ses genoux. Il écarta la salière et la poivrière vers lesquelles Gideon tendit immédiatement la main, et le laissa jouer avec les boutons de sa chemise. Hans se coucha aux pieds de Harry sans cesser de l'observer comme s'il voulait s'assurer qu'il s'occupait correctement de Gideon. Son neveu se mit à lui tapoter le visage et il leva le menton pour lui échapper. Bon sang, le chien savait mieux s'y prendre que lui avec le petit garçon ! Mais c'était précisément le genre de pensées négatives qu'il ne devait pas avoir.

Se tournant pour échapper au regard attentif du berger allemand, Harry dit la première chose qui lui vint à l'esprit.

— Daisy est un peu désordonnée, non ?

Pike ramassa quelques jouets éparpillés et alla les remettre dans le parc, avant de venir s'asseoir près de lui.

— Désordonnée ? Tu parles de sa maison ? Cela fait trois ans qu'elle est en travaux. Ça doit lui coûter une fortune, même si elle fait beaucoup de choses elle-même.

— Elle est bavarde aussi… Elle passe constamment d'un sujet à l'autre. J'avais du mal à la suivre.

— Elle vit seule, argua Pike. Elle a peut-être besoin de parler.

Hope lui répondit d'un air moqueur :

— Elle a passé toute la journée au lycée, avec des centaines d'élèves. Elle avait l'embarras du choix pour trouver un interlocuteur !

— Ce sont des adolescents, répliqua Pike. Ce n'est pas la même chose que de parler à un adulte.

Hope ne semblait pas convaincue. En secouant la tête, elle ouvrit un placard et en sortit un paquet de chips.

— Tu sais bien que tu n'es pas très loquace, Harry. Tu es comme moi : tu te tais lorsque tu es avec quelqu'un que tu ne connais pas. Cela l'a peut-être rendue nerveuse, et elle a voulu remplir le silence. C'est ce que je fais quand ma timidité prend le dessus et que je suis mal à l'aise.

Harry n'aurait pas décrit Daisy comme quelqu'un de timide : il n'y avait qu'à penser à la façon dont elle l'avait spontanément pris dans ses bras. Pourtant, il avait senti qu'elle était nerveuse. Était-ce parce qu'il n'avait pas annoncé sa visite ? Ou ces empreintes dans la neige l'inquiétaient-elles plus qu'elle n'avait voulu le lui dire ? Certes, elle avait semblé troublée d'apprendre que quelqu'un l'observait, mais maintenant qu'il y repensait elle n'avait pas eu l'air particulièrement surprise.

Hope ouvrit le paquet de chips et en grignota une avant de verser le contenu du sachet sur une assiette, à côté de son sandwich.

— Daisy est une hyperactive : elle est toujours prête à aider ceux qui le lui demandent. C'est une femme extraordinairement généreuse.

Harry repoussa la main de son neveu qui lui tripotait le visage. Était-ce cette gentillesse qui l'avait poussée à se montrer aimable avec le malotru qui voulait louer une chambre dans sa maison ?

— Je suis resté dans ma voiture quelques instants avant de repartir. J'ai vu un homme qui venait visiter le premier étage de sa maison pour le louer.

Pike se glissa derrière Hope et tendit le bras pour saisir une chips.

— C'était M. Friesen, l'oncle d'une des réceptionnistes. J'ai vérifié qu'il n'avait pas de casier judiciaire.

— Il est arrivé quand j'étais en train de retourner à ma voiture. J'ai préféré attendre qu'il ait terminé sa visite avant de repartir, pour m'assurer que tout allait bien.

Hope écarquilla les yeux en poussant l'assiette de chips devant Harry.

— Quelque chose t'a semblé inquiétant ?

Harry mordit dans son sandwich après en avoir pris un tout petit morceau qu'il tendit à Gideon. Autant éviter que son neveu ne s'acharne à le lui arracher des mains !

— Lorsque j'étais chez elle, elle m'a demandé de vérifier des empreintes de pas suspectes dans son jardin. J'ai l'impression que quelqu'un s'amuse à la surveiller.

Pike tira une chaise et s'assit à table.

— Tu en as parlé à la police ?

Ainsi, Pike trouvait lui aussi que la situation était préoccupante.

— Je lui ai conseillé de le faire.

Hope posa la main sur son ventre rond en un geste protecteur.

— Tu as vérifié que Daisy était en sécurité, et que sa maison était bien fermée, n'est-ce pas ?

— Elle a des fenêtres récentes au rez-de-chaussée, et les portes semblent solides.

Mais il n'avait pas vérifié qu'elles étaient bien fermées. Enfin, cette femme avait assez de bon sens pour… Il eut du mal à avaler la deuxième bouchée de son sandwich : il aurait au moins pu s'en assurer.

Pike attira Hope sur ses genoux, pour la réconforter. Elle était visiblement inquiète pour son amie.

— Il y a eu pas mal de vols par ici ces derniers temps. C'est habituel à cette époque de l'année. Les cambrioleurs cherchent de l'argent, des cartes de crédit, ou essayent même de mettre la main sur des cadeaux de Noël.

Gideon, qui devait convoiter le repas de Harry, abattit sa main sur l'assiette de chips. Harry poussa l'assiette sur le côté et recula sa chaise, heurtant Hans, le berger allemand, qui poussa un aboiement surpris.

Instantanément, il eut la sensation d'une explosion dans sa tête. Il sentit même la douleur lui transpercer le crâne. Il entendit les appels à l'aide, les gémissements…

Il se leva en chancelant.

— *Platz*, Tango !

Le passé et le présent se mélangeaient dans son esprit.

— Hans, je veux dire… *Platz* !

Le chien bien dressé de Pike obéit immédiatement à l'ordre donné en allemand, et s'assit. Déterminé à maintenir coûte que coûte le passé à distance, Harry posa Gideon sans ménagement dans les bras de sa sœur et prit sa veste.

— Je suis désolé. Il faut que je sorte un instant… pour m'éclaircir les idées.

— Harry ?

— Laisse-le faire, ma chérie.

Une heure plus tard, Harry était revenu, s'était excusé auprès de sa sœur, avait terminé le repas qu'elle avait gardé pour lui, et s'était enfermé dans la chambre qu'il partageait avec Gideon.

Le flash-back était retourné d'où il était venu, dans cette partie sombre de son esprit. Malgré cela, il ne parvenait pas à retrouver assez de calme pour s'endormir. Il entendait la respiration douce de Gideon dans le noir et, allongé sur son lit, il parcourait à la lueur de sa lampe-torche les lettres qui d'habitude le réconfortaient dans des moments comme celui-ci.

Il sourit en relisant le passage où Daisy lui racontait qu'elle avait surpris une de ses élèves en train de lécher une plante en pot, car elle voulait savoir le goût que pouvait avoir la sève qui perlait. La jeune fille n'avait pas été malade, et Daisy lui avait rapporté un florilège de blagues toutes plus amusantes les unes que les autres auquel l'incident avait donné lieu. Cette histoire avait tellement fait rire son unité que, lorsque l'un d'entre eux faisait quelque chose de stupide, ils le traitaient de « suceur de sève ».

Le petit garçon gazouilla dans son sommeil, ce qui rappela à Harry qu'il était un intrus ici. Dans quelques mois, Hope et Pike auraient besoin de place pour le petit frère ou la petite sœur de Gideon. Même s'il avait la ferme intention d'avoir réintégré l'armée à cette époque, Harry ressentit soudain un accès de culpabilité : peut-être Hope aurait-elle voulu refaire la décoration de cette pièce. Elle avait parlé d'agrandir leur appartement, en utilisant la réserve située au-dessus de son agence pour en faire une pièce supplémentaire. Mais des travaux de cette ampleur ne pourraient avoir lieu qu'après la naissance du bébé. Peut-être gênait-il Hope et Pike, bien trop accueillants pour le lui faire remarquer. Il pourrait essayer de trouver une chambre à louer, le temps que ses vacances forcées se terminent et qu'il puisse retourner voir le lieutenant-colonel Biro.

Daisy cherchait un locataire…

Harry remit la lettre dans l'enveloppe en papier kraft. Non. Il ne pouvait pas faire ça. Il avait besoin d'un endroit tranquille pour se reposer pendant un mois ou deux, pas plus. Il ne voulait pas signer un bail pour une longue période.

Il repoussa cette idée et sortit une autre lettre de l'enveloppe.

Cher Major Lockhart,

Je suis si triste d'apprendre le décès de votre ami. Je sais que votre travail est important pour vous, mais j'ai le sentiment que vous auriez eu besoin d'un peu plus de temps. Ne pouvez-vous pas prendre quelques jours pour vous remettre ? Essayez de trouver quelqu'un à qui parler… Un prêtre… Un autre ami… Même si j'imagine bien qu'il est difficile — là où vous êtes — de laisser tomber ses défenses ne serait-ce qu'un instant, et de se livrer.

Lorsque mon père est mort si brutalement, j'étais sous le choc. J'ai éprouvé un profond sentiment d'injustice : comment une tragédie pouvait-elle en entraîner une autre aussi rapidement ? Cela m'a fait encore plus mal que l'agression de Brock, parce que je me sentais totalement impuissante : j'avais pu me défendre contre Brock, mais je n'ai rien pu faire contre la crise cardiaque qui a terrassé mon père. Heureusement, j'ai vu un psychologue qui m'a rappelé les différentes phases du deuil. Il m'a expliqué que nous avions tous une manière différente de les traverser… Il n'y a aucune règle qui permette de savoir quand la colère cessera, ni quand la douleur sera enfin apprivoisée. Je sens que c'est ce que vous êtes en train de vivre. Soyez bienveillant envers vous. Je vous envoie toutes mes pensées positives, pleines d'arcs-en-ciel et de soleil, de gâteaux au chocolat… Ou peut-être préféreriez-vous une bonne entrecôte ? Que prenez-vous lorsque vous avez envie de vous faire plaisir et de vous gâter ? Dites-le-moi, et c'est ce que je vous enverrai en pensée.

Malgré la discrétion avec laquelle Daisy parlait des épisodes douloureux de sa vie, Harry se rembrunit en imaginant son ancien compagnon entrant dans son appartement et l'attaquant avec un couteau. Il n'était pas étonnant qu'elle soit inquiète à l'idée que quelqu'un la surveille. Il se redressa et s'assit au bord de son lit. Daisy lui avait écrit que l'homme avait été incarcéré. Combien de temps un type restait-il en prison pour ce genre de crimes ? Craignait-elle que ce ne soit lui qui soit revenu la menacer ?

Il se promit de demander à Pike de vérifier si Brock Jantzen était toujours en train de purger sa peine. Décidément, le sommeil semblait plus loin que jamais…

Il tenta de faire taire ses inquiétudes : il y avait des

policiers pour s'occuper de cela. Il n'était pas de taille à supporter les soucis des autres en ce moment.

Il se remit à lire la lettre de Daisy, espérant ainsi se laisser emporter par la paix et le réconfort de ses mots.

Si j'étais avec vous en ce moment, j'écouterais tout ce que vous avez à dire, aussi longtemps que vous en auriez besoin. Si vos pensées sont trop intimes pour que vous puissiez les partager, peut-être pourriez-vous les écrire juste pour vous-même… Pour les sortir de votre tête, et que vous ne gardiez en vous que ce que vous arrivez à gérer. Il n'est pas nécessaire que vous m'envoyiez cette lettre : le simple fait de la rédiger vous aidera.

Croyez-le ou non, je sais écouter. Et je sais aussi serrer les gens dans mes bras et les réconforter. Si jamais vous venez à Kansas City, je pourrai vous le prouver.

Avec toute mon amitié,

Daisy.

Il ne put s'empêcher de sourire en lisant la partie concernant les accolades. Elle disait vrai. Mais son sourire s'évanouit tout aussitôt. Harry avait pris Daisy au mot lorsqu'elle lui avait suggéré de coucher sur le papier toute sa souffrance et sa colère. Il lui avait envoyé une lettre au vitriol — trois pages et demie de bêtises qu'il n'aurait jamais dû dire à personne. Et elle lui avait pourtant répondu, lui disant qu'elle avait pleuré pour lui, parce qu'elle comprenait qu'il ne s'était jamais autorisé à le faire : les marines ne pleuraient pas.

Elle l'avait aidé à sortir de ce cauchemar alors que tout semblait perdu. Il devait bien plus à Daisy que cette courte visite pendant laquelle il n'avait cessé, en son for intérieur, de lui reprocher de ne pas être conforme à l'image irréaliste qu'il s'était faite d'elle.

Avec un soupir, Harry rangea la lettre dans l'enveloppe, éteignit sa lampe-torche et mit ses bottes. Il ne savait pas encore exactement ce qu'il allait faire, mais il allait agir.

Hope avait raison : il était un homme de devoir. Il avait été entraîné à protéger et à servir.

Peut-être Daisy avait-elle simplement besoin qu'un homme soit dans les parages pour éloigner le voyeur, le cambrioleur ou l'ancien compagnon qui la surveillait. Elle allait être en sécurité : il ne voulait pas ajouter la culpabilité au fardeau qu'il portait déjà. Hope ne le regarderait plus avec ces grands yeux inquiets, et il aurait un toit sur sa tête pour les six semaines à venir.

Difficile de résister à de tels arguments…

La tranquillité d'esprit et le sommeil ne viendraient pas ce soir s'il ne s'attaquait pas immédiatement à un des problèmes qui le hantaient.

Il saisit son téléphone, mais se rendit compte qu'il n'avait pas le numéro de Daisy. Seulement son adresse.

Il prit sa veste, ses clés, et referma doucement la porte de la chambre derrière lui. Pike et Hope étaient dans le salon, blottis l'un contre l'autre sur le canapé. Il se prépara à partir et annonça :

— Je sors un moment.

Hope referma le livre qu'elle lisait.

— Il est tard !

Harry mit sa casquette.

— Pas tant que ça.

Elle leva la tête vers lui.

— Tu vas bien ? J'ai dit quelque chose qui t'a contrarié tout à l'heure ?

Pike avait baissé le volume de l'émission qu'il regardait et s'était levé. Il considérait Harry avec attention, comme pour s'assurer qu'il n'allait pas être blessant. Bien. Harry était content que Hope ait dans sa vie quelqu'un qui l'aimait assez pour s'occuper ainsi d'elle.

Et Daisy ? Avait-elle quelqu'un pour la protéger ?

« Je n'ai ni compagnon, ni frère, ni père à appeler.»

Harry se pencha vers le dossier du canapé pour embrasser Hope sur la joue.

— Je vais bien. J'ai seulement besoin de faire une course.

— Prends les clés de la maison, conseilla Pike.

Il alla dans la cuisine, ouvrit un tiroir et en sortit un trousseau qu'il lança à Harry.

— Nous serons peut-être endormis quand tu rentreras. Je vais mettre Hans dans sa niche. Souviens-toi : pour qu'il se couche, tu dois dire…

— *Platz*. Oui, je sais.

Il avait l'habitude des chiens dressés pour servir dans la police ou l'armée. Il en avait un lorsqu'il était en mission. Tango et lui… *Non. Ne pense pas à ça.*

Il chassa ce souvenir auquel il n'était pas encore capable de faire face, et glissa les clés dans sa poche.

— Ne t'inquiète pas pour Hans.

— Dis-nous comment va Daisy ! lui dit Hope.

Il était inutile d'essayer de cacher à sa sœur ce qu'il allait faire. Elle le connaissait mieux que lui-même. Il s'arrêta un instant sur le seuil pour lui répondre :

— Entendu.

4

Daisy ne parvenait pas à s'endormir.

Elle avait beau savoir que les craquements venant de sa fenêtre étaient causés par les feuilles et les brindilles charriées par les bourrasques, elle s'assit pour la troisième fois, serrant un oreiller contre sa poitrine. Dans la pénombre, avec sa myopie, elle distinguait les contours flous des doubles-rideaux, et s'attendait presque à les voir s'écarter pour révéler la silhouette d'un homme. Essayant de se raisonner et de calmer les battements de son cœur, elle mit la paire de lunettes posée sur sa table de nuit et consulta son radio-réveil.

2 h 49…

Elle poussa un soupir. Elle aurait bien du mal à se lever à 6 heures si elle ne parvenait pas à calmer son imagination et à trouver le sommeil.

Elle alluma la lampe de sa table de chevet, et une lumière réconfortante envahit la pièce. Patch, qui dormait avec Muffy sur un tapis au pied du lit, se redressa, indiquant qu'il était prêt à commencer sa journée.

— Pas encore ! lui dit-elle avec un sourire.

Il n'en fallut pas plus pour que le chien s'approche du lit pour quémander une caresse, que Daisy lui donna volontiers. Elle regarda Caliban, couché sur un coussin.

Il semblait contrarié d'être dérangé dans son sommeil, et mit son museau sous sa patte, essayant de se rendormir.

La chaudière se mit en marche et Daisy sursauta encore. Bon sang… Elle n'avait pas besoin qu'une personne mal intentionnée s'amuse à lui envoyer ces cartes sinistres, quand son imagination suffisait à l'effrayer autant ! Le temps qu'elle comprenne que les doubles-rideaux ondulaient à cause du vent qui s'infiltrait dans la pièce et non parce qu'un intrus avait pénétré dans sa chambre, les trois chiens s'étaient redressés et la regardaient attentivement, se demandant si elle allait les emmener faire un tour dans la maison pour chercher un homme qui — ils le savaient — n'était pas ici.

Une planche craqua à l'étage supérieur et Daisy leva les yeux vers le plafond. La logique voulait que ce bruit soit causé par la chaleur de l'eau dans les tuyaux. Mais une latte de parquet grinça une deuxième fois, puis une troisième, et elle ne parvint plus à penser rationnellement.

On aurait cru des pas… Mais ce n'était pas possible : les chiens auraient aboyé. D'ailleurs, elle avait appelé la police pour signaler les empreintes dans son jardin. Et puis, elle avait vérifié que toutes les portes et toutes les fenêtres étaient fermées.

En bas seulement…

Elle entendit un choc sur un mur et sentit son cœur se serrer. Brock avait fracassé la porte de son appartement la nuit où il était entré pour l'agresser. Les serrures de cette maison étaient plus solides.

Mais au fond cela ne changeait pas grand-chose…

Elle entendit un autre choc. Puis un troisième, un peu étouffé…

— Je suis désolée, les petits.

Daisy ne pouvait plus rester ainsi à imaginer le pire. Elle enfila ses pantoufles et sa robe de chambre.

— Si je ne vais pas voir ce qui se passe là-haut, personne ne va réussir à dormir.

Les chiens s'étirèrent, et Daisy se dirigea vers la fenêtre. Elle écarta les rideaux et releva le store, s'attendant presque à se retrouver nez à nez avec un visage de l'autre côté de la vitre. Mais elle ne vit que la lueur argentée de la lune sur la neige de son jardin, et poussa un soupir. Vite, elle replaça le store et les rideaux, et, armée de son téléphone portable et du petit spray de défense accroché à l'anneau de son porte-clés, elle sortit de sa chambre.

Elle alluma toutes les lumières du rez-de-chaussée. Après avoir rapidement vérifié les pièces du bas, elle actionna l'interrupteur pour éclairer le premier étage et se mit à monter les marches de l'escalier. Muffy était sur ses talons, alors que Patch la précédait.

— Pourvu que ce soit une branche secouée par le vent qui cogne contre la maison… Ou la neige…

Si c'était la neige, c'était bien. C'était normal. Peut-être qu'un bloc s'était détaché du toit et avait atterri sur le rebord d'une fenêtre. Décidant d'oublier qu'il était plus qu'improbable que la neige fonde avec ces températures polaires, Daisy répéta :

— Pourvu que ce soit la neige !

Lorsqu'elle arriva au premier étage, elle inspecta rapidement le palier, puis se pencha pour observer le hall en bas. Son cœur se serra lorsqu'elle vit Caliban, son unique patte avant posée sur la première marche de l'escalier, qui la regardait d'un air anxieux. Courageusement, il grimpa deux marches en sautant, mais il glissa sur le bois ciré.

— C'est bon, Caliban. Surveille le rez-de-chaussée.

Daisy se redressa, et entra dans la première chambre. C'était celle qu'elle voulait louer, avec la salle de bains de l'autre côté du couloir. C'était là qu'elle avait entendu le plancher craquer, et les bruits sourds contre le mur de la maison. Ses yeux s'étaient à peine accoutumés à la lumière vive que Caliban poussa un aboiement rauque. Daisy répondit par un cri étouffé. Une seconde plus tard, on entendit de lourds coups frappés à sa porte, et elle porta la main à sa poitrine, terrifiée.

— Brock est en prison, dit-elle à haute voix. Il ne peut pas te faire de mal.

Mais celui qui lui faisait ces cadeaux terrifiants était en liberté.

Les trois chiens se précipitèrent vers la porte, en aboyant férocement. Elle commença à composer le numéro d'urgence sur son téléphone.

— Daisy ! Daisy ! Ouvrez !

Connaissait-elle cette voix ? C'était celle d'un homme, assez forte pour être entendue par-dessus les aboiements des chiens. Brock avait une voix forte, souvent éraillée par l'alcool. Mais celle-ci était claire et nette.

— C'est Harry Lockhart. Ouvrez !

— Harry ? Que…

Étourdie de soulagement, elle se précipita au bas de l'escalier et se dirigea vers la porte d'entrée.

Elle voyait la silhouette imposante de Harry se dessiner derrière la vitre. Ses mains tremblaient, ses gestes étaient saccadés tant elle se sentait à la fois troublée et soulagée.

— Caliban, *sitz* ! ordonna Harry lorsqu'il entra.

Il posa les mains sur ses épaules et la poussa à l'intérieur.

— C'est de l'allemand ? Que faites-vous ici ? demanda-t-elle tout en s'étonnant que son chien obéisse immédiatement à l'ordre. Vous êtes armé ?

Il entra et referma immédiatement la porte derrière lui, puis la plaqua contre le battant, la protégeant de son corps. Il balaya le large couloir du regard.

— Vous avez allumé toutes les lumières. Que se passe-t-il ? lui demanda-t-il.

Tout en continuant à la maintenir contre la porte, il recula assez pour pouvoir la regarder dans les yeux.

— Que se passe-t-il ? souffla-t-elle à son tour.

Elle s'agrippa à lui pour ne pas tomber. L'angoisse qu'elle avait ressentie, la surprise et le soulagement lui tournaient la tête. Elle avait besoin d'un peu d'air et le repoussa pour mettre de l'espace entre eux. La chaleur de son corps était trop proche, elle sentait trop l'étui de son arme pressé contre elle, son odeur boisée était trop présente pour qu'elle puisse avoir les idées claires. Mais, pour le moment, elle ne pouvait que se retenir à lui.

— Vous étiez en train de surveiller ma maison ?

Il plissa les paupières.

— Vous portez d'autres lunettes.

— Pardon ?

Ah oui : celles-ci étaient en écaille. La réflexion qu'il venait de faire était tout aussi incongrue que les pensées qui traversaient Daisy en ce moment. Mon Dieu, il était vraiment musclé ! Et ses yeux si beaux avaient la couleur de l'océan sous un ciel d'orage. *Reprends-toi !*

Daisy secoua la tête, ne comprenant toujours pas pourquoi il était ici. Mais elle pouvait lui répondre.

— J'ai plusieurs montures. Je mets celle-ci quand je suis à la maison.

Il s'écarta d'elle tout aussi rapidement qu'il l'avait poussée contre la porte, et elle chancela lorsque l'air frais glissa entre eux. Il ôta ses gants et les mit dans sa poche.

— Caliban, *Fuss.*

Fousse ? Apparemment, cela signifiait « aux pieds », du moins pour Caliban. Harry pivota et inspecta son salon, les trois chiens sur ses talons. Lorsqu'elle se sentit capable de marcher à nouveau, Daisy resserra la ceinture de sa robe de chambre et les suivit, regardant Harry vérifier chaque porte et chaque fenêtre de sa maison.

Lorsqu'il eut tout contrôlé, Daisy attrapa la manche de sa veste et le retint. Maintenant, elle avait les idées assez claires pour comprendre qu'il était étrange que Harry Lockhart soit en train d'inspecter sa maison à 3 heures du matin.

— Que faites-vous ici ?

— Je n'avais pas vérifié que vos portes et vos fenêtres étaient bien fermées tout à l'heure.

Et cela était censé lui apporter une explication ?

— Pourquoi avez-vous allumé toutes les lumières ? poursuivit-il. Il s'est passé quelque chose ? J'ai cru que quelqu'un était entré.

Ainsi, il surveillait sa maison. Daisy replaça ses cheveux derrière ses oreilles, ne sachant trop si elle devait être reconnaissante ou inquiète. Il ne savait rien des cadeaux sinistres qu'elle avait reçus, n'est-ce pas ? Alors pourquoi lui qui était si pressé de partir tout à l'heure semblait-il si désireux de la protéger maintenant ?

— Daisy ? reprit-il de sa voix claire. Pourquoi avez-vous allumé les lumières ?

— J'ai entendu du bruit à l'étage. Quelque chose frappait le mur de la maison. Je suis allée voir.

Il était déjà reparti, montant les marches deux par deux, immédiatement suivi par Muffy et Patch.

Daisy s'accroupit auprès de Caliban et le prit dans ses bras, le caressant pour calmer l'énergie qu'elle sentait vibrer dans son corps musclé. Elle entendait Harry à l'étage, qui inspectait chacune des chambres et des salles de bains.

Elle se mit debout lorsqu'il redescendit. Patch se trémoussait d'excitation, et se dressait contre lui sur ses pattes arrière. Harry le repoussa doucement et lui fit signe de s'asseoir. Muffy continuait à aller et venir autour de lui, ne prêtant attention à aucun ordre. Alors Harry se pencha et le souleva.

— Har…

Daisy s'apprêtait à prendre le chien, mais il reposa Muffy entre Caliban et Patch, poussant doucement mais fermement l'arrière-train du chien sur le sol en lui ordonnant de s'asseoir. Il dut répéter son ordre à plusieurs reprises avant que Muffy ne se lasse et ne lui obéisse.

Elle dit en guise d'excuse :

— Il est difficile à dresser.

— Oui. Il faudrait qu'il se dépense un peu plus pour se fatiguer.

Harry se redressa et poussa un soupir.

— Vous avez des voisins un peu nerveux ?

— Pardon ?

— Des jeunes qui traînent dans les rues le soir ?

— Non.

Ce n'étaient pas les questions auxquelles elle s'attendait.

— Qu'avez-vous vu ? demanda-t-elle.

Écartant les pans de sa veste, il posa les mains sur ses hanches.

— La maison est sûre. Il n'y a aucun signe d'effraction.

— Mais…

— On ne s'en rend pas compte de l'intérieur, mais il semblerait que quelqu'un ait choisi de s'entraîner au tir de boules de neige contre votre maison. J'ai remarqué de la neige sur la fenêtre d'une chambre. Je l'ai ouverte, et j'ai aperçu d'autres traces…

Quelques minutes plus tôt, elle avait souhaité que le bruit soit causé par la neige… Mais pas tout à fait de cette manière.

— Quelqu'un s'amuse à lancer des boules de neige sur ma maison à 3 heures du matin ?

— Celui qui le faisait n'est plus là.

Elle songea aux cadeaux si angoissants enfermés dans un tiroir de son bureau au lycée, et se demanda si elle était paranoïaque de penser que celui qui lui en voulait poursuivait sa campagne de harcèlement jusque chez elle.

— Peut-être que la neige est tombée du toit ou vient des branches du grand arbre de M. Finch, suggéra-t-elle.

— Ne refusez pas d'écouter votre instinct. Être conscient du danger est la première étape pour s'en protéger.

Mais Daisy n'était pas un marine.

— Parfois, mon imagination me joue des tours. Cela m'a rappelé la nuit où Brock s'est introduit dans mon appartement. Je vous en ai parlé, non ?

Elle interpréta son regard comme un acquiescement.

— Mais je sais qu'il est en prison maintenant…

Elle leva les mains, essayant de chasser de son esprit l'image de son ancien compagnon, les yeux fous, brandissant ce couteau sanglant. Brock ne méritait pas d'avoir une place dans ses pensées.

— Quelques boules de neige ne constituent pas une menace. Je me suis fait peur toute seule…

— Les pensées peuvent parfois être…

— Plus puissantes que la réalité.

Ses yeux gris la considérèrent avec attention et surprise. Son regard était trop intense pour qu'elle le soutienne, alors elle haussa les épaules, coinçant nerveusement ses cheveux derrière les oreilles, avant de lever à nouveau les yeux vers lui.

— C'est ce que vous avez écrit dans une de vos lettres.

— Je m'en souviens. Je pensais que vous l'aviez oublié.

Harry se balança sur ses pieds et regarda la porte d'entrée, comme s'il allait mettre fin à la conversation et partir soudainement. À nouveau.

Daisy le suivit et l'arrêta avant qu'il n'atteigne la porte.

— Ça ne va pas, Harry ? C'est à cause des chiens ? Ils vous rappellent Tango ?

— Tango ?

Il tourna la tête et lui lança un regard par-dessus son épaule.

— Votre chien…

— Je sais qui est Tango.

Elle vit sa paupière sauter alors qu'il posait la main sur la poignée.

— Ou, plutôt, qui *était* Tango.

— Je suis désolée que vous l'ayez perdu. Cela a dû être si difficile pour vous !

— Comme je vous l'ai dit, la maison est sûre. Avant de partir, je vais en faire le tour pour voir si j'arrive à déterminer d'où on a lancé les boules de neige.

— Vous partez ?

Bien sûr qu'il partait ! Il était seulement venu vérifier que tout allait bien, comme l'aurait fait n'importe quel militaire de carrière. Il était peut-être son ami sur le papier, mais les choses s'arrêtaient là. Et dire qu'elle avait presque eu l'impression de tomber amoureuse de lui… Mais ce n'était qu'un autre effet de son imagination.

Cela ne l'empêcha pourtant pas de se glisser entre lui et la porte et de le prendre dans ses bras. Sa veste était ouverte, et elle était tout près de lui. Elle posa la joue contre son torse, et sentit son corps chaud la réchauffer. Elle inspira son odeur boisée et lui dit :

— Merci d'avoir veillé sur moi.

Une seconde de plus, et elle allait mettre fin à cette accolade. Mais il l'enlaça lui aussi, posant les mains avec douceur derrière ses épaules en la tapotant. Ce n'était pas l'étreinte la plus romantique, mais c'était un geste d'amitié, non ? Au moins, il n'avait pas fait mine de s'écarter, et ne se tenait pas tout raide dans ses bras. Peut-être que ce grand garçon au beau visage était timide ? Souriant contre son épaule à cette pensée, Daisy se blottit contre lui. Elle savait qu'il n'était pas marié et, dans ses lettres, il n'avait jamais parlé d'une compagne — passée ou présente. Sa sœur, Hope, semblait être la seule femme de sa vie. Avait-il autant de mal à s'exprimer avec des gestes qu'avec des mots ? S'il était prêt à la prendre dans ses bras, elle l'était plus encore à se blottir dans sa force et sa chaleur.

— Je n'arrivais pas à dormir, expliqua-t-il.

Harry cessa de la tapoter maladroitement et posa les mains sur son dos assez longtemps pour qu'elle sente leur chaleur contre elle. Il marmonna d'une voix chaude et grondante :

— J'ai pensé que je pourrais m'occuper à quelque chose d'utile. Ces traces de pas m'avaient inquiété, et j'ai regretté de ne pas avoir vérifié toutes les issues de votre maison. Il était si tard que je n'ai pas voulu vous réveiller. Je me suis dit que j'allais surveiller la maison du dehors.

— Ainsi, je ne suis pas la seule à ne pas pouvoir dormir. Nous faisons la paire : je me tourne et me retourne dans mon lit, rongée par l'angoisse, pendant que vous attendez dans le froid, rongé par la culpabilité.

Elle sentit son nez lui effleurer la tempe et l'entendit inspirer. Il respirait l'odeur de ses cheveux ? Et pourquoi pas ? Elle était bien en train de s'imprégner de celle de ses vêtements et de sa peau. Il referma les doigts sur le tissu de sa robe de chambre, comme s'il voulait la serrer plus fort, mais n'osait pas. Puis il la lâcha et recula. Quelques cheveux chargés d'électricité restèrent accrochés à son pull. Avant qu'elle ne puisse les remettre en place, elle sentit qu'il le faisait lui-même, coinçant les mèches échappées derrière son oreille.

— Ça ira maintenant ? demanda-t-il.

Elle leva la main et, involontairement, posa les doigts sur la cicatrice qu'il avait à la tempe. Lorsqu'il recula, elle sentit qu'il était essentiel qu'elle laisse ses doigts posés sur lui. Peut-être ce mouvement de retrait n'était-il pas seulement de la timidité de sa part, mais que Harry n'était pas encore habitué à sa blessure, si discrète soit-elle. Elle s'émerveilla de sentir la chaleur et le modelé de sa peau.

— Je sais que vous avez vécu des choses terribles. Je suis désolée si le fait que j'ai évoqué Tango vous a contrarié. Je sais à quel point ce chien était important pour vous. Vous en parliez dans chacune de vos lettres.

Harry se retourna et ouvrit la porte.

— Je ne partirai que lorsque je vous aurai entendue verrouiller la porte.

Leur relation n'était visiblement pas partie sur de bonnes bases… Mais, s'il refusait de lui parler, elle ne voyait pas comment les choses pourraient s'arranger.

— Je suis désolée si je vous ai…

Il pivota et se pencha vers elle avec une expression si sombre qu'elle recula d'un pas.

— Ne vous excusez pas envers moi. Jamais. Je vous dois tellement !

Que lui devait-il ? Mais il ne semblait pas vouloir expliquer cette remarque sibylline. Il était déjà sorti.

— Bonne nuit, Daisy.

— Bonne nuit, Harry.

Elle referma la porte et alla à la fenêtre pour le voir s'éloigner vers l'arrière du jardin. Il réapparut quelques minutes plus tard, apparemment satisfait par sa mission de reconnaissance, retourna vers son pick-up, et monta à l'intérieur. Elle fut heureuse de voir qu'il avait une tasse de café qui l'y attendait et se demanda si la boisson était encore chaude. Peut-être aimerait-il qu'elle lui en prépare et aille remplir sa tasse ? Mais, s'il n'arrivait pas à dormir, peut-être ne voudrait-il plus de caféine. Et, si le fait d'être en sa présence le mettait si mal à l'aise, il serait probablement soulagé de voir qu'elle éteignait les lumières et allait se coucher. Alors, il pourrait enfin se détendre lui-même.

— Bonne nuit, Harry, murmura-t-elle avant d'éteindre la lumière du perron. Venez, les petits.

Daisy éteignit toutes les autres lumières, à l'exception de sa lampe de chevet. Les chiens s'installèrent à leurs places respectives, elle posa sa robe de chambre sur le dossier d'une chaise, et ôta ses lunettes. Elle sentait bien que le sommeil serait long à venir. Trop de sentiments s'agitaient en elle : la peur de ce fou qui l'observait dans l'ombre, la curiosité pour ce soldat qui s'était donné pour mission de veiller sur elle cette nuit… Alors, elle sortit un paquet de lettres du tiroir de sa table de nuit, s'assit sur le lit, tira l'édredon sur elle et plaça des oreillers derrière son dos. Puis elle se mit à lire une fois encore les lettres de Harry.

Chère Daisy,

Merci pour votre lettre du 2 mai. J'espère que vous allez bien.

Vous ne m'avez pas demandé mon opinion, mais je vais vous dire ce que je pense de l'incident que vous m'avez rapporté. Une de mes missions ici est de m'assurer que tous mes hommes se comportent bien. Je n'admettrais pas qu'un de mes subalternes me parle mal, et vous ne devriez pas laisser cet élève le faire. Mon premier réflexe serait de le coincer contre un mur et de lui expliquer ma façon de voir les choses, mais je suppose que votre proviseur et ses parents n'apprécieraient pas. J'étais plutôt insolent jusqu'à ce que je sois placé dans ma deuxième famille d'accueil. Hope ne cessait de me le reprocher. Mais, si votre élève n'apprend pas ce genre de choses chez lui, il faut qu'il le fasse au lycée. Il doit vous respecter, et il faut que vous y veilliez.

Je vous recommande de ne pas trop le regarder, de ne lui parler que si c'est nécessaire, et de ne pas lui accorder l'attention qu'il recherche. En tout cas, ce que vous racontez montre bien que les professeurs auraient besoin d'être régulièrement formés à la gestion des groupes.

La semaine a été très tranquille ici. Je n'aime pas cela : je me sens nerveux lorsque les choses sont trop calmes. Votre lettre m'a aidé à évacuer la tension. Tango a apprécié les biscuits pour chiens, et moi les cookies. Et, non, je n'ai pas mélangé les deux paquets (même si en fait Tango a goûté les deux. Je crois d'ailleurs qu'il a préféré les cookies).

Amicalement,
Harry Lockhart.

Daisy était en train de lire la troisième lettre lorsqu'elle s'endormit, entourée par ses chiens et surveillée par ce marine mystérieux qui avait su toucher son cœur.

5

Daisy déposa le petit savon parfumé et une carte de vœux sur le bureau de sa collègue Mary Gamblin. Puis elle passa la tête dans le couloir pour s'assurer que personne ne l'avait vue, avant de retourner dans sa classe pour prendre son sac et son manteau. Maintenant qu'elle avait livré son cadeau, elle avait accompli tout ce qu'elle avait à faire. Elle ferma la porte de sa classe à clé, et se dirigea vers la salle des professeurs. Il fallait qu'elle prenne son courrier, avant de s'échapper pour quelques heures.

La journée avait été chargée : elle avait profité de sa pause de midi pour travailler avec Angelo Logan, avait joué des scènes de Jules César avec une de ses classes, drapée dans un bout de tissu faisant office de toge, et avait ensuite célébré le succès d'un autre groupe d'élèves à un examen de vocabulaire qu'ils avaient tous réussi. Même si elle n'avait pas dormi longtemps la nuit dernière, son sommeil avait été beaucoup plus profond que d'ordinaire. Lorsqu'elle s'était réveillée, elle avait trouvé des lettres éparpillées sur le lit. Elle s'était alors souvenue combien elle se sentait proche de Harry à chaque fois qu'elle les lisait, et de la force de ses bras autour d'elle. Il était resté là, toute la nuit, à veiller sur elle. Et elle avait souri… Elle s'était réveillée pleine d'espoir, d'énergie, heureuse de vivre une nouvelle journée.

Le pick-up de Harry n'était plus garé devant sa maison, mais ce sentiment de chaleur et de joie demeura. Pendant que le café passait et que les chiens couraient dans le jardin, Daisy avait déballé quelques décorations de Noël supplémentaires et les avait accrochées dans la maison. Elle n'installerait le sapin que ce week-end mais, petit à petit, elle préparait la maison pour la réception qu'elle organisait pour tous ses collègues. Même si elle n'avait toujours pas d'explication pour les boules de neige écrasées contre le mur de sa maison, il n'y avait pas eu d'empreintes supplémentaires dans son jardin, et Daisy se laissait à nouveau envahir par la joie de Noël.

Depuis que Harry avait fait irruption chez elle la nuit dernière, elle s'était sentie moins seule dans cette immense maison. Il lui avait offert la possibilité de mettre son imagination au repos, et de retrouver son énergie coutumière.

Elle boutonna son manteau, mit la bandoulière de son sac sur son épaule, et se dirigea d'un pas décidé vers la salle des professeurs en fredonnant un chant de Noël. Elle préparait les fêtes de son mieux cette année, un peu à cause de la réception qu'elle devait organiser, mais surtout parce qu'elle refusait de sombrer dans la peur, la paranoïa ou la déprime. Elle ne voulait pas se laisser gagner par la mélancolie qui la prenait lorsqu'elle songeait que sa mère passerait Noël avec son nouveau compagnon, ni par l'angoisse qui l'étreignait dès qu'elle pensait à son Père Noël secret.

Elle salua de loin son proviseur, Ryan Hague, alors qu'il fermait son bureau et s'en allait. Il allait certainement manger rapidement chez lui avant de revenir présider le match de basket organisé ce soir au lycée. Daisy sourit en songeant qu'elle venait de suspendre ce matin un bouquet de gui dans l'arche menant à son salon. Elle ne pensait pas embrasser quiconque dessous, mais M. Hague venait de se remarier cet été, et sacrifierait volontiers à la coutume avec sa nouvelle épouse.

Elle ralentit le pas, essayant de se souvenir de la dernière fois qu'on l'avait embrassée. Le souvenir du visage de Brock se penchant sur elle se mêla à celui de Harry Lockhart, avec ses pommettes hautes et ses yeux gris au regard profond. Elle ne l'imaginait pas se prêtant à ces traditions un peu désuètes, mais cela ne l'empêcha pas de rêver à sa bouche se posant sur la sienne, et à ses bras musclés la serrant contre lui. Daisy retint son souffle alors qu'une bouffée de chaleur lui montait au visage.

Quand son correspondant était-il devenu l'objet de ses fantasmes ? Elle avait le sentiment qu'elle n'avait pas fait très bonne impression à Harry : il semblait être constamment sur ses gardes lorsqu'il était en sa présence. Même s'il avait été assez gentil pour aller voir d'où venaient les empreintes de pas et pour monter la garde près de sa maison, elle sentait bien la tension qui émanait de lui. Et, à moins qu'il ne soit introverti, il était logique de supposer qu'elle en était la cause.

Le bruit d'autres pas derrière elle, plus lourds et plus rapides que les siens, la tira de sa rêverie. Elle regarda par-dessus son épaule et aperçut la veste bleue de Bernie Riley et ses cheveux châtain clair. Elle le salua d'un signe de tête.

— Bonjour, Bernie.

— Bonjour.

Il fit quelques longues enjambées pour la rattraper, et se mit à marcher à côté d'elle. Apparemment, il se dirigeait lui aussi vers la salle des professeurs.

— Tu viens assister au match de ce soir ?

— C'est moi qui vends les billets à l'entrée. Mais j'essayerai de venir y jeter un œil. Tu as retenu Angelo ?

— Ce gamin est mon meilleur meneur. Il n'est pas aussi

grand que son frère, mais il est plus rapide. En plus, il a une meilleure intelligence du jeu.

En parlant de frères… Elle savait que Bernie était concentré sur le match de ce soir, mais il fallait qu'elle sache.

— Tu as vu le mot que je t'ai laissé à propos d'Albert ?

— Oui.

Il enfonça les mains dans ses poches et se mit à rire.

— Ainsi, c'est ton nouveau protégé. Tu es toujours en train de tenter de sauver quelqu'un !

Daisy se raidit. Sous le ton taquin, elle percevait parfaitement la note de condescendance.

— Nous devons faire de notre mieux pour aider tous nos élèves… Et pas seulement ceux qui sont bons en sport.

Bernie l'attrapa par le bras pour l'arrêter.

— J'espère que tu n'insinues pas que je ne me soucie que des élèves qui font partie de l'équipe !

Elle dut lever le menton très haut pour pouvoir le regarder dans les yeux, tout en se dégageant.

— Nous préparons nos élèves à entrer à l'université. Il faut qu'ils soient bons dans les matières académiques. Albert risque d'abandonner ses études si nous ne l'aidons pas.

Elle n'aimait pas qu'on s'adresse ainsi à elle. Mais Bernie Riley avait un ego tellement surdimensionné qu'il valait mieux ne pas le froisser si elle voulait parvenir à ses fins.

— Tu sais combien Albert aime le basket, reprit-elle. Il te respecte. Si tu l'encourageais à…

— Tu ne t'es jamais dit que c'était peut-être *toi* le problème ?

— Moi ?

Daisy recula d'un pas, aussi surprise par cette accusation que par le fait qu'il la retienne par le bras.

— Que veux-tu dire ?

Bernie haussa les épaules. Il regarda d'un côté puis de

l'autre, vérifiant qu'ils étaient seuls dans le couloir, puis se tourna vers elle.

— Certains de ces garçons — ce sont de jeunes adultes, en fait — ne sont pas très à l'aise lorsqu'ils sont dans ta classe ou qu'ils travaillent seuls avec toi après les cours parce que… parce qu'ils sont amoureux de toi.

— Ce n'est pas vrai !

Comment cela aurait-il pu être possible ? Elle avait au moins dix ans de plus que ces adolescents !

— Tu as entendu parler de quelque chose ? demanda-t-elle. Mlle Wadsworth est plus jeune que moi… et beaucoup plus jolie !

— Peut-être, mais tu es plus chaleureuse, et tu as beaucoup plus d'humour. C'est quelque chose qui compte pour eux.

— Je fais toujours très attention à la façon dont je me comporte avec eux, et je n'ai jamais encouragé personne. Je reste toujours très professionnelle.

Elle était effarée à l'idée que l'on puisse penser cela d'elle.

— Je t'assure que jamais je n'ai eu une attitude équivoque !

Bernie leva les mains, souriant à nouveau.

— Hé, je ne t'accuse de rien ! Mais, lorsque tu es un adolescent plein d'hormones, il suffit parfois que quelqu'un te sourie et te donne une bonne note pour que tu tombes amoureux. Tu devrais entendre les questions que certains élèves me posent pendant mes cours d'éducation à la santé !

— Sur moi ?

— Sur les femmes…

Il leva les sourcils et ajouta :

— Et sur le sexe.

Non. Elle ne pouvait même pas envisager que ses élèves aient pu penser à elle de cette manière !

— Tu penses qu'Albert croit qu'il est amoureux de moi ?

Était-ce la raison pour laquelle il avait décidé de ne plus suivre ses cours ? Était-ce lui qui lui envoyait ces cadeaux si malsains ? Voulait-il ainsi exprimer la colère et la frustration qu'il ressentait devant son indifférence ?

— Je ne sais pas. Les élèves ne rentrent pas dans les détails…

Si Bernie disait vrai, alors elle ne devait pas essayer d'aider personnellement Albert. Mais cela ne voulait pas dire qu'elle renonçait à l'idée de lui permettre d'entrer à l'université.

— Encourage-le à parler à un autre professeur, alors. Tu pourrais aussi lui expliquer qu'il devrait se conduire de manière responsable et penser à son avenir…

Bernie réfléchit un instant avant de répondre :

— Je pourrais lui proposer de revenir dans l'équipe de basket. Mais j'ai tant à faire à cette période de l'année !

Daisy se rapprocha de lui. Bernie n'avait pas dit non, ce qui était déjà encourageant.

— Tu pourrais au moins me promettre de lui parler ?

Lorsque Bernie acquiesça en se mettant à avancer vers la salle des professeurs, elle poursuivit :

— Et, si tu découvres qu'il a le béguin pour moi, j'aimerais que tu lui rappelles que c'est tout à fait inapproprié. Ce n'est pas seulement contraire à l'éthique professionnelle : c'est contraire à *mon* éthique personnelle.

— J'essayerai de lui parler, répondit Bernie en ouvrant la porte de la salle des professeurs.

— Merci.

Elle dut élever la voix pour réussir à couvrir le bruit d'une conversation animée : Eddie Bosch était en train de raconter une histoire à certains de ses collègues, pendant que Mary Gamblin faisait des photocopies et que Carol Musil triait le courrier qu'elle avait trouvé dans son casier. Tous étaient très amusés par la cravate lumineuse qu'Eddie avait reçue en cadeau de son Père Noël secret.

Impossible de s'éclipser sans échanger quelques mots

avec eux. Pendant que Bernie se joignait à leur conversation, Daisy se dirigea vers son casier, et vit qu'on y avait déposé des devoirs qu'un élève devait corriger et refaire pendant une retenue. Elle allait les prendre rapidement et partir : elle ne devait pas perdre de temps si elle voulait pouvoir rentrer chez elle sortir les chiens, se changer et revenir à temps pour tenir la billetterie du match de basket. Quant à dîner, elle n'y pensait même pas ! Elle achèterait un hot-dog à la buvette ce soir.

Elle regardait les devoirs déposés dans son casier, vérifiant que tous y étaient, lorsque Eddie vint à côté d'elle.

— Comment s'est passée la visite d'hier soir ? Tu as un nouveau locataire ?

Pas vraiment… Lorsque l'homme avait déclaré qu'il ne louerait la chambre que si elle laissait ses chiens en permanence à l'extérieur de la maison, elle lui avait montré la porte.

— Non. Mais je vais avoir deux autres visites demain.

Bernie prit un pack de boissons énergisantes qui se trouvait sur les casiers. Il était entouré d'un ruban et portait une étiquette avec son nom.

— Bien !

Clairement, il était plus satisfait qu'elle des cadeaux offerts par son Père Noël secret. Daisy s'arma de courage et regarda au fond de son casier, redoutant d'y trouver quelque chose de dérangeant. Elle poussa un soupir de soulagement lorsqu'elle vit qu'il n'y avait rien d'autre. Alors seulement elle donna quelques détails à Eddie.

— M. Friesen a tout apprécié, à l'exception des chiens et de moi-même. Je ne pense pas que nous nous serions très bien entendus.

Eddie se mit à rire.

— Probablement pas ! Mais je pense que tu as raison de louer une partie de ta maison. Tu auras des revenus additionnels, comme on dit maintenant. J'envisage d'ailleurs de refaire mon sous-sol et de le louer. Tu réclames combien pour la chambre ? Je me demande si l'investissement en vaut la peine.

Mais Daisy n'entendit pas sa question. Elle ne percevait que la pulsation de son sang à ses oreilles. Et dire qu'elle avait été assez naïve pour penser que celui qui la tourmentait l'avait oubliée, ne serait-ce qu'un jour ! Elle était là, attachée sous la pile de devoirs : une enveloppe blanche toute simple avec son nom et le message habituel, imprimé sur une étiquette de Noël.

Chère Daisy

Joyeux Noël, de la part de ton Père Noël secret.

— Daisy ?

Elle ne répondit ni à Eddie ni à Bernie qui s'était joint à la conversation.

— Tu n'as pas encore loué ta chambre ? Si tu cherches quelqu'un, je connais peut-être un type. Mais c'est pour quelques mois seulement.

Elle détesta voir que ses doigts tremblaient lorsqu'elle ouvrit l'enveloppe… Qu'Eddie, Mary et Carol, qu'elle avait mis au courant, la regardaient avec inquiétude.

Les deux femmes s'étaient interrompues dans leurs tâches et Eddie avait placé la main sur son épaule.

Soudain, elle eut du mal à respirer. Si elle avait été seule, elle aurait hurlé.

Je frapperai au moment où tu t'y attendras le moins. Joyeux Noël… pour moi.

— Ça va ? demanda Eddie.

Non, ça n'allait pas. Mais elle ne parvenait pas à articuler le moindre mot.

— C'est un message de ton Père Noël secret ?

Bernie était assez grand pour pouvoir regarder la carte par-dessus son épaule. Daisy la froissa et la fourra dans la poche de son manteau avant qu'il puisse la lire.

— Tu n'aimes pas ton cadeau ?

Daisy leva la tête vers Bernie, songeant l'espace d'une seconde que son air amical cachait un amusement cruel. Il lui fallut quelques secondes de plus pour comprendre qu'il n'avait pas pu lire le message, et pour se souvenir qu'il ne faisait pas partie de ceux auxquels elle avait confié ses angoisses.

— Qu'y a-t-il ? insista Bernie.

— Il faut que je parte.

Daisy sortit précipitamment de la salle, tant que ses jambes la portaient encore.

Elle entendit Eddie crier derrière elle.

— Attends-moi, Daisy ! J'en ai encore pour une dizaine de minutes. Il faut que je finisse de rentrer ces notes, puis je te raccompagnerai à ta voiture.

— Je ne peux pas attendre.

Elle regarda dans sa direction sans vraiment le voir.

— Je dois retourner à la maison pour m'occuper des chiens avant de revenir pour le match.

— Bernie…

Eddie fit signe à Bernie de l'accompagner.

L'entraîneur de basket avait son portable collé à son oreille.

— Il fait encore jour, dit-il. Mais si tu veux que je te raccompagne il n'y a aucun problème.

— Non.

Daisy avait besoin d'être seule dans sa voiture pour pouvoir se laisser aller, et peut-être remettre un peu d'ordre dans ses pensées. Personne ne lui avait fait de mal. Celui qui s'en prenait à elle voulait seulement la terroriser, lui miner l'esprit. Il fallait qu'elle parte d'ici et qu'elle se souvienne qu'elle était assez forte pour pouvoir faire face à ses peurs.

— Je vais bien, mentit-elle. Ne raccroche pas. Je n'ai pas besoin qu'on me raccompagne. À ce soir.

Harry commençait à se demander si les habitants de ce quartier regardaient parfois par la fenêtre pour surveiller les alentours. Même s'il était passé maître dans l'art de se dissimuler, il savait qu'il était impossible de passer inaperçu dans cet environnement. Il jeta un coup d'œil dans le rétroviseur pour examiner son reflet : une casquette noire, un visage sévère… presque menaçant. C'était certainement l'image que les gens avaient de lui dans le civil.

Mais, visiblement, personne ne l'avait remarqué puisqu'il avait pratiquement passé les vingt dernières heures assis dans son pick-up à observer la maison de Daisy ou à marcher dans le quartier, sans que personne s'en alarme. Cela n'était pas particulièrement rassurant s'il pensait à Daisy : celui qui la surveillait pouvait le faire sans être inquiété.

Dans son rétroviseur, il vit soudain sa voiture s'approcher. C'était un petit monospace vert. Décidément, Daisy aimait les couleurs vives ! Lui ne s'habillait qu'en noir ou en kaki. Peut-être cette différence de goûts expliquait-elle en partie pourquoi il avait tant de mal à établir le lien avec elle. Elle s'ajoutait au fait que Daisy, avec sa personnalité chaleureuse, son sourire, son énergie, ne ressemblait pas du tout à l'ange qu'il avait imaginé et qui était censé le sauver de lui-même.

Mais ces différences ne l'avaient pas empêché de surveiller sa maison pour elle. Il était certain que le psychiatre qu'il avait vu plus tôt dans la journée aurait dit que Harry comprenait la solitude de Daisy parce qu'il en avait lui-même souffert. Lorsqu'il était enfant et qu'il vivait avec Hope dans une maison isolée des monts Ozark, ne sachant si leur père allait revenir soûl et en colère — ou ne pas revenir du tout —, il avait appris à ne compter sur personne, et à comprendre toute la valeur de la camaraderie qu'il avait ensuite trouvée dans l'armée. Mais le petit garçon qu'il était aurait tout donné pour avoir un véritable père, un père qui les aurait protégés et aimés, Hope et lui. Daisy avait besoin de pouvoir compter sur quelqu'un. Et pour le moment il était cette personne.

Harry leva la main pour saluer Daisy lorsqu'elle passa devant lui. Mais elle ne le vit pas. Alors, il baissa la main et serra le poing. Comme tous les autres habitants du quartier, Daisy ne remarqua pas sa présence. Il la regarda alors qu'elle s'engageait dans l'allée. Elle semblait en train de chanter à tue-tête avec la radio ou de parler à quelqu'un avec un kit mains libres. Elle coupa le contact devant le garage. Pourquoi ne garait-elle pas sa voiture à l'intérieur ? Attendait-elle que la chanson ou la conversation téléphonique se termine ? N'était-elle revenue que pour quelques instants ? Devait-il la suivre si elle repartait ? Jusqu'où devait-il pousser sa surveillance ?

Harry consulta sa montre et serra sa veste autour de lui, attendant de savoir ce que Daisy s'apprêtait à faire avant de décider comment il devait réagir.

Peut-être ce besoin de la surveiller venait-il du désir de la connaître et de la comprendre un peu mieux. Ou peut-être voulait-il mettre définitivement de côté l'image de cette Daisy rêvée… Alors, il pourrait trouver une autre manière de surmonter son traumatisme et de reprendre du service.

Dix minutes plus tard, il était toujours assis derrière son volant à se demander combien de temps il faudrait à Daisy pour sortir de sa voiture.

Un quart d'heure plus tard, il sortit de son pick-up et traversa la rue.

Il s'avança dans l'allée, persuadé qu'elle l'avait vu approcher dans un de ses rétroviseurs. Mais, lorsqu'il arriva au niveau de la portière du conducteur, il la vit qui agrippait le volant à deux mains, la tête posée dessus. Elle n'avait pas conscience de sa présence. Il voyait ses lèvres bouger. Elle semblait répéter inlassablement la même chose. Était-elle devenue folle ?

Préoccupé de la voir immobile, Harry frappa à la vitre.

— Daisy ?

Elle poussa un hurlement en se réfugiant vers le centre de la voiture. Harry recula, mais désigna du doigt la fermeture de la porte, lui faisant signe d'ouvrir. Il recula d'un autre pas dans la neige lorsqu'elle sortit.

— Harry, vous m'avez fait peur ! Vous auriez pu me prévenir !

Elle claqua la portière. Maintenant qu'elle était debout en face de lui, il voyait qu'elle avait pleuré. Même ses lunettes — d'un bleu un peu plus clair que ses yeux cette fois — ne parvenaient pas à le cacher.

— C'est la deuxième fois que vos visites me provoquent presque une attaque cardiaque ! Pourquoi n'appelez-vous pas avant de venir ?

— J'étais inquiet.

Voir ces traces de larmes sur son visage lui tordait le cœur.

— Les gens ne restent pas un quart d'heure assis dans leur voiture si tout va bien. D'ailleurs, je ne pouvais pas vous appeler : je n'ai pas votre numéro.

Elle ne lui proposa pas de le lui donner, mais s'écria :

— Un quart d'heure ? Je suis restée ici si longtemps ?

Elle ouvrit à nouveau la portière et se pencha à l'intérieur de la voiture pour y prendre un lourd sac rose.

— Il faut que je sorte les chiens et que je me prépare pour retourner au lycée. J'aimerais grignoter quelque chose et me changer.

Elle passa la bandoulière du sac sur son épaule et le coinça contre sa hanche. Puis elle se pencha à l'intérieur du véhicule pour y prendre la clé restée sur le contact. Mais le sac glissa et la porte commença à se refermer, et, lorsqu'elle essaya de la retenir, une carte froissée tomba de sa poche et atterrit sur le sol. Harry se pencha pour la ramasser et, malgré lui, lut le message.

— Bon sang…

Il lissa la carte sur la paume de sa main.

— D'abord, il y a un type qui vous épie par la fenêtre de votre chambre, et maintenant ça ? C'est le même homme ? Vous avez reçu d'autres messages comme celui-ci ?

Le rouge lui monta aux joues alors qu'elle lui arrachait la carte des mains. Il avait vraisemblablement vu juste. Elle fourra le bout de papier dans sa poche et se dirigea vers l'arrière de sa maison.

Harry la suivit.

— Daisy, qui vous a envoyé ça ? Un élève en colère ?

— Je ne sais pas.

— Vous ne savez pas qui vous envoie ces horreurs ?

Elle pivota pour lui faire face.

— Si je le savais, vous ne pensez pas que j'essayerais d'y mettre fin ?

Elle le toisa des pieds à la tête.

— D'ailleurs, que faites-vous ici ? Vous n'avez pas de vie ?

En fait, non, il n'en avait pas.

— Je suis en congé pour six semaines. Je n'ai absolument rien à faire à part traîner dans l'appartement de Hope et l'inquiéter. Je suis habitué à avoir toujours une mission, un but. Ici, je deviens fou. Je passe mon temps à penser, à marcher et à penser encore…

— Alors c'est ça : je suis votre nouvelle occupation !

Il se demanda si la note de sarcasme qu'il décelait dans sa voix lui était destinée.

— Vous êtes une amie.

La femme qui avait écrit ces lettres était plus que cela.

— Il se passe ici quelque chose d'anormal et je peux vous aider en montant la garde.

— Vous avez surveillé ma maison toute la journée ?

Excepté pendant sa consultation chez le Dr Polk.

— Presque. Je me suis un peu promené dans le quartier. J'ai trouvé l'endroit d'où on a lancé des boules de neige sur votre maison.

Il passa devant elle et désigna du doigt le jardin de son voisin.

— Celui qui a fait ça se trouvait là-bas. Je n'ai pas remarqué les empreintes de pas hier soir à cause des buissons, mais quand je suis passé de l'autre côté de la clôture…

— Vous vous êtes introduit dans le jardin de M. Finch ? demanda-t-elle en le rejoignant près de la balustrade.

La menace pouvait-elle être si proche ?

— Vous avez des problèmes avec votre voisin ?

— Non… Il a des côtés un peu obsessionnels et il a tendance à se mêler de tout. Vous n'avez pas abîmé ses buis, j'espère ? Ni sa clôture ? L'été dernier, Patch a eu le malheur de creuser dessous et d'arracher quelques racines, et…

— Il y a quelqu'un qui vous épie, Daisy ! s'écria-t-il en abattant la main contre la balustrade. Je me moque des buis de votre voisin !

Elle fut visiblement choquée par son accès de colère. Bon sang, il n'avait pas élevé la voix comme cela depuis des semaines. En la voyant agripper la bandoulière de son sac et reculer, il regretta de ne pas avoir pu se contrôler. Les chiens aboyaient à l'intérieur et elle restait immobile, le dos appuyé contre la porte. Elle ne le quittait pas des yeux.

— Je suis désolé. La dernière chose que je veux, c'est vous faire peur.

Il leva les mains en signe d'apaisement et recula. Il s'en voulait terriblement d'avoir provoqué cette réaction chez elle.

— Je me souviens que vous m'aviez écrit que votre ex-compagnon était violent. Je vous jure que jamais je ne vous ferais de mal !

Il secoua la tête en entendant les mots qu'il venait de prononcer.

— C'est probablement ce qu'il disait lui aussi.

— En fait…

Il resta immobile en attendant qu'elle termine sa phrase, priant pour qu'elle ne pense pas qu'il était semblable à celui qui l'avait attaquée avec un couteau.

— Brock m'avait promis qu'il me ferait du mal si je le quittais.

Elle réajusta ses lunettes, et il songea qu'elle voulait peut-être s'assurer qu'elle le voyait bien, et qu'elle pouvait l'évaluer correctement.

— Il voulait tout contrôler. Il était d'une jalousie maladive. J'ai compris que je devais rompre si je voulais vivre ma vie : recueillir des chiens, rester quelques instants au lycée après mes cours, voir mes parents et mes amis… Il était soûl la nuit où il s'est introduit chez moi.

Elle s'agrippa à nouveau à la bandoulière de son sac.

— Il a tenu sa promesse.

Harry serra encore les poings. Il lui était facile d'imaginer à quel point elle avait souffert. Mais il ne voulait pas se laisser emporter par ses émotions. Alors, il inspira profondément l'air froid, pour maîtriser la colère qu'il sentait bouillir en lui.

— Vous pensez qu'il peut être l'auteur de ces messages ?

— Brock est en prison.

— Vous en êtes certaine ? D'ailleurs, il pourrait avoir des amis à l'extérieur, prêts à faire ce qu'il leur demande.

Daisy se voûta. C'était comme s'il avait détruit une fleur en l'arrosant d'herbicide. Il mit les mains dans les poches de sa veste et s'appuya contre la balustrade. Il espérait que cette posture plus décontractée lui donnerait l'air moins intimidant, qu'il ressemblerait un peu plus à l'ami qu'il voulait être pour elle.

— Écoutez, je n'ai ni tact ni bonnes manières, et j'ai parfois des sautes d'humeur que j'ai du mal à contrôler. C'est une des séquelles de ce qui m'est arrivé. Mais je suis parfaitement en mesure de protéger quelqu'un. J'ai été entraîné à cela. Je sais repérer les lieux et évaluer les dangers.

Il détourna le regard, rompant le contact avec ses yeux bleus qui l'observaient avec une expression pleine de doute.

— En ce moment, c'est vous que j'essaye de protéger. Je ne gêne personne en surveillant votre maison. Et, clairement, il y a quelqu'un qui vous veut du mal. Laissez-moi vous aider.

Comme elle ne répondait pas, il posa à nouveau le regard sur elle.

— Vous m'avez dit que vous n'aviez personne pour le faire.

— Vous pensez que vous me devez cela à cause des lettres ?

Il n'allait pas le nier. Mais il était là pour d'autres raisons encore, des raisons qu'il n'arrivait pas à exprimer pour le moment.

— Je ne peux pas avoir près de moi quelqu'un en qui je n'ai pas confiance, reprit-elle.

— Je suis celui qui vous a écrit, Daisy. Je vous le promets. Vous pouvez me confier votre vie.

Il ne pouvait rien lui offrir d'autre, mais il pouvait veiller sur elle si elle l'acceptait.

— Je suis là. Laissez-moi vous être utile.

Elle réfléchit quelques instants avant d'acquiescer. Puis elle se retourna pour ouvrir la porte arrière.

— La journée a été longue et je suis fatiguée. J'ai probablement les nerfs à fleur de peau…

Sans parler de ce message qui l'avait visiblement bouleversée. Les chiens se précipitèrent au-dehors et l'entourèrent pour quémander des caresses. Lorsqu'elle leur en eut donné, ils coururent vers Harry pour l'accueillir. Le fait de voir Patch se dresser contre les jambes de Harry, Caliban mettre son museau dans la paume de sa main et Muffy essayer de se frayer une place entre eux deux rassura visiblement Daisy plus que tout ce qu'il aurait pu lui dire.

— Je mentirais si je prétendais que je ne suis pas soulagée que vous soyez là. Je me suis sentie beaucoup plus en sécurité la nuit dernière après votre passage.

Les chiens descendirent dans le jardin pour l'explorer. Harry suivit Daisy dans la petite pièce où elle quitta ses chaussures, posa son manteau et son sac pendant qu'il enlevait la neige de ses bottes.

Mais, lorsqu'il ôta ses gants et sa casquette et la suivit dans le couloir, elle l'arrêta en posant la main sur son torse, tendant le bras pour l'empêcher d'avancer dans la maison. Il n'avait pas l'habitude qu'elle le tienne à distance : c'était la première fois qu'elle réagissait ainsi. Il aurait dû être soulagé qu'elle renonce à tous ces gestes démonstratifs qui le mettaient un peu mal à l'aise, mais cela eut pour effet de l'inquiéter.

— Je pensais que cela ne vous gênait pas que je sois là.

Elle ôta la main.

— Vous pourriez surveiller les chiens pendant que je me change ?

Harry hésita un moment. Il n'aimait pas l'idée de la laisser seule. Mais il voyait bien qu'il ne pouvait pas refuser.

— C'est d'accord.

— Merci.

Elle lui prit la main et la serra amicalement. Pourquoi n'avait-il pas remarqué plus tôt qu'elle avait un si beau sourire ?

— Et ensuite vous m'expliquerez ce qui se passe. Je veux savoir combien d'autres cartes de cette nature vous avez reçues, et quand tout cela a commencé. Il faut aussi que je connaisse votre emploi du temps, que je sache toujours où vous serez, et si vous suspectez quelqu'un.

Encore ce sourire !

— Daisy, je…

Obéissant à une impulsion qui lui semblait aussi naturelle que surprenante, Harry tira sur la main de Daisy et l'attira contre lui, la serrant dans une de ces accolades qu'elle semblait tant apprécier. Il mit le nez dans ses cheveux et respira leur parfum si doux.

Il lui tapota le dos, jusqu'à ce qu'il entende un petit rire. Elle se laissa aller contre lui, glissant les bras sous sa veste et posant les mains sur son dos. Elle le caressa, et il sentit sa peau se réchauffer et ses muscles raidis par l'inquiétude se détendre. Harry cessa de la tapoter et commença à lui caresser le dos de la même manière. Il se sentait maladroit et peu habitué à tous ces gestes de réconfort, mais il était également heureux que Daisy fasse l'effort de lui montrer comment faire. Et, comme il apprenait vite, il passa la main à plusieurs reprises de ses hanches à ses cheveux soyeux, et de ses cheveux soyeux à ses hanches.

Harry se surprit à se demander si la sensation de ses courbes, de la chaleur de sa peau sous ses doigts, serait très différente sans la barrière de son chemisier et de son pull. À l'idée de toucher la peau chaude de Daisy, il sentit son sexe se raidir derrière la fermeture de son jean. Il aurait aimé l'embrasser, aussi, pour voir si ces lèvres étaient aussi douces et pleines qu'elles le semblaient, pour découvrir si elle répondait à ses baisers avec le même enthousiasme qu'elle mettait à le serrer dans ses bras, ou avec la même douceur que la caresse de ses mains. Tout son corps vibrait à cette idée alors qu'il frottait les lèvres contre sa tempe, et les pressait contre l'endroit où il sentait battre son pouls. Les bras de Daisy se resserrèrent sur lui. Il sentait sa poitrine contre son torse, les pointes de ses seins qui se durcissaient, et il devait lutter pour ne pas y porter la main.

— Pourquoi ai-je l'impression que vous n'avez pas souvent serré quelqu'un dans vos bras ? murmura-t-elle contre son cou. C'est dommage, d'ailleurs, parce que vous le faites très bien.

Ce compliment peu mérité lui rappela que, s'il avait déjà eu des aventures, il n'avait jamais eu de relation sentimentale durable.

Mais cette femme était Daisy, celle qui lui avait écrit ces si belles lettres, son amie, et elle avait peur. Elle avait peut-être même peur de lui. Ce n'était pas le moment de céder à la curiosité et à son désir. Pour le moment, il voulait qu'elle soit en sécurité.

À regret, il la lâcha, et baissa la tête pour lui embrasser les cheveux. Mais Daisy, qui décidément était imprévisible, leva la tête et lui offrit ses lèvres à la place. Malgré sa surprise, il prit le temps de presser sa bouche contre la sienne, et put confirmer une de ses suppositions : ses lèvres étaient aussi douces qu'il l'avait imaginé. Il ne désirait qu'une chose : l'embrasser à nouveau.

Daisy retomba sur ses talons et s'éloigna avant que cette dernière pensée ne se forme distinctement dans son esprit.

— Ça va aller ? demanda-t-il.

Elle sourit encore lorsqu'elle hocha la tête, et il sentit sa poitrine se gonfler. Décidément, serrer quelqu'un dans ses bras était source de réconfort.

Il mit sa casquette et enfila ses gants.

— Je vais m'occuper des chiens.

6

— Et voici un hot-dog avec du ketchup !

Daisy referma la boîte en fer où elle mettait l'argent de la caisse, et apposa un tampon sur la main de trois élèves qui venaient de payer leur entrée. Elle leur souhaita de passer un bon moment avant de prendre le sandwich que Harry lui tendait.

— Je meurs de faim. Merci !

Elle mordit dedans de bon cœur, puis désigna d'un coup de tête les cannettes de soda qu'il tenait.

— Tu n'as pas faim ?

— J'ai déjà mangé le mien.

Il déposa une des cannettes sur la table et sortit une serviette en papier de la poche de son jean. Il tendit le bras et essuya une trace de ketchup sur ses lèvres, avant qu'elle ne lui arrache la serviette des doigts.

— Pourquoi ne suis-je pas surpris de constater que tu as de l'appétit ?

Daisy se détourna, se sentant rougir. Elle s'essuya encore la bouche, puis lui fit à nouveau face.

— Je n'ai rien avalé depuis midi, et il est déjà 19 heures.

— Ce n'est pas une critique…

Il ouvrit sa cannette avant de poursuivre.

— Seulement une observation. Tu ne fais rien à moitié :

qu'il s'agisse de décorer ta maison pour Noël, de serrer quelqu'un dans tes bras, de manger des hot-dogs…

— Tu es certain que tu n'es pas en train de te moquer de moi ? demanda Daisy en prenant une bouchée plus petite cette fois.

— Certain.

L'espace d'une seconde, le visage sévère de Harry s'éclaira d'un sourire. Mais il y eut soudain des acclamations dans la salle, comme si l'équipe du lycée venait de marquer un panier. Elle vit sa paupière sauter alors qu'il avalait une gorgée de soda, et se retournait vers elle.

— Je n'en suis pas persuadée !

Daisy fit une boule de sa serviette en papier et la lui lança. Il l'attrapa au vol et la jeta dans la poubelle à côté de la table. Malgré la camaraderie qui s'était installée entre eux et qui rappelait le ton parfois léger de leur longue correspondance, Daisy avait les nerfs à vif. Harry avait insisté pour la conduire au lycée et, pour un homme si peu habitué aux longues conversations, il lui avait posé beaucoup de questions sur son Père Noël secret. Il avait voulu qu'elle lui montre les cartes et les cadeaux qu'elle conservait dans son bureau, tout comme son casier de la salle des professeurs, où la plupart des messages avaient été déposés. Semblant ne pas remarquer les regards curieux que sa présence aux côtés de Daisy suscitait, il lui avait demandé de la présenter à ses collègues. Tous l'avaient félicité pour son engagement pour son pays, mais il avait rapidement détourné la conversation pour tenter d'en apprendre plus sur le proviseur, Eddie Bosch et Mary Gamblin.

Même si le lycée était bien protégé des menaces extérieures, il était facile pour ceux qui se trouvaient à l'intérieur de s'en prendre à Daisy, avait-il déclaré. Et elle n'était pas non plus en sécurité dans la grande maison où elle vivait seule. Même si elle l'avait taquiné en lui faisant remarquer qu'il n'était pas très rassurant, elle devait bien reconnaître qu'il avait raison. Il lui avait recommandé de surveiller constamment l'endroit où elle se trouvait, d'éviter d'être seule ou en tête à tête avec quiconque lorsqu'elle était au lycée, et de signaler au proviseur toute personne qu'elle verrait rôder près de sa salle de classe ou de la salle des professeurs. Cela n'avait fait qu'ajouter à sa nervosité et à son malaise : elle ne pouvait plus faire confiance aux personnes qu'elle côtoyait quotidiennement.

Deux semaines plus tôt, avant que le premier message ne lui soit délivré, elle était heureuse de se plonger dans son travail. Elle était très sociable par nature : elle appréciait ses élèves et ses collègues, adorait les fêtes de fin d'année, et aimait être active et rendre service aux autres.

Mais ce soir, même si elle s'efforçait de faire bonne figure, elle n'avait qu'une envie : rentrer chez elle retrouver ses chiens, et s'enfermer à clé dans sa maison. Elle n'aurait su dire si c'était la présence imposante de Harry à ses côtés ou le fait de savoir que cet homme attirant surmontait son aversion de la foule non seulement pour la protéger, mais aussi par gentillesse envers elle, mais elle se sentait complètement déstabilisée.

— Daisy…

Elle n'avait pas remarqué qu'elle était plongée dans ses pensées, jusqu'à ce que Harry prononce son nom en désignant du menton un groupe de personnes debout de l'autre côté de la table.

Elle dut se concentrer à nouveau sur sa tâche, et accueillit quatre grands-parents, deux enfants d'une dizaine d'années et leur mère qui tenait un bébé gigotant dans ses bras. Après avoir calculé le prix total, elle leur donna leurs tickets, et divisa le coût total par deux lorsque chacun des deux grands-pères insista pour payer.

Ils entrèrent tous dans la salle, et Harry se mit à l'écart, cherchant un peu de calme. Mais on entendit les sifflets des arbitres et une sonnerie retentit, annonçant la fin de la période. La fanfare du lycée se mit à jouer l'hymne de l'équipe. Elle vit encore une fois la paupière de Harry sauter lorsqu'il se détourna, comme si le bruit lui faisait mal aux oreilles.

— Ça va ? demanda-t-elle.

Elle prit une gorgée de soda, essayant de cacher son inquiétude : elle avait pleinement conscience du malaise qu'il ressentait. En désignant la chaise en métal à côté d'elle, elle lui fit signe de s'asseoir.

— Tu peux t'installer là si tu veux.

— Je suis mieux debout.

Comme plus personne ne venait acheter de tickets, Daisy se leva et s'assit sur la table, en face de lui.

— Tu m'as dit que tu souffrais de stress post-traumatique. Le bruit te gêne ?

Harry parcourut le hall de ses yeux gris, balayant du regard les gens qui faisaient la queue à la buvette.

— Ce n'est pas un match de basket qui va me poser des problèmes…

— Mais d'autres choses peuvent le faire ?

Il posa les yeux sur elle, hésita un instant et lui répondit d'une voix plus basse :

— Parfois, le bruit d'une détonation me rappelle certains souvenirs. Tout comme tes chiens, lorsqu'ils sont venus vers moi hier soir… D'habitude, ce sont surtout les odeurs qui ont cet effet…

— Des odeurs de quoi ?

Elle avait remarqué plus d'une fois qu'il inspirait le parfum de ses cheveux. Et elle connaissait maintenant la senteur boisée de sa peau, qui ne devait rien à l'eau de toilette ou à un après-rasage quelconque.

— Il y a une odeur qui te gêne ici ?

Il remua les épaules, comme si son pull devenait soudain trop étroit pour lui.

— Ce n'est pas l'endroit idéal pour ce genre de conversations.

— Nous verrons cela à la maison. Tu pourras rester un moment…

Daisy se mit debout : elle ressentait le besoin de toucher Harry, de le réconforter d'une manière ou d'une autre. Elle lui prit la main et serra ses doigts.

— Tu voudras en parler ? Je te ferai un chocolat chaud et nous aurons tout notre temps. Tu te confiais beaucoup dans tes lettres, comme si tu avais besoin de te libérer du poids de certaines choses. Je ne prétends pas tout comprendre, mais je sais à quel point le monde peut être horrible.

Il la regarda fixement pendant un moment, et murmura quelque chose qu'elle ne comprit pas vraiment à propos d'un ange. Il y avait trop de bruit.

— Je vois un psychiatre pour ce genre de choses. Je n'ai pas envie de te faire pleurer à nouveau.

— Même si ça me fait pleurer, ça n'a pas d'importance, si ça peut t'aider.

— Tu veux que cet homme te rende un service, lui aussi ?

Daisy, qui avait reconnu la voix féminine derrière elle, posa la tête contre le torse de Harry et poussa un grognement parfaitement audible. Puis elle lui lâcha la main et se tourna vers la superbe blonde qui portait un manteau visiblement coûteux.

— Pardon ?

C'était Stella Riley, l'épouse fort décorative de l'entraîneur de basket. Elle sourit, chassant de la main ce qui aurait pu être pris pour une accusation.

— Je plaisante ! Bernie m'a dit que tu lui avais demandé son aide.

— Pour un élève.

— C'est ton nouvel ami ? Bernie pensait que tu avais rencontré quelqu'un, mais que tu ne voulais pas en parler.

La femme tendit la main à Harry.

— Bonjour. Je suis Stella, l'épouse de Bernie Riley.

— L'entraîneur de basket, murmura Daisy.

Elle aurait bien voulu rectifier l'erreur de Stella — qui pensait que Harry était son compagnon —, mais elle savait que cette conversation se terminerait plus vite si elle la laissait parler.

Daisy sursauta en sentant la main de Harry se poser au bas de son dos. Essayait-il de la rassurer ? Il jeta sa bouteille vide dans la poubelle avant de saluer Stella.

— Harry Lockhart.

— Vous êtes dans l'armée, c'est cela ?

— Oui. Dans les marines.

— Je l'ai deviné à votre coupe de cheveux, dit-elle avec un clin d'œil avant de lui lâcher la main. Elle vous va bien. Nous sommes très fiers de tous nos soldats. Et nous sommes heureux de voir que Daisy a retrouvé quelqu'un.

Stella sortit sa carte d'identité de son portefeuille et la brandit sous le nez de Daisy.

— Tu me connais, mais je veux respecter le règlement.

— Tu peux entrer, Stella.

Daisy eut du mal à trouver le nom de Stella sur la liste des professeurs et des conjoints qui pouvaient assister gratuitement au match, parce que Harry avait maintenant glissé la main sous son gilet. Elle sentait nettement la chaleur de sa paume à travers son chemisier.

Stella désigna la salle de la tête.

— Tu connais le score ?

— Non, mais j'entends beaucoup d'acclamations, donc je suppose que nous sommes en train de gagner.

— Bien. Bernie sera de bonne humeur, alors.

Stella salua Daisy et Harry de la main.

— J'ai été enchantée de faire votre connaissance. À la semaine prochaine, Daisy. Dis-moi si tu as besoin d'aide pour ta réception.

— J'ai l'impression qu'une tornade vient de passer, murmura Harry, en lui frottant doucement le dos d'un air absent. C'est une de tes amies ?

Daisy dut reculer pour échapper à ce contact : il lui était impossible d'aligner deux mots lorsqu'il la touchait ainsi.

— C'est la première dame du terrain de basket. Lorsque l'équipe gagne, c'est un peu aussi grâce à elle.

— Tu n'as pas répondu à ma question.

— Je travaille avec son mari.

— Ce n'est toujours pas une réponse.

Daisy s'affaira, remettant en place les objets qui se trouvaient sur la table.

— Tu sais, la plupart des gens n'hésitent pas à dire du mal des autres. Tu es trop gentille pour le faire, n'est-ce pas ? Le fait que tu esquives ma question me laisse penser que vous n'êtes pas en excellents termes.

Daisy s'immobilisa.

— Je n'ai jamais compris les gens qui pensent être le centre du monde. J'ai l'impression de me retrouver dans une cour de récréation lorsque je suis avec elle. Bien entendu, si j'avais été une élève populaire à l'époque au lieu d'une intello un peu fofolle, j'aurais peut-être une réaction différente.

— Vous éludez encore ma question, madame l'intello fofolle.

— Je te préférais quand tu ne parlais pas.

Harry éclata de rire. Même s'il fut bien trop bref, son rire sonore et joyeux lui fit chaud au cœur. Elle ajusta ses lunettes pour mieux voir la commissure de ses lèvres se relever.

— Peut-être que son assurance apparente cache en fait

une grande insécurité. J'imagine qu'elle est souvent seule pendant la saison de basket, avec tous ces matchs et tous ces entraînements. Parfois, je pense qu'elle est jalouse à l'idée que d'autres personnes passent peut-être plus de temps qu'elle avec son mari.

Le sourire de Harry disparut aussi vite qu'il était venu.

— Jalouse comment ?

— Tu veux dire : assez pour m'envoyer ces menaces ? demanda Daisy.

Elle secoua la tête. Même si elle n'appréciait pas particulièrement Stella Riley, elle ne voyait pas pourquoi cette femme aurait pu lui en vouloir.

— J'imagine que ces menaces proviennent d'un homme, non ?

Harry n'essayait plus de la faire parler. Il était en train de s'avancer pour s'interposer entre elle et le grand garçon qui avait contourné la table.

— Alors, maintenant, vous avez demandé à M. Riley de téléphoner à ma grand-mère ?

La casquette d'Albert Logan était penchée sur le côté, ce qui lui donnait un air étonnamment juvénile. Mais il n'y avait rien d'enfantin dans la colère que l'on pouvait lire sur son visage.

— Angelo ne vous suffit pas ? Vous voulez aussi me donner des cours particuliers ?

Daisy lui fit face. Elle détestait l'entendre parler sur ce ton, et faire ces sous-entendus déplacés.

— Si tu continues à me parler sur ce ton-là, je vais être obligée d'avertir le proviseur ! Ce n'est pas une punition. Nous nous inquiétons pour toi, Albert.

— Mêlez-vous de vos affaires, sinon je vais me mêler des vôtres !

Dès qu'Albert fit mine de s'approcher plus près d'elle, Harry prit le jeune homme par l'épaule et se glissa entre eux.

Albert se dégagea.

— Ne me touchez pas !

Harry se prépara à riposter à une éventuelle attaque du garçon. Même si Daisy ne pouvait pas voir son visage, sa posture ne lassait aucun doute. Il était interdit de porter la main sur les élèves. Cette confrontation pouvait très vite dégénérer s'il pensait qu'il devait la protéger.

— C'est bon, Harry…

Elle posa la main sur son bras : elle savait qu'elle devait utiliser la persuasion, car elle était physiquement incapable de le retenir. Elle posa son autre main sur son dos, se souvenant combien le même geste l'avait troublée quelques minutes plus tôt.

— Je te présente Albert Logan, un ancien élève.

Elle s'adressa également à Albert.

— Le major Harry Lockhart dirige l'unité avec laquelle la classe a correspondu l'année dernière. Il est ici en permission.

— Recule, ordonna Harry.

Elle sentait ses muscles vibrer de tension sous ses doigts.

— Albert, je t'en prie. Je ne veux pas avoir à appeler le proviseur.

Albert les regarda alternativement, évaluant la situation, puis décida sagement de reculer d'un pas. Sa colère céda la place à la curiosité, et Daisy se dit une fois de plus que ces adolescents n'étaient en fait que de grands enfants.

— Vous avez été blessé ? demanda-t-il en désignant la fine cicatrice qui barrait la tempe de Harry.

Imperturbable, Harry répondit sèchement :

— Oui.

— Par l'explosion d'une mine ?

— Albert…

Mais le jeune homme poursuivit :

— Vous connaissez le caporal Benny Garcia ? C'est

à lui que j'écrivais… Quand j'étais dans la classe de Mlle Gunderson. Il conduisait une voiture blindée.

— Je connaissais Garcia.

Harry poussa un soupir.

— Il conduisait un VBL… véhicule blindé léger.

Daisy sentit son cœur se serrer. Albert avait-il remarqué que Harry en parlait au passé ? Elle lui pressa doucement le bras, regrettant qu'ils ne soient pas dans un endroit moins public, où elle aurait pu le prendre dans ses bras.

— Oui. Dans ses lettres, il utilisait plein de termes que je ne comprenais pas. Mais j'aimais bien quand il me parlait de mécanique.

Les yeux noirs d'Albert se posèrent soudain sur Daisy.

— Angelo sait que vous sortez avec quelqu'un, mademoiselle Gunderson ?

Pourquoi pensaient-ils tous que Harry était son compagnon ? Puis elle remarqua la façon dont elle le tenait. Avait-elle pour lui une attirance qu'elle refusait de reconnaître, mais qui était évidente pour tous les autres ?

— Qui est Angelo ?

Albert se tourna de nouveau vers Harry.

— C'est mon frère. Il fait partie de l'équipe de basket. Avec Mlle Gunderson, il…

Il sembla hésiter. Pourquoi ? Albert savait exactement comment et pourquoi elle assistait son frère. Que voulait-il dire ?

— J'aide Angelo à établir son dossier de candidature à l'université. C'est un de mes meilleurs élèves. Et je pense qu'Albert devrait lui aussi postuler.

Apparemment satisfait par ces précisions, Harry fit un bref signe de tête et changea de sujet.

— À l'armée, on ne porte jamais sa casquette à l'intérieur. Et on s'adresse aux femmes avec respect. Je te suggère de t'en inspirer.

Albert haussa les épaules.

— Ouais…

— Pardon ?

— Oui, monsieur.

Harry regarda ostensiblement la casquette jusqu'à ce qu'Albert daigne l'enlever et la glisser dans la poche de son jean.

— Bien.

Albert, qui semblait ne pas lui en vouloir, lui répondit par un large sourire.

— Benny disait que vous étiez un chic type. Il vous apprécie beaucoup.

— C'était réciproque.

Albert regarda Daisy et haussa les épaules.

— Je suis désolé, mademoiselle Gunderson. Ma grand-mère m'a dit de passer vous voir lundi. Mais ne l'appelez plus, s'il vous plaît : elle est plus redoutable que vous deux réunis !

L'incident oublié, Albert rejoignit un groupe d'amis auprès de la buvette.

Harry baissa les yeux sur sa main, toujours agrippée à son bras.

— Tu as eu peur que je m'en prenne physiquement à lui ?

Elle le lâcha.

— Tu allais le faire ?

— Je sais me maîtriser.

Elle trouva sa respiration un peu saccadée, cependant, lorsqu'il se tourna vers elle.

— Mais ne laisse personne s'approcher de toi ainsi, à moins de bien le connaître. Je ne savais pas qui était ce garçon, et la façon dont il s'avançait vers toi m'a paru menaçante.

Elle voulait le questionner sur le caporal Garcia, savoir s'il était mort pendant une attaque. Elle aurait désespérément voulu le prendre dans ses bras et le tenir jusqu'à ce que la tension qu'elle sentait vibrer en lui s'apaise enfin.

Mais la sonnerie annonçant la fin du premier match de basket résonna. Les fans se mirent à crier, la fanfare à jouer, et elle-même eut du mal à supporter ce vacarme. Les spectateurs quittant la salle se mirent à affluer dans le hall.

Harry poussa un juron et prit sa veste.

— Ça va ? demanda Daisy.

Elle craignait qu'il ne craque.

— C'est trop pour toi, non ?

— J'ai besoin d'aller prendre l'air.

Il se sentait visiblement mal. Il gardait les yeux fixés sur elle, comme si elle seule pouvait le sauver de la marée humaine qui menaçait de le submerger. Bien. Elle allait rester calme et l'aider à se concentrer.

— Je ferais mieux d'appeler Hope pour lui dire où je suis. Elle se fait beaucoup de souci pour moi, et c'est mauvais dans son état. D'ailleurs, je voudrais visiter un peu les lieux, vérifier comment on entre et sort du lycée.

Daisy comprenait pourquoi Hope était inquiète : elle voyait bien que Harry devait faire de gros efforts pour parvenir à contrôler ses émotions.

— Tu vas revenir ?

— C'est moi ton chauffeur, non ? J'ai simplement besoin de sortir un peu. Je vais marcher.

— Dans la neige ?

— J'aime la neige.

Ses doigts tremblaient un peu lorsqu'il lui passa la main dans les cheveux et coinça une mèche derrière son oreille. Puis il la posa sur sa joue et les tremblements cessèrent. La sensation de sa main chaude sur sa peau tranquillisa Daisy, et elle espéra qu'elle-même lui procurait le même réconfort.

— Quand tu seras prête à partir, tu n'auras qu'à aller

vers la porte d'entrée. Je la surveillerai. Ne sors pas avant que je ne sois là. D'accord ?

— D'accord.

Elle sentit ses doigts se raidir sur sa peau.

— C'est promis ?

Elle sourit.

— À vos ordres, major.

Il leva les sourcils, visiblement surpris. Puis il se pencha sur elle, et l'embrassa. La pression de sa bouche était ferme et exigeante. Elle sentit la pointe de sa langue humidifier ses lèvres, mais se retirer avant qu'elle ne puisse les entrouvrir. Le baiser de Harry n'avait rien de chaste, mais il était beaucoup trop rapide.

Sans un mot, Harry la lâcha et se retourna. Il se dirigea à grandes enjambées vers la porte et disparut dans la nuit.

Il était probablement interdit de s'embrasser dans l'enceinte du lycée, mais Daisy s'en souciait peu. La chaleur de ce baiser inattendu resta sur ses lèvres pendant le reste de la soirée. Elle regarda souvent en direction de la porte d'entrée, mais ne vit pas Harry revenir. Pourtant, elle avait espéré qu'il passerait pour prendre une tasse de café chaud au lieu de rester dehors à l'attendre. Elle craignait que l'incartade avec Albert, le bruit, la foule, ou même leur baiser, ne l'aient déstabilisé.

Il lui était visiblement difficile de se relaxer, d'être insouciant... Elle était certaine qu'il était toujours là dehors, à l'attendre pour la reconduire chez elle, et il lui tardait de le revoir. Parviendraient-ils à recréer cette atmosphère si confortable où ils plaisantaient, faisaient attention l'un à l'autre, n'hésitaient pas à se toucher et à s'embrasser ?

Lorsque la sonnerie finale retentit, Daisy avait déjà compté l'argent de la caisse et l'avait mis en sécurité dans le bureau, pressée de partir. La salle se vida, et elle inspecta rapidement les gradins avec Eddie et Mary pour ramasser des détritus, pendant que le gardien balayait le sol. Elle feignit de ne pas remarquer que Bernie et Stella Riley semblaient avoir une discussion houleuse devant la porte du vestiaire des garçons, détournant rapidement les yeux lorsqu'ils regardèrent dans sa direction.

— Que se passe-t-il ? demanda-t-elle à Eddie avant de jeter des gobelets usagés dans le sac en plastique qu'il portait.

— Qui sait ? répondit Eddie en haussant les épaules. Parfois, j'ai même l'impression que cette femme est jalouse de moi ! Et pourtant Bernie n'est pas mon type, je te l'assure !

Daisy essaya de rire, mais n'y parvint pas.

— C'est triste qu'elle soit aussi peu sûre d'elle-même ! Je sais que Bernie est très imbu de lui-même, mais je ne pense pas qu'il l'ait jamais trompée.

Elle conclut en retournant vers le hall :

— Quels que soient leurs problèmes, je ne demande qu'une chose : ne pas y être mêlée !

Les parents qui tenaient la buvette avaient fini de ranger leur stand lorsqu'elle prit congé d'Eddie et Mary. Eddie s'assura que Harry était toujours dans les parages pour la reconduire chez elle, puis il raccompagna Mary à sa voiture.

M. Hague faisait le tour du bâtiment pour vérifier que toutes les portes étaient fermées. Les joueurs quitteraient les lieux par la porte du vestiaire. Daisy était seule dans le hall lorsqu'elle se rendit compte que la table et les chaises qu'elle avait utilisées pour vendre les tickets d'entrée n'avaient pas été rangées.

Il ne lui faudrait que quelques minutes pour replier et rapporter les chaises dans la pièce où elles étaient entreposées, au sous-sol. Il fallait être deux pour porter la table mais, lorsqu'elle reviendrait après avoir rangé les chaises, M. Hague ou le gardien serait certainement disponible pour l'aider. Ensuite, elle aurait terminé ce qu'elle avait à faire, et elle pourrait aller retrouver Harry… Et peut-être l'embrasser.

Elle glissa ses clés dans la poche de son jean, et prit son téléphone. Un instant, elle songea à appeler Harry pour lui demander de venir l'aider, mais elle n'avait pas son numéro. Était-il trop tard pour téléphoner à Hope et le lui demander ? Cela semblait stupide, quand il serait tellement plus simple d'aller retrouver Harry dehors. Mais il avait insisté pour qu'elle ne sorte pas seule du bâtiment, et avait dit qu'il surveillerait la porte d'entrée. Elle pouvait peut-être s'en approcher et lui faire signe…

— Arrête de tout compliquer, Daisy Lou ! dit-elle à voix haute en rangeant son téléphone dans sa poche. Range tout ça et pars.

Elle jeta son manteau sur son sac et ramassa les chaises. Puis elle prit ses clés et ouvrit la porte métallique qui donnait sur l'escalier menant au sous-sol. Elle descendit les marches en ciment et eut l'impression de revenir un demi-siècle en arrière : quatre lourdes portes en acier donnaient sur le long couloir gris. Elles s'ouvraient en coulissant sur un rail, comme les portes des bâtiments agricoles. Après la chaufferie, les autres portes menaient aux anciennes salles de classe du lycée d'origine, inoccupé depuis que les nouvelles réglementations avaient nécessité la construction de bâtiments aux normes autour des anciens. Les fenêtres des vieilles salles étaient bloquées par les murs des constructions récentes, et ces pièces servaient de réserve et d'abri anticyclonique.

Elle ouvrit la deuxième porte et la fit glisser, sursautant lorsqu'elle entendit le crissement du métal. Après avoir allumé la lumière, elle alla ranger les chaises sur un support placé contre le mur opposé, puis parcourut la pièce du regard. Des chaises en métal, des murs en béton, pas de fenêtres…

Elle frissonna. Le sous-sol n'était déjà pas un endroit accueillant en plein jour : il était sombre, gris et froid. Mais la nuit il semblait glacial, malgré la chaudière que l'on entendait ronfler à côté.

Soudain, elle perçut un crissement derrière elle. Elle se retourna et vit le couloir disparaître alors que la porte se refermait avec un claquement sinistre.

Elle entendit un autre bruit alors qu'elle revenait sur ses pas en courant.

Que se passait-il ? Elle essaya de faire coulisser le battant, qui demeura immobile.

— Non ! murmura-t-elle, actionnant en vain la poignée.

Impossible d'ouvrir la porte. C'était peut-être la poignée elle-même qui était cassée... Elle essaya de pousser directement le battant, sans plus de résultat.

— Arrêtez, je ne trouve pas ça drôle du tout ! cria-t-elle, en tapant sur la porte.

Elle était enfermée dans le sous-sol.

Peut-être que le gardien ou M. Hague n'avait pas vu la lumière, et avait refermé la porte sans faire attention ? Était-ce une blague ? Elle frappa de plus en plus fort.

— Laissez-moi sortir !

Soudain, sa tête se mit à tourner et elle eut l'impression qu'elle allait tomber. Se pouvait-il qu'on l'ait enfermée ici intentionnellement ?

Puis elle entendit de l'autre côté de la porte des bruits qui lui glacèrent le sang.

Des grattements... Quelque chose de lourd que l'on tirait par terre... La respiration saccadée de quelqu'un qui faisait un effort.

Celui qui l'avait enfermée était toujours là.

Son Père Noël secret.

— Qui êtes-vous ? cria-t-elle.

Une odeur forte parvint à ses narines.

— Pourquoi faites-vous cela ?

Elle n'eut pas de réponse, mais recula au fond de la pièce. Essayant de contrôler la peur qui lui faisait tourner la tête, elle se souvint qu'elle avait son téléphone portable et le sortit de sa poche.

— J'appelle la police !

Dès que l'écran s'alluma, elle pria pour qu'elle puisse passer un appel d'ici, et composa le numéro d'urgence.

Elle n'entendait plus aucun bruit de l'autre côté de la porte.

— Bien. C'est *toi* qui as peur maintenant.

Mais son soulagement fut de courte durée.

Elle vit que l'on glissait une carte sous la porte. Elle était blanche, avec un sapin de Noël vert pailleté, et trois mots écrits dessus.

Oh oh oh !

Le standardiste répondit à son appel, mais Daisy fut incapable d'articuler le moindre mot.

Le message n'était pas la seule chose qu'elle voyait passer sous la porte.

Elle sentait sa gorge et ses yeux brûler.

De la fumée…

7

Harry frotta ses mains gantées l'une contre l'autre pour se réchauffer, tout en suivant du regard le bus de l'équipe adverse qui quittait le parking. Il s'intéressait plus au football américain qu'au basket, mais il avait assez d'expérience des rencontres sportives pour savoir que les joueurs et leurs entraîneurs étaient généralement les dernières personnes à partir. Il se leva d'un bond lorsque deux autres voitures suivirent le bus. Il ne restait plus que son pick-up, un van, et deux autres véhicules sur le parking.

— Que fais-tu, Daisy ?

Penser à ce que ce fou lui faisait endurer le révoltait. Ces cadeaux effrayants, ces menaces prouvaient qu'il s'agissait de quelqu'un de lâche : celui qui harcelait Daisy n'était pas assez courageux pour l'affronter à visage découvert. Mais il semblait prendre un malin plaisir à lui faire peur, à l'épier dans l'ombre, et à observer sur elle l'effet de sa campagne de terreur. Harry n'était pas assez versé en profilage pour savoir si cet homme pensait éprouver un amour malsain pour elle, ou s'il voulait la punir de quelque chose.

Mais un tel lâche pouvait réagir de façon totalement imprévisible s'il pensait que le contrôle qu'il exerçait sur elle pouvait lui échapper. C'était ce qui était arrivé à l'ancien compagnon de Daisy. Elle lui avait raconté avec une honnêteté brutale ce qui s'était passé, la nuit où Brock avait fait irruption dans son appartement armé d'un couteau. Elle voulait que Harry sache qu'il pouvait lui faire part de toutes les atrocités auxquelles il devait faire face, parce qu'elle était une survivante. Elle était assez forte pour qu'il puisse lui confier toutes les difficultés de sa vie.

Mais une femme comme Daisy, qui aimait tant les gens et la vie, ne devait pas subir un tel harcèlement. Il n'acceptait pas l'idée que quelqu'un puisse à nouveau lui faire du mal.

Il n'aurait jamais cru qu'il deviendrait le garde du corps d'une femme aussi chaleureuse, compatissante, courageuse et bavarde. Pendant des mois, il n'avait pensé qu'à une chose : guérir — physiquement et mentalement — et il n'avait pas encore complètement atteint son but. Pensait-il vraiment qu'il était en mesure de protéger Daisy ?

En ce moment même, il avait un mauvais pressentiment en regardant le parking se vider progressivement.

Mais il lui fallait reconnaître que, ces derniers temps, il voyait presque constamment le danger là où il n'était pas. Il savait que le van appartenait au gardien qui était là ce soir parce qu'il l'avait vu venir fumer une cigarette pendant le deuxième match. La Cadillac bien entretenue devait être la voiture du proviseur. Harry l'avait vu qui fermait une à une les portes du bâtiment. Quant à l'autre véhicule avec sur le pare-brise l'autocollant jaune du lycée, il semblait abandonné.

Il s'arrêta de nouveau devant son pick-up. Même s'il ne voyait aucun mouvement derrière les portes d'entrée en verre, les lumières étaient toujours allumées dans le hall et la salle de sport, donc Daisy devait se trouver là-bas.

Il n'aurait probablement pas dû la laisser seule si longtemps. Mais la foule, les hourras et la fanfare étaient plus qu'il ne pouvait supporter. Ensuite, ce gamin, Albert, était arrivé, furieux contre Daisy. L'instinct de Harry l'avait poussé à intervenir, à tenir le danger à distance. Mais, lorsque Albert avait mentionné Benny Garcia, le souvenir de la dernière embuscade lui était instantanément revenu en mémoire, avec une telle intensité qu'il se demandait encore comment il avait réussi à garder son sang-froid.

Le lieutenant-colonel Biro avait raison : il n'était d'aucune utilité à l'armée dans cet état. Il était bardé de citations et de décorations, mais n'arrivait pas à supporter un gamin impertinent ni le bruit d'un match de basket.

S'il avait été chez Hope, il aurait immédiatement sorti de son sac une des lettres de Daisy. Il aurait lu les mots qu'elle avait tracés sur le papier, ressenti toute sa compassion. Il se serait calmé et serait revenu à la réalité.

Cette fois, au lieu de lire ses lettres et de laisser l'ange qu'il imaginait le tirer de cet enfer, Harry laissa venir l'image d'yeux bleus au doux regard de myope, et de lèvres pleines qui se relevaient en un si beau sourire. La véritable Daisy Gunderson n'avait rien de commun avec la femme qu'il s'était représentée. Elle était autre… Ni mieux ni moins bien. Et, malgré cette différence, c'était vers elle qu'il s'était tourné lorsque le bruit et le stress avaient failli avoir raison de lui : il s'était accroché à ce doux sourire, à cette bouche pulpeuse et irrésistible. Il l'avait embrassée. Pas une petite bise comme celle qu'elle lui avait donnée : un véritable baiser. Il n'était pas sûr de pouvoir encore embrasser une femme, mais le besoin avait été trop fort pour qu'il puisse résister.

La sensation avait été merveilleuse, et il espérait qu'elle l'avait été pour elle aussi. Il avait senti sa bouche s'adoucir sous ses lèvres. Et, lorsqu'elle avait commencé à lui répondre, tout son corps avait réagi.

Lui qui voulait la rencontrer dans le but égoïste de guérir grâce à elle s'était maintenant donné pour mission de la protéger. C'était même devenu pour lui une nécessité : il ne supportait pas l'idée qu'on puisse lui faire du mal. Et, pendant quelques secondes hors du temps, il avait tout oublié, à part son désir d'embrasser cette bouche superbe.

S'il s'était trouvé dans un endroit plus retiré et s'il avait eu plus l'habitude des femmes, il aurait approfondi ce baiser. Mais il craignait que l'attirance inattendue qu'il avait pour Daisy ne soit pas réciproque. Alors, il s'était contenté de rêver qu'il la poussait contre le mur et qu'il caressait toutes ses courbes en goûtant ses lèvres si douces. Il dut se forcer à marcher rapidement dans la neige pour chasser de son esprit ces pensées inopportunes et calmer l'érection qu'elles avaient déclenchée.

Il ne s'était pas senti si homme, si normal, depuis bien longtemps. Il n'avait plus eu l'impression d'être aussi proche de quelqu'un depuis qu'il avait lu la première lettre que Daisy lui avait adressée.

Et, déjà, il avait l'impression que ce lien se distendait.

— Viens, Daisy !

L'air glacial de la nuit n'était plus un remède bienvenu pour calmer sa nervosité : il commençait à avoir froid, et à se dire que cela faisait bien trop longtemps qu'il n'avait plus vu Daisy.

Il sortit son téléphone pour l'appeler et poussa un juron : il la connaissait depuis maintenant un an et demi, avait passé beaucoup de temps avec elle ces dernières vingt-quatre heures, mais n'avait pas pensé à lui demander son numéro de téléphone. Ce n'était pas très malin.

Le hurlement d'une sirène de police s'éleva dans le lointain.

Si voir le parking se vider progressivement l'avait mis mal à l'aise, ce bruit qui se rapprochait renforça ses craintes.

— Daisy ?

La sonnerie stridente qui résonna tout à côté de lui le fit sursauter. Une alarme incendie…

— Daisy !

Il alla prendre un pied-de-biche dans la boîte à outils encastrée sous un siège de son pick-up. Il courut vers les portes d'entrée, et essaya de les ouvrir, mais elles étaient fermées à clé. Il prit son pied-de-biche et réussit à en fracturer une. Il venait probablement de déclencher une autre alarme dans le bureau du proviseur ou dans le poste de police le plus proche. Tant mieux : il aurait peut-être besoin de monde pour l'aider. Il y avait dans l'air un léger brouillard qui lui piqua la gorge, et il reconnut immédiatement l'odeur de la fumée. Le souvenir d'une explosion lui revint à la mémoire, mais il serra les mâchoires, refusant de laisser la panique prendre le contrôle de son esprit. Il n'y avait ici ni Tango ni bombe. Il était à Kansas City. Le lycée était en feu et Daisy était à l'intérieur.

Harry parcourut le hall du regard et ne vit personne, juste une table pliante avec le sac rose de Daisy caché derrière. Il trouva le gardien à l'intérieur de la salle. Il était au téléphone, en train d'appeler les secours. Harry lui fit signe et lui cria de signaler la présence d'au moins deux autres personnes dans le bâtiment.

Puis il suivit les émanations de fumée jusqu'au sommet d'un escalier, où elles s'épaississaient. Il entendit alors le crépitement des flammes. La fumée tourbillonnait à ses pieds alors qu'il commençait à descendre les marches.

— Daisy ? Daisy Gunderson ? Tu es là ?

Il entendit alors des coups frappés sur du métal, un juron étouffé et une voix rauque.

— Harry ? Je suis enfermée. Il y a de la fumée ! J'ai appelé les secours et j'ai déclenché l'alarme.

Elle avait bien réagi ! Harry descendit les marches quatre à quatre, se précipitant vers l'endroit d'où provenait sa voix.

— J'ai entendu les sirènes. Les pompiers arrivent ! cria-t-il.

La fumée était plus dense ici, l'air plus âcre. Il s'agissait visiblement d'un incendie criminel : au milieu du couloir, il distingua un tas de chiffons, un sac à ordures, et ce qui semblait être un manteau de femme. Tous ces objets se tordaient dans les flammes et fondaient avant de noircir et de se consumer. Les murs en ciment et les portes en fer ne brûleraient certainement pas, mais il distingua une odeur de vernis ou de solvant qui lui piqua les yeux. Il ouvrit la première porte et vit la chaufferie.

— Daisy ?

Il l'entendit tousser encore et continua à avancer. Des coups frappés sur du métal résonnèrent dans le couloir.

— Je suis là !

La porte suivante... Celle devant laquelle l'incendie avait été allumé. Elle avait été aspergée d'un liquide inflammable et des langues de feu couraient sur le métal.

— Tiens bon ! J'arrive !

Harry s'approcha de la porte et posa les mains dessus, mais il les retira immédiatement. Même à travers le cuir et la doublure de ses gants, le métal était brûlant.

— Ne touche pas la porte, l'avertit-il. Elle est bouillante !

— C'est pour cela que je frappe dessus avec une chaise en métal ! répliqua-t-elle avant de se remettre à tousser. Je n'arrive pas à l'ouvrir.

Il n'y parvenait pas non plus. Il aurait fallu qu'il éteigne le feu pour cela. Il regarda autour de lui. À travers le nuage de fumée, il aperçut une silhouette qui montait l'escalier au fond du couloir. Était-ce une illusion ? Un de ses flash-back ? L'espace d'une seconde, il fut tenté de suivre cet ennemi potentiel.

— Hé, cria-t-il. Arrêtez-vous !

— Qu'y a-t-il ? haleta Daisy.

L'apparition s'était évanouie. La réalité était devant lui.

— Rien...

— Quelqu'un a bloqué la porte !

La toux de Daisy rappela à Harry que sa priorité était de la protéger. Il devait trouver un moyen de la faire sortir d'ici.

Il vit un extincteur accroché au mur. De l'autre côté du feu.

— Tu es blessée ? demanda Harry, utilisant son pied-de-biche pour pousser sur le côté le seau dans lequel l'incendie avait été allumé, et d'où s'échappaient les flammes les plus hautes.

Le seau se renversa, et d'autres flammes se mirent à lécher le sol. Mais, dans le court instant où le feu changea de direction, Harry réussit à passer.

— Je me suis brûlé la main sur la porte, mais ce n'est rien. Par contre, j'ai de plus en plus de mal à respirer !

Il ne parvenait plus à respirer…

Les souvenirs qu'il avait essayé de bloquer lui revinrent à l'esprit, se mêlant à la réalité.

Tango avait remarqué quelque chose. Il connaissait les réactions de ce chien aussi bien que les siennes. Il leva la main, et ordonna à ses hommes de stopper leur avancée.

— Qu'y a-t-il, mon grand ? Montre-moi.

Il entendit le sifflement de la balle et vit Tango tomber.

— Tango !

Le monde de Harry explosa autour de lui. Une mine. Le chien avait compris. Il courut vers lui. Il ne pouvait pas abandonner Tango.

— Major, laissez-le !

Il se dégagea et courut vers le chien, lorsque la seconde explosion le toucha…

— Harry ?

C'était une voix de femme qui l'appelait. La voix de Daisy.

— Harry ? Tu es toujours là ?

Sauve-la, marine !

Harry poussa un juron, se forçant à revenir vers le

présent. Il baissa la tête et, à l'aide du pied-de-biche, cassa la vitre protégeant l'extincteur.

— Oui !

Harry saisit la bonbonne et vaporisa de la mousse sur les flammes, se frayant un passage avant d'asperger la porte elle-même.

— Je vais te sortir de là !

Les vapeurs toxiques lui brûlaient les yeux maintenant. Elles lui piquaient la gorge et s'infiltraient dans ses poumons. Il avait l'impression que la chaleur des flammes pénétrait par chaque pore de sa peau, et que ses bottes et ses vêtements étaient en train de fondre.

La mousse dégoulina le long de la porte, étouffant les flammes, et découvrant la peinture boursouflée et le métal brûlé dans lequel quatre mots étaient gravés :

Elle est à moi.

Une rage aussi incandescente que ce feu monta en lui. Comment quelqu'un pouvait-il être malade au point de s'en prendre à un être aussi aimant que Daisy ? Il jeta un coup d'œil à l'extrémité du couloir : il aurait dû attraper cette ordure ! Il aurait pu mettre un terme à cette campagne de terreur une fois pour toutes.

— Harry, vite !

Elle toussait encore.

Reste concentré sur ta mission.

Il lança l'extincteur de côté et reprit le pied-de-biche.

— Recule ! Quand j'ouvrirai la porte, les flammes vont peut-être s'engouffrer dans la pièce.

— Je suis prête.

La serrure était bloquée. Il allait falloir utiliser la force. Harry coinça la barre entre la porte et le mur et appuya dessus, poussant un cri lorsque la tension de ses muscles devint presque insupportable. La porte céda enfin. Quand il l'eut ouverte de quelques centimètres, il laissa tomber le pied-de-biche et la poussa sur le rail. Il toussait maintenant, lui aussi.

— Daisy ?

— Harry !

Elle se jeta dans ses bras, sans prêter la moindre attention aux flammes qui se glissaient dans la pièce qu'elle venait de quitter. Il passa un bras autour de sa taille et la souleva pour l'éloigner de l'incendie. Il sentait ses lèvres se presser contre sa joue encore et encore.

— Merci, merci... Oh ! mon Dieu !

Harry continuait à avancer : il ne voulait pas qu'elle remarque les mots gravés sur la porte. Mais elle tourna la tête pour essayer d'apercevoir les dégâts.

— Tu l'as vu ? À qui as-tu crié de s'arrêter ? C'est mon manteau ? Pourquoi veut-il me... ?

— J'ai à peine distingué sa silhouette.

Elle fut prise d'une quinte de toux.

— Baisse la tête. La fumée est en train de s'épaissir.

— Il a glissé une carte sous la porte. Nous en avons besoin comme pièce à conviction.

Elle essaya de se mettre debout pour retourner la prendre, mais il ne la lâcha pas.

— Non, reste ici. La police verra bien que c'est un incendie criminel.

— Il y a peut-être des empreintes digitales !

— Non.

— J'ai entendu des grattements. Il gravait quelque chose.

Elle réussit à se mettre debout et à se dégager de son étreinte, le faisant trébucher.

— Quoi ? « Elle est à moi » ? Il croit que je lui appartiens ? Ou alors il possède quelque chose dont je ne dois pas m'approcher ?

Il la prit par les épaules.

— Nous devons partir.

— Il a dû m'épier et attendre que je sois…

— Arrête de parler et viens !

Daisy eut un mouvement de recul. Ses yeux rougis par la fumée étaient écarquillés, et elle se retenait contre le mur au lieu de s'appuyer contre lui. Harry entendit sa voix résonner dans le couloir, et comprit pourquoi le lieutenant-colonel doutait qu'il soit en mesure de reprendre du service.

— Je suis désolé, dit-il en reculant d'un pas, les mains levées en signe d'excuse.

Il venait de crier sur elle comme si elle était une jeune recrue… Comme s'il ne valait pas mieux que l'ordure qui lui avait fait tant de mal.

— Je te demande pardon. Je ne voulais pas réagir comme ça. N'arrête jamais de me parler. Je t'en prie !

Alors, elle eut une réaction remarquable : elle s'avança vers lui, s'agrippa à sa veste et le tira vers l'escalier.

— Sortez-moi d'ici, major. Nous avons tous les deux besoin d'air.

Lorsqu'elle se plia en deux sous l'effet d'un autre accès de toux, les réflexes qu'un entraînement poussé avait donnés à Harry reprirent le dessus. Il la prit dans ses bras et, la portant, il monta l'escalier, traversa le hall et sortit.

Lorsqu'il fut enfin sur le terre-plein devant le bâtiment, il s'affaissa dans la neige, à bout de souffle. Ses poumons le brûlaient. Il se pencha et fut pris d'un accès de toux. Mais, soudain, Daisy se mit à genoux devant lui et, prenant de la neige, entreprit de lui en frotter le visage et la nuque pour l'empêcher de perdre connaissance, tout en toussant avec lui.

— Tu es avec moi, Harry ? Ça va ?

Il leva la tête et croisa ses yeux pleins d'inquiétude. Il espérait que les larmes qu'il y voyait briller étaient dues à la fumée, pas à lui. Pourtant, il ôta son gant et tendit la main pour les essuyer doucement de son pouce.

— Je vais bien.

— Ne me mens pas !

Son regard était si implorant qu'il se sentit obligé de dire la vérité.

— Je vais bien *maintenant*.

Sa peau était froide et elle tremblait.

— Tu es gelée.

Il ne savait si c'était à cause du choc ou du froid, mais il se mit debout, ôta sa veste et lui en enveloppa les épaules. Il la prit dans ses bras et la guida vers le parking, où un troisième véhicule de secours arrivait.

Les pompiers étaient déjà en train d'installer leur matériel et de se déployer autour du bâtiment. Un grand homme avec un casque blanc parlait dans un talkie-walkie tout en sortant du dernier camion. Son léger boitement n'enlevait rien à sa prestance et à son autorité naturelle. C'était lui, manifestement, qui dirigeait l'opération. Après une brève conversation avec le proviseur et le gardien, il envoya un de ses hommes couper le courant du bâtiment. Daisy se blottit un peu plus contre Harry lorsqu'il s'approcha d'eux.

— Vous êtes le professeur qui nous a appelés ?

— Oui. Daisy Gunderson.

Harry sentait l'air frais lui éclaircir l'esprit, mais il aurait voulu avoir plus de chaleur corporelle à transmettre à Daisy. Quand elle ne toussait pas, elle tremblait. Il la tenait debout dans une de ses embrassades qu'elle semblait apprécier. Pendant qu'elle expliquait ce qui s'était passé, le chef des pompiers dirigeait les opérations. Harry parcourut du regard le parking éclairé par les gyrophares. La voiture avec l'autocollant jaune n'était plus là. Pourquoi n'avait-il pas relevé le numéro de sa plaque d'immatriculation ? Il n'avait même pas pensé à le regarder. Bien sûr, l'incendiaire pouvait être parti à pied, ou avoir garé sa voiture ailleurs. Il n'était pas près d'identifier l'homme qui terrorisait Daisy !

Harry sursauta lorsque le chef des pompiers s'adressa à lui.

— Elle m'a dit que vous aviez vu quelqu'un ?

En était-il seulement sûr ?

— Il montait en courant l'escalier côté est. Je n'ai pas pu le voir nettement. C'était à peu près cinq minutes avant que nous réussissions à sortir de là.

— Donc, il y a de grandes chances pour qu'il soit parti… Vous pourriez le décrire ?

Harry ferma les yeux et essaya de se remémorer la scène, malgré le rideau de fumée qui le séparait de l'homme.

— Il est plus grand que moi… Mince…

En haussant les épaules, il ouvrit les yeux. Il n'arrivait pas à se souvenir du moindre signe distinctif.

— Je suis même incapable de vous donner sa couleur de cheveux ! Je ne l'ai vu que de dos. Il portait une veste bleue et une casquette jaune.

Daisy leva le menton.

— Bleu et or ? Ce sont les couleurs du lycée.

— Peut-être… Je n'ai pas vraiment vu.

— Cela réduit le champ de nos recherches à environ trois cents personnes, remarqua-t-elle en toussant.

Mais cette description sembla avoir satisfait le chef des pompiers.

— Je vais envoyer une équipe pour fouiller le bâtiment. Et, lorsque le feu sera circonscrit, nous ferons la même chose dans le sous-sol.

— Il sera parti depuis longtemps, répliqua Daisy. C'est le fait que je ne sache pas qui il est qui lui donne du pouvoir.

— Nous allons tout de même vérifier.

Le chef fit signe à un policier en uniforme qui attendait à quelques mètres d'eux.

— Je pense que la police va vous poser les mêmes questions.

Daisy hocha la tête, mais Harry sentit ses doigts se refermer sur le devant de son pull. Malgré sa bonne volonté, ses forces l'abandonnaient.

— Il faut qu'elle voie un médecin avant. Elle a respiré beaucoup de fumée, et elle est encore sous le choc.

— Les secours viennent d'arriver.

Harry et le chef des pompiers se dirigèrent vers l'ambulance. Deux urgentistes installèrent Daisy à l'arrière du véhicule et lui posèrent immédiatement un masque à oxygène sur le visage tout en l'enveloppant d'une couverture. Puis ils prirent son pouls et sa tension. Avant qu'ils ne fassent signe à Harry de monter, le chef des pompiers lui tapa sur l'épaule :

— Vous êtes un marine ?

Harry hocha la tête, et l'homme lui tendit la main.

— John Murdock, marine à la retraite. J'ai été en poste en Afghanistan.

Harry lui serra la main, ressentant cette camaraderie qui unissait tous les soldats.

— Major Harry Lockhart. Premier corps expéditionnaire de Pendleton. Comment avez-vous su ?

— Peu d'hommes se précipitent comme vous dans un incendie, à part les pompiers et les militaires.

Et peut-être un fou qui pensait qu'il allait perdre une personne qu'il appréciait plus à chaque minute qui passait…

Avant que Harry ne puisse vraiment analyser la pensée qui venait de se former dans son esprit, Murdock lui demanda :

— Lockhart… Vous avez un lien de parenté avec Hope Lockhart Taylor ?

Harry hocha la tête.

— C'est ma sœur.

— Je me disais bien que quelque chose en vous me

semblait familier. Ma supérieure hiérarchique, Meghan Taylor, est la belle-mère de Hope. J'ai assisté au mariage de Pike et Hope.

C'était il y avait quelques années, la dernière fois que Harry était revenu à Kansas City.

— Le monde est petit !

Murdock fit un signe de tête en direction de l'ambulance.

— Votre amie ne vous a pas quitté des yeux. Vous feriez mieux d'aller la rejoindre et de laisser les médecins vous examiner, vous aussi, pour qu'elle cesse de se faire du souci.

— Entendu.

Harry se rendit compte qu'il avait un autre point commun avec John Murdock. Lorsque le chef des pompiers s'éloigna en boitant, il vit qu'il avait une prothèse à la place d'une jambe. Tous deux avaient été blessés au combat. Et, apparemment, John Murdock s'était bien adapté à la vie civile, même s'il avait été lui aussi abîmé par la guerre.

Harry n'avait jamais pensé qu'il pouvait avoir une carrière autre que militaire. Mais, s'il décidait de ne pas reprendre du service, il voulait que ce soit par choix, pas parce que sa hiérarchie ne voulait plus de lui. S'il n'était pas assez bien pour l'armée, comment pourrait-il l'être pour Daisy ?

Quarante minutes plus tard, le feu était éteint et le bâtiment avait été passé au peigne fin. Il n'y avait pas le moindre signe de celui qui avait provoqué l'incendie, à moins que les empreintes de ses pas ne soient parmi les centaines d'autres que l'on voyait dans la neige du parking.

Harry était assis sur un brancard auprès de Daisy, à l'arrière de l'ambulance. Elle passait en revue le contenu de son sac pour s'assurer que tout était bien là. L'odeur de la fumée était accrochée à eux, et il n'arrivait même plus à sentir le parfum de sa peau et de ses cheveux. Il avait fait sa déposition à la police. On lui avait rincé les yeux, pris le pouls, la tension, et mis un masque à oxygène qu'il avait dû garder bien plus longtemps qu'il ne l'aurait voulu, parce que Daisy ôtait son propre masque et lui demandait s'il allait bien à chaque fois qu'il enlevait le sien. Ils étaient tous les deux enveloppés de couverture et attendaient que les urgentistes leur donnent la permission de partir.

Lorsqu'il ne l'effrayait pas, elle se faisait du souci pour lui. Il était rongé par la culpabilité. Il lui était difficile de se sentir soldat — de se sentir homme — lorsque les deux seules émotions qu'il arrivait à susciter chez elle étaient la peur et l'inquiétude. Elle n'avait pas besoin qu'il s'immisce ainsi dans sa vie et soit source d'angoisse pour elle.

— Harry ?

Cela devait faire trop de temps qu'il était silencieux parce que Daisy était descendue de son brancard et était venue s'asseoir près de lui. Elle coinça la main sous son bras et posa la tête sur son épaule.

— Parle-moi. Cela fait longtemps que nous sommes amis. Je sais que je n'ai aucun droit sur toi. Même si cela peut paraître incroyable en si peu de temps, je me suis habituée à t'avoir près de moi. Pourtant, pendant quelques secondes quand j'étais dans ce sous-sol, j'ai cru que tu m'avais abandonnée.

Il ajusta la couverture autour d'eux et posa la joue sur ses cheveux. Le Dr Polk lui avait dit que le premier pas vers la guérison était de reconnaître l'étendue de son problème.

— Pendant quelques secondes, je t'avais abandonnée.

8

Harry se leva à nouveau pour inspecter la maison.

Les deux premières fois, lorsqu'il était sorti de la chambre d'amis, les chiens s'étaient précipités dans le couloir pour voir ce qui se passait. Patch et Muffy étaient vite retournés dormir, mais Caliban l'avait suivi partout en boitant, et Harry s'était souvenu de toutes les rondes de nuit que Tango et lui avaient faites ensemble. Il ressentait une certaine mélancolie à travailler à nouveau avec un chien bien dressé. Caliban lui obéit lorsqu'il lui ordonna de le précéder, de chercher, de s'asseoir. Harry joua même un peu avec lui avant que le vieux chien, fatigué, ne retourne dans la chambre de Daisy.

Malgré l'amputation de sa patte, Caliban n'avait pas renoncé à être un véritable chien de police. Il y avait une leçon à apprendre de lui… Mais il était tard et, depuis que Harry avait sonné à la porte de Daisy, tant d'émotions et de pensées nouvelles l'agitaient qu'il ne pouvait toutes les assimiler pour le moment.

Les chiens devaient s'être habitués à son pas car cette fois aucun ne sortit pour voir ce qui se passait. Bien. Il espérait qu'ils dormaient auprès de leur maîtresse. Daisy s'était couchée bien trop tard, insistant pour laver leurs vêtements, afin d'en enlever cette odeur de fumée. Pike était venu apporter le sac de Harry et était resté pour monter la garde le temps qu'il se douche… Puis Daisy avait pris un bain pendant près d'une heure avant de déclarer qu'elle se sentait fatiguée, et elle était allée se coucher.

Lorsqu'il eut inspecté le premier étage, Harry redescendit l'escalier. Il avait enfilé un jean et glissé son arme dans un étui accroché à sa ceinture, mais il était pieds nus. L'ennemi était différent et les températures beaucoup plus froides, mais cette ronde de nuit ressemblait à celles qu'il faisait habituellement : il y avait dans l'ombre quelqu'un qui voulait du mal à ce qu'il avait juré de protéger. Il s'arrêta devant la fenêtre à côté de la porte d'entrée, croisa les bras sur son torse nu et regarda dans l'obscurité. La lune était dissimulée par les nuages et, même si la neige reflétait la lueur des réverbères, il était facile de se cacher dans une voiture garée ou dans les maisons voisines, et d'épier Daisy… Pourtant, le quartier semblait calme et sûr en ce moment.

Malgré cela, il ne parvenait pas à dormir.

Il était cependant hors de question de prendre un de ces somnifères que le lieutenant-colonel Biro lui avait prescrits.

Harry avait l'habitude de se contenter de petites périodes de sommeil la nuit. Peut-être s'endormirait-il plus vite ailleurs que dans la chambre d'amis… Il décida d'essayer un des fauteuils du salon. Au moins, s'il restait au rez-de-chaussée, il serait plus vite alerté si quelqu'un tentait de pénétrer dans la maison. Cette certitude l'aiderait peut-être à trouver assez de sérénité pour réussir à dormir un moment.

Lorsqu'il eut terminé sa ronde, Harry alla dans la cuisine. Il se versa un verre de lait et en but plusieurs gorgées avant de jeter un coup d'œil à la boîte contenant les biscuits. Un cookie lui ferait du bien : d'abord, il avait faim. Mais cela lui permettrait également d'oublier un instant l'homme qu'il imaginait tapi dans la nuit, et qu'il aurait voulu combattre à mains nues. Il espérait que Daisy n'avait pas fait ces gâteaux pour la soirée qu'elle préparait, parce qu'il avait sérieusement entamé son stock. Il faudrait qu'il aille lui en acheter d'autres, même s'ils étaient certainement beaucoup moins bons que les siens.

Il était en train de lécher le sucre sur ses doigts lorsqu'il retourna dans le salon et y trouva Daisy, debout devant la cheminée. Elle fixa son torse du regard lorsqu'il entra, et il eut le réflexe de croiser les bras pour cacher la cicatrice qu'il avait sur le flanc. Pourquoi n'avait-il pas pris deux secondes pour enfiler un T-shirt ?

Il était heureux que la pièce soit seulement éclairée par la lumière de la cuisine et la lueur d'un réverbère, qui filtrait à travers les rideaux.

— Tu as fait un cauchemar ?

— Je me faisais du souci pour toi : je sais que tu t'en veux, parce que tu penses que tu n'as pas réussi à me protéger. Moi, je vois les choses différemment : sans toi, je serais morte.

Daisy vint vers lui et lui prit les mains, entrecroisant leurs doigts. Il se tint droit alors qu'elle contemplait fixement son torse. Elle leva les yeux par-dessus ses lunettes en écaille — des montures bien trop sages pour elle qui aimait tellement les couleurs vives. Lorsqu'elle croisa son regard, elle lui lâcha les mains, posa la joue contre son torse et le prit dans ses bras. Il sentait sa poitrine pressée contre lui, et les tétons tendres se durcir sur sa peau. Lorsqu'elle commença à caresser ses épaules de ses lèvres, Harry céda au besoin qu'ils ressentaient d'être l'un contre l'autre, et il referma les bras autour d'elle.

Daisy le serrait toujours plus fort, et Harry fit spontanément de même, la forçant à se mettre sur la pointe des pieds.

— Oui, j'ai fait un cauchemar… À propos de ce qui

s'est passé ce soir. Je me demandais si nous pouvions en parler…

Elle hésita à la fin de sa phrase, révélant malgré elle la vulnérabilité qu'elle cherchait à cacher.

Il enfouit le nez dans ses cheveux, ne sachant trop si elle cherchait à être réconfortée physiquement. Il voyait les mèches soyeuses de ses cheveux accrochées sur le col de son pyjama, et il sentait très clairement les courbes de sa silhouette à la fois mince et pulpeuse sous sa robe de chambre. Il aurait rêvé de voir son corps : tout en elle devait être doux et délicieux à caresser, de ses cheveux à ses lèvres pleines et ses courbes exquises.

Un désir tout masculin l'envahit. Tout en Daisy lui rappelait qu'il n'avait plus été avec une femme depuis si longtemps, qu'il avait besoin d'être caressé et aimé. Mais il maîtrisa cet élan qu'il sentait monter en lui : elle voulait seulement parler.

— Qu'y a-t-il ? demanda-t-il en essayant de se concentrer sur ce qu'elle attendait de lui.

Il posa les mains sur les épaules de Daisy, et éloigna son corps chaud de lui.

Elle considéra l'arme qu'il avait à la ceinture.

— Tu dors avec ça ?

Avant qu'il ne puisse répondre, elle ajouta :

— Ou tu ne dors pas du tout ?

— Je ne la porte pas quand je suis dans mon lit, si c'est ce que tu veux dire. Mais je la garde à portée de main.

Harry lâcha les épaules de Daisy pour défaire sa ceinture et ôter le Beretta et son étui. Puis il déposa l'arme sur la cheminée.

— Je ne veux pas que ce pistolet soit trop loin de moi. Mais je ne veux pas que ça te fasse peur.

Il désigna les deux fauteuils qui étaient en face de la cheminée. Il était préférable qu'ils soient assis sur des sièges séparés, étant donné le désir inopportun qu'il sentait grandir en lui.

— Tu veux que nous nous asseyions ?

— Je voulais que tu saches que je n'ai pas peur de toi, Harry. Je sais que tu ne peux pas me faire de mal.

Lorsqu'elle se fut installée dans un des fauteuils, Harry s'assit dans l'autre. Mais Daisy le surprit en se relevant et en venant s'asseoir sur ses genoux.

— Ça ne te dérange pas ? Je veux que tu sois à l'aise. J'ai le sentiment que tu ne vas pas apprécier ce dont j'ai besoin de parler.

Il le craignait, lui aussi. Elle voulait terminer la conversation qu'ils avaient commencée pendant le match de basket. Pour une raison qu'il n'arrivait pas à comprendre, Daisy ressentait la même attirance que lui, mais elle voulait savoir à quel point il était psychologiquement atteint avant de commencer une relation.

Et pourtant elle était assise sur ses genoux, une main posée sur son torse. Sa hanche et ses fesses lui réchauffaient les cuisses et… d'autres parties du corps.

— Après tout ce qui s'est passé, tu as envie d'être avec moi ? demanda-t-il.

Il sentit ses doigts se refermer sur sa peau.

— Et moi, je te fais peur ?

— Un peu…

Harry se laissa aller contre le dossier, et attira Daisy contre lui. De son bras droit, il lui entoura le dos et posa la main sur sa hanche en un geste plus possessif qu'il ne l'aurait voulu. Son corps se modelait parfaitement sur le sien, ainsi qu'il l'avait imaginé, et le désir qu'il avait essayé de tempérer brûla de nouveau en lui. Mais elle avait besoin de parler, et peut-être était-ce nécessaire pour lui aussi. De sa main gauche, il lui caressait les cheveux. Il écartait les mèches encore un peu humides de son visage, sentant leur parfum monter vers lui.

— J'aurais dû rester avec toi ce soir, au lieu de laisser mes émotions prendre le dessus.

Lorsqu'elle lui cogna le torse avec ses lunettes, il les lui enleva et les posa sur la table à côté d'eux. Elle se blottit plus confortablement, posant le front entre son cou et son épaule. Il préférait qu'elle ne puisse pas le voir clairement. Parler de son passé allait déjà être assez difficile comme cela…

— Tu n'es pas responsable de ce qui s'est passé, Harry.

— J'ai l'impression que si.

— Tu souffres de stress post-traumatique. Je me souviens que, lorsque j'étais à l'hôpital, après l'agression de Brock, j'avais si peur des hommes que je ne voulais être soignée que par des femmes. Puis, ma mère m'a appris que mon père était mort. Elle m'a reproché d'avoir fait entrer Brock dans notre vie, et d'avoir causé tant de soucis à mon père. Je m'en suis beaucoup voulu.

Où désirait-elle en venir avec tout cela ? Lorsqu'il la sentit se raidir contre lui, Harry recouvrit la main qu'elle tenait toujours posée sur son torse, lui faisant silencieusement comprendre qu'elle pouvait poursuivre.

— J'étais couchée sur ce lit d'hôpital, repliée sur moi-même, et je voulais seulement qu'on me laisse tranquille. Je ne supportais pas qu'on me touche, qu'on me parle… Je me suis réfugiée dans cette maison dès que j'ai pu sortir de l'hôpital. Je n'ai vu personne, à part mon avocat. Je n'ai rien fait, si ce n'est aider ma mère à trier les affaires de mon père, et dormir.

— Toi ? Tu es la personne la plus sociable que j'aie jamais vue.

Elle entrecroisa leurs doigts.

— Stress post-traumatique. J'ai fait une dépression. Je

suis allée voir un psy. J'ai réussi à supporter le procès de Brock, le remariage express de ma mère, et un jour j'ai senti que j'allais mieux. Je ne voulais plus être dominée par la tristesse et la peur. J'ai voulu vivre à nouveau. J'ai trouvé un nouveau poste de professeur. J'ai décidé de recueillir Muffy lorsque son ancien propriétaire est parti en maison de retraite, et je suis allée dans un refuge pour adopter Patch. J'ai commencé à réparer cette maison. J'ai voulu m'ouvrir aux autres, me faire des amis, et avoir une vie qui vaille la peine d'être vécue.

— Tu as réussi…

— Mais j'ai eu besoin de temps pour guérir. Toi aussi. Le fait de voir mourir plusieurs de tes hommes et Tango a dû être très traumatisant.

Il resserra son étreinte, confirmant ce qu'elle suspectait.

— Je sais que tu as perdu des amis… Tu as presque perdu la vie ! Sois bienveillant avec toi. Sois patient. Je suis certaine que tu vas réussir à surmonter cela, toi aussi.

— Je ne sais pas. J'ai failli perdre le contrôle de moi-même ce soir.

— C'est vrai. Tu as crié… Mais telles que je vois les choses, tu criais à l'aide.

Elle écarta son visage et lui prit la joue dans la main, le forçant à la regarder.

— Tu ne m'as pas fait de mal. Crois-moi, je sais ce que c'est d'avoir mal.

Harry déposa un bref baiser sur ses lèvres. Il passa la main sous ses genoux, et la serra un peu plus contre lui.

— Je déteste penser que tu as souffert.

— L'odeur de la fumée a dû déclencher le flash-back. J'imagine que c'est ce qui m'arriverait si je voyais quelqu'un s'avancer vers moi avec un couteau. Je fais de mon mieux jour après jour. J'essaye de ne pas me mentir à moi-même, tout en restant positive et en allant de l'avant.

Elle se tortilla un peu, et blottit à nouveau sa tête sous son menton.

— Et lorsque je n'y arrive pas je suis indulgente avec moi. Tu devrais faire la même chose.

Il se détendit un peu.

— Comment pourrais-je exprimer ce que je pense et ce que je ressens sans perdre pied ?

Elle traça machinalement des cercles sur son torse et son épaule avant de répondre.

— Et pourquoi ne m'écrirais-tu pas une lettre ?

Il avait pleinement conscience de sa main sur sa peau, et savourait le moindre de ses gestes.

— Le Dr Polk a suggéré quelque chose d'approchant : il m'a conseillé de tenir un journal… D'écrire les choses pour me les sortir de la tête, au lieu d'essayer sans cesse de les contrôler. Mais je ne sais pas par où commencer.

— Je vois bien avec mes élèves que c'est toujours le plus difficile. Mais tu sais comment commencer une lettre, non ?

— Chère Daisy ?

— Jusque-là, tout va bien.

— J'ai cru que j'allais te perdre à jamais, ce soir.

La main de Daisy s'immobilisa.

— C'est un début un peu dramatique, non ?

— Je n'ai pas un grand sens de l'humour…

Mais elle ne s'avoua pas vaincue.

— L'essentiel est d'être honnête, pas d'avoir de l'humour. Lorsque tu as eu ce flash-back ce soir, où étais-tu ?

Il lui caressa le dos, avant de trouver le courage de lui parler du sniper qui avait tué Tango au moment où le chien repérait des mines. Il lui raconta comment il avait perdu deux hommes ce jour-là, dont Benny Garcia, le correspondant d'Albert Logan. Il passa rapidement sur ses blessures… Son débit était saccadé, et il laissait ses phrases en suspens. Mais, alors qu'il se concentrait sur le parfum des cheveux de Daisy et la chaleur de son corps tout en courbes douces, ses défenses tombèrent. Il lui expliqua comment il avait essayé de sortir les cadavres de ses hommes et de Tango de là, avant de perdre connaissance. Il ne se souvenait plus de rien, jusqu'au jour où il s'était réveillé dans un hôpital en Allemagne.

Il avait éprouvé de la colère… De la peur aussi… Peur de perdre son œil. Il était rongé par la culpabilité : pour les hommes dont il était responsable et qui ne rentreraient pas chez eux, pour le chien qui avait été son compagnon depuis le jour de son arrivée sur les lieux de sa mission. Il avait subi des opérations douloureuses et une longue rééducation. On ne l'avait pas autorisé à reprendre immédiatement le service, mais on lui avait dit qu'il n'était pas en mesure de faire le métier qu'il aimait tant. Il avait parlé à des psychiatres, ravivant les souvenirs de son enfance difficile. Il avait senti toute la violence qu'il avait en lui et avait craint de ne pas pouvoir la contrôler. Il avait lu et relu les lettres de Daisy, s'accrochant à l'espoir qu'il y trouvait, ressentant toute la sagesse et la compassion qu'elle y avait mises.

Lorsqu'il reprit conscience du présent, Harry se rendit compte que Daisy tremblait contre lui. Il lui prit le menton, leva son visage vers lui, et y lut toute la douleur que ce récit lui avait infligée.

— Bon sang, je t'ai encore fait pleurer !

— C'est parce que je ne fais pas que t'écouter : je ressens ce que tu me dis.

Elle mit les mains sur ses épaules, et vint poser les lèvres sur les siennes. Lorsqu'il lui répondit, elle s'attarda, et ce doux baiser dura un long moment. Timidement, elle sortit la langue et celle de Harry vint la rencontrer, la caresser, avant d'aller explorer sa bouche. Harry ressentait dans tout son corps la tendresse qu'elle mettait dans ce baiser. Mais lorsqu'il goûta le sel de ses larmes il s'éloigna.

— Daisy…

— Si tu as le droit de crier, j'ai le droit de pleurer, non ?

Elle glissa la main derrière son cou, la posant sur sa nuque.

— C'est normal de pleurer. Tu devrais essayer parfois…

Harry posa la main sur sa taille, l'empêchant de se rapprocher assez de lui pour reprendre leur baiser.

— Tu refuses de le reconnaître mais, quand j'ai perdu pied ce soir pendant l'incendie, tu as eu peur de moi.

Elle fronça les sourcils et soutint son regard, l'écoutant avec l'attention qu'elle lui avait toujours accordée.

— Je ne veux plus jamais revoir cette expression dans tes yeux, poursuivit-il. Et si quelque chose arrivait et que je te fasse peur à nouveau ?

— Et si cela ne se produisait jamais ? Et, si je pleure à nouveau, tu vas cesser de m'aimer ?

Ainsi, elle savait qu'il l'aimait ?

— Non.

Elle lui caressa le cou, et ce geste lui fit chaud au cœur, mais réveilla aussi son corps tout entier.

— Il peut arriver des choses difficiles. Mais dans ce cas on se fait aider, on se prend en main, et on fait de son mieux. Parfois, on traverse des moments durs, mais on se relève et on repart. Et c'est la seule chose que l'on attend des gens qui comptent pour vous.

Il tremblait, tant il avait du mal à supporter la tension et le doute qui l'habitaient.

Il secoua la tête, ne parvenant pas à s'habituer à l'idée que Daisy puisse l'aimer.

— Je profite de ta gentillesse…

— Tu ne peux pas savoir combien j'ai été touchée et

honorée que tu me fasses la confiance de partager toutes tes peurs, tes sentiments les plus noirs…

Elle voulut écarter une mèche de cheveux de ses yeux, mais Harry fut plus prompt qu'elle. Il la coinça derrière son oreille.

— Je suis restée avec Brock pendant un an et demi. Crois-moi, je choisis sans hésiter la confiance et la sincérité de quelqu'un qui doute — surtout s'il est aussi sexy que toi — plutôt que le contrôle et l'isolement…

Il lui passa les doigts dans les cheveux.

— Sexy ?

— Des yeux profonds. Un visage et un corps superbes. Des muscles en béton.

Il resta immobile lorsqu'elle vint embrasser ses paupières, puis ses joues, son menton, le creux de son cou, doucement, amoureusement, descendant jusqu'à son torse.

— Il est intéressant de constater que *sexy* est le mot que tu as retenu !

— Après tout ce que je t'ai raconté, tu veux toujours que nous…

Avec un large sourire, elle fit mine de pousser un soupir, et déclara :

— Je suis assise sur toi, je sens ton sexe dur contre moi, ce qui fait beaucoup de bien à mon ego parce que cela doit signifier que je suis irrésistible, et, si tu ne m'embrasses pas — je veux dire, si tu ne m'embrasses pas vraiment — très vite, alors je vais continuer à parler. Et tu ne pourras jamais me faire taire !

Harry n'avait pas besoin de beaucoup d'encouragements pour céder au désir qui lui brûlait le corps.

Il se redressa tout en tenant Daisy contre lui. Elle mit les bras autour de son cou, accueillant son baiser alors qu'il prenait possession de sa bouche. Il ne fut pas doux : il avait trop faim d'elle. Elle lui caressa à nouveau la nuque, puis lui prenant le visage à deux mains elle continua à presser les lèvres contre sa bouche alors qu'elle écartait les genoux pour s'installer sur lui. Il sentit son corps chaud contre son sexe et il gémit. Il en voulait plus… Il voulait tout.

Harry voulut défaire la ceinture de sa robe de chambre au moment même où Daisy s'apprêtait à déboutonner son jean. Leurs mains se heurtèrent et elle éclata de rire, alors qu'il pressait les lèvres contre sa gorge. Dans la position où ils étaient, elle ne pouvait pas y parvenir, d'autant plus que son sexe gonflé rendait l'opération difficile. Alors il lui prit les mains et les posa sur son torse, qu'elle se mit à caresser.

Harry ouvrit sa robe de chambre et déboutonna le haut de son pyjama. Il découvrit ses épaules, révélant sa poitrine à son regard émerveillé. Ses mamelons roses étaient dressés dans l'air frais.

Elle avait les bras pris dans les manches, mais elle les libéra. Il était bien trop occupé à lui caresser le dos tout en embrassant la courbe douce d'un de ses seins, puis de l'autre, attrapant dans sa bouche le mamelon lorsqu'il se trouva trop près. Harry referma les lèvres dessus, taquinant le téton de sa langue jusqu'à ce qu'il entende un petit gémissement contre son oreille.

— Pardon !

Harry arrêta immédiatement, prenant de longues inspirations pour retrouver son calme. Il saisit son visage dans ses mains, cherchant le moindre signe de la douleur qu'il aurait pu lui causer dans ses yeux bleus assombris par le désir.

— Si je te fais quelque chose que tu n'aimes pas…

— Au contraire ! Ne t'inquiète pas : si tu me fais mal, je te le dirai.

Daisy prit son visage entre ses mains et guida sa bouche vers l'autre téton.

Elle ne dit plus rien.

Harry souleva Daisy dans ses bras et la porta jusqu'à sa chambre. Il en chassa les chiens et referma la porte. Puis il sortit son portefeuille et le déposa sur la table de nuit, avant d'ôter son jean et son caleçon et d'aller dans le lit la rejoindre.

Elle s'était déshabillée et l'attendait. Lorsqu'il s'approcha d'elle, elle se redressa en tendant les bras vers lui, mais il la repoussa doucement sur les oreillers, voulant d'abord savourer la vue de son corps nu. Sous la douce lumière de sa lampe de chevet, il en admira chaque courbe : elle était si belle, si vulnérable...

Il embrassa sa gorge, ses seins, son ventre... Puis il se mit à califourchon sur elle, et prit possession de sa bouche.

— Je t'en prie, dis-moi que tu as des préservatifs dans ce portefeuille !

Harry roula sur le côté du lit en disant :

— Ils sont vieux, mais ils devraient faire l'affaire.

Il s'assit sur le côté du lit pour enfiler le préservatif, et sentit qu'elle l'embrassait entre les omoplates.

Daisy vint sur lui avant qu'il ait eu le temps de réfléchir. Mais cette position lui allait tout à fait... Il eut l'impression de voir des étoiles alors qu'il la pénétrait. Il s'accorda à son rythme et l'accompagna, tout en embrassant sa poitrine et lui mordillant le cou. Puis il s'empara de ses lèvres et la serra dans ses bras, imprimant contre lui chaque courbe de son corps, et, juste au moment où Daisy poussait un cri, il jouit avec elle. Il la tint contre lui jusqu'à ce que les contractions de son corps cessent, et qu'elle laisse retomber sa tête sur son épaule.

Ils s'allongèrent, et Daisy resta sur lui pendant de longues minutes avant que leurs respirations ne se calment et que leur peau moite ne se rafraîchisse.

Puis Harry l'enveloppa dans la couette et alla dans

la salle de bains jeter le préservatif. Daisy était à moitié endormie lorsqu'il revint. Elle sourit lorsqu'il se glissa sous la couette et la prit dans ses bras.

Elle insinua une jambe entre les siennes et enroula un bras autour de sa taille, se blottissant contre lui. Harry lui caressa le dos, alors qu'une rare sensation de plénitude engourdissait son corps, pénétrant chacun de ses muscles. Jamais il n'avait vu une femme aussi courageuse et généreuse. Daisy était un cadeau de la vie.

Un cadeau si inattendu, si différent de ce qu'il avait imaginé…

Harry lui caressa les cheveux.

— Je ne sais pas pourquoi, mais je m'imaginais que tu étais blonde.

— Ça m'est arrivé…

Il s'esclaffa.

— J'adore ton rire ! s'exclama Daisy. Tu devrais pratiquer un peu plus !

Il n'avait jamais eu beaucoup de raisons de le faire.

— D'accord. Si tu ne changes pas de shampoing.

Si tu ne changes rien de ce que tu es.

— C'est une requête étrange…, dit-elle en bâillant et en se pelotonnant contre lui.

Harry s'enfonça dans le sommeil avec elle, le nez enfoui dans ses cheveux.

Après tout, sa demande n'était pas plus étrange que le fait de tomber à nouveau amoureux d'elle… De la vraie Daisy Gunderson, cette fois.

Daisy était dans un profond sommeil lorsqu'elle fut réveillée par la main d'un homme qui se plaquait contre sa bouche.

Son cri s'étouffa dans sa gorge lorsqu'elle vit le visage de

Harry penché sur elle. Il pressait un doigt sur ses lèvres, et n'ôta sa main que lorsqu'elle hocha la tête pour lui signifier qu'elle avait compris : elle allait rester silencieuse. Elle ne parvenait pas à voir clairement les chiffres lumineux de son réveil, et n'avait aucune idée de l'heure qu'il était, ni de ce qui se passait. Le soleil n'était pas encore levé. Elle s'était endormie avec le sentiment d'être plus chérie qu'elle ne l'avait jamais été, et voilà qu'elle se réveillait pour voir Harry habillé et debout.

En fait, à demi vêtu. Mais ce n'était pas un problème pour elle, bien au contraire. Elle ne se lassait pas d'admirer son corps solide, ferme et souple. Elle le vit se diriger vers la fenêtre, et revenir vers elle.

— Daisy ? murmura-t-il. Ma chérie, tu es réveillée ?

Ma chérie ?

Mais quelque chose n'allait pas. Même sans ses lunettes, elle vit que Harry remettait sa ceinture avec son arme. Elle remonta le drap sur elle et s'assit, alors qu'il lui tendait les lunettes qu'il avait rapportées du salon.

Elle les mit, espérant qu'en voyant mieux l'expression de son visage elle comprendrait ce qui se passait.

— Qu'y a-t-il ?

Elle entendit un des chiens gronder au pied du lit, et toute la sensation de plénitude et de bien-être qu'elle ressentait après avoir fait l'amour avec lui disparut pour faire place à une peur glaçante.

— Harry ?

Il lui mit son téléphone entre les mains.

— Appelle la police. Il y a quelqu'un dehors.

C'est alors qu'elle entendit trois explosions, et un bruit de verre brisé venant de son bureau. Muffy se mit à aboyer et Patch l'imita immédiatement avec la même énergie. Harry poussa un juron.

Les petites déflagrations n'étaient pas les détonations

d'une arme à feu. Mais elles n'étaient pas normales… Tout comme les bruits de pas précipités de quelqu'un qui s'enfuyait.

Harry était déjà à la porte de sa chambre, son pistolet à la main, toujours pieds et torse nus.

— Harry, tu ne peux pas…

Il était inutile de parler à voix basse maintenant.

— Habille-toi, ordonna-t-il, et reste dans ta chambre. Je laisse les chiens avec toi. Caliban, *pass auf.*

Apparemment, cela signifiait que le berger belge devait surveiller les lieux, parce qu'il ne bougea pas de son poste, même lorsque Harry referma la porte.

Daisy se glissa hors du lit, enfila un jean et le premier T-shirt qu'elle trouva, et appela la police.

9

Lorsqu'elle vit les gyrophares des voitures de police, Daisy enfila la veste de Harry et se précipita vers la porte arrière, là d'où Harry était sorti. Où était-il ? Avait-il réussi à rattraper l'homme qui la terrorisait ? Une idée terrifiante lui traversa l'esprit avant qu'elle ne puisse l'arrêter : cet homme avait-il fait du mal à Harry ?

Elle ouvrit la porte et se rua sur la galerie.

— Harry ?

Elle entendit un crissement en descendant la première marche, puis la seconde, et elle s'immobilisa. Elle marchait sur des éclats de verre : les ampoules des lumières extérieures et de ses guirlandes de Noël avaient été brisées une à une. Voir les fragments multicolores éparpillés sur sa galerie et l'allée était déjà dérangeant. Mais le fait de remarquer dans la neige de petites traces rouges qui se transformaient en des empreintes de pas sanglantes provoqua en elle une autre sorte de peur.

Sans l'éclairage extérieur, le jardin était encore plongé dans l'obscurité, mais, grâce au soleil que l'on devinait à l'horizon, il était facile de suivre les traces de pas. Elle distingua bientôt les empreintes laissées par deux personnes.

— Harry ?

Daisy se mit à courir. En voulant la protéger, Harry avait été blessé.

— Harr…

Elle le vit lorsqu'elle arriva à l'avant de la maison. Au même moment, elle aperçut deux policiers qui se baissaient derrière les portières ouvertes de leur véhicule en dégainant leurs armes. Ils ordonnèrent à Harry de rester immobile et elle courut vers eux, les mains levées.

— Attendez ! Ne tirez pas !

— Bon sang, Daisy, je t'avais dit de rester à l'intérieur ! cria Harry.

Il cachait à sa vue l'homme qu'il maintenait contre la balustrade. La tension qui émanait de lui était visible. De petits éclats de verre colorés étaient éparpillés sur la neige, ici aussi, et lorsqu'elle leva la tête elle vit les fils nus de ses guirlandes de Noël se balancer. Elle remarqua que la neige était tassée près de Harry, comme s'il y avait eu une rixe, mais apparemment elle était terminée. Même si elle ne voyait pas l'homme, elle l'entendait haleter, et la peur semblait lui couper le souffle.

— Ce type a brisé toutes tes décorations de Noël !

— Je le sais. J'ai vu. L'un de vous deux saigne, ajouta-t-elle en espérant qu'il la rassurerait en lui disant que ce n'était pas lui.

— Je ne le lâcherai pas !

— Il est armé ! cria un des policiers.

Daisy alla se placer entre eux et Harry. Les deux policiers abaissèrent immédiatement leurs armes.

— Je suis Daisy Gunderson. C'est moi qui vous ai appelés. Cet homme est avec moi. Il a attrapé celui qui a saccagé mes décorations de Noël et qui a essayé de s'enfuir. Il n'a tiré aucun coup de feu. Ne lui faites pas de mal !

Un des policiers remit son arme dans son étui alors que son collègue contournait la voiture pour le rejoindre.

— Je suis le capitaine Cho, de la police de Kansas City. Je me sentirais mieux si votre ami me donnait son arme.

— Et si je vous l'apportais ? suggéra Daisy.

Le capitaine Cho hocha la tête.

— Ayez des gestes lents.

— Harry ? l'avertit Daisy avant de s'approcher de lui.

Sa peau était humide et gelée lorsqu'elle le toucha.

— Je vais donner ton arme à l'agent. Je ne veux pas que quiconque soit blessé.

La tension qu'elle sentait en lui ne baissa pas d'un cran.

— Vas-y.

Elle décrocha son étui et en sortit son pistolet. Lorsqu'elle eut l'arme en main, elle leva les yeux et retint son souffle.

— Angelo ?

Harry retenait son élève modèle contre la balustrade. Elle le regarda, sidérée, et sentit son sang se glacer dans ses veines. Le jeune homme pleurait.

— Mademoiselle Gunderson…, dit-il d'une voix tremblante.

Il avait la main sur le bras de Harry, qui lui enserrait la gorge. Sa casquette jaune était tombée à terre, mais il ne semblait pas avoir été blessé. Il avait peur, certes, mais était indemne.

— Je vous demande pardon ! Dites à votre ami que je suis désolé. Je ne voulais pas faire ça !

— Harry, lâche-le ! Il n'est pas capable de se battre contre toi.

Elle tendit le pistolet au capitaine Cho et revint poser doucement ses mains sur les épaules de Harry.

— Ce n'est qu'un enfant…

— J'ai vu des enfants faire des choses terribles.

— Tu n'es pas sur un terrain d'opérations. Tu es à Kansas City. Avec moi. Et je vais bien. Regarde-moi… La police est là maintenant. Laisse-les s'en occuper. Angelo ne me fera pas de mal. Je t'en prie, laisse-le partir !

Harry la regarda. Il avait les yeux sombres, et sa paupière droite sautait. Puis il hocha la tête, recula et libéra Angelo.

— Je suis désolé, mon gars.

— C'est ma faute, reconnut Angelo.

Il semblait soulagé d'avoir affaire aux agents de police plutôt qu'à Harry. Ils lui demandèrent s'il était armé, le fouillèrent et lui passèrent les menottes.

— C'est moi qui ai cassé les ampoules.

Daisy avait le cœur brisé. Elle avait besoin de comprendre ce qui se passait. Pourquoi Angelo avait-il agi ainsi ? Pourquoi n'avait-elle pas deviné que c'était lui qui lui envoyait ces cadeaux ? Pourquoi ? Elle se posait également d'autres questions.

— Qui saigne ? demanda-t-elle en montrant les traces rouges dans la neige.

— C'est moi.

Harry lui montra la plante de ses pieds. Son cœur se serra lorsqu'elle vit le sang couler de plusieurs coupures.

— Il faut que tu rentres te réchauffer. Il y a de quoi soigner ça dans la salle de bains du bas… Tu veux que je vienne t'aider ?

— Je n'ai besoin de l'aide de personne.

Il ramassa la casquette d'Angelo et la replaça sur sa tête avant que l'agent ne l'emmène vers le véhicule de police.

— J'espère que je ne t'ai pas fait mal ?

Angelo secoua la tête.

— Non, monsieur.

— Je t'ai fait peur ?

— Oui.

— Tu sais que tu ne dois plus t'en prendre à Mlle Gunderson, c'est compris ?

Angelo hocha la tête.

Harry se tourna vers les deux policiers.

— Je suis major dans les marines. Mes papiers sont à

l'intérieur, mais je peux vous assurer que j'ai un permis de port d'arme. Je peux aller le chercher si vous le voulez. J'en ai pour une minute.

Le capitaine Cho accepta, y mettant une condition :

— C'est d'accord, mais l'agent Bulkey va vous accompagner.

Harry hocha la tête, et les deux hommes allèrent dans la maison.

Angelo fit un pas vers Daisy avant que le capitaine Cho ne tire sur ses menottes, lui signifiant de garder ses distances.

— Je vous demande pardon, mademoiselle Gunderson, dit le garçon. J'étais seulement fou de rage que vous… qu'il…

Il regarda en direction de la maison où Harry venait d'entrer avant de prendre une inspiration et d'avouer :

— Vous n'avez jamais eu d'ami depuis que je vous connais. Dans un mois, je vais avoir dix-huit ans. Alors, je serai majeur. Il y a quelque chose entre nous… Je voulais vous demander de sortir avec moi.

— Angelo, c'est impossible ! Même si tu étais majeur, je ne voudrais pas risquer de compromettre mon travail ni ta scolarité. Et il n'y a rien entre nous ! bafouilla Daisy.

Elle repassait mentalement tout le temps où Angelo avait été son élève, essayant de voir ce qu'elle avait pu dire ou faire qui aurait pu être perçu comme un encouragement.

— Je t'ai toujours apprécié en tant qu'élève. Mais ce n'est pas parce que je crois en tes capacités que j'ai des sentiments pour toi.

— J'en ai, moi !

Angelo se pencha vers elle. Son visage avait une expression douloureuse.

— Albert m'a dit qu'il vous avait vus vous embrasser.

Ce petit baiser sur les lèvres pendant le match ? C'était tout ce qu'Albert avait pu voir. Rien d'autre ne s'était passé entre Harry et elle avant qu'ils ne retournent chez elle.

Comment un léger baiser dans un endroit public pouvait-il avoir provoqué tant de colère et de violence ?

— Angelo, j'aurais pu mourir dans l'incendie d'hier soir !

— Quel incendie ?

Il ne savait pas ? Elle n'avait pas pu s'empêcher de remarquer qu'Angelo correspondait à la vague description de l'homme que Harry avait vu s'éloigner : grand, veste bleue, casquette jaune.

— Dans le sous-sol du lycée, après le match.

Angelo écarquilla les yeux, visiblement inquiet.

— Vous allez bien ? Les bâtiments ont brûlé ? Nous avons un tournoi samedi !

Plus que ses accents de sincérité, ce fut le fait qu'il pense immédiatement à son véritable amour — le basket — qui convainquit Daisy qu'Angelo disait la vérité. Il n'était pas son Père Noël secret. Il avait détruit ses décorations dans un accès de colère, comme un enfant faisant un caprice lorsqu'il se rend compte qu'il ne va pas obtenir ce qu'il convoite. C'était un coup de sang, à cause d'une attirance déplacée. Pas une obsession morbide ou un désir de lui faire du mal.

Malgré tout, il fallait qu'elle lui pose la question.

— C'est toi qui m'as envoyé ces cartes et qui as déposé ces cadeaux ?

Il haussa les épaules, l'air perplexe.

— Je vous ai donné les caramels que ma grand-mère a faits pour vous…

— Pas de cartes anonymes ? Pas de cadeaux ?

— Non, madame. Le lycée a brûlé ?

Elle faillit presque rire en constatant qu'il s'agissait là de son inquiétude majeure.

— Non. Tu devras encore venir en cours lundi.

Le capitaine Cho interrompit la conversation.

— Mademoiselle Gunderson, je vais devoir lire ses

droits à ce jeune homme et l'emmener. Cela ne sert à rien que nous restions ici dans le froid. Puisque vous semblez le connaître, dites-moi : voulez-vous porter plainte ?

— Porter plainte ?

Angelo sembla paniqué.

— Je ne vais plus pouvoir jouer au basket !

Il s'en sortirait certainement avec une simple remontrance si cet incident allait jusqu'au juge, mais cela l'empêcherait d'obtenir une bourse. En Daisy, le professeur l'emporta sur la femme. Elle pressa le bras d'Angelo, prenant l'expression la plus sévère qu'elle put.

— Tu vas suivre le capitaine Cho pour le moment. Je vais passer quelques coups de fil pour voir comment arranger cette affaire. Mais il y aura des conséquences.

Le capitaine Cho acquiesça, et poussa Angelo vers la voiture de police.

— N'appelez pas ma grand-mère ! la supplia Angelo. Je vous en prie, mademoiselle Gunderson ! Elle va me rouer de coups, et je vais être de corvée pour sortir les poubelles et aller faire les courses des vieilles dames du quartier pendant un mois !

Daisy était contre les punitions corporelles, mais le reste semblait amplement mérité. Elle sortit son téléphone de la poche de la veste de Harry. Elle avait une autre idée, qui ferait réfléchir Angelo sans compromettre son avenir.

Une heure plus tard, le soleil s'était levé. La lumière du jour faisait jaillir des éclats de lumière des cristaux de glace et réchauffait un peu l'air. Les policiers étaient repartis, et Angelo était assis sur le siège du passager de la voiture de Bernie Riley, attendant que l'entraîneur de basket le reconduise chez lui. Bernie avait promis d'avoir une discussion sérieuse avec lui, et d'essayer de lui faire comprendre à quel point sa conduite avait été inappropriée.

Daisy espérait que Bernie ne tarderait pas à faire ce qu'elle lui avait demandé. Pour le moment, il était sur sa galerie. Ignorant l'homme à l'air sombre appuyé contre un pilier derrière lui, il la remerciait de ne pas porter plainte contre son joueur vedette.

— Je vais lui faire subir un entraînement poussé : il va devoir venir tôt le matin pour courir et marquer des paniers. Et je vais l'obliger à revenir cet après-midi pour réparer les dégâts et enlever tous ces bouts de verre, déclara Bernie, comme si l'idée était venue de lui, et non d'elle. Je vais arranger les choses avec sa grand-mère. Il faut qu'il se rende compte qu'il a fait quelque chose de mal sans pour autant compromettre ses études.

— J'apprécie ton aide, Bernie.

— Pas de problème. C'est avec plaisir, Daisy.

Il la prit dans ses bras pour la saluer et Daisy se sentit mal à l'aise, pas seulement à cause de l'odeur étrange de ses vêtements, mais parce qu'elle n'était pas habituée à ce qu'il soit aussi chaleureux avec elle, et qu'elle avait pleinement conscience des yeux gris de Harry fixés sur eux. Au moins, il ne tenta pas de mettre Bernie « hors d'état de nuire », selon les termes qu'il avait employés lorsqu'il avait raconté à la police comment il avait attrapé Angelo.

Lorsque Bernie s'éloigna et descendit les marches de l'escalier, Daisy poussa un soupir… Mais son soulagement fut de courte durée.

— Hé ! On m'a parlé de ton Père Noël secret, dit-il, se retournant.

— Après cet incendie, je suppose que tout le lycée est au courant !

— C'est vrai.

Bernie souleva sa casquette jaune et se gratta le front en fronçant les sourcils.

— Il faut que tu saches que je suis ton Père Noël secret.

— Quoi ? s'écria-t-elle avec un mouvement de recul qu'elle ne put contrôler. C'est toi ?

Cette fois, Harry se redressa et commença à avancer vers Bernie. Elle lui attrapa le bras. Même si Harry s'arrêta immédiatement, elle lui prit la main et attendit qu'il entrelace ses doigts aux siens pour être certaine qu'il était bien avec elle.

— Écoutons-le, suggéra Daisy.

Les yeux verts de Bernie étaient inhabituellement sérieux, et son ton singulièrement sincère.

— Ce n'est pas moi qui t'ai envoyé ces choses horribles. Quelqu'un a dû remplacer mes présents. J'ai déposé les cartes dans ton casier, et les cadeaux sur ton bureau… J'avais demandé à Stella de ne choisir que ce que tu avais mis sur ta liste : des chocolats, des décorations, des chèques-cadeaux pour du café…

Daisy s'accrocha à Harry.

— C'est ta femme qui m'a fait ces cadeaux ?

— Je n'avais pas le temps d'aller les choisir, répondit Bernie en haussant les épaules. Je n'aime pas aller dans les magasins, alors je lui ai demandé d'aller les acheter à ma place. C'est elle qui les a emballés, et qui a écrit les cartes. Je me suis contenté de les apporter au lycée.

— Pourquoi ta femme m'en voudrait-elle ?

— Je n'ai pas dit que c'était elle qui t'avait envoyé ça ! Je sais que Stella a parfois des réactions exagérées, mais elle ne peut pas avoir fait ça ! J'en suis certain.

— Comment connaissez-vous le contenu des cartes et des cadeaux ? demanda Harry.

— Bosch et Gamblin en parlaient hier soir pendant le match.

— Eddie et Mary t'ont raconté ce qui m'arrive ?

Ainsi, ses amis avaient trahi sa confiance ?

— J'ai bien vu que quelque chose n'allait pas lorsque tu as ouvert ta carte hier. J'ai craint que Stella ne m'ait joué un mauvais tour en écrivant quelque chose de déplacé. Je ne savais rien jusqu'à ce matin, lorsque j'ai découvert que tu avais failli mourir dans un incendie. Tu as dû avoir très peur ! J'ai demandé aux autres s'ils savaient ce qui se passait.

— Aux autres ?

— J'ai téléphoné au proviseur et il m'a tout raconté. Maintenant, je comprends pourquoi, lors de la dernière réunion, il nous a recommandé de faire des cadeaux appropriés.

Bernie se gratta à nouveau le front.

Elle sentit la main de Harry se crisper juste avant qu'il n'arrache la casquette de Bernie.

— Qu'y a-t-il ?

Harry porta la casquette à son nez et détourna immédiatement le visage.

— Elle sent la fumée et le solvant.

Bernie lui arracha sa casquette des mains et la remit.

— Je vous ai dit que j'étais allé dans le sous-sol pour constater les dégâts. L'odeur est encore très forte. Le proviseur a annoncé qu'il allait aérer le bâtiment pendant tout le week-end pour que nous puissions faire cours lundi.

Daisy se rendit soudain compte que Bernie correspondait à la description de la personne que Harry avait aperçue dans le sous-sol pendant l'incendie.

— Où étais-tu hier soir ?

— Au bord du terrain de basket !

Harry avança d'un pas.

— Et ensuite ? Quand êtes-vous parti ? En même temps que les joueurs ? Après eux ?

Bernie se redressa de toute sa hauteur.

— Vous me suspectez d'avoir allumé cet incendie ?

Il s'approcha de Daisy, et Harry s'interposa entre eux, l'œil noir.

— Écoute, je suis venu pour t'aider, pas pour que ton ami me mette son poing dans la figure.

— Où étiez-vous ? insista Harry.

L'odeur de la casquette avait-elle réveillé en lui un mauvais souvenir ? La colère le reprenait-elle ?

— Ça ne vous regarde pas.

Bernie regardait Daisy, ignorant Harry.

— Je voulais seulement que tu saches que j'avais tiré ton nom au sort pour être ton Père Noël secret, et que c'est Stella qui a acheté les cadeaux. Elle a beaucoup de goût, et je suis certain qu'elle ne t'a acheté que des choses convenables. Je ne sais ni comment on a échangé mes présents et mes cartes, ni qui l'a fait. Mais je tenais à ce que tu saches que cela ne vient pas de moi. Ni de Stella.

Il plissa le front.

— Stella et moi… Nous avons des problèmes ces derniers temps. J'ai même pensé à te demander si je pouvais louer ta chambre au lieu d'aller dormir à l'hôtel.

— Tu dors à l'hôtel ?

Daisy savait qu'elle aurait dû avoir de la compassion pour Bernie au lieu de se dire que ses problèmes de couple pouvaient peut-être expliquer ce qui lui arrivait…

— Les choses ne vont pas bien entre nous en ce moment. Tu loues toujours cette chambre ? Ça serait bien d'être à nouveau dans une maison.

— Daisy a trouvé un locataire, annonça Harry.

Il passa un bras autour de ses épaules en un geste possessif.

Daisy se sentit un peu mal à l'aise et se dégagea. Harry était-il seulement protecteur, ou commençait-il à se comporter comme Brock ?

Bernie n'insista pas.

— D'accord. En tout cas, si j'avais su ce qui se passait, je t'aurais dit plus tôt que j'étais ton Père Noël secret.

Daisy hocha la tête, et s'éloigna un peu de Harry.

— Merci de m'en avoir parlé.

Peut-être Bernie n'avait-il pas pris la mesure de l'angoisse qu'elle avait éprouvée au cours des deux dernières semaines, car il ajouta :

— Je suppose que cela va un peu gâcher la soirée : ça ne sera plus une surprise pour toi quand tu apprendras qui était ton Père Noël.

Elle n'avait eu que trop de surprises cette semaine. Elle jeta un coup d'œil sur les cheveux courts de Harry, qu'elle avait pris tant de plaisir à caresser cette nuit. Une seule de ces surprises avait été bonne. Harry Lockhart.

Elle fit un signe de la main à Angelo et sourit à Bernie.

— Merci de m'avoir aidée avec Angelo. Et je suis désolée de ce que tu viens de m'apprendre pour Stella et toi.

— Merci.

— Parle-lui, suggéra Daisy. Écoute-la également. Lorsqu'on se parle, le problème est déjà à moitié résolu.

Elle se demanda si Harry entendait ce conseil.

— Et… peut-être que tu devrais arrêter de me donner des cadeaux. Même celui qui était prévu pour la soirée. Fais-toi rembourser… Fais-en don à une association… Ou donne-le à quelqu'un d'autre. Si cet homme n'a plus à sa disposition ce moyen de me harceler, il va peut-être arrêter.

— Si c'est ce que tu veux…

Bernie se dirigea vers sa voiture et grimpa dedans, lui faisant un signe de la main avant de s'éloigner.

Harry regarda le véhicule disparaître au coin de la rue avant de se retourner vers elle.

— Il ne va pas arrêter.

Même si elle portait sa veste, Daisy frissonna et commença à marcher vers la maison.

— Merci pour ces paroles réconfortantes.

Il lui prit la main et la força à s'arrêter.

— Ce n'est pas une blague. Les pervers dans son genre trouvent toujours un moyen de s'en prendre à quelqu'un si c'est ce qu'ils veulent. S'il pense que tu essayes de l'en empêcher, il peut monter en puissance.

— Quelqu'un m'a enfermée dans une pièce et a essayé de me tuer en mettant le feu. Les choses ont déjà monté en puissance !

— Bon sang, Daisy, tu ne crois pas que j'en ai conscience ?

Elle retira sèchement sa main.

— Ne sois pas si confiante, Daisy. Peut-être que Riley t'a appris qu'il était ton Père Noël secret simplement pour écarter les soupçons de lui. Pourquoi ses vêtements sentent-ils aussi fort la fumée ? Et si Angelo n'était pas aussi innocent que tu veux bien le croire ?

— Et si Stella Riley était si jalouse qu'elle s'est persuadée que son mari et moi sortons ensemble, et qu'elle a voulu me faire payer une relation imaginaire avec son mari ?

Daisy le regarda droit dans les yeux avant de poursuivre :

— Je ne suis pas stupide. Tu crois que je n'ai pas envisagé tout ça ? Je ne sais plus à qui faire confiance. Je n'en peux plus de me poser des questions ! Il faut que je sache qui me fait ça, il faut que ce fou aille en prison. Mais je vais…

— … rester positive ?

C'était un sarcasme : Harry se moquait du trait de caractère qu'il avait admiré la veille.

— J'allais dire que je continuerais à faire très attention.

— Tu es trop compatissante, trop gentille ! Tu vas être blessée.

— Arrête de me dire ce que je dois faire !

La tension entre eux finit par éclater en une dispute dont aucun ne pouvait sortir vainqueur. Daisy savait que Harry ne voulait que son bien, mais elle ne supportait pas qu'il lui dise comment mener sa vie.

— Où est Harry, l'homme qui m'a écrit ces lettres ?

Il sursauta, comme si elle l'avait giflé. Lorsqu'il lui répondit, ce fut sur un ton calme, neutre.

— Je t'ai prévenue : je ne suis plus le même homme.

Daisy lui posa la main sur le torse. Elle sentait les battements de son cœur sous ses doigts.

— Non. Tu es le même homme, celui qui était avec moi hier soir !

Elle vit sa paupière sauter lorsqu'il parla en soupesant ses mots :

— Je ne te laisserai pas sans protection, même si tu veux que nous en restions là. Mes affaires sont dans la chambre d'amis. Je dormirai là et je te payerai un loyer.

Il pensait donc sérieusement à être son locataire, et à transformer ce qui était devenu une relation passionnée en moins de quarante-huit heures en un lien amical. Elle se sentirait plus en sécurité, non ? Mais elle était plus déstabilisée que jamais. Elle aurait dû se réjouir qu'au moins l'un d'eux soit raisonnable. Pourtant, elle avait l'impression d'être vide, comme si elle venait de perdre quelque chose qui était plus important qu'elle ne l'aurait cru.

— Si c'est ce que tu veux…

— C'est ce qui doit être.

Il avait besoin de prendre ses distances. Il pensait certainement qu'il n'était pas capable de nouer une relation avec elle, et qu'il la ferait souffrir. Mais comment pouvait-elle accepter cela ?

— Harry…

Les chiens commencèrent à aboyer à l'intérieur de la maison, mettant fin à leur conversation. Ses trois compagnons lui signifiaient que quelqu'un arrivait. Elle vit son voisin, Jeremiah Finch, qui promenait Suzy, son chihuahua, au bout d'une longue laisse.

— Bonjour, Daisy.

— Bonjour, monsieur Finch.

Harry salua sèchement le vieil homme emmitouflé dans un manteau en laine, avec son écharpe soigneusement nouée. Il claqua des doigts et, de la main, ordonna à Caliban et Patch de s'asseoir. Seul Muffy continua à aboyer. Lorsque Jeremiah s'arrêta pour laisser Suzy renifler les odeurs de tous les visiteurs que Daisy avait eus ce matin, elle s'avança sous le porche pour poursuivre le bavardage.

— On dirait que la journée va être ensoleillée. Je suis heureuse de voir que Suzy et vous en profitez pour sortir.

— Je ne suis pas certain d'en avoir envie, même en pleine journée.

— Que voulez-vous dire ?

— Il y a de l'insécurité dans le quartier.

— De l'insécurité ? Vous faites allusion à la voiture de police que vous avez vue chez moi tout à l'heure ?

Elle sourit pour rassurer son voisin.

— Ne vous inquiétez, tout va bien.

— Vraiment ?

Il s'avança dans son allée, comme si elle ne pouvait pas l'entendre lorsqu'il était sur le trottoir.

— Un loubard a brisé les ampoules de vos guirlandes électriques, et quelqu'un a pénétré dans mon jardin. Un de mes buis a été abîmé.

Il jeta un coup d'œil derrière elle, et vit l'étui que Harry portait à la ceinture.

— Des hommes armés traînent dans le quartier…

— Harry ne traîne pas dans le quartier.

Soudain, Harry décida de se joindre à la conversation. Il descendit les marches et s'approcha d'elle en tenant son téléphone.

— Monsieur Finch, cela vous dérangerait si je prenais des photos des empreintes de votre jardin ?

Jeremiah sembla un peu surpris qu'il s'adresse directement à lui.

— Du moment qu'il ne s'agit que de photos…

Harry hocha la tête et se mit à courir dans la neige, disparaissant au coin de la maison.

Lorsqu'il fut parti, Jeremiah tira sur la laisse de Suzy pour se rapprocher de Daisy.

— Vous pensez que je n'ai pas vu ce voyou passer la nuit dehors dans sa voiture devant votre maison ? Il repérait certainement les lieux. Et c'est ce qu'il fait aussi chez moi en ce moment, mais je ne vois pas comment l'en empêcher. Et dire que vous l'avez invité dans votre maison ! Après ce qui s'est passé avec votre dernier ami, j'aurais cru que vous seriez plus prudente. J'essaye de veiller sur vous et de vous protéger, mais…

— Tout d'abord, le major Harry Lockhart n'est pas un voyou. C'est un marine qui a été distingué à plusieurs reprises. Ensuite, mon élève est peut-être un peu perdu en ce moment, mais ce n'est pas un loubard et vous n'avez absolument rien à craindre de lui. S'il a abîmé un de vos buis, je vais m'assurer qu'il va vous le rembourser. Et, troisièmement, ce qui m'arrive et la façon dont je choisis de me protéger ne vous regardent pas.

— Je vois bien que vous êtes contrariée, répondit Jeremiah, les joues rouges. Ainsi, cette personne est… un garde du corps ? Vous êtes menacée ?

Il porta la main à sa poitrine.

— Je suis en danger également ?

— Non.

Daisy se baissa pour caresser Suzy. Les chiens l'avaient toujours calmée et réconfortée. Elle ne pouvait pas imaginer perdre l'un des siens comme Harry avait perdu Tango.

— Je suis désolée de m'être mise en colère. J'ai reçu des menaces. Harry est… un ami… Il me protège.

— D'accord…

Jeremiah tira sur la laisse.

— Je n'aime pas voir des armes à feu dans le quartier, et votre ami est plutôt… impressionnant. Vous êtes certaine d'être en sécurité avec lui ?

— Je sais que vous appréciiez mes parents, et vous avez toujours été amical avec moi. Mais cela ne vous donne pas le droit de venir remettre mes choix en question, ni de me faire la leçon.

Même si elle se trompait, M. Finch n'avait pas à lui reprocher de faire ce que son cœur lui dictait. Il n'en avait pas le droit. Harry non plus. Personne ne l'avait.

Jeremiah jeta un coup d'œil dans la direction où Harry était parti.

— Bon, si vous avez besoin de moi, vous avez mon numéro. Viens, Suzy.

Lorsque M. Finch et Suzy s'éloignèrent, Daisy pressa la main sur sa bouche, retenant un sanglot ou un juron. Elle n'allait pas s'excuser de défendre les gens qui comptaient pour elle, mais elle avait bien du mal à faire face à la peur, l'incertitude, et ce besoin maladif de reprendre le contrôle de sa propre vie. C'était peut-être ce que ressentait Harry lorsqu'il perdait pied. Elle était fatiguée d'avoir peur, de suspecter tous ceux qu'elle connaissait. Il fallait mettre un terme à la situation.

— Daisy ?

Elle sursauta en entendant la voix tendue derrière elle, et essuya rapidement ses larmes avant qu'elles ne coulent sur ses joues.

— Tu vas bien ?

Elle se retourna vers Harry, regrettant de ne pas pouvoir aller trouver du réconfort dans ses bras. Mais il y avait entre eux une tension qui n'existait pas avant, une attirance qui était compliquée par trop d'éléments que ni l'un ni l'autre ne pouvaient contrôler.

Elle ne répondit pas et le regarda sortir son téléphone.

— J'ai découvert quelque chose d'important… Quelque chose qui disculpe Angelo.

— Je n'ai jamais cru que c'était lui qui m'envoyait ces cadeaux.

— Mais cela te tranquilliserait-il d'en avoir la preuve ? De pouvoir éliminer un suspect ?

Ainsi, il essayait de la réconforter… Elle tenta de lui sourire. Il ne lui offrait pas de paroles de consolation et ne la prenait pas dans ses bras, mais cela serait agréable de pouvoir aller en cours lundi et de regarder ses élèves sans avoir peur d'eux.

— Les empreintes ont été faites par deux paires de chaussures différentes. Celles d'Angelo ont une ligne sur toute leur longueur, comme les chaussures de sport. Les empreintes dans le jardin de Finch, tout comme celles qui étaient sous ta fenêtre l'autre nuit, ont été faites par quelqu'un qui portait des bottes.

Elle ne se sentait pas rassurée pour autant.

— Peut-être qu'Angelo portait des bottes pour venir m'épier ? Il ne possède pas qu'une seule paire de chaussures !

— Simplement s'il a trouvé le moyen de rétrécir ses pieds.

Harry lui montra les photos sur son téléphone.

— Ce n'est pas scientifique, mais c'est très net.

Harry avait photographié les traces imprimées dans la neige, en utilisant sa propre empreinte comme mesure de comparaison. Les chaussures de sport d'Angelo étaient nettement plus grandes que les siennes, alors que les empreintes laissées par les bottes étaient plus petites.

— Je vais envoyer les photos à Pike. Il saura à qui les montrer.

— Merci.

Daisy appréciait les efforts qu'il faisait pour la rassurer. Il pensait peut-être que c'était la seule manière dont il pouvait l'aider.

— Je suis désolé d'avoir douté de ce gamin, mais cela prouve que celui qui te harcèle sait où tu habites. Il est venu ici et t'a observée.

Daisy rentra dans la maison. Elle fit avancer les chiens pendant que Harry refermait la porte derrière elle.

— Tu crois que je ne sais pas qu'il est en train de m'épier ? Que je ne sens pas tout le temps son regard sur moi ?

Harry la suivit dans la cuisine. Elle se versa une tasse de café chaud et la prit dans ses mains pour se réchauffer.

— C'est là que tu es censé dire quelque chose de positif pour me réconforter.

Lorsqu'il ne répondit rien, elle ôta sa veste et la lui lança. Il la posa sur le dossier d'une chaise et la rejoignit près du réfrigérateur.

— J'ai entendu comment tu m'as défendu quand Finch m'attaquait. Tu n'es pas obligée de faire ça. Je sais que j'ai perdu mon sang-froid avec ce gamin. Que je me suis montré possessif et autoritaire avec Riley. J'ai pris des décisions sans te demander ton avis. Mais je voulais seulement te protéger. J'ai bien vu que la façon dont je t'ai parlé et le ton que j'ai employé t'ont blessée. Cette nuit… Cette nuit était merveilleuse. C'était un moment parfait, hors du temps, loin des cauchemars…

Juste au moment où elle fermait les yeux pour laisser la rude poésie de ses mots lui réchauffer le cœur, il ajouta :

— Mais je ne suis pas assez bien pour toi, Daisy. J'ai trop peur de ne pas arriver à contrôler mes réactions…

— Les gens normaux se disputent comme nous venons de le faire. Les gens normaux perdent leur sang-froid parfois. Tu ne peux pas être complètement guéri après la conversation que nous avons eue hier. Il en faudra d'autres. Et…

« Un moment parfait, hors du temps… »

Tenant la bouteille de lait contre elle, Daisy referma le réfrigérateur et se tourna vers Harry qui était juste derrière elle. Il était assez près pour qu'elle pose la main sur lui, assez près pour qu'en se mettant sur la pointe des pieds elle embrasse cette bouche si belle qui parfois avait tant de mal à prononcer les mots qui libéraient. Mais elle ne fit ni l'un ni l'autre. La douleur et l'amour qu'elle lisait sur les traits nets de son visage lui tordirent le cœur.

— Tu viens de faire un grand pas vers la guérison. Mais il y aura des rechutes. Tu dois les accepter, et continuer de te battre. Tu ne penses pas qu'il m'arrive d'être déprimée ? Que je me mets parfois en colère ? Regarde comment j'ai crié sur le pauvre M. Finch. Tu dois accepter que cela prenne du temps.

— Mais je n'ai pas de temps. Si je ne parviens pas à vaincre mes démons avant de retourner voir le médecin de l'armée dans six semaines, ils ne vont plus vouloir de moi.

Il prit une mèche de cheveux qui était tombée sur sa joue et la caressa entre ses doigts, avant de la replacer doucement derrière son oreille et de reculer.

— Peut-être que je ne suis plus bon à rien pour personne.

Il prit sa veste et se dirigea vers la porte.

— Referme bien à clé derrière moi. Il faut que j'aille prendre un peu l'air.

Daisy se précipita vers lui.

— Tu ne peux pas aller marcher avec les blessures que tu as aux pieds !

— Alors je vais prendre ma voiture.

Il ouvrit la porte et déclara :

— Je serai de retour avant midi. S'il se passe quelque chose, n'hésite pas à appeler la police.

— Et si quelque chose t'arrivait à toi ?

À ces mots, il s'immobilisa.

Alors il glissa doucement la main sur sa nuque et l'attira à lui pour un baiser dur, plein d'intensité. Il l'embrassa une deuxième fois. Et une troisième.

— Je penserai à tout cela… Et à quel point j'ai envie d'aller mieux… pour toi.

10

Harry revint deux heures et demie plus tard avec plusieurs guirlandes électriques et un immense sapin. Il avait également acheté une veste chaude à sa taille, d'un beige neutre, et une parka d'une jolie couleur lavande qui, pensait-il, irait bien à Daisy. Il apprécia la façon dont elle se jeta à son cou pour le remercier, mais il ne baissa pas sa garde pour autant : il avait des choses à prouver… Non seulement à Daisy, mais à lui aussi.

Cette fois, il n'avait pas marché dans la neige ou respiré l'air frais. Il était vrai qu'il avait passé dix minutes à conduire sans but dans le quartier, pour s'éclaircir les idées. Mais ensuite il avait compris qu'il ne devait pas réagir ainsi : il devait accepter ses difficultés et s'attacher à les résoudre. Mais, pour cela, il lui fallait un plan d'action… et il allait mettre son entraînement de marine en pratique.

Protéger la base. Obtenir des informations. Connaître son ennemi. Faire confiance à ses alliés.

Il avait alors appelé Pike pour lui demander de venir surveiller la maison de Daisy pendant son absence. Il avait également parlé à son beau-frère des photos d'empreintes de pas qu'il avait prises. Ensuite, il avait téléphoné à un de ses amis, un lieutenant de police nommé Nick Fensom, qui avait enquêté sur l'agression dont Daisy avait été victime. Fensom lui avait confirmé que Brock Jantzen était toujours incarcéré, et que les proches de Daisy — Bernie et Stella Riley, Angelo et Albert Logan — n'avaient pas de casier. Il avait également rappelé à Harry que cela ne signifiait en aucune manière que celui qui harcelait Daisy n'était pas l'un d'entre eux.

Nick Fensom lui avait demandé des précisions sur les menaces que Daisy avait reçues, et lui avait promis de contacter le proviseur de l'établissement, Ryan Hague, ainsi que John Murdock, le chef des pompiers, pour obtenir des informations complémentaires sur ce qui s'était passé au lycée. Fensom l'avait également prié de lui envoyer le texte exact des messages et la description des cadeaux, ainsi que la date à laquelle ils avaient été reçus. Ainsi, tous les éléments à charge seraient dans le dossier lorsque l'homme serait pincé. Et il le serait, Harry se l'était promis.

Lorsqu'il était revenu chez Daisy, Pike et son fils, Gideon, étaient en train de faire un bonhomme de neige dans le jardin. Hope était dans la cuisine et aidait Daisy à préparer le déjeuner. Avant que Gideon et Hope n'aient fini leur sieste, Pike et lui avaient installé le sapin de Noël dans le salon, balayé la galerie, et sorti les chiens. Caliban était un vieux pro, et obéissait à tous les ordres. Patch comprit très vite ce qu'il avait à faire. Quant à Muffy… Eh bien, ce qui manquait à ce chien en termes d'attention était compensé par sa personnalité attachante. Jamais il n'aurait pu être chien de police, mais il savait donner l'alerte… Que ce soit pour les prévenir qu'Angelo et Albert étaient arrivés pour ramasser les morceaux de verre, ou pour annoncer qu'un oiseau se trouvait dans le jardin.

Ils commandèrent des pizzas et dînèrent ensemble, puis Hope, Pike et Gideon partirent. Essayant de se souvenir qu'il était le locataire et garde du corps de Daisy — pas le compagnon fou d'amour qui rêvait de lui ôter son sweat-shirt rouge des Chiefs de Kansas City et de voir si le miracle de la nuit dernière se reproduisait — Harry sortit les chiens, puis vérifia que toutes les portes étaient bien fermées, avant de résolument ignorer la déception qu'il lut dans les yeux de Daisy et de monter dans sa chambre.

Lorsqu'il avait fait ses courses ce matin, il avait aussi acheté quelques affaires, et un train en bois pour son neveu. Il cacha son cadeau en haut d'une étagère, en attendant de l'emballer. Finalement, il avait été plutôt efficace aujourd'hui. Il se sentait un peu fatigué, mais à cause de l'effort physique, pas d'une lutte mentale permanente. Il avait été d'humeur égale, et n'avait fait de mal à personne.

Il n'avait plus qu'à faire de même le lendemain. Et le jour suivant.

Harry sortit de sa douche, se sécha vigoureusement, et enfila un caleçon propre et un bas de survêtement usé. Les lumières étaient éteintes en bas. Daisy et les chiens devaient dormir. Il déposa son Beretta dans le tiroir de sa table de nuit et étala ses achats sur le lit. Il rangea le savon, les rasoirs jetables et les préservatifs dans sa trousse de toilette. Puis il prit les bandages et la pommade antibiotique qu'il avait achetés pour refaire ses pansements aux pieds. Aucune coupure n'était assez profonde pour qu'il ait besoin de points, mais il valait mieux éviter l'infection. Lorsqu'il eut terminé ses soins, il replia l'édredon, entassa les oreillers contre le mur, et sortit les stylos et le cahier à spirale qu'il avait achetés.

Les choses difficiles allaient commencer.

Harry ouvrit le cahier et regarda fixement la page blanche. Il prit une profonde inspiration, se préparant à accomplir sa tâche. Il n'était peut-être pas doué pour les relations humaines ou la psychologie, mais il savait suivre des ordres.

Il se mit à écrire.

Jour 1. Mission accomplie.

Il lui était plus facile de faire une liste que de rédiger des phrases et des paragraphes. Il énuméra donc ses objectifs, et ce qu'il avait mis en œuvre pour les atteindre.

Le lieutenant-colonel lui avait prescrit d'embrasser une jolie fille. C'était fait. Plusieurs fois. Et, s'il réussissait ce qu'il avait entrepris, il pourrait valider cela de manière permanente.

Mais pour le moment il allait se nourrir du souvenir de la patience que Daisy avait pour lui, du fait qu'elle acceptait ses blessures, de la générosité avec laquelle elle s'était donnée à lui, de la tendresse et de l'amour qu'elle lui avait prodigués… Il dut fermer les yeux et appuyer la tête contre le mur en respirant profondément pour combattre l'envie de descendre les marches et d'aller la retrouver. Elle l'accueillerait probablement dans son lit parce qu'elle était Daisy, cette femme qui pardonnait trop facilement et qui donnait tant. Mais, avant de penser à satisfaire des besoins physiques, Harry était déterminé à lui prouver — et à se prouver — qu'il méritait cette compassion et cette indulgence. Il ne voulait pas qu'elle le considère comme une autre entreprise de sauvetage… Simplement comme l'homme qu'elle aimait, sans qu'elle ait à se demander si c'était sage et si elle pouvait lui faire confiance.

L'objectif était clair. Maintenant, il n'avait qu'à suivre les ordres du Dr Polk pour mener à bien sa mission.

Retour au cahier à spirale.

Le médecin lui avait également prescrit de faire de l'exercice physique, de tenir un journal, de se rendre à tous ses rendez-vous médicaux. Validé. Validé. Validé.

Daisy avait recommandé de lui écrire des lettres.

Harry hésita. Que pouvait-il lui raconter qui ne semble pas geignard, autoritaire, ou même angoissant ?

Il posa son stylo et se leva pour aller faire quelques tractions sur la barre qu'il avait suspendue à la porte. Lorsqu'il se concentrait sur ses muscles, ses pensées s'organisaient d'elles-mêmes.

Daisy aimait parler. Et s'il était intelligent il l'écouterait.

« Tu ne peux pas savoir combien j'ai été touchée et honorée que tu me fasses la confiance de partager toutes tes peurs, tes sentiments les plus noirs. »

Il se rassit sur le lit, tourna une page de son cahier et se mit à écrire.

Chère Daisy...

Les quatre jours suivants se déroulèrent normalement pour Harry.

Il conduisait Daisy au lycée le matin et revenait la chercher le soir. Il fit les courses pour elle, garda Gideon pour que Hope puisse se reposer et aller voir une de ses amies. Daisy et lui rencontrèrent Nick Fensom et lui remirent toutes les cartes et tous les cadeaux reçus. Ils lui fournirent également des informations sur les personnes que Daisy suspectait.

Puisque les blessures qu'il avait aux pieds l'empêchaient d'aller courir, Harry mit les chiens dans son pick-up et les emmena dans un parc où ils purent se dépenser. Il découvrit que Patch adorait attraper les frisbees et qu'Albert Logan — qu'il avait rencontré en allant chercher Daisy — était intéressé par le dressage des chiens. Il emmena Daisy dîner pour une véritable soirée romantique en tête à tête. Il l'embrassa même pour lui dire bonne nuit avant de retourner dans sa chambre, comme s'ils venaient tout juste de se rencontrer. Daisy était frustrée par la distance qu'il maintenait entre eux. Il commençait lui aussi à avoir beaucoup de mal à réprimer constamment le désir qu'il ressentait pour elle.

— J'essaye de redevenir celui dont tu es tombée amoureuse, lui avait-il expliqué.

Elle semblait avoir fini par comprendre qu'il avait besoin de cela, et respectait sa décision.

Il n'y avait plus de messages du Père Noël secret, ni de cadeaux malsains. Bernie Riley avait tenu parole, et avait cessé de faire des présents à Daisy. Cette période de calme semblait confirmer ce que Bernie affirmait : quelqu'un avait remplacé les cartes et les cadeaux choisis par Stella. Daisy avait envie de croire que, maintenant qu'une telle substitution était devenue impossible, elle ne recevrait plus de messages ni de présents angoissants. Mais ni elle ni Harry ne le pensaient vraiment. C'était seulement le calme avant la tempête. Harry craignait au contraire que le pervers, n'ayant plus à sa disposition cette façon d'inquiéter Daisy, ne voie sa frustration augmenter et monter comme la lave d'un volcan prêt à exploser. Sans cette manière de se rappeler chaque jour à Daisy, l'homme préparait certainement quelque chose de terrifiant. Mais Harry était déterminé à la protéger coûte que coûte.

Il avait peut-être des démons intérieurs à combattre, mais il avait été entraîné à s'adapter et à être efficace. S'il avait décidé de prouver à Daisy — et, plus encore, à lui-même — qu'elle pouvait nouer une relation confiante, saine et durable avec lui, alors il allait tout mettre en œuvre pour y parvenir.

Y compris écrire tous les soirs dans ce cahier à spirale.

Certains passages étaient des cris de colère et de désespoir qui s'étalaient sur plusieurs pages. D'autres relataient simplement ce qu'il avait fait dans la journée : ses réussites, ses échecs, les cookies qu'il avait goûtés, les séances de dressage des chiens, comment il avait transporté des meubles dans le garage, aidé d'Angelo et d'Albert, et terminé des travaux de peinture avant la réception que devait donner Daisy.

Il n'aimait pas penser à cette soirée. Daisy avait invité trente-sept personnes, dont la plupart allaient venir accompagnées. Si le Père Noël secret faisait partie des invités, allait-il tenter quelque chose ? Ou attendrait-il un moment plus paisible pour s'en prendre à Daisy ?

Ce soir, ces pensées dérangeantes vinrent habiter ses rêves. Harry s'éveilla en sursaut, couvert de sueur. Il rejeta la couverture dans laquelle ses jambes s'étaient prises et alluma la lumière. Puis il se força à respirer lentement pour se calmer. Il ne savait pas s'il s'était débattu longtemps dans son lit, ni s'il avait parlé à voix haute, mais il avait fait tomber son oreiller, son téléphone et son cahier par terre. Il les ramassa et s'installa pour écrire.

14 décembre. 3 h 47

Chère Daisy,

J'étais content des progrès que j'avais faits aujourd'hui. Mais tu avais raison : il y a des rechutes, et je viens de me réveiller brutalement, alors que j'étais en train de faire un cauchemar. Je sais que tout cela existe seulement dans mon imagination. Mais la peur que je ressens est bien réelle, elle.

Tu étais à nouveau prise dans un incendie. Mais cette fois je n'arrivais pas à te rejoindre. Je ne sais pas pourquoi mais, lorsque je rêve, c'est toujours à des catastrophes. Pourquoi n'est-ce pas le souvenir de tes beaux yeux bleus au regard doux et attentif qui me revient à l'esprit ? Ou la façon dont ils se sont assombris lorsque tu t'es laissé emporter par la passion ? N'importe quel autre homme aurait plutôt rêvé qu'il faisait l'amour avec toi ! Et ne crois surtout pas que ce rêve refuse de venir parce que je n'ai pas assez revécu cette scène en pensée !

Mais, non, mon cerveau a choisi de t'emmener vers ce moment horrible où la mine a explosé. J'avais Tango dans mes bras ce jour-là, et je pense que beaucoup du sang que j'ai vu sur lui était le mien. Mais tout s'est mélangé dans mon rêve, et c'était toi que je tenais, et tout autour de moi n'était que feu et sang. Je ne voyais plus ton sourire. Je n'entendais plus ton rire. Je n'arrivais plus à m'arrêter de hurler.

Un bruit venant du couloir attira l'attention de Harry. Il reconnut tout de suite le claquement lent de griffes sur le bois des marches. Qui venait le voir ? Patch ? Muffy, cette petite boule de poils ?

Il dormait avec la porte ouverte pour pouvoir entendre les bruits du rez-de-chaussée. Mais il n'était pas préparé à voir apparaître dans l'embrasure de la porte le museau gris du berger belge.

— Caliban ?

Le chien pointa les oreilles. Pendant un bref instant, l'image de Tango se superposa à celle du vieux chien. Harry cligna des yeux et Caliban revint. Mais il y avait dans son regard la même fidélité et la même intelligence.

— Tu t'inquiétais pour moi, mon vieux ?

Le chien pencha la tête sur le côté comme s'ils étaient en train d'avoir une conversation, et Harry se mit à rire.

— Je suis un peu inquiet moi-même !

Il lança le cahier sur le côté.

— Viens, mon grand. *Hier.*

Caliban rejoignit Harry au pied du lit, et Harry le récompensa en jouant un peu avec lui et termina en lui caressant le ventre. Il se rendit compte qu'il souriait.

— Tu es un bon chien. Tu as dû entendre que je faisais un cauchemar.

Caliban leva son unique patte avant pour que Harry puisse le caresser dessous.

— Tu as l'habitude de veiller sur ton maître. Et maintenant tu veilles sur moi.

Le cauchemar était maintenant loin, et il sentait des larmes émues venir à ses paupières au souvenir des bons moments qu'il avait passés avec Tango.

— Tango me réveillait lui aussi quand je bougeais trop dans mon sommeil. Tu as perdu ton maître et j'ai perdu mon chien. Nous allons veiller l'un sur l'autre, d'accord ?

Caliban se mit soudain sur le ventre et s'assit comme un sphinx, surveillant la porte.

Harry s'assit sur le côté du lit.

— J'ai entendu, moi aussi.

Des griffes de chiens sur les marches de l'escalier, les craquements de pas derrière eux. Muffy et Patch entrèrent en trombe dans la chambre.

— Bonjour, vous deux !

À la dernière seconde, Harry eut la présence d'esprit de cacher son cahier sous son oreiller, avant de se lever lorsqu'il vit Daisy apparaître dans l'encadrement de la porte.

— Hello !

Elle était incroyablement sexy avec ses cheveux ébouriffés. Elle avait une trace laissée par son oreiller sur sa joue, et elle portait un pyjama en flanelle qui semblait aussi doux que sa peau. Le regard admiratif qu'elle lança sur le torse nu de Harry intensifia le désir qui s'était instantanément éveillé en lui, et qui menaçait d'ébranler ses bonnes résolutions. Il repoussa les chiens excités et s'approcha d'elle.

— Je t'ai réveillée ?

Question idiote. Visiblement, elle se faisait du souci pour lui.

— J'ai entendu le bois de lit taper contre le mur.

— Désolé.

Il fit un signe de tête.

— Caliban est monté jusqu'…

— Tu vas bien ?

Ils avaient parlé en même temps et s'interrompirent.

Daisy croisa les bras et fit un signe de tête en direction de Caliban.

— Lorsque je me suis réveillée, je me suis aperçue qu'il était sorti de ma chambre. C'est bien le dernier endroit où je serais allé le chercher, si je ne t'avais pas entendu lui parler ! Il n'a jamais monté cet escalier auparavant : c'est difficile pour lui avec trois pattes. Il doit beaucoup t'aimer.

— Il sent peut-être que nous avons plein de choses en commun.

Elle ne portait ni robe de chambre ni pantoufles, et il remarqua pour la première fois qu'elle portait un vernis d'un rouge éclatant sur les ongles des pieds. Il lui était maintenant difficile de se souvenir de la Daisy qu'il avait imaginée : l'ange vêtu de blanc nimbé d'une lumière dorée. La véritable Daisy était maintenant pour lui associée au soleil, aux couleurs gaies, et à des pensées beaucoup moins éthérées qui surgissaient au moment où il s'y attendait le moins.

— Tu as besoin d'en parler ? Du cauchemar ?

— Je ne veux pas me servir de toi pour régler tous mes problèmes.

— Tu ne te sers pas de moi. C'est normal de parler à ses amis.

— Non.

— À ton psychiatre alors ? Ou à ta sœur ?

Elle poussa un soupir tout en poursuivant :

— Je sais que tu es en train de tout faire pour aller mieux. Tu crains de me faire peur, de m'inquiéter, de me blesser. Eh bien, sache que je ne cesserai jamais de me faire du souci pour toi : c'est ce qui arrive quand on tient à quelqu'un. Alors, tu ne me préserves pas en m'isolant.

— Je ne veux pas me servir de toi…

Il leva les mains, tentant de la rassurer.

— Mais je ne me renferme pas sur moi non plus. Je suis les ordres du Dr Polk. Et ceux du lieutenant-colonel Biro. Et… les tiens.

— Les miens ?

— Quelque chose que tu m'as conseillé de faire l'autre soir : j'écris des lettres.

— Pour moi ?

— Dans une sorte de journal.

Muffy choisit ce moment pour sauter sur le lit, et il fit tomber l'oreiller, révélant son secret.

— Merci d'avoir mouchardé, petite boule de poils !

Harry ramassa l'oreiller et posa le cahier à spirale sur la table de nuit.

— Je ne sais pas si quelqu'un le lira un jour, mais ça m'aide à éclaircir certaines choses.

— Je suis fière de toi, Harry ! Je sais que ça doit être difficile.

— Je veux être certain d'être en mesure de contrôler mes réactions — avec toi, avec les autres — avant que nous allions plus loin ensemble.

Il lui avait déjà donné son cœur. Il n'avait plus grand-chose d'autre à donner. Mais il ne voulait pas gâcher la meilleure chose qui lui soit jamais arrivée avant même que leur relation ait commencé.

— Le cauchemar de ce soir m'a un peu secoué. Il m'a fait penser que je n'étais peut-être pas celui qu'il fallait pour te protéger.

— Harry, je ne veux pas…

Il pressa un doigt sur ses lèvres pour la faire taire.

— Je ne peux pas te promettre que tu es en sécurité à cent pour cent. Mais je ne veux laisser personne d'autre que moi veiller sur toi.

— C'est d'accord, murmura-t-elle. Je peux parler maintenant ?

Il laissa son doigt un peu plus longtemps qu'il ne l'aurait dû sur ses lèvres, avant d'éloigner sa main.

— J'avais besoin que tu le saches.

— Il n'y a personne d'autre en qui j'aie plus confiance qu'en toi. J'aimerais seulement que tu me laisses t'aider en retour.

Elle pouvait peut-être faire quelque chose pour lui.

— Je peux te tenir dans mes bras un moment ? demanda-t-il. Après le cauchemar que je viens de faire, je ne pourrai pas dormir si je n'ai pas la certitude que tu es en sécurité. Et la seule manière pour que j'en sois persuadé est de…

Elle vint contre lui et noua les bras autour de sa taille. Elle posa le front à cet endroit familier, entre son cou et son épaule, et se serra contre lui. Il sentait chaque courbe de son corps se presser contre ses muscles.

— Je peux rester.

Harry sentit la tension de son corps se dissiper. Il l'enlaça et posa le nez sur ses cheveux.

— C'est simplement pour dormir, ma chérie.

Il ne voulait pas qu'elle se méprenne sur ses intentions.

— Je serai toujours prête à te prendre dans mes bras et à être dans les tiens, Harry Lockhart.

Elle déposa un baiser sur son épaule.

— Tu crois que j'arriverais à dormir si je retournais dans mon lit toute seule ? J'ai besoin d'être près de toi pour être sûre que tu vas bien, toi aussi.

Ils restèrent ainsi jusqu'à ce que Harry sente son corps répondre d'une autre manière. Il se força à s'éloigner d'elle, la guida vers le lit et l'installa sous les couvertures. Puis il lui ôta ses lunettes qu'il mit de côté, s'allongea sur les draps et la prit dans ses bras. Les trois chiens se couchèrent au pied du lit, et Harry éteignit la lampe de chevet.

— C'est mieux comme ça, murmura-t-elle en posant la tête sur son épaule.

— Beaucoup mieux.

Daisy et les chiens dormaient lorsque Harry entendit la portière d'une voiture se refermer avec un claquement. Il souleva doucement le bras de Daisy pour se dégager, et alla au rez-de-chaussée regarder par la fenêtre. Il parcourut la rue du regard, mais ne vit rien de suspect… Personne. Il se dirigea vers une autre fenêtre pour s'assurer que le nouveau détecteur de mouvement qu'il avait installé à l'arrière de la maison ne s'était pas déclenché. Mais tout était calme, et plongé dans l'obscurité. Il n'y avait pas d'adolescent au cœur brisé qui cassait les nouvelles guirlandes, et personne ne lançait des boules de neige contre la maison ni n'épiait Daisy de l'extérieur.

Lorsque Harry revint dans sa chambre, Caliban leva la tête avec curiosité, mais ne sembla pas avoir décelé la présence d'un intrus. Muffy se serait sûrement mis à aboyer si quelqu'un avait essayé de pénétrer dans la maison. Harry caressa le berger belge et alla s'allonger sur le lit. Toutes les portes et les fenêtres de la maison étaient bien fermées. Son arme était à portée de main, et Daisy était dans ses bras.

Si les chiens n'étaient pas inquiets, il n'y avait pas de raison pour que lui le soit.

Même si Daisy avait eu l'intention de donner un léger baiser à Harry devant la porte du lycée ce matin-là, les chiens qu'il avait laissés venir à l'avant du pick-up après s'être garé l'en auraient empêchée.

— Tu les gâtes !

Elle était heureuse de voir que Caliban s'était attribué la place la plus proche de Harry. Le vieux chien semblait avoir gagné en énergie depuis que Harry habitait chez elle. Patch avait posé les pattes avant sur le tableau de bord, et regardait les élèves et les professeurs passer. Il voulait seulement prendre part à ce que les autres faisaient.

— Tu les as emmenés au parc chaque jour, cette semaine !

Harry caressa Caliban.

— Ça me fait prendre l'air… Et je ne rencontre pas trop de monde là-bas à cette période de l'année.

— Tu penses que tu vas réussir à supporter à nouveau la foule ?

— Qui sait ? Je fais des progrès…

Il se mit à caresser Patch, qui sauta sur ses genoux. Son sourire disparut lorsqu'il tourna son attention vers les gens qui passaient.

— Regarde toutes ces vestes bleues et ces casquettes jaunes ! Peut-être que tu pourrais m'inviter pour parler à tes élèves ?

— De quoi ?

— Je ne sais pas… De l'art d'écrire une lettre, ce talent qui est en train de se perdre et qu'ils devraient te remercier de leur enseigner ?

Elle comprit d'où lui venait cette envie soudaine de parler devant une classe.

— C'est pour ne pas être trop loin de moi ?

— Tu trouves que je veux trop te contrôler ?

Elle se pencha pour lui prendre la main.

— Tu n'es pas comme Brock.

Il lui serra les doigts.

— J'essaye seulement d'être un meilleur Harry Lockhart.

— Tu sais que j'attends que tu te sentes prêt ?

— Et si je ne l'étais jamais ?

Le sujet était trop difficile pour en parler en ce moment. Daisy sourit et retira la main.

— Le vendredi, je sors plus tôt. Tu peux venir me chercher à 3 h 30 ?

— Oui, madame ! 15 h 30 précises !

Daisy mit la bandoulière de son sac rose sur l'épaule.

— À tout à l'heure, Harry. Passe une bonne journée.

— Fais attention à toi.

Lorsqu'elle se retourna pour lui dire qu'elle n'y manquerait pas, il était déjà en train de se pencher vers elle.

— Viens, dit-il d'une voix grave.

Il posa ses lèvres fermes sur sa bouche, et elle sentit tout son corps se réchauffer. À chaque nouveau baiser, il devenait plus sûr de lui, plus naturel. Daisy lui toucha doucement le menton pour l'inviter à continuer, mais les chiens essayaient de se glisser entre eux deux, voulant participer au câlin.

Harry recula en éclatant de rire, et Daisy l'imita. Un éclat de rire de Harry valait une centaine de baisers.

Elle ouvrit la portière et sortit.

— À tout à l'heure !

Daisy s'éloigna et entra dans le hall.

Elle croisa Mary Gamblin dans la salle des professeurs, et se servit une tasse de café avant qu'elles ne repartent ensemble vers leurs salles.

— Avec tout ce qui se passe, tu veux toujours nous recevoir demain chez toi ? demanda Mary.

— Oui. Grâce à ça, j'ai quelque chose d'agréable pour m'occuper l'esprit. Je compte sur toi pour venir m'aider à manger tous les cookies que j'ai faits cette semaine. Il y en a assez pour tout le lycée !

— Ça fait plaisir de te voir de nouveau en forme. Cela aurait-il un rapport avec l'homme que tu étais en train d'embrasser ?

Daisy sentit ses joues s'empourprer.

— Tout le monde l'a vu ?

— Assez pour que la rumeur se répande.

Daisy donna un petit coup d'épaule à son amie, et lui répliqua d'un ton taquin :

— Et toi ? Eddie t'a proposé de venir avec lui à la soirée ?

— J'ai dû insister lourdement pour qu'il le fasse, mais oui, répondit Mary en souriant.

— Bien !

Elles se dirigèrent chacune vers leur salle et mirent la clé dans la serrure.

— Au fait : j'ai suspendu un bouquet de gui, au cas où cela t'intéresserait !

— Eddie préfère avancer lentement.

— Peut-être qu'un baiser le motiverait pour aller plus vite…

— Je croise les doigts !

Elles ouvrirent leurs portes.

— Bonne journée !

— Toi aussi.

Lorsqu'elle fut entrée dans sa salle, Daisy alluma la lumière et déboutonna sa veste bleu lavande, cadeau de Harry, tout en se dirigeant vers son bureau. Elle posa sa tasse de café, tira la chaise…

Et sentit son sang se glacer.

Non, c'était bien pire que cela : elle ne parvenait plus à penser, à bouger, à ressentir.

Son sac tomba sur le sol à côté d'elle. Elle regarda la longue boîte soigneusement emballée qui était posée sur sa chaise. Elle était accompagnée de la carte qu'elle ne connaissait que trop bien maintenant, représentant un sapin de Noël pailleté.

Elle réussit enfin à se pencher et lut les mots imprimés sur la carte.

Débarrasse-toi de lui ! Ou c'est moi qui le ferai.

Tu m'appartiens.

Joyeux Noël de la part de ton Père Noël secret.

— Mon Dieu !

Elle sentit un accès de colère l'envahir soudain, lui donnant la force de bouger. Gardant ses gants au cas où celui qui la tourmentait aurait laissé des empreintes digitales dessus, elle prit la boîte, qu'elle trouva étonnamment lourde pour sa taille. Elle la déposa sur son bureau et se baissa pour sortir son téléphone portable de son sac.

Son premier réflexe fut d'appeler Harry. Elle avait besoin qu'il soit ici avec elle. Maintenant. Personne ne la comprenait aussi bien que lui, ne savait à quel point elle avait peur de celui qui la harcelait. Elle avait besoin de ses bras, de ses paroles de réconfort, de sa détermination à mettre un terme à tout cela.

Ses mains tremblaient alors qu'elle parcourait sa liste de contacts. Mais c'était inutile : ces derniers jours, Harry et elle avaient passé tout leur temps ensemble, et il n'avait pas été nécessaire qu'ils se téléphonent… Jusqu'à maintenant.

— Même si tu ne me dis jamais que tu m'aimes, tu vas au moins me donner ton numéro de téléphone, bon sang !

Mais l'accès de colère, surtout dirigé contre elle, passa vite. Un liquide rouge et visqueux coulait d'un coin de la boîte qu'elle avait dû incliner. Il se répandit sur le bureau, formant une tache écarlate.

— Je vous en prie, faites que ça ne soit pas…

Elle défit le paquet et pressa la main sur sa bouche, retenant un hurlement. La boîte contenait une figurine en plastique représentant un soldat. Son visage avait été entièrement colorié au marqueur noir. Le jouet était placé au milieu d'un liquide qui ne pouvait être qu'une chose : du sang.

Réel ou artificiel… Aucune importance. Daisy composa le numéro de la police. Il fallait également qu'elle mette M. Hague, le proviseur, au courant. Et, surtout, il fallait qu'elle réussisse à contacter Harry.

— Police. Quelle est la nature de votre appel ?

— Ici Daisy Gunderson, professeur à Central Prep Academy.

La cloche sonna et le couloir se remplit du bruit des pas et des conversations des élèves.

Daisy posa la main contre son oreille libre, et éleva la voix.

— Pourrais-je parler au lieutenant Nick Fensom ? Ou pourriez-vous lui faire passer un message ? Il enquête sur une affaire me concernant, et il y a eu un nouvel incident.

— Le lieutenant Fensom est rattaché à un autre poste de police. Si ce n'est pas une urgence, laissez-moi…

Les élèves claquaient les portes de leurs casiers et parlaient, couvrant la voix du standardiste.

— Pardon, vous pourriez répéter ?

— Bonjour, mademoiselle Gunderson !

— Il va y avoir un test aujourd'hui ?

— L'essai comptera pour une grande partie de la note ?

Elle se détourna alors que les élèves entraient, la saluant et posant les questions habituelles. Certains déposaient leurs téléphones dans le casier près de la porte, alors que d'autres avaient remarqué le cadeau monstrueux qu'elle avait reçu, posé au milieu d'une tache de sang.

— Mademoiselle Gunderson, le portable est interdit en classe !

— C'est quoi ?

— Quelle horreur !

Elle leur fit signe de se taire.

À ce moment, le haut-parleur émit des craquements et la voix du proviseur s'éleva.

— Attention à tous les professeurs. M. Brown est dans le bâtiment. Je répète : M. Brown est dans le bâtiment. Ce n'est pas un exercice.

Les élèves se regardèrent. La plupart semblaient graves, d'autres un peu paniqués. Certains encore paraissaient ne pas connaître la signification de cette annonce.

— Tout le monde en rang, ordonna Daisy, éloignant le téléphone de son oreille.

Elle prit la feuille d'appel, compta les élèves et vérifia.

— Vingt. Vingt et un.

Il manquait un élève.

— Quelqu'un a vu Angelo ?

Elle entendit certains élèves répondre, mais aucun ne put l'aider.

— Quelqu'un peut-il l'appeler ou lui envoyer un message ? demanda-t-elle.

Elle ouvrit le tiroir de son bureau pour y prendre le talkie-walkie placé là en cas d'urgence. Mais il ne s'y trouvait pas.

— Angelo ne répond pas, mademoiselle Gunderson.

— Il a peut-être éteint son téléphone. Il sait que les portables sont interdits dans l'enceinte du lycée.

— Pourquoi est-ce qu'on ne sort pas ? La classe de Mme Gamblin est déjà dehors.

Daisy hocha la tête.

— Quand nous passerons devant les casiers, vous pourrez prendre votre veste. Mais ne vous arrêtez pas.

— Vous venez avec nous, mademoiselle Gunderson ?

— Je vous suis.

Elle fit signe aux élèves de sortir.

— Allez-y.

Elle fouilla les deux autres tiroirs. Son Père Noël secret n'avait pas fait que déposer son cadeau : il avait également pris son talkie-walkie, l'isolant ainsi de ses collègues.

Comme lors de toutes les évacuations, la sirène incendie se déclencha, et Daisy sentit sa poitrine se serrer. C'était maintenant. Elle le sentait. Son sort était scellé.

— Madame, vous êtes encore là ?

La voix du standardiste s'éleva dans le téléphone. Elle attrapa la feuille d'appel avec les noms des élèves et mit son portable à son oreille.

— Je vois que nous venons de recevoir un appel de Ryan Hague, qui se trouve au même endroit que vous. Vous appelez pour la même raison que lui ?

Daisy vérifia mentalement les noms figurant sur sa liste, alors que les élèves passaient devant elle. Mais il y en avait toujours un qui manquait. Il était trop tôt pour que l'administration ait pu signaler aux professeurs le nom des élèves qui seraient absents pour la journée. Il fallait absolument qu'elle sache où se trouvait Angelo.

— Vous allez descendre l'escalier et sortir dans la cour. Vous ne vous arrêterez que lorsque vous serez au point de rassemblement.

— Madame, vous êtes toujours au téléphone ?

M. Brown était un message codé.

— Oui, je sais. Il y a une bombe dans le bâtiment.

11

— Daisy !

Daisy, qui se dirigeait rapidement vers l'escalier, se retourna.

— Bernie ? Que fais-tu ici ?

— J'avais un cours d'éducation à la santé. J'étais en train de montrer une vidéo à mes élèves dans la salle de Mlle Musil, puisqu'elle est libre à cette heure-ci.

Daisy fit passer un groupe d'élèves devant elle et attendit que Bernie la rejoigne avant de continuer à se diriger vers la sortie avec lui.

— C'est quand même bête que j'aie cours dans ce bâtiment juste le jour où il y a une évacuation !

Il claqua des doigts et fit signe de sortir à une élève qui cherchait quelque chose dans son casier.

— Ne restez pas là !

La jeune fille prit le bras d'une amie et elles filèrent pour rattraper leurs camarades.

— Ne courez pas ! leur rappela Daisy lorsqu'elles passèrent près d'elle. Il ne faudrait pas que vous tombiez !

— Il faut vraiment faire sortir ces gamins dans ce froid ? demanda Bernie.

— Ce n'est pas un exercice.

Daisy baissa la voix pour que les élèves ne l'entendent pas.

— J'étais au téléphone avec le standard de la police. M. Hague leur a signalé une alerte à la bombe.

Bernie émit un long sifflement.

— Quelqu'un voulait partir en vacances de Noël un peu plus tôt ?

Plus certainement, *quelqu'un* pensait que ses menaces n'avaient pas assez effrayé Daisy. Harry avait raison de dire qu'il allait y avoir une escalade de la violence. Maintenant, son Père Noël secret menaçait les personnes de son entourage : ses élèves, ses amis, ses collègues, Harry lui-même... Et dire qu'elle l'avait accusé de vouloir la contrôler. Quelle idiote elle était ! Au moins il avait une raison légitime de se comporter parfois de façon un peu autoritaire et possessive : il essayait de la protéger d'un fou dangereux. Même Brock n'avait jamais voulu blesser qu'une seule personne : elle.

Son Père Noël secret portait les choses à une autre échelle ce matin : il s'en prenait à toute une communauté.

— Mon talkie-walkie n'était plus dans mon bureau, dit-elle à Bernie.

Elle préférait se concentrer sur ses responsabilités de professeur : cela lui permettait d'oublier celui qui la harcelait.

— Tu veux bien appeler l'administration et leur demander si Angelo est absent aujourd'hui ?

— Inutile. Je l'ai vu.

— Il n'est pas venu en cours...

Bernie s'arrêta, poussant un juron qui fit pouffer de rire les derniers élèves de la file.

— Les *deux* Logan loupent les cours maintenant ?

— Mais tu les as vus ? demanda Daisy pour obtenir des précisions.

— Oui. Albert et Angelo sont venus dans mon bureau avant les cours. Je voulais annoncer à Albert que je le reprenais dans l'équipe après les vacances. Et une des tâches que je voulais confier à Angelo pour le punir de ce qu'il a fait chez toi était d'aider son frère à rattraper son retard dans certaines matières.

— Où est Albert maintenant ? Tu penses qu'Angelo et Albert sont encore ensemble ? Peut-être qu'ils sont sortis du bâtiment avec un autre groupe...

— Je vais essayer de le savoir.

— Mary ?

Daisy courut rejoindre son amie Mary Gamblin qui se trouvait en haut de l'escalier, et lui tendit sa fiche d'appel.

— Tu veux bien t'occuper de ma classe et surveiller qu'ils aillent tous au point de rassemblement ? Nous avons deux élèves absents : les jumeaux Logan.

— Bien sûr.

Mary fit signe aux deux classes de passer devant elle.

— Tu as besoin d'aide ?

— C'est bon. Veille seulement à ce que mes élèves sortent bien du bâtiment.

Daisy retourna vers Bernie, qui signalait sur le talkie-walkie que deux élèves manquaient à l'appel.

— Qui a Albert Logan pour la première heure de cours de la journée ? demanda-t-il à tout le personnel du lycée.

La réponse arriva rapidement :

— Moi.

Daisy avait reconnu la voix.

— Eddie ? Albert était dans ta classe ? Tu as vu Angelo avec lui ?

— Non, et non.

Eddie Bosch semblait un peu essoufflé.

— Ma classe est déjà au point de rassemblement. Je vais revenir les chercher. Il va falloir vérifier toutes les salles, toutes les toilettes...

Que faisaient les jumeaux ?

— Angelo est sous ma responsabilité pour cette heure de cours. Je peux t'aider. Tu es à quel étage ?

— Je vais commencer par le sous-sol, et monter progressivement.

— Je m'occupe du premier étage. Bernie Riley est avec moi.

Bernie hocha la tête, reprit le talkie-walkie et annonça :

— Je vais vérifier le rez-de-chaussée.

Il pressa l'épaule de Daisy.

— Ça va aller sans talkie-walkie ?

Elle lui montra son téléphone.

— Je peux toujours appeler les secours. Dès que tu auras vérifié ton étage, sors du bâtiment. C'est ce que je vais faire moi-même.

— D'accord.

Bernie lui serra le bras à nouveau avant de la lâcher.

— Hague sera certainement au rez-de-chaussée à attendre la police. Je vais lui dire que toi, Bosch et moi sommes encore dans le bâtiment pour chercher les Logan. Rejoins-moi sur le parking quand tu auras terminé, pour que je sois sûr que tu es bien sortie du lycée. Fais attention à toi !

— Toi aussi.

Il descendit les marches rapidement pour rattraper les derniers élèves, et disparut.

Si l'on exceptait les hurlements stridents de la sirène, tout était beaucoup plus calme maintenant que le premier étage avait été évacué et que le rez-de-chaussée se vidait.

— Angelo ? Albert ?

Comme on le lui avait appris lors du dernier stage de sécurité, Daisy ouvrit méthodiquement chaque porte sur un côté du couloir.

— C'est Mlle Gunderson ! Ce n'est pas un exercice. Il faut évacuer le bâtiment !

Lorsqu'elle eut atteint l'extrémité du couloir, elle recommença la même opération de l'autre côté.

— Il y a quelqu'un ici ?

Elle entra à nouveau dans sa classe, évitant de regarder sur son bureau, et se dirigea vers le placard. Il était vide. Il ne restait plus que deux salles à vérifier. Il devait y avoir une explication rationnelle à l'absence des jumeaux. Peut-être qu'ils n'avaient jamais eu le temps de rejoindre leur classe pour la première heure de cours, et que le premier professeur qui les avait vus leur avait ordonné de sortir. Mais ce professeur aurait dû signaler qu'ils étaient avec lui maintenant. Bien sûr, sans talkie-walkie, Daisy ne pouvait pas savoir si Angelo et Albert avaient été retrouvés. Il valait mieux terminer son inspection et partir d'ici au plus vite.

Elle regarda par la fenêtre. D'ici, elle voyait une vague jaune et bleu — les couleurs du lycée — se diriger vers le point de rassemblement. Peut-être arriverait-elle à trouver les Logan lorsqu'elle serait là-bas…

Soudain, elle aperçut une silhouette dans la foule et se précipita vers la fenêtre, essuyant la buée pour mieux voir. Elle reconnaissait cette haute taille et cette démarche.

— Angelo ? Albert ?

Elle frappa contre la fenêtre, consciente qu'elle était trop loin pour que quiconque puisse la remarquer. Elle s'entendait à peine elle-même avec le hurlement de la sirène. Lequel des deux frères était-ce ? Ils se ressemblaient beaucoup et, de loin, c'était impossible à dire.

Mais elle était certaine d'avoir vu l'un d'eux. Elle sortit son téléphone de la poche de sa veste. Qui devait-elle appeler ? Elle n'avait pas les numéros de ses élèves. Faire passer un message par le standard de la police prendrait trop de temps, et elle avait besoin d'une réponse immédiate. Elle allait appeler un de ses collègues pour lui demander de retrouver le frère Logan qu'elle avait vu. Mais lequel était-ce ?

Daisy finit par composer le numéro du proviseur et sortit. Puisque c'était lui qui coordonnait l'évacuation avec la police, il aurait son portable sur lui. Lorsque M. Hague, répondit, elle le mit rapidement au courant.

— Il n'y a plus que moi au premier étage, et je vais descendre et me rendre sur le parking pour retrouver Bernie Riley. Je suis certaine d'avoir vu un des frères Logan qui rejoignait le point de rassemblement. Vous pouvez demander à quelqu'un de vérifier ça pour moi ?

— Pourquoi n'utilisez-vous pas votre talkie-walkie ? demanda M. Hague.

— C'est lui qui l'a pris. J'en suis certaine.

— Lui ? L'homme qui vous a envoyé ces messages ?

Elle entra dans la dernière salle et vérifia le placard.

— Il y avait un autre paquet sur mon bureau ce matin… Certainement le plus sordide de tous. Je suis désolée, monsieur Hague : j'ai l'impression que ce fou est également l'auteur de l'alerte à la bombe. Je n'aurais jamais cru qu'il menacerait d'autres personnes que moi !

— Je parlerai de vos soupçons à la police. Pour le moment, sortez. Je vous rappellerai dès que j'en saurai plus sur les jumeaux Logan.

— Merci, monsieur.

Daisy raccrocha et descendit l'escalier à la hâte, marchant aussi vite que possible : elle n'allait pas se mettre à courir alors qu'elle avait reproché aux deux jeunes filles de le faire tout à l'heure.

Mais il y avait quelqu'un qui, lui, courait dans le couloir.

— Daisy ? Dieu merci, j'ai réussi à te trouver !

Elle s'arrêta et se retourna : Eddie Bosch arrivait précipitamment vers elle. Il l'attrapa par les épaules et la secoua doucement.

— Pourquoi est-ce que tu ne réponds pas à mes appels sur le talkie-walkie ? J'ai cru qu'il t'était arrivé quelque chose !

Elle lui pressa le poignet pour le remercier de s'être soucié d'elle.

— Ce fou de Père Noël secret s'est déchaîné ! Il m'a laissé un autre paquet ce matin.

— C'est mauvais ?

— Plutôt.

Elle se tourna vers l'escalier, s'attendant à ce qu'il sorte du bâtiment avec elle.

— Nous parlerons dehors. Je veux aller au point de rassemblement. J'ai aperçu un des frères Logan là-bas. Tu peux prendre ton talkie-walkie et demander de quel Logan il s'agit ?

— C'est Angelo.

Elle s'arrêta, surprise qu'il ne l'ait pas suivie.

— Comment le sais-tu ?

— Parce que j'ai trouvé Albert.

— Quel soulagement ! Tu l'as envoyé au point de rassemblement ?

Lorsqu'elle vit qu'Eddie ne répondait pas immédiatement, elle s'avança vers lui.

— Que se passe-t-il ?

— Albert est dans le sous-sol. Il a dit qu'il ne partirait pas de là avant de t'avoir parlé. J'ai vaguement compris qu'il voulait s'excuser et se faire pardonner quelque chose.

— C'est ridicule ! Dis-lui de sortir et je lui parlerai de tout ce qu'il veut… Mais au point de rassemblement.

— Tu ne comprends pas…

— Non, je ne comprends pas !

Pourquoi Eddie restait-il ici ?

— La bombe est réelle. Je l'ai vue de mes propres yeux.

Daisy recula à ces mots, et frissonna comme si un

courant d'air froid était passé sur elle. Elle savait bien que cette évacuation n'était pas un exercice. Mais il y avait donc vraiment un engin explosif ?

— Je pensais qu'il s'agissait uniquement d'une alerte !

Eddie secoua la tête.

— J'ai mis M. Hague au courant de l'endroit où elle se trouve.

— Alors, nous devons aller chercher Albert et sortir !

Elle fila devant lui, se dirigeant vers l'escalier menant au sous-sol.

Mais Eddie la prit par le bras et l'arrêta.

— Nous devrions peut-être laisser la police s'en charger.

La voix de Bernie Riley s'éleva du talkie-walkie d'Eddie.

— Il n'y a plus personne au rez-de-chaussée. Si quelqu'un voit Mlle Gunderson, dites-lui que je vais la rejoindre sur le parking.

Eddie leva son talkie-walkie.

— Pourquoi dois-tu le retrouver ?

Daisy se dégagea.

— Il sait que je n'ai pas de talkie-walkie. Nous avons prévu cela pour qu'il puisse confirmer que je suis bien hors du bâtiment et qu'il a été complètement évacué.

— Quand as-tu parlé à Bernie ? Où l'as-tu vu ? Son bureau et le gymnase sont situés à l'opposé de ta salle de classe !

Daisy recula.

— Il y a quelques minutes… au premier étage…

— Tu ne trouves pas cela suspect ? Depuis quand Bernie se soucie-t-il des autres ?

L'explication de Bernie était plausible, et ses élèves étaient avec lui. Mais ce changement de salle pouvait n'être qu'un prétexte pour être plus près d'elle, et pour pouvoir laisser le paquet et voler le talkie-walkie sans être remarqué.

— Tu penses que Bernie est…

Daisy serra les poings, refusant de penser à cela pour le moment.

— Eddie, je t'en prie : soit tu vas au point de rassemblement, soit tu m'aides à convaincre Albert de sortir du bâtiment. Tout cela est ma faute ! C'est moi que ce fou menace ! Il peut le faire s'il veut, mais je ne le laisserai pas faire de mal à un élève.

— Daisy…

Eddie l'attrapa à nouveau par le poignet, et elle poussa un grognement d'exaspération.

— Si je n'ai pas réussi à faire venir Albert avec moi…, dit Eddie.

— Oui ?

— C'est parce que c'est lui qui a la bombe.

Harry ralentit et immobilisa son véhicule sur le bas-côté alors qu'un troisième camion de pompiers le doublait. Il n'avait pas besoin des aboiements frénétiques de Muffy pour qu'un mauvais pressentiment l'envahisse.

Cela ne signifiait pas nécessairement que Daisy était en danger. Il y avait beaucoup de locaux industriels et d'habitations dans ce quartier. Il s'agissait peut-être aussi d'un accident.

Muffy remarqua un autre véhicule qui le doubla en trombe. Encore un camion de pompiers. D'autres voitures équipées de sirènes et de gyrophares passèrent à vive allure devant eux, se dirigeant toutes dans la même direction.

Vers Central Prep Academy.

Vers Daisy.

Vers la femme qu'il aimait.

— Ça ne vous plaît pas non plus ?

Muffy répondit par un aboiement, comme s'il ressentait

le même malaise que lui. Ses deux compagnons semblaient d'accord.

Harry se trompait peut-être. Il savait qu'en ce moment il ne raisonnait pas toujours clairement. Mais il faisait confiance aux chiens et à son intuition. Et, si Daisy était en danger, il n'y avait aucune hésitation à avoir.

Harry redémarra, sortit son Beretta de la boîte à gants et se dirigea vers le lycée.

Daisy se rendit compte qu'elle était tombée dans un piège dès qu'elle arriva devant les marches menant au sous-sol. À la suite de l'incendie, l'escalier avait été barré par du ruban en plastique jaune, mais quelqu'un l'avait déchiré.

— Attends…, l'avertit Eddie.

Il était en train d'essayer de joindre Bernie sur son talkie-walkie pour l'informer que Daisy et lui étaient partis chercher Albert.

— Riley ne répond pas. Daisy ?

— Demande qu'on nous envoie une ambulance.

La porte de la réserve était maintenue ouverte par un bloc de ciment, et la serrure avait été enlevée. Les murs avaient été repeints de cette couleur grise si déprimante. Mais cela ne parvenait pas à cacher le message gravé sur la porte, témoignage de l'obsession que cet homme avait pour elle.

Elle est à moi.

Daisy était pétrifiée par la peur : sa respiration, ses sens… Tout semblait bloqué. Et, même si elle voulait désespérément faire demi-tour et sortir, cela lui était impossible. Elle ne pouvait se sortir de ce guet-apens parce qu'elle était professeur, parce qu'elle se souciait des autres et parce qu'un de ses élèves était allongé, inanimé, sur le sol. Il avait été blessé à la tête et sa casquette jaune, tombée à côté, absorbait le sang qui coulait de la plaie.

— Albert ?

Elle se força à avancer, s'approchant lentement du jeune homme immobile, regardant autour de lui si elle voyait la bombe, ou Bernie Riley. Albert n'avait rien à voir avec cette bombe. Comme elle, il n'était qu'un pion dans l'histoire... Et personne n'avait plus d'influence sur ce jeune homme que l'entraîneur de basket. Elle entendit vaguement Eddie demander qu'une ambulance soit dépêchée sur les lieux. Si — ainsi qu'Eddie l'avait dit — Albert avait une bombe, ce n'était pas par choix : il ne faisait aucun doute pour Daisy que le jeune homme avait agi sous la contrainte. On l'avait forcé à lui passer ce message afin de la faire descendre dans le sous-sol.

— C'est Daisy Gunderson. Je suis là.

Ne voyant rien qui puisse ressembler de près ou de loin à une bombe, elle s'agenouilla près d'Albert. Elle écarta le col de sa veste et pressa les doigts sur son cou. Dieu merci, son cœur battait toujours fermement. Mais il n'était visiblement pas en mesure de répondre à ses questions.

— Albert ? Ne t'inquiète pas, je vais te sortir de là.

Les sirènes des véhicules de secours qu'elle entendit lui rappelèrent qu'elle n'était pas seule. Mais ces bruits lui firent prendre conscience du silence qui régnait autour d'elle.

— Eddie, j'ai besoin que tu m'aides pour...

Il n'y eut aucune réponse. Aucun bruit de pas qui la suivaient dans l'escalier. Son ami l'avait-il abandonnée ? Mon Dieu, lui était-il arrivé quelque chose à lui aussi ?

— Eddie, réponds-moi !

Silence.

Daisy se leva. Mais, lorsqu'elle se retourna vers la réserve, elle recula d'un pas. C'était là, au milieu de la pièce, à côté d'une chaise pliante en métal... Une bombe. Il y avait plein de fils et de tubes emplis de liquides, accrochés ensemble par du scotch, et rattachés à une brique d'une substance pâteuse et à un téléphone portable. Sur l'écran s'affichaient des chiffres : 32:26, 32:25, 32:24… Un compte à rebours. Elle n'avait pas besoin de savoir comment cela fonctionnait. Il lui suffisait de savoir que cela allait exploser.

— Mon Dieu !

Il fallait qu'elle appelle Harry. Elle avait besoin de lui… Besoin qu'il la serre dans ses bras… Qu'il prenne les choses en charge… Qu'il chasse sa peur.

Elle revit en pensée les mots qu'il lui avait écrits, qui toujours la réconfortaient. Ses mots qui lui disaient qu'il y avait toujours une solution à ses problèmes, qu'elle avait le pouvoir de tout faire.

32:13.

Ce fou ne gagnera pas !

— Il faut sortir d'ici ! s'écria Daisy en se précipitant vers l'élève inconscient.

Elle savait qu'il n'était pas recommandé de déplacer une personne blessée, mais avec une bombe prête à exploser à côté elle allait faire une exception. Elle prit les poignets d'Albert et le tira. Il émit un grognement alors qu'elle le traînait vers l'escalier. Mon Dieu, qu'il était lourd ! Non seulement il était grand, mais il était aussi solidement bâti. Lorsque sa botte heurta la première marche de l'escalier, Daisy lui lâcha doucement les bras et le retourna sur le dos.

— Je t'en prie, Albert, réveille-toi !

Elle glissa les mains sous ses bras et parvint à le hisser sur la première marche avant de devoir le lâcher. À moins qu'il ne reprenne conscience, elle n'arriverait jamais à le tirer jusqu'en haut de l'escalier.

— Eddie ? cria-t-elle. J'ai besoin d'aide ! Quelqu'un peut venir ?

Peut-être n'aurait-elle pas dû crier. Si quelque chose était arrivé à Eddie, alors elle était seule dans le bâtiment avec un homme qui avait pour elle une obsession maladive. En appelant, elle ne faisait que lui indiquer sa position.

— Mademoiselle Gunderson ? marmonna Albert avec un gémissement de douleur. Vous…

— Albert ?

Elle s'agenouilla à côté de lui et prit son visage entre ses mains. Il fallait à tout prix qu'il reste conscient.

— Tu peux te mettre debout si je t'aide ?

Il referma les yeux.

— Albert ! cria-t-elle.

Il ouvrit les yeux et souffla :

— Partez !

Elle sentit quelque chose de dur la frapper derrière la tête. Elle s'affaissa sur le corps d'Albert avec la sensation que son crâne explosait, puis tout devint noir.

12

Harry savait reconnaître un poste de commandement lorsqu'il en voyait un. Et il savait également identifier les hommes responsables de l'opération à la façon dont tous les autres filaient pour exécuter leurs ordres. Il gara son pick-up devant Central Prep Academy, derrière la dernière voiture de police, et alla rejoindre un groupe de personnes dans lequel se trouvaient le proviseur du lycée, un policier aux cheveux bruns portant un uniforme de l'unité d'élite, John Murdock — le chef des pompiers —, le lieutenant Nick Fensom, et son beau-frère, Pike.

L'unité d'élite ? Cela expliquait pourquoi tant de véhicules étaient sur les lieux.

Il sentit son ventre se tordre : une telle concentration de policiers et de secouristes n'augurait rien de bon. Il fallait qu'il voie Daisy. Immédiatement.

Probablement parce qu'il portait une arme comme tous les autres policiers et qu'il marchait avec la même assurance, personne ne l'arrêta jusqu'à ce qu'il arrive près du fourgon de l'unité d'élite, où les responsables de l'opération étaient en train d'établir un croquis du bâtiment avec ses issues.

— Laissez-le approcher, dit Nick Fensom en lui faisant signe. Il connaît un de nos otages.

— Otages ?

Il ne demanda même pas si Daisy allait bien. Il savait qu'elle se trouvait au cœur de ce qui se passait ici.

— Nous ne parlons pas encore de victimes, précisa John Murdock, le chef des pompiers, en échangeant un signe de tête avec Harry, qu'il avait reconnu. Mais le type refuse de nous parler. Il a coupé tous les moyens de communication. Nous savons seulement que la plupart des élèves et du personnel sont sains et saufs.

— C'est Daisy qu'il veut, et personne d'autre, affirma Harry.

Il était certain de cela.

— Si quelqu'un d'autre est blessé, il s'agira pour cet homme d'un dommage collatéral.

— Nous sommes d'accord, répondit Nick en se frottant la joue. Le problème c'est que, lorsque quelqu'un atteint ce niveau de violence, il va généralement jusqu'au bout.

Harry avait vu des amis mourir lors d'opérations. Il était inutile que Nick cherche à l'épargner, et n'exprime pas clairement sa pensée.

— Vous voulez dire que… ?

— La plupart de ces situations se terminent par un meurtre suivi d'un suicide.

Harry encaissa le choc. Il se prépara au flash-back qui allait suivre… Mais qui ne vint jamais. Il avait besoin qu'on lui donne des ordres afin qu'il puisse agir. Daisy était trop importante pour lui pour qu'il accepte de rester en marge de l'opération à se ronger les sangs. Il fallait qu'il fasse quelque chose.

— Vous avez parlé de « nos otages », au pluriel. Ce type retient quelqu'un d'autre ?

— Un des élèves, répondit Pike. Nous pensons que l'homme l'a utilisé pour attirer Daisy.

— Vous connaissez l'identité de cet homme ?

Pike secoua la tête.

— À part Daisy, il n'y a que deux membres du personnel qui n'ont pas répondu à l'appel : Bernard Riley et Edward Bosch. Quant à l'élève, il s'agit d'Albert Logan.

— À moins que Logan ne soit celui qui les retient, suggéra Nick.

— C'est un bon garçon.

Harry connaissait maintenant assez bien Albert pour penser que l'adolescent avait seulement besoin d'être guidé et motivé. Il savait s'y prendre avec les chiens, et avait demandé à Harry de l'initier au dressage.

— Il ne ferait pas de mal à Daisy. Et son frère ?

Le proviseur intervint.

— Angelo va bien. Albert et lui sont allés voir Bernie Riley tôt ce matin, et ils étaient en train de se rendre en classe lorsque l'alerte à la bombe a eu lieu. Angelo nous a dit que M. Bosch avait demandé à Albert de l'aider à évacuer un élève en chaise roulante. L'élève handicapé est là, mais Angelo est inquiet car il ne sait pas où se trouve son frère. Pour le moment, je ne l'ai pas mis au courant de la situation.

Harry avait vu les cartes et les cadeaux que Daisy avait reçus. Il avait été témoin de l'incendie. Il savait dans quelle terreur Daisy vivait à cause de ce type.

— Il faut la sortir d'ici. Cet homme est fou. Il va lui faire du mal.

Le policier de l'unité d'élite — dont le nom, Delgado, était écrit sur l'uniforme — intervint.

— Impossible de lancer l'assaut : il risque de faire sauter la bombe.

Nick regarda autour de lui : l'endroit était plein de fourgons de police et de camions de pompiers.

— Il sait déjà que nous sommes ici. Il est un peu tard pour le prendre par surprise.

— D'autant plus que nous ne savons pas exactement où ils se trouvent, leur rappela John Murdock.

— Ils sont dans le sous-sol, affirma Harry.

Il en était certain. L'ennemi n'était pas si imprévisible...

— Je ne sais pas s'il y a vraiment une bombe — ou plusieurs bombes d'ailleurs. Mais c'est là qu'il se trouve. Avec Daisy. Je connais cet endroit, et il ne repérera pas la présence d'un homme seul, surtout si vous faites du bruit et que vous lui ordonnez de sortir. Laissez-moi y aller.

Il se tourna vers son beau-frère.

— Tu as du matériel dans ta voiture ?

— Que veux-tu faire ?

— J'ai été formé à ce genre de situations.

Quelques minutes plus tard, la participation de Harry à l'opération avait été approuvée et ils avaient mis au point un plan d'action. Harry alla avec Pike rencontrer son unité de la police de Kansas City. Ils lui fournirent le matériel dont il avait besoin pendant que Hans, le berger allemand de Pike, allait et venait dans sa cage, sentant qu'il allait devoir intervenir. Tout en enfilant un gilet pare-balles, des gants et un casque, Harry avait l'impression d'endosser un uniforme familier.

— Daisy est si importante pour toi ? demanda Pike.

— Elle m'a sauvé plus d'une fois. Je lui dois bien ça.

— Tu l'aimes ?

Ignorant la question, Harry vérifia que le micro incorporé à son gilet fonctionnait correctement et mit des lunettes de protection. Il n'avait pas encore fait part de ses sentiments à Daisy. Pas de manière explicite. Pas à voix haute. Il ne voulait pas en parler à un autre avant.

Pike lui donna une tape sur l'épaule, le forçant à le regarder.

— Tu ne peux pas y aller si tu te sens trop impliqué.

Harry sortit le gilet pare-balles pour chien du coffre de Pike.

— Tu savais que tu aimais Hope avant de la sauver du type qui l'avait kidnappée ?

— Oui.

— Ça t'a empêché de faire les choses ?

Pike sourit.

— Je serai prêt à intervenir avec Hans et l'unité d'élite dès que tu nous auras signalé que les otages sont en sécurité. Sors-les d'ici. Nous nous occuperons ensuite de localiser la bombe, de la désamorcer et de neutraliser ce type. Laisse ton micro ouvert pour que nous sachions toujours où tu en es, et que nous n'ayons pas de mauvaise surprise. Tu veux toujours y aller seul ?

Harry s'avança vers son véhicule et ouvrit la portière. Caliban se tenait assis, prêt à obéir à ses ordres. Il clippa sur lui le gilet pare-balles.

— Je ne serai pas seul.

Lorsque Daisy reprit conscience, elle ressentit une vive douleur à la tête. Où était-elle ? Que lui était-il arrivé ?

Elle tenta de se ressaisir et ouvrit les yeux. Elle était entourée de gris. Et, lorsqu'elle posait les yeux sur son bras étendu au sol, elle voyait des taches rouges sur sa nouvelle veste. Était-ce du sang ?

Du sang…

Tout lui revint à l'esprit : Albert, la bombe. *Elle est à moi.*

Elle s'assit péniblement. Elle était dans la réserve, entourée de chaises empilées.

— J'attendais que tu reprennes tes esprits.

Elle poussa un gémissement de douleur et de dépit : elle avait soupçonné bien des personnes au cours de ces derniers jours, mais pas lui.

— Eddie ?

— Joyeux Noël, mon amour.

Il était assis sur une chaise, avec deux talkies-walkies sur les genoux. L'un des deux avait certainement été volé dans le bureau de Daisy. Il tenait un téléphone portable dans ses mains. Son téléphone portable à elle.

La bombe, avec ses liquides de couleurs différentes et son horloge, était par terre à côté d'elle. Instinctivement, elle eut un mouvement de recul.

L'écran indiquait 14:25, et les chiffres continuaient à décroître. Eddie était assis entre elle et la porte en métal qu'il avait refermée derrière eux. Cette bombe était pour elle, et pour elle seulement, pas pour détruire le lycée ni pour blesser d'autres personnes. Daisy eut la nausée. Cet homme voulait sa mort.

Elle se recroquevilla lorsqu'elle sentit sa main sur ses cheveux.

— Tu ne me souhaites pas un joyeux Noël ? J'ai vu ta classe et ta maison : tu as tout décoré, et je sais que tu aimes cette période de l'année. Moi, le seul cadeau que je veux, c'est toi.

Elle se leva. Tout tournait autour d'elle.

— Nous devons sortir d'ici.

— Nous sommes là où nous devons être. Ensemble.

Il parlait d'une voix si patiente, si douce, si effrayante !

— Je suis restée longtemps inconsciente ?

— Quelques minutes. Assez longtemps pour que je puisse m'assurer que personne ne viendra nous déranger pendant ces derniers moments.

— Derniers ?

Il se leva.

— C'est la seule manière que nous ayons d'être ensemble.

Elle recula lorsqu'il lui tendit la main, et heurta une pile de chaises. Le bruit métallique qui s'éleva lui donna une idée : une lourde chaise pouvait être une arme aussi efficace qu'une batte de base-ball si elle parvenait à s'en emparer. La vive douleur qu'elle ressentait à la tête lui prouvait qu'Eddie en était probablement arrivé à la même conclusion.

Soudain, elle repensa à Albert…

— Eddie, il y a un élève de l'autre côté de cette porte. Tu ne veux pas lui faire de mal !

— J'ai réfléchi à tout ça, et j'ai fait en sorte qu'Albert me soit utile. Bernie et lui te prenaient du temps et de l'énergie.

— Bernie ? Tu l'as blessé lui aussi ?

— Lorsque j'ai réussi à lui emprunter sa veste à nouveau, je n'ai plus eu besoin de lui.

— C'était toi qui étais dans le sous-sol, lors de l'incendie !

— J'ai craint un instant que ton soldat ne m'ait aperçu.

— Il t'a vu. Mais il ne t'a pas reconnu. Nous avons suspecté Bernie. Sa veste…

Elle prit une inspiration.

— Cette veste sent vraiment la fumée.

— Tu penses que cet idiot s'intéresse à autre chose qu'au sport ? répondit Eddie en ricanant. J'ai emprunté sa casquette et sa veste plusieurs fois depuis que sa femme l'a chassé de chez lui, et il n'a même pas remarqué leur odeur ! C'était une manière astucieuse d'éloigner les soupçons, non ?

Oui, Eddie était intelligent. Fou mais intelligent. Daisy regarda les flacons emplis de produits chimiques sur le sol derrière lui.

— Et tu as fait une bombe. Il y en a d'autres ?

Il lui prit le menton et la força à le regarder.

— Une suffira.

Elle le repoussa, glissa sur le côté et se retint à une chaise. D'autres tombèrent avec fracas, forçant Eddie à reculer. Elle en profita pour en prendre une, et s'en servit pour frapper Eddie à l'épaule. Il tomba à genoux.

Elle se précipita vers la seule issue, mais les chaises qui avaient créé une barrière entre eux constituaient maintenant un obstacle sur lequel elle devait passer. Avant qu'elle ne parvienne à la porte, elle sentit les bras d'Eddie se refermer sur elle. Il la souleva et la projeta contre le mur. Elle cria lorsque sa tête heurta la cloison, et faillit perdre ses lunettes. Mais elle le repoussa.

— Lâche-moi !

Eddie pesa de tout son poids sur elle, l'écrasant contre le mur. Il souffla à son oreille :

— Il y a entre nous un lien que tu ne peux pas nier !

— Nous étions seulement amis.

— Je t'aime.

— Pas moi !

— Menteuse !

Il la força à le regarder et prit son visage entre ses mains. Une lueur de colère s'alluma dans ses yeux et il se mit à lui serrer la gorge.

— Tu t'étais confiée à moi. Tu m'avais raconté ce qui s'était passé avec Brock. Ce n'était qu'une question de temps avant que tu ne te tournes vers moi pour en vouloir plus. J'ai encouragé Angelo à s'intéresser à toi, parce que je savais que cela te tracasserait, et que tu aurais besoin d'un homme pour t'aider. Besoin de moi. Mais ton soldat est arrivé !

— Ed… die, souffla-t-elle d'une voix étranglée.

La pression de ses doigts se resserra. Elle ne pensait pas qu'il voulait vraiment l'étrangler, mais il ne parvenait plus à maîtriser sa colère. Elle lui griffait les mains de ses ongles, en le suppliant de la lâcher.

— Et c'est lui qui a fait pour toi ce que je devais faire.

Je surveillais ta maison hier soir. Je t'ai vue monter dans sa chambre. Tu as dormi avec lui, c'est ça ?

Elle ne répondit pas. Elle en était incapable. De rage, il la projeta sur le sol.

— Je le savais ! Tu m'as trahi !

Le choc fut rude, mais au moins il l'avait lâchée. Elle reprit péniblement son souffle en se recroquevillant, s'éloignant d'Eddie.

— Je ne t'ai pas trahi. J'ai toujours eu de l'amitié pour toi.

— Mais c'est de l'amour que tu ressens pour lui, non ?

— Oui.

Même si personne d'autre n'allait l'entendre, elle voulait dire la vérité.

— J'aime Harry Lockhart !

— Moi aussi, je t'aime.

Ses doigts rencontrèrent la bombe, et elle poussa un cri en s'éloignant.

— Tu penses que je pourrais aimer un homme qui m'a envoyé ces messages horribles ?

Il parla, sans colère cette fois, mais toujours avec ces accents de folie dans la voix.

— Je pense à toi toutes les nuits. Je t'ai aimée depuis cette première soirée que nous avons passée ensemble.

— À boire du café et à parler, lui rappela-t-elle en essayant de se remettre debout. Il n'y a jamais rien eu entre nous.

— Arrête de le nier. Nous sommes faits pour être ensemble. À jamais.

Il détourna le regard pour voir les chiffres s'affichant sur l'écran.

— C'est ce qui arrivera dans onze minutes.

Il ne lui restait plus que onze minutes à vivre ? Elle avait réussi à se défendre contre Brock, mais que faire contre une bombe ?

— Une petite charge va faire sauter le bouchon entre

les tubes. Les produits vont se mélanger et provoquer une explosion.

Il sortit son téléphone de la poche de sa veste.

— Je peux également composer son numéro et la faire exploser avant. Tu aimerais ça ? Nous mourrons rapidement et sans douleur, je te le promets.

— Tu as déjà fait cela ?

Il sourit.

— Quel merveilleux sens de l'humour !

— Je n'ai pas envie de rire. Je t'en prie, Eddie, laisse-moi partir ! Laisse-moi trouver quelqu'un qui peut t'aider.

— Je ne te laisserai jamais partir !

Daisy rêva qu'elle entendait un grattement de l'autre côté de la porte.

— Et si je te jure de revenir ? Lorsque tu auras arrêté cette bombe et que je serai certaine que tout le monde est en sécurité, je te promets que nous pourrons parler.

— Menteuse ! Tu vas aller le retrouver !

Il tendit la main vers elle.

— Tu es à moi !

La porte derrière Eddie s'ouvrit brusquement.

— Caliban, *Fass* !

Attaque !

Une ombre marron et noir se rua dans la pièce et se jeta sur Eddie. Caliban referma la gueule sur son bras et le fit tomber à terre. Eddie lâcha le téléphone qui glissa hors de sa portée. Il se mit à hurler :

— Non !

La silhouette de Harry se dessinait dans l'encadrement de la porte. Il tenait un pistolet à deux mains.

— Mettez-vous à terre ! Les mains en évidence !

Daisy n'eut pas le temps de ressentir du soulagement ou de l'amour, ni même de la peur devant la soudaineté et la force de cette attaque.

— Prends le téléphone ! cria-t-elle.

Son portable glissa derrière une pile de chaises pendant qu'Eddie et le chien étaient en train de lutter. Elle tendit le bras derrière les chaises, cherchant le téléphone à tâtons.

— Ne le laisse pas composer le moindre numéro !

— Bon sang, Daisy, écarte-toi !

— Il peut déclencher la bombe s'il passe un appel !

Eddie hurla lorsque les crocs de Caliban s'enfoncèrent dans son avant-bras.

— Elle est à moi ! Tu ne peux pas l'avoir ! Elle m'aime !

Les doigts de Daisy se refermèrent sur le téléphone.

— Je l'ai.

— Mets-toi derrière moi ! ordonna Harry, s'interposant entre elle et l'homme qui luttait avec le chien. Je vais rappeler Caliban, mais tu restes à terre, derrière moi. C'est compris ?

— Oui.

— Caliban, *hier*.

Le chien lâcha prise et revint à côté de Harry. Eddie, sanglant, hébété, mit la main dans sa poche et en sortit son propre téléphone.

— Elle est à moi !

Harry fit tomber le portable à terre et l'écrasa sous sa botte. Puis, avec la crosse de son pistolet, il assena un coup sur le crâne d'Eddie, qui s'affaissa.

Harry avait la respiration haletante lorsqu'il prit Daisy par le bras et la releva. Il ne quittait pas la bombe des yeux.

— Tu es blessée ?

— Ça va à peu près.

— Reste derrière moi. Je veux être entre toi et cet engin au cas où il se déclenche plus tôt. Nous devons sortir de cette pièce.

Daisy s'agrippa au dos de son gilet pare-balles et s'éloigna d'Eddie et de la bombe. Elle avait de nombreuses questions à lui poser : comment avait-il su qu'elle avait besoin de lui ? Comment l'avait-il trouvée ? Allait-il bien ? Cette scène avait-elle déclenché un de ses flash-back ? Mais elle resta silencieuse. De son arme, Harry ne cessait de viser l'homme à terre.

— Caliban !

Alors que le chien sortait avec eux dans le couloir, Harry approcha la bouche du micro fixé sur le devant de son gilet.

— C'est Lockhart. Les otages sont en sécurité. Vous pouvez venir.

— Albert !

Daisy se précipita vers le jeune homme qui était assis sur la première marche de l'escalier et le serra dans ses bras.

— Tu vas bien ? J'ai eu si peur !

Harry parlait toujours dans son micro, donnant des informations. Elle entendit des bruits de pas dans le couloir au-dessus d'eux, et soudain elle vit apparaître deux hommes casqués en tenue de combat qui se ruèrent au bas de l'escalier, pendant qu'un autre homme et une femme armés de fusils et portant l'uniforme de l'unité d'élite descendaient l'escalier opposé. Ils se dirigeaient tous vers Harry.

— Vous avez moins de huit minutes, leur dit-il.

Ce ne fut que lorsque les quatre policiers entrèrent dans la remise que Harry bougea enfin. Il remit son arme dans son étui et prit Daisy par le coude pour l'aider à se redresser.

— Il faut sortir, ma chérie. Les minutes sont comptées.

Il mit Albert debout et le chargea sur ses épaules.

— Partons d'ici. Ne t'arrête pas avant que nous soyons dehors et que je te dise de le faire.

Elle hocha la tête et monta l'escalier, avec Harry et Caliban juste derrière elle. Le chien gravissait les marches lentement mais sûrement. Lorsqu'ils arrivèrent dans le hall, elle vit un autre policier qui aidait Bernie Riley à sortir du bâtiment. Son collègue avait du sang dans les cheveux. Apparemment, Eddie l'avait assommé, lui aussi. La conversation qu'ils avaient soi-disant eue ensemble au talkie-walkie n'était probablement qu'un simulacre de la part d'Eddie.

— Il va bien ?

Elle sentit la main de Harry se poser sur son dos.

— Continue à avancer, ma chérie. La bombe est toujours là et nous ne sommes pas en sécurité. Va vers la droite.

Dès qu'elle sortit dans l'air froid, un autre policier courut à sa rencontre pour la guider vers un groupe de secouristes qui attendaient à côté de plusieurs ambulances. Tout en portant Albert sur ses épaules, Harry restait juste derrière elle, la protégeant du vent glacé.

Quelques minutes plus tard, elle était assise à l'arrière d'une ambulance, et un secouriste l'auscultait après lui avoir donné une poche de glace qu'elle maintenait sur la bosse qu'elle avait à la tête. Elle retint son souffle lorsque les portes arrière s'ouvrirent. C'était Harry. Avant qu'elle ne puisse dire quoi que ce soit, il tapota le plancher de l'ambulance.

— *Hopp* !

Elle sourit en voyant Caliban sauter à l'intérieur du véhicule.

— Monsieur, vous ne pouvez pas…

— Viens, mon grand.

Daisy lâcha la poche de glace et fit venir le chien sur le brancard à côté d'elle, le grattant entre les oreilles et l'embrassant, alors qu'il posait son museau sur sa cuisse.

— Je suis si heureuse que tu aies été là pour moi aujourd'hui. Tu es un bon chien !

Grâce à Caliban, elle était en vie. Malgré la douleur, elle leva la tête vers Harry. Grâce à cet homme, elle était en vie.

— C'est terminé ? demanda-t-elle.

Ses yeux gris reflétaient la lumière du matin.

— Il faut encore sortir la bombe. Elle a été facile à désamorcer. Il a seulement fallu déconnecter des fils.

Il la regarda d'un air soucieux.

— Ils vont envoyer des spécialistes pour s'en occuper. La police a emmené Bosch.

Elle sentit les larmes perler à ses yeux. Elle n'avait pas pleuré lorsque Eddie l'avait touchée, l'avait blessée, avait menacé sa vie. Mais, maintenant qu'elle regardait l'homme qu'elle aimait, elle était prête à éclater en sanglots.

— Vous pouvez nous laisser une minute, s'il vous plaît ? demanda Harry.

Le secouriste hocha la tête et sortit de l'ambulance, laissant la place à Harry.

Il ramassa la compresse de glace et s'assit sur le brancard, de l'autre côté de Caliban. Il se pencha par-dessus le chien pour tenir la poche de glace sur sa bosse.

— Tu es vraiment entière ?

— Tout ira bien après une bonne douche.

Elle glissa la main qui était sur le dos de Caliban pour la poser sur la cuisse de Harry.

— Merci. Eddie était malade...

Cet homme devait être véritablement fou pour penser qu'ils étaient faits l'un pour l'autre, et qu'ils devaient mourir ensemble. Une larme coula sur sa joue.

Harry l'essuya de son pouce.

— Je sais que tu te demandes si le fait d'enfiler une tenue de combat et de venir à ton aide a déclenché un flash-back. La réponse est non.

— Tu vas bien ?

Il haussa les épaules.

— Plutôt.

— Que veux-tu dire ? demanda-t-elle en se tournant vers lui. Harry, je t'aime ! Tu ne peux pas savoir à quel point j'ai été soulagée de te voir apparaître ! Mais je m'en voudrais tellement si j'avais fait quelque chose qui puisse retarder ta guérison…

— Tu n'as absolument rien fait pour ça. C'est Bosch — et personne d'autre — qui est responsable de ce qui est arrivé aujourd'hui, à toi, à Bernie Riley et à Albert.

— Albert !

Elle poussa Caliban pour se mettre debout.

— Il faut que j'aille le voir !

Harry l'attrapa et la prit dans ses bras.

— Il va bien. Il a eu une commotion cérébrale, et il va falloir lui faire quelques points de suture. Il est avec Bernie Riley dans une autre ambulance, en train d'être soigné. Angelo est avec lui, et leur grand-mère va bientôt arriver. En ce moment, la seule personne dont tu dois t'occuper, c'est toi.

— Mais si je peux aider…

Harry passa doucement les doigts dans ses cheveux, et réajusta ses lunettes qui étaient de travers.

— Bon sang, Daisy, si tu ne veux pas penser à toi, alors pense à moi ! Je viens de te sauver la vie. Et je n'ai pas craqué en le faisant. Tu es saine et sauve. C'est terminé. Et je t'aime.

Elle vit ses lèvres se redresser en un sourire.

— Tu ne veux pas me prendre dans tes bras ?

Daisy se jeta à son cou et il l'attira contre lui. Il agrippa sa veste et enfouit le nez dans ses cheveux, près de sa tempe. Elle le tint serré, le cœur débordant d'amour, alors que des larmes de joie coulaient sur ses joues.

Épilogue

Lorsque les derniers invités furent partis et que les chiens se furent installés sur le canapé, Harry alla prendre sous le sapin le paquet contenant le cadeau qu'il voulait offrir à Daisy. À sa forme, plate et rectangulaire, elle comprit qu'il ne pouvait s'agir que d'une chose : son journal.

— Je veux que tu connaisses vraiment celui qui l'a écrit.

Elle avait les larmes aux yeux lorsqu'il s'assit dans le fauteuil et l'installa sur ses genoux.

— Tu es certain que tu veux que je le lise ?

— Je ne voudrais le partager avec personne d'autre.

Il lui passa le bras autour de la taille, et elle sentit qu'il tremblait un peu.

— J'arrive beaucoup mieux à te dire ce que je ressens lorsque je l'écris.

Il lui prit le ruban et le papier des mains, et les mit de côté. Il poussa un long soupir, et elle sut à quel point il était courageux.

— Commence par la fin.

Elle déposa un baiser sur ses lèvres, le remerciant de la confiance qu'il lui accordait, avant de reporter son attention sur le cahier à spirale. Elle tourna les pages jusqu'à ce qu'elle arrive à la dernière entrée.

Chère Daisy,

Je n'ai jamais pensé que je pourrais être autre chose qu'un marine. L'armée m'a donné un but et une famille lorsque j'avais désespérément besoin de tout cela. J'adore mon métier. S'ils veulent encore de moi — si je réussis les tests — je voudrais reprendre du service pour deux ans encore.

Au cours des dix derniers jours que j'ai passés avec toi, pourtant, j'ai beaucoup changé. Je suis venu te voir avec l'idée que la Daisy des lettres pouvait me sauver — que tu étais cet ange magique qui pouvait entrer dans mon cerveau, en chasser les cauchemars, et me faire redevenir celui que j'étais auparavant. J'ai découvert que tu n'étais pas un ange : tu es forte et courageuse, tu prends les gens dans tes bras, tu leur parles. Tu n'étais pas la femme fragile que j'avais imaginée, et cela m'a plus d'une fois rendu perplexe. Il n'y avait pas autour de toi cette auréole que je m'attendais presque à voir. Tu es réelle. Tu as un cœur, tu aimes les couleurs vives, tu es pleine de bienveillance, d'espoir, de vie et d'amour. J'ai une chance inestimable d'avoir fait ta connaissance et de faire partie de ta vie. Quand je suis avec toi, j'ai l'impression de me trouver là où je dois être. Je me sens vivant, heureux. Tu n'étais pas la femme que j'avais imaginée, mais tu es exactement celle dont j'ai besoin.

J'ai maintenant quelques idées sur ce que je pourrai faire lorsque je quitterai l'armée, que ce soit dans un mois ou dans deux ans. Je peux dresser des chiens. Travailler dans la police ou chez les pompiers. Peut-être que je pourrais même reprendre des études et devenir professeur, ou travailler avec des jeunes comme Albert et Angelo.

Il y a une chose dont je suis certain : c'est que je t'aime. Pour toujours. Si tu acceptes de vivre avec un marine qui risque d'être souvent absent au cours des deux années à venir, ou avec un ancien major de l'armée qui ne sait pas encore ce qu'il va faire pour le reste de sa vie, je voudrais t'épouser. Et, de tout mon cœur, j'espère que tu diras oui.

Je t'aime,
Harry.

Daisy sentit son cœur se gonfler et les larmes se mirent à ruisseler sur ses joues. Elle se jeta à son cou et le serra dans ses bras de toutes ses forces.

Il agrippa son pull et la serra tout contre lui.

— Tu crois que je peux écrire quelque chose qui ne te fasse pas pleurer ?

— La liste des courses ?

Il se mit à rire. Elle courut dans la cuisine et sortit un stylo rouge de son cartable. Harry la suivit, enroula les bras autour de sa taille et posa le menton sur son épaule, alors qu'elle griffonnait quelques lignes à la fin de la lettre.

— Tu joues au professeur avec moi ? Tu corriges ma syntaxe ?

Elle signa le message et le lui montra.

— Voici ma lettre pour toi.

Cher Harry,

Je t'aime. De tout mon cœur. Je sais qu'ensemble nous pourrons tout traverser.

Ma réponse est OUI !

Ta Daisy pour toujours.

Retrouvez prochainement,
dans votre collection

BLACK ROSE

Le risque en embuscade, de Cindi Myers - N°782

MISSIONS EN MONTAGNE – 1/4

La montagne, *sa* montagne, Hannah la connaît bien, et chacune de ses missions de sauvetage est pour elle une découverte enrichissante. Mais la donne a changé et l'émerveillement s'est mué en terreur car un tueur en cavale l'a prise pour cible. Une menace qui pèse sur elle comme un couperet et que rien ne vient atténuer, pas même la présence rassurante de Jake Gwynn, le nouveau shérif d'Eagle Mountain, à ses côtés…

Protection sous tension, de Janice Kay Johnson

Le cœur en vrille, Boyd Chaney tente de lutter contre le réflexe protecteur qui l'a envahi en apprenant que Melinda était en danger. Certes, le criminel qui l'a menacée de mort lors de son procès a été relâché. Mais rien ne justifie que Boyd s'inquiète à ce point. D'abord parce que Melinda est une excellente policière, ensuite parce qu'ils ne sont plus ensemble et qu'à aucun prix elle ne supporterait qu'il la protège…

L'amour menacé, de Carla Cassidy - N°783

Qui en veut à Harper, la jolie pâtissière de Millsville, au point de clouer un message menaçant sur sa porte ? Une femme, jalouse de sa liaison avec Sam, le beau charpentier ? Un proche de ce dernier qui trouve leur couple mal assorti ? Ignorant le danger, tous deux filent le parfait amour. Mais, lorsque Harper échappe de peu à une tentative de meurtre, c'est le cœur brisé qu'elle décide de rompre avec Sam…

La vengeance à deux visages, de Delores Fossen

Cash lâche un juron et se lève d'un bond. Que fait Delaney chez lui ? Et pourquoi s'est-elle glissée, nue, dans son lit alors qu'ils sont séparés depuis un an ? Mais, tandis que son ex tente de justifier sa présence au ranch, Cash comprend : elle a perdu la mémoire, elle croit qu'ils sont toujours fiancés et elle s'est réfugiée chez lui car un véhicule l'a prise en chasse alors qu'elle venait de sortir de l'hôpital…

Retrouvez prochainement,
dans votre collection

BLACK ROSE

Le piège du hasard, d'Elle James - N°786

Avec une violence inouïe, l'homme projette la femme à terre... Abasourdi par la scène dont il est témoin, T-Rex s'interpose et les sépare. Puis, insensible aux commentaires aigres de l'homme, il écoute les explications de la jeune femme. Elle se nomme Sierra, elle est institutrice, et la brute qui la frappait est son ex-mari…

Entre confiance et suspicion, de Julie Miller

Trop civilisé, trop sûr de lui… trop sexy. Depuis sa rencontre avec Duff Watson, Melanie s'interroge sur les raisons qui l'ont poussé à se faire embaucher sur le domaine familial. Se pourrait-il qu'il soit l'allié dont elle a tant besoin ? Celui qui l'aidera à enquêter sur la mort de son père, mort dans des circonstances suspectes lorsqu'elle était enfant…